江汉大学中国语言文学重点学科资助项目

湖北省人文社会科学重点研究基地

江汉大学武汉语言文化研究中心资助项目

江汉大学中国语言文学学术文库（第一辑）

主编　彭松乔　吴艳

中国现代小说叙事类型的
初始建构

吴矛　著

中国社会科学出版社

图书在版编目（CIP）数据

中国现代小说叙事类型的初始建构／吴矛著．—北京：中国社会科学
出版社，2017.10

ISBN 978 - 7 - 5203 - 0349 - 1

Ⅰ.①中…　Ⅱ.①吴…　Ⅲ.①小说研究—中国—现代　Ⅳ.①I207.42

中国版本图书馆 CIP 数据核字（2017）第 099962 号

出 版 人	赵剑英
责任编辑	张　湉
责任校对	冯英爽
责任印制	李寡寡

出　　版	中国社会科学出版社
社　　址	北京鼓楼西大街甲 158 号
邮　　编	100720
网　　址	http://www.csspw.cn
发 行 部	010 - 84083685
门 市 部	010 - 84029450
经　　销	新华书店及其他书店

印　　刷	北京明恒达印务有限公司
装　　订	廊坊市广阳区广增装订厂
版　　次	2017 年 10 月第 1 版
印　　次	2017 年 10 月第 1 次印刷

开　　本	710 × 1000　1/16
印　　张	16.5
字　　数	321 千字
定　　价	69.00 元

凡购买中国社会科学出版社图书，如有质量问题请与本社营销中心联系调换
电话：010 - 84083683

目　　录

序

　　叙事，是一门小说的艺术。叙事学开始于西方的形式主义学派，但这并非说中国古代没有关于叙事的思考。中国古代文论对小说艺术的探讨，别具一格，构成了现代西方叙事学引进的中国背景，使外来的叙事学在影响到中国小说艺术以及关于小说艺术研究的同时，也对引进的叙事学进行了重要的改造，使之更适合于解释中国的小说。这一变化的重要方面，就是调整叙事的概念，把本来侧重于形式分析的叙事学发展成基于小说的故事讲法而包含了小说的观念、意识形态和主题等内容在内的一种学理体系，用来研究小说创作及文学思潮性的现象。吴矛博士的这本《中国现代小说叙事类型的初始建构》，显然就不是执着于西方形式主义意义上的叙事学理论，而是用中国化的叙事概念，对中国现代小说的发展从"叙事"的角度进行了系统的梳理和总结。无论是学理本身，还是对现代小说叙事建构的研究，我认为这都是有新意的。

　　这本专著，原是吴矛的博士学位论文。说是"叙事类型"的建构，显然是着眼于中国现代小说的叙事类型的形成和发展。他把鲁迅、茅盾、巴金、老舍等名家的小说分别作为某一类型的经典，同时又兼顾五四人生派小说、左翼的革命小说和延安的小说，按照时间顺序，来追踪和清理从五四小说到延安小说，中国现代小说观念、技巧的演变，探讨不同阶段小说所承担的意识形态使命及审美功能。对五四小说、左翼小说和至延安为工农兵服务的小说，他的研究重点放在小说艺术与意识形态的关系方面，即小说如何因应时代思潮而构建相应的观念，探索有效的方法和技巧，来表现被赋予了特别意义的主题，从而完成时代的使命。这种使命，在五四时期是为了启蒙，而从左翼小说开始，则是为了革命的崇高目的。五四式的启蒙与左翼式的革命，都是时代对小说的外加要求，但两者与小说艺术的关系则是有差异的，这也就决定了五四小说的叙事，特别是鲁迅小说的叙事，与后来的革命小说，像经典的茅盾的小说叙事，相互之间的存在一些重要的区别。这种区别，取决于作家对时代和小说的双重理解，他们的社会责任感和审美观念，而且从前者向后者的演进中，作家免不了要经历观念的调整，有时还有思想的冲突和心灵的挣扎。

巴金、老舍以及一些自由派小说家，虽然同样难以突破意识形态的樊篱，但自由主义的意识形态对小说艺术的影响是另外一种类型。吴矛对此的研究，则重点是在揭示这一类型的作家所遵循的叙事方式与他们所追求的目标之间的相互关系，辨别他们的小说叙事在审美方面的成就和经验。

事实上，这两类小说家的小说叙事，合起来就是一部中国现代小说叙事艺术的发展史：它们有明显差别，但又是互补的，其得失和成败，都值得认真反思和研究。吴矛在研究中，我觉得特别重视这两者潜在的互动关系，在理清不同类型叙事的原则形成过程中，始终牢记着这是一个在时间坐标轴中开展的过程，在前后的承接和交互的影响这样错综复杂关系中，发生着中外观念的碰撞，也留下了中国传统文化和现实政治的鲜明烙印。他在这方面的一些结合具体实例的分析中，时有思想的火花闪现。

吴矛是一个喜欢沉思和内省的人，时不时会提出一些让人惊奇的观点，但又不愿意随便发表尚未成熟的意见。他博士毕业已经多年，学位论文一直放着，经过多次修改和充实，现在才拿出来出版，这表明他学术上的严谨和认真态度。当然，再严谨，也总有一些自己不满意的地方，可以继续深化和开拓的地方。我们或可期待他今后在这一领域取得新的重要成果。

是为序。

陈国恩

写于武汉大学寓所 2016. 12. 7

引　言

　　中国现代小说叙事类型的建构与"意识形态"密切相关。"意识形态",是指既对小说叙事形态的形成产生影响又通过小说叙事表述出来的现代启蒙意识、批判意识、党派意识等政治观念方面的内容。

　　"意识形态性"是"五四"以来新小说最突出的特征之一,自中国现当代文学学科建立的那一天起就为学者们所重视。1950年5月,教育部召开高等教育会议,通过了《高等学校文法两学院各系课程草案》规定"中国新文学史"是各大学中文系主要的必修课程。其任务是"运用新观点、新方法,讲述自五四时代到现在的中国新文学的发展史,着重在各阶段的文艺思想斗争和其发展状况,以及散文,诗歌,戏剧,小说等著名作家和作品的评述"。① 其后王瑶《中国新文学史稿》、叶丁易《现代中国文学史略》、张毕来《新文学史纲》第一卷、刘绶松《中国新文学史稿》、蔡仪《新文学史纲要》,东北师范大学四人合编写的《现代中国文学史》、复旦大学中文系现代文学组学生集体编写的《中国现代文学史(1919—1942)》、李何林《中国新文学史研究》等论著和教材都极其重视政治意识形态对中国现代文学的影响。但由于历史语境的限制,这些著作本身就有不同程度的意识形态化倾向,因而不能全然自主地对政治与文学的关系做纯学科性的梳理。

---

　　① 黄修己:《中国新文学史编纂史》,北京大学出版社1995年版,第126页。

"文化大革命"结束后,才开始进入较为自由地研讨政治与小说关系的时期,著述甚多,但直到 21 世纪初大批学术成果才开始出现,这里仅取部分成果作一简要梳理。

朱晓进等著《非文学的世纪:20 世纪中国文学与政治文化关系史论》(南京师大出版社 2004 年版)认为新文学为政治文化的载体,分阶段考察了 20 世纪 20 年代、30 年代、40 年代政治文化与现代文学社团、作家、主题、人物形象、体裁的关系。季广茂著《意识形态视域中的现代话语转型与文学观念嬗变》(北京大学出版社 2005 年版)以意识形态的视角,审视和阐释现代话语转型与文学观念嬗变的问题,揭示现代话语、文学观念与现代社会之间复杂多变的内在联系。唐小兵主编论文集《再解读:大众文艺与意识形态》(北京大学出版社 2007 年版)的学术影响较大,其中刘禾从女权主义的角度解读了萧红《生死场》,黄子平通过丁玲《在医院中》解读了左翼作家从新文学作家向革命作家的转型的过程及原因,刘再复、林岗的《中国现代小说的政治式写作》认为中国现代文学的政治性写作起始于《春蚕》成形于《太阳照在桑干河上》,唐小兵《暴力的辩证法》以《暴风骤雨》为个案解读了革命小说叙事的特点。黄科安《延安文学研究:建构新的意识形态与话语体系》(文化艺术出版社 2009 年版)考察了延安时期完全形态的革命意识形态理论话语的建构。阐释了近现代文学建构的思想资源。李亚娟《"发现小说":梁启超与晚清小说政治功用性的赋予》(《理论月刊》2011 年第 5 期)考察了梁启超的小说政治工具论学说。华中师大周黎燕的博士论文《中国近现代小说的乌托邦书写中国近现代小说的乌托邦书写》(2007)考察了乌托邦思维类型进入小说所呈现的叙事形态及想象方式的差异性和复杂性。天津师范大学徐先智硕士论文《想象现代中国的方式》(2007)考察小说如何运行于民族国家这一巨型话语。房伟《论现代小说民族国家叙事的内部线索与呈现形态》(《中国现代文学研究丛刊》2011 年第 2 期)考察了民族国家叙事的线索及其对个体叙事的压抑。刘静《意识形态与五四前后外国文学经典的输入》（《中州学刊》2010 年第 4 期）考察了五四前后三十年两次外国文学输入高峰期意识形态对翻译的干预和控制。董学文、凌玉建《意识形态与早期中国现代文学理论——对"文学为意德沃罗基的一种"命题背景的考察》（《湖南师范大学社会科学学报》2008 年第 5 期）论述了革命文学生成的意识形态背景。贾振勇《中国左翼文学思潮意识形态的内在矛盾》（《文学评论》2005 年第 6 期）、厦门大学兰其寿的硕士论文《意识形态视域下的左翼都市小说特质——以蒋光慈、丁玲、茅盾为例》（2007）、贾振勇《中国左翼文学意识形态观念的肯定性用法与政治坐标》（《现代中国文学论坛》第一卷，中国华侨出版社 2010 年版）、戴嘉树《左翼小说书写中都市形态的失真》（东南学术，2011 年第 2 期）、邵宁宁《现代小说与社会分析——茅盾和我们》（《文艺争鸣》2007 年第 5 期）分别考察了左翼文学意识形态观念及都市小说创作的特点。古世仓《中国现代小说"乡土"意蕴的流变与中国革命》（《兰州大学学报社会科学版》2003 年第 5 期）、余小明《土改小说：意识形态与仪式》（《浙江师范大学学报》2006 年第 2 期）、兰州大学刘金良硕士论文《现代中国土改小说研究》（2008）分别考察了革命乡土叙事。石立干《现代小说政治象征功能浅论》（《名作欣赏》2006 年第 24 期）、沈仲亮《在小说修辞与政治意识形态之间》（《中国现代文学研究丛刊》2009 年第 1 期）考察了现代小说意识形态叙事修辞。

这些已有的科研成果分别考察了政治话语与文学话语的关系、现代意识形态性小说观念的理论建构、作家作品的革命转型、现代识意识形态性小说叙事特点及叙事类型、意识形态叙事的差异性和复杂性、左翼革命小说的城市叙事和乡土叙事、现代意识形态性小说叙事修辞等方面的内容，开辟了现代小说意识形态性叙事研究的多条路径，对我们认识现代意识形态对小说叙事形态建构之间的关系，有较大的启发意义。

专门研究探讨现代小说叙事建构的学术成果甚多，这里仅撷取其中一部分略作梳理，李杭春发表于《中国现代文学研究丛刊》1997 年第

2 期的《中国现代小说叙事特征分析》认为现代小说文体革命的兴起和小说叙事意识的觉醒相关，主流叙事话语是充满象征、暗示和期待的现实主义，现代小说在叙事的技巧方面有多样化探求。马云发表于《北京师范大学学报》1997 年第 5 期的《中国现代小说的叙述精神》认为古典小说关注历史，现代小说专注于现实，其故事多叙时事，叙事多用现代时态，现代小说家以小说参与历史发展和社会改造的意识比外国小说更直接。谢纳发表于《沈阳师范大学学报（社会科学版）》2005 年第 1 期的《论中国现代主义小说的叙事结构》认为叙事结构是小说叙事方式的构成主体，它决定着小说叙事时间与叙事视角的选取。因此，中国现代主义小说家对叙事技巧的革新与实验首先从叙事结构入手，他们以心理——情绪型叙事结构瓦解着传统的情节——性格结构一统天下的地位，小说文本扬弃了因果逻辑链条和封闭严整的结构呈现出心灵至上的结构核心和结构动力、消解逻辑和整体碎裂的结构特质以及中西合璧、优雅节制的结构形态三大显著特性。龙迪勇发表于《思想战线》2005 年第 6 期的《空间形式：现代小说的叙事结构》认为小说的空间形式必须建立在时间逻辑的基础上才能建立起叙事的秩序，只有"时间性"与"空间性"的创造性结合，才是创作伟大小说的条件，也是未来小说发展的趋势所在。尤作勇发表于《中华文化论坛》2008 年第 2 期的《现代性与中国现代小说叙事》从现代性的角度解析中国现代小说独特的叙事形态，并将其归纳为两种叙事模式，重点论述了鲁迅、沈从文、张爱玲的小说创作与这两种叙事模式的纠缠与疏离，以及巴金的小说创作所具有的这两种叙事模式的标本特质。徐德明发表于《中国文学研究》2006 年第 1 期，《现代小说叙事的语言逻辑与人物关系》认为现代中国小说没有丢弃古代小说最为擅长的人物关系叙事，但是经典白话叙事中的语言逻辑特征更为突出。大师们的叙述中，语言逻辑的确立与人际关系的展开是一个严谨的互动过程。其逻辑内涵中不可缺失的是人与人、与社会的交往的张力，这种关系的内心张力更是一个现代向度。其表现方式可能是直言判断，可能既有表层的又有隐含的、在不同层面上的逻辑对话，也可能是富有戏剧意味的、隐喻性的形象语言。刘军发表于《延安大学学报（社会科学版）》2010 年第 3 期的《论现代小说的多元"家庭"叙事模式》认为"家庭"叙事模式在现代文学创作中屡见不鲜，并且随着文学的不断发展，形成了多元的"家庭"叙事模式。诸如废名、沈从文作品中田园牧歌家庭叙事模式，巴金、老舍笔下眷恋与反叛的旧家庭叙事模式，也有新感觉派和张爱玲笔下光怪陆离的都会家庭。每一种家庭叙事模式类型背后，体现了作家独特的艺术眼光和思考问题的方式。汪平发表于《福建论坛（社科教育版）》2010 年第 8 期的《五四小说叙事模式的现代转型及其成因分析》认为在近百年的中国小说发展过程中，五四小说突破了中国古典叙事模式，在叙事结构、叙事角度、叙事时间等方面明显具有现代小说叙事模式特征。这一转换过程具有十分复杂的历史背景和原因，改造"国民性"的主题、现代白话文运动、现代小说创作理论、西方文艺思潮的影响等众多因素相互作用，共同促成了五四小说叙事模式的现代转型。王一燕发表于《中外文化与文论》2015 年第 4 期的《小说崛起：中国文学的现代性与叙事的百年互动》强调小说在中国现代历史的进程中担任的双重角色，既是表述 20 世纪以来民族国家愿景的主要媒介，也是中国文化现代性的重要组成部分。文章描绘了中国自 19 世纪晚期以来产生的虚构故事的图景，并且在历史、社会和文化变迁的语境中追踪了小说文体的演变，探讨了小说在形式、内容和主题方面的创始、革新和变形以及出版和收受过程的变化。讨论了近代、现代和当代小说个案，探讨了传统文化、国际政治、科技进步和媒介变化对小说这一文体产生的深远影响，试图回答以下问题：中国的小说叙述何时并以何种特质进入"现代"，现代中国小说的发展有哪些主要标志，中国作家用哪些方式改变了汉语的故事讲述，现代中国小说包括了哪些主要的体裁和分类，有哪些重要作者及作品，文学奖项的情况如何，发挥了什么影响。东北师范大学中国现当代文学专业博士生王东 2007 年博士学位论文《传奇叙事与中国现代小说》系统整理和论述了中国现代小说叙事对中国古代小说"传奇叙事"传统所进行的创造性转化、发展的历程与表现。吉林大学中国现当代文学专业博士生张丛皞 2009 年博士毕业论文《中国现代小说中的悲剧叙事研究》研究中国现代小说创作主体的悲剧观念意识的生成与流变，中国现代小说悲剧叙事的类型化倾向，个性化特点，传统悲剧经典艺术因子的渗透、变异以及文本修辞特征等问题。复旦大学中国现当代文学专业博士生谢有顺 2010 博士毕业论文《中国小说叙事伦理的现代转向》认为叙事不仅是一种讲故事的方法，也是一个人的在世方式；叙事不仅是一种美学，也是一种伦理。论文探讨了叙事与伦理之间的关系，认为中国文学不仅有关怀社会、现实、民族、人伦的叙事传统，也有面向存在、追问人生意义、超越善恶、走向生命的宽广和仁慈的写作路向，曹雪芹、鲁迅、沈从文、张爱玲等作家即是这类作家的代表。论文还选取了"左翼文学"、40 年代中后期的"自由主义文学"和"十七年"小说三个个案探讨了人民伦理、集体伦理下的个体命运。论文以现代小说为立论基础，认为文学是一门生命的学问，小说写作既是一个语言事件，也是一个伦理事件。山东师范大学中国现当代文学专业博士生张军府 2011 年博士毕业论文《现代中国知识分子题材小说叙事伦理研究》回顾了一百多年来现代中国知识分子题材小说所走过的曲折历程和精神轨迹，对现代中国知识分子叙事取得的精神成果做综合探讨分析，对两种不同的现代性叙事伦理路向做比较分析，总结现代中国知识分子题材小说所取得的精神价值。湖南师范大学中国现当代文学专业博士生陈婵 2012 年博士毕业论文《二十世纪上半期（1900—1949）中国历史小说主题类型及其叙事特征研究》分析了 20 世纪上半期不同主题类型的历史小说在叙事时间、叙事结构和叙述话语等方面的建构特点，阐述了它们与政治、文化等意识形态话语之间的密切联系。南开大学中国现当代文学专业田悦芳 2013 年博士毕业论文《巴金小说形式研究》重点分析巴金小说形式的特征、功能及其生成动因，并在此基础上探讨其在中国现代小说发展中的诗学意义。东华理工大学文艺学专业杨捷 2012 年硕士毕业论文《现代小说的叙事时空艺术研究》主要分为四大部分：在第一部分中主要探讨时空与小说形态的关系，在第二部分中主要探讨时空变化与小说节奏之间的关系，第三部分则探讨现代小说主要流派的时空艺术，最后一部分主要阐释通过对小说时空艺术的研究，进而发现这一研究所带给人们的启迪。

这些学术成果分别研究了中国现代小说的叙事特征、叙述精神、叙事结构、叙事现代性、叙事的语言逻辑与人物关系、多元"家庭"叙事模式、叙事模式的现代转型及其成因、叙事与现代性互动、传奇叙事、悲剧叙事、叙事伦理、叙事时空等问题，对研究中国现代小说叙事类型的建构帮助甚大。

"中国现代小说叙事类型初始建构"不过是尽一己之力，参与中国现代小说叙事建构研究而已。所做的工作主要是通过个案分析对五四新文化运动至 20 世纪 40 年代的延安文艺时期的小说叙事做较为系统性的考辨，其研究价值主要体现在以下几个方面。

首先，是要弥补以前研究系统性不足。虽然已有论者涉及现代小说的叙事建构研究，但还没有研究者对这一课题做有针对性的系统、细致的整理、考辨，因而打通近现代小说理论与实践建构以考察其起源，分阶段考察现代小说叙事在不同时期的个案特征以梳理其历史演进轨迹是十分必要的。

其次，厘清叙事理念与小说叙事的相互作用。尽管此前对现代小说叙事考索甚多，但多限于小说理念形象性表述的分析。而在作家个性、叙事理念、小说叙事三者之间的互动交融中，系统分析现代小说家建构现代民族国家想象共同体的叙事特质，有助于认知中国人在现代化转型过程中的情感历程和世界观的形成过程。

最后，分析现代小说的叙事建构，既能把握现代小说家独有的文学思维方式及其小说叙事的理念认知功能，又能考辨现代小说叙事的审美特性及其本体特征，能最终解释既不同于古典小说又不同于域外小说的中国现代小说叙事形态形成的根源。

"中国现代小说叙事类型初始建构"主要研究中国现代小说叙事建

构的初始历程。中国小说的现代叙事建构起始于晚清时期，奠定于五四时期，发展壮大于 20 世纪 30 年代和 20 世纪 40 年代，其叙事类型的建构过程大致经历了四个阶段：五四时期"人的文学"理论建构与创作实践阶段，20 世纪 20 年代文学研究会"人生写实派"和创造社"浪漫派小说"理论建构与实践阶段，20 世纪 30 年代"左翼文学"理论建构与创作实践和"京派"小说与"海派"小说创作阶段，20 世纪 40 年代"延安革命文艺"理论建构与创作实践和"荷花淀派"与"七月派"革命主情小说创作阶段。在历史语境中考察初创小说叙事类型且影响较为深远的现代经典小说家的代表作品的叙事原型建构和叙事特点是本书的主要内容。

本书分为八个部分。

引言部分主要论述本书的研究范围和研究意义，并解释文本分析个案选择的理由。

第一章主要论述中国现代小说启蒙叙事的近现代理论建构与创作实践过程。

第二章分析鲁迅小说现代叙事的原型建构。鲁迅小说叙事是中国现代小说叙事的起点，鲁迅以启蒙批判为小说的叙事目的，融域外小说叙事和中国传统文学叙事的优长于一炉建构现代性的新小说叙事方式。1918 年鲁迅在《新青年》发表的《狂人日记》是现代文学第一篇具有现代主义素质的较完全形态的意识形态性小说。鲁迅的《呐喊》《彷徨》从主题、人物等方面确立了中国现代文学的叙事原型。鲁迅的《故事新编》以共时性戏拟的叙事方式拆解了历史和现实的时间界限，建构起了一种全新的批判性的历史文学表述方式。

第三章分析"问题小说""人生小说""乡土小说"和"抒情小说"叙事的意识形态性特征。"问题小说"是显性文学叙事与隐性意识形态性论述的融合。"乡土小说"是对鲁迅小说"乡土"意象的细化和拓展。"人生小说"和"抒情小说"拓宽了小说表现社会、人生和自我的深广度。这四类小说都承接鲁迅小说叙事建立起了启蒙民众、建构现代认知力、批判国民性、颠覆专制社会存在合法性的叙事表现力。

第四章分析左翼革命文学理论建构与创作实践。20世纪20年代末至20世纪30年代左翼革命文学的推动者努力以"革命文学"取代"人的文学",成功地将革命文学推上文坛的主流地位。左翼文坛茅盾建构了完全形态的政治小说叙事,他的《子夜》《春蚕》等小说是中国共产党革命理论的文学表述。"左联"年轻创作群体,或以小布尔乔亚精神气质做革命空想叙事,或将启蒙和批判提升到革命层次以写实和抒情达成政治性叙事目的,建构了现代知识分子红色叙事的传统。

第五章分析巴金小说的社会批判叙事和老舍小说的社会批判叙事。巴金的《幻灭》是"无政府主义"革命理想的浪漫空想叙事,其代表作《家》以比喻性的家族叙事反抗专制社会。老舍小说写作起笔于讽刺老北京人的国民性,其代表作《骆驼祥子》《月牙儿》则以社会批判呼应左翼革命叙事。他们的社会批判叙事分别通过爱情浪漫叙事和京味写实叙事实现,对中国现当代爱情小说创作和京味小说的创作影响深远。

第六章分析张爱玲小说诗性象征叙事和钱锺书小说反讽生活流叙事对人的存在和命运的深切关注以及其叙事的主要特点。

第七章阐述延安文艺时期"文学为政治服务"的理论建构及作家的革命整编过程,分析周立波、丁玲延安早期小说创作的言说方式,并对成功实现革命化、大众化、民族化、平民白话文学理想的赵树理小说叙事特性进行分析。分析延安革命文学理论和创作如何建构中国当代文学叙事的起点。

第一章

启蒙小说叙事类型的近现代建构

第一节　晚清启蒙小说的理论建构与实践

作为多种意识形态合力结果的中国现代小说，具有古典小说所不具有的思想认知价值，这使它成为"中国现代化的表征之一"① 在中国，小说和意识形态自觉结盟，始于晚清启蒙思想家的倡导。

1887 年，黄遵宪发表《日本国志》主张"若小说家言，更有直用方言以笔之于书者，则语言文字几乎复合矣"，推出"适用于今、通行于俗"的今世文体，"令天下之农工商贾、妇女幼稚皆能通文字之用"的"简易之法"，首创以通俗小说教育国民的文学观念。② 1897 年康有为也在《日本书目志》中发表小说教化论的观点："仅识字之人，有不读经，无有不读小说者。故六经不能教，当以小说教之；正史不能入，当以小说入之；语录不能谕，当以小说谕之；律例不能治，当以小说治之。"③

1897 年几道（严复）与别士（夏曾佑）在《本馆附印说部缘起》中引生物和社会达尔文主义的观点入文学，认为历史不足以显示生命应

---

① 王德威：《想象中国的方法历史·小说·叙事》，生活·读书·新知三联书店 1998 年版，第 1 页。
② 黄遵宪：《黄遵宪全集》，中华书局 2009 年版，第 1420 页。
③ 陈平原、夏晓虹：《二十世纪中国小说理论资料》第一卷，北京大学出版社 1989 年版，第 21—22 页。

有之象，而小说正可矫正历史之不足，以确保人性与男女的理想生生不息。① 夏曾佑发表《小说原理》，楚卿发表《论文学上小说之位置》，也鼓吹小说改良工具论。梁启超的《译印政治小说序》（1898）② 对严复、夏曾佑的倡导做出积极的回应，认为小说推动日本明治维新功不可没，对中国自然也会有所助益。1902 年 11 月 14 日梁启超在《新小说》③ 第一卷第一期上发表《论小说与群治之关系》说："欲新一国之民，不可不先新一国之小说。故欲新道德必新小说，欲新宗教必新小说，欲新政治必新小说，欲新风俗必新小说，欲新学艺必新小说，乃至欲新人心，欲新人格，必新小说。何以故？小说有不可思议之力量支配人道故。"

梁启超等启蒙思想家将小说这一平民化文体的文学地位推到极致所表述的小说群治论观点，与其说是文学观，还不如说是他们欲以小说为媒介从政治、道德、宗教、风俗、文化、人心、人格等方面塑造现代国民、建设现代国家的政治观念。这种政治意识形态性的小说观念奠定了中国现代小说的意识形态叙事的基点，并极大地影响了后来的小说家及小说的基本形态。

然而，作为革命家和社会活动家的梁启超，显然并没有将主要精力放到新小说文体的建构方面，虽然在《新小说》前五期介绍了诸如历史、科幻、外交、冒险、侦探等十几种不同类型的小说，也不过是对小说做工具性的类型引进而已，不足以建立有关新小说的知识谱系和文学想象空间，以启动新小说创作，形成既与域外文学相区别，又与域外文学相呼应的新的文学局面，因而群治小说主张的实践者们对新小说的了解依然十分有限，既没有清晰的新小说文体概念，也不具有新小说叙事能力，常常把小说写成政治论文和哲学论文，或以小说抨击时政，或以

---

① 陈平原、夏晓虹：《二十世纪中国小说理论资料》第一卷，北京大学出版社 1989 年版，第 1—11 页。

② 同上书，第 21—22 页。

③ 1902 年 11 月 27 日，《新小说》在日本横滨创刊。该刊附设于《新民丛报》，由梁启超、韩文举、蒋智由、马君武等主办，是当时影响最大的文学刊物。

小说发表政治设想，或以小说做道德说教，小说的审美性和娱乐性被挤压得所剩无几，让人难以卒读，以至有人不得不作"新小说读法"，以使读者熟悉新的"小说文体"。

群治小说写作实验失败，职业小说家主导的商业化小说创作则大获成功，狭邪、黑幕、官场、科幻、外交、冒险、侦探等新小说兴盛一时，大都延续帝王将相、因果报应、忠孝节义、志怪猎奇等叙事母题，在追求社会轰动效应和商品交换价值中不自觉的守护旧意识。

政治兴趣浓厚的作家的小说叙事，则多中西通俗小说成规的模仿、复制，除李宝嘉《官场现形记》、吴趼人《二十年目睹之怪现状》、刘鹗《老残游记》、曾朴《孽海花》等少数佳作外，皆少艺术创新与突破，创作庸俗化，与同时代欧美小说理性认知的深广、审美涵括的丰富、叙事方式的多样不能相埒，在新小说思想认知力的建构以及审美形态的建设方面，无革命性建树，不足以参与推动中华民族思想文化的整体性现代转型。

整个晚清，传统文言文学仍居文学的统治地位。小说创作虽然兴盛，依然不过是不受尊重、仅供人们茶余饭后消遣的微末之技而已。小说创作的局面，并未发生根本性的改变。

尽管如此，晚清的政论小说家们及政治兴趣浓厚的小说家们还是将通俗的、意识形态化的文学文本的广泛传播当成确认自己社会身份、实现自我价值、变革社会的重要途径，试图以"载道"文学为媒介与大众对话，尽管他们写不出有说服力的佳作，更无法通过小说达成重塑国民性格的目标，但他们倡导和实践新小说，以现代意识形态理念为小说叙事的核心推动力，以西方现代小说叙事修辞改变中国传统小说较为单一的说书人叙事模式，以迎合或改造民众时政猎奇心理和消遣娱乐心理的大众化为审美诉求，不仅勾画出了现代意识形态性小说的雏形，也在一定程度上推动了小说叙事的现代转型。

第二节 "五四"时期启蒙小说观念的
建构与实践

民初，与国门洞开后的晚清其实并无太大不同，代相赓续的军人独裁者在貌似现代的政治架构中继续着过往的专制，国家的政治、经济、文化依然在旧轨道上滑行。因此，1919 年，作为"新文化运动"之一部的"新文学运动"，不过是近代文学革新运动的接续和深化。

由众声喧哗、相互矛盾的各种话语交汇而成却又被简单神化的"五四"新文化运动远比晚清要复杂得多，远非"启蒙主义""个性解放""人道主义""世界主义"等几个关键词涵盖得了，但"革命"显然是统括所有话语的核心词汇。"五四"时期的文学话语，从某种程度上讲，其实就是"五四"革命话语的文学性表述。既然"五四"文学大都立足于先在的政治性文本，那么，它自然有或轻或重的"意识形态化"倾向，这和晚清政论小说有一定的相似之处。然而"五四"文学话语的复杂性以及作家们复杂的人生经历、留学背景、知识构成使得他们根本无意或无法实践梁启超所倡导的"通俗文学"，更不会走为他们所批判的带有浓厚旧文化痕迹的庸俗的晚清作家"通俗文学"的老路。比较而言，他们热衷的是建立与西方文学共时存在的现代形态的中国文学，并使文学成为开启民智的工具。然而，现实和理想显然有巨大差距：尽管"五四"时期作家的启蒙立场使他们将读者想象成全体国民，他们"个人化"的带有强烈"自叙传"色彩的叙事方式，还是只能吸引和他们精神状态较为接近的"文学青年"，也就是说他们文学的启蒙范围只局限于相对狭小的对文学感兴趣的知识青年群体而已。

总的来说，作为"文学革命"一部的"五四"小说理论与文体建构，同样以启蒙为核心，以革命为旨归，以审美建构为内容，从"小说革命"走向"革命小说"，大体分两个阶段进行。

一是 1917 年胡适、陈独秀发动的"文学革命论"，从理论上为中国现代小说确定了基本的叙事路向。胡适在《新青年》第 2 卷第 5 号发表的《文学改良刍议》中说:"吾每谓今日之文学,其足与世界'第一流'文学比较而无愧色者,独有白话小说一项。此无它故,以此种小说皆不事模仿古人,而为实写今日社会之情状,故能成真正文学",倡导"白话"文学,倡导写实文学。胡适另一篇文章《建设的革命文学论》进一步强调文学的写实精神,首倡下层劳动人民应成为文学的主要表现对象。

陈独秀于 1917 年 2 月在《新青年》发表《文学革命论》提出:"推倒雕琢的阿谀的贵族文学,建设平易的抒情的国民文学。推倒陈腐的铺张的古典文学,建设新鲜的立诚的写实文学。推倒迂晦的艰涩的山林文学,建设明了的通俗的社会文学"的"三大主义",明确了作家与社会的关系,号召作家建构通俗、抒情、新鲜、写实的平民文学参加社会革命。

二是 1918 年周氏兄弟以创作和理论实绩,确立了启蒙性现代小说的批判风格和"人"的主题。1918 年 5 月鲁迅在《新青年》发表《狂人日记》,以寓言象征意味极强的现代小说叙事方式抨击旧家族制度,是现代文学第一篇成功的较完全形态的意识形态性小说。同年 12 月,周作人在《新青年》发表《人的文学》《平民文学》,高扬人道主义大旗,阐述"人的文学"和"平民的文学"的概念,确立了包括小说在内中国现代文学"人"的基本主题。试图以"人"的价值肯定,将国人从集体无意识的"民"的意识中唤醒,追求人的自由、平等、个性、尊严、权利。鲁迅《狂人日记》和周作人"人的文学"一起,标志着中国现代作家人的意识的觉醒和作家主体意识的觉醒,标志着中国小说叙事开始真正进入人的内心,人的因素开始渗入小说叙事的各个方面,开始取代故事成为叙事的核心元素。这是对以专制为核心的传统文化的反叛,既是文学审美的革命,也是意识形态的革命。

胡适、陈独秀、鲁迅、周作人等人分别从不同方面塑造了写实启蒙、改造社会的中国现代小说的品格,使现代小说不仅成为塑造中国人品格的重要文化活动，也成为凝聚民族想象共同体的意识形态。

严肃文学范畴内的中国现代小说一般来说有三种品质，一是追寻文学本身的意义，建构超越世俗功利的诗性空间；二是小说叙事指向现实的政治目标，承载个性主义、人道主义思想价值体系，虽然在批判专制的同时在一定程度上损耗诗性，但依然能保持文学审美的独立性；三是意识形态全面介入文学，文学成为机械图解意识形态的工具，政治概念遮蔽文学审美与写实，小说隐性的政治文本与显性的文学文本完全重合，小说沦为意识形态的工具。鲁迅等作家的"呐喊"小说，多有文学审美与意识形态纠缠不清的品格，既建构启蒙性、批判性的政治话语，也建构新的文学审美形态。现代文学的开山之作鲁迅的《狂人日记》即为如此，既确立了现代小说的叙事母题，在社会历史文化批判的意识形态性层面指斥宗法专制制度与文化"吃人"的恶，在哲理思辨的层面审判人与人互噬本性的罪，又建构了现代小说的基本叙事方式，其符号性象征修辞、寓言性比喻修辞，在赋予叙事现代主义素质的同时，也增强了叙事的理念化意识形态力度。《药》《一件小事》《风波》《阿Q正传》等小说皆如此，既是对中国人本性的写真，又是对终极问题的形象追问，还是穿越时空的尖锐的历史社会批判书，是文学话语和意识形态话语结合的经典之作。而《在酒楼上》《孤独者》等少数篇幅，则多个人化主情叙事，抒发生命忧伤，其中固然隐藏有意识形态内涵，却非主题及叙事的目的，是较完全形态的审美叙事。鲁迅借鉴域外小说及中国传统文学的生命体验的叙事方式，使中国小说第一次具有了描绘中国人灵魂的叙事能力，在新小说形态建构方面居功甚伟，至今无人超越，对中国现代文学意识形态小说及非意识形态小说的写作影响深远。

理念化意识形态化小说的出现，在茅盾主编《小说月报》之后。鲁迅《狂人日记》虽开启了中国现代小说创作的端绪，然响应者寥，仅汪敬熙等三人追随实践，且无成功之作。至1921年茅盾主编《小说月报》，杂志革新改版，冰心、叶绍钧、落华生、王统照等五六新小说家以之为园地发表作品，现代小说创作才渐成气候。这些年轻作家，偏爱抒写自己所热衷的恋爱生活，小说多有结构雷同、人物机械、技巧稚嫩的毛病。茅盾便要求年轻人从私人化写作里走出来，克服写作境界狭小的缺陷，以天下为己任，为劳动阶层代言，暴露社会问题，扩大小说写作的意义，使小说成为开启民智、变革现实的意识形态力量，得到了青年作家的响应。这开启了冰心等小说家的意识形态意味极其浓厚的"问题小说"的写作，这是较完全形态的中国现代小说意识形态化叙事的拓展。

此后中国革命现代小说的理论与实践建构，始终受功利性的意识形态立场制约而显示出一种较为逼仄的状态，无论是创作还是批评，往往局限于启蒙与救国的革命主题，小说成为解决实际问题的工具，而非对人及存在深刻、自在的审美认知表述。

小说的工具化是革命文学批评家与革命小说家互动的结果。秉持文学研究会"为人生"创作理念的潘漠华的《乡心》，沿着鲁迅开辟的乡土文学思路，抒写自己的乡土亲情，表现被生活鞭打的农民阿贵的不灭的理想与追求，本为纪实生活、刻绘性格入木三分的优秀作品，却被茅盾批为失败之作，认为阿贵的性格刻画过于消极，没有体现出农民的阶级反抗意识。这种以意识形态观念规约文学，对作家非意识形态化创作倾向的校正，致使20世纪20年代后期及30年代许多革命作家农村题材的作品，大都从革命理念而非生活本相出发讲述故事，塑造人物。凭空虚构出的反抗和革命的情节和农民形象，不仅不能提供反抗现实的政治力量，反而遮蔽了真实的生活苦难和政治本相。尽管茅盾对西方文学的推介，绝不局限于意识形态性文艺之一隅，而是广泛涉及西方批判现实主义文学、象征主义、新浪漫主义和自然主义，但作为中国共产党早期党员，作为革命的文艺理论家和作家，跟有着和他一样共产主义信念的批评家、作家互动交流、批评指导时，却总是不自觉地以政党思维代替文学思维，把政治理念当成文学评判的首要标准。

革命进入文学，使阶级意识代替人的意识成为叙事核心，政治取代苦难成为叙事主调。这类作品，往往写实意味减弱，理念意味增强；人性意味减弱，阶级意味增强。小说渐渐脱离"五四"小说以人为中心的主题，而宣扬新的阶级性的集体无意识。整体性的"无产阶级"观念和集体性的"工农兵"观念取代个体性的包含自由、平等、博爱、尊严、权利等内涵的"人"的观念成为小说写作的出发点，阶级斗争意识取代人道主义意识成为小说叙事的核心推力。尽管20世纪20年代及此后的小说叙事，主要往"人的文学"和"革命文学"两个方面发展，但意识形态化小说，在理论与实践的相互呼应中，始终占据文学"进化"的最中心地带，以最进步、最道德的文学自居。

"五四"开启的文学革命在20世纪20年代初形成广泛的呼应，1921年至1923年，新生大小文学社团四十多个，文艺期刊五十多种。1925年，文学刊物激增至150种。来自西方异质的小说形态开始在中国落地生根，自由生长，各自表达自己的政治理想和人生诉求，并形成全国性广泛影响。其中成就最大的文学社团为以现实主义为宗旨的文学研究会和以浪漫主义为宗旨的创作社。

文学研究会以小说创作为主要形式，以《小说月报》为文学社的代用刊，实现"研究介绍世界文学，整理中国旧文学，创造新文学"的宗旨和"为人生而艺术"的主张。将小说地位提高到建设现代国家的人生事业高度，视接续晚清商业小说传统的"礼拜六文学"为文学大敌，言明教个人胸中块垒，高兴时抒怀，失意时消遣的文学时代过去了，强调文学的社会功利性，要求文学表现人生和社会问题，特别专注于对黑暗社会和灰色人生的诅咒，表现激剧变革时期的社会动荡与新旧冲突。这使得文学研究会成为一个文学功利目标十分明确，参与意识十分浓厚的文学团体。"建构社会人生的文学"是文学研究会文学活动的关键词。尽管会员们有的主张"真""善"文学，有的主张"血""泪"文学，有的主张非功利文学，观点并不一致，但文学研究会还是通过对俄、法、日、印、北欧、东欧等国家的文学作品的译介，通过关注现实人生的文学创作，通过对半封建、半殖民时期社会困境、人性挣扎、生活惨象的铺陈，对中国写实文学现代传统的形成，对通过制度、文化、人性透视社会人生的意识形态化写作思维模式的形成，起到了影响深远的示范性作用。

创造社同样是意识形态化写作的重要源头。创造社提倡主情主义，尊重内心，移植西方浪漫主义和唯美主义写作手法。其对"为艺术而艺术"的内心、人性、直觉、灵感纯美审美建构的强调，看似与"文以载道"的文学研究会功利性文学观念"背道而驰"，其实和文学研究会不满现实、变革社会的理念并行不悖，同样是以文学为武器反抗旧世界和旧文学。创造社后期部分重要成员参加革命，激情与革命汇合，成为开启无产阶级文学的先锋。从注重自我表现，抒发个人的性灵，展露个人的病态，转向对旧世界"不惜加以猛烈的炮轰"。他们重理想、浪漫、想象的气质在革命理想的催化下，使他们更崇尚脱离写实精神的虚拟性、意识形态性、公式化、概念化的文学写作。1928 年初，创造社核心成员郭沫若《英雄树》、成仿吾《从文学革命到革命文学》、冯乃超《艺术与社会生活》、李初梨《怎样地建设革命文学》等文章，引进苏俄文艺观念，要求作家要以无产阶级意识，为工农大众写作，并批判鲁迅等作家开创的"五四"文学为资产阶级、小资产阶级文学。其文学主张，用机械理念代替文学形象，用政治语言代替文学语言，完全偏离文学轨道；其文学论争，用政治斗争代替文学争论，首开文艺阶级斗争之端绪。

1919 年至 1925 年间出现的其他一百多文学社团及刊物，大都也倾向于文学再造国民的文学理念，培育了大批文学新人。其中贡献较大的文学刊物有《莽原》杂志、《未名》杂志、《浅草》季刊、《民国日报》的《文艺旬刊》《沉钟》周刊。《莽原》《未名》等刊的作者李霁野、台静农、曹靖华、韦素园、高长虹、韦丛芜等作家继续开拓鲁迅开启的"乡土小说"，同时大量译介了俄国文学和苏联文学，为被压迫民族的反抗文学添砖加瓦。《浅草》《文艺旬刊》《沉钟》等热衷于译介德国浪漫主义文学。林如稷、陈炜谟、陈翔鹤等人热衷抒写精神苦闷，记录时代给年轻人的惨伤。

新小说创作的十年积累，确立了新小说想象的内容边界和基本表达方式，奠定了中国现代主流小说和政治结缘的叙事基调，其小说形态多非纯然的审美，而是多种意识形态交汇合力的结果。梁启超晚清时期建构改造中国的意识形态性小说理想，终于在五四时期成为现实，并在20世纪20年代获得迅猛发展。作家们以文学为武器，反抗奴役，追求个性解放，复活生命意识，在表现民众疾苦、民族沉沦中寻求现代文明和公平正义，尽管并不具有直接改变中国现实的力量，但却能帮助读者探讨社会问题、思考人生答案，为民众提供旧小说提供不了的思想资源，帮助民众重新认识自我、民族、国家和世界，形成现代意识形态想象的共同体。

新小说从1919年"五四"发端到20世纪20年代蔚为大观，是一个新小说和作家、读者一起成长的过程，也是包括小说在内新文学取代旧文学成为主流文学的过程。鲁迅开创的新小说创作，使严复、梁启超、陈独秀、胡适等人的文学理想变成现实，其意义远远超出文学之外。源自域外迥异于传统文学的现代小说，不仅彻底改变了人们的文学观，也改变了人们的世界观。新小说自诞生那天起，就参加社会变革和社会革命，和政治有解不开的亲缘关系，尽管新文学的第一个十年中国小说并非全然意识形态化，但意识形态意味浓郁的小说毕竟占据小说的主流。随着苏俄革命对中国革命影响的加深，在陈独秀、李大钊、瞿秋白、茅盾、郭沫若、蒋光慈等革命作家的推动下，以阶级斗争为叙事核心的完全形态的意识形态化小说在20世纪20年代开始出现。新小说和其他文学体裁一起，和现实革命相互呼应，不仅塑造全新的文化人格，也塑造了全新的政治人格，这对此后中国现代文学的历史影响深远。

第二章

鲁迅小说与现代小说的初始建构

第一节　中国现代小说叙事的初始
建构与《狂人日记》

一　叙事建构的缘起

鲁迅小说叙事的原动力来自改良社会和改造国民性的政治理想："我怎么做起小说来？——这来由，已经在《呐喊》的序文上，约略说过了。这里还应该补叙一点的，是当我留心文学的时候，情形和现在很不同：在中国，小说不算文学，做小说的也决不能称为文学家，所以并没有人想在这一条道路上出世。我也并没有要将小说抬进'文苑'里的意思，不过想利用他的力量，来改良社会。""所以我的取材，多采自病态社会的不幸的人们中，意思是在揭出病苦，引起疗救的注意。"① "此后最要紧的是改造国民性，否则，无论是专制，是共和，是什么什么，招牌虽换，货色照旧，全不行的。"② 这种写作意图显然是延续晚清以来对文学作用的夸大想象，把读者想象成全体国民，企图以工具文学的伟力来改变国人及国家的面貌。

因而鲁迅的小说观念，是梁启超小说观念的直接继承，其小说的写

---

① 《鲁迅全集》第4卷，人民文学出版社1981年版，第512页。
② 《鲁迅全集》第7卷，人民文学出版社1973年版，第48页。

作动力来自启蒙意识形态而非文学本身，小说在鲁迅这里，不过是改造世界和疗救人的病苦的工具而已。1918—1922 年，鲁迅连续创作了 15 篇短篇小说，于 1923 年 9 月结集出版《呐喊》。1924—1925 年，创作了 11 篇短篇小说，结集出版《彷徨》。如果说《呐喊》集里的名篇大都是以绝望反抗的启蒙姿态来摧毁大众对专制文化现实存在的麻木不仁的外向性写作的话，《彷徨》集的代表作则大都以自省叙事抒发生之忧伤的内向性写作。无论是《呐喊》还是《彷徨》，都表现出鲁迅试图从病态中国的牢狱里释放灵魂的种种努力，这种努力，无疑与"五四"及此后思想文化界进步力量推动国家现代化的努力相一致。

　　然而，只要我们稍作检视就会发现，鲁迅的小说固然能力透纸背地诊断出社会、国民和自我的病苦，能催人梦醒，却并没有为疗救病苦开出良方。《狂人日记》只能喊一声"救救孩子"，《孔乙己》不过是传达对生命意识匮乏、同情心缺乏世界的苦叹，《药》哀叹世道人心的无药可医，《明天》告诉我们这世界其实根本就没有明天，《风波》痛感辛亥革命的失败和国人的无立场，《故乡》在质疑世界上究竟有没有希望，《阿 Q 正传》启蒙者身份的叙事者的生命和阿 Q 一起终结，《祝福》明示启蒙者其实根本就不能为被启蒙者拿出什么答案，最后我们只能看到《在酒楼上》的忧伤，和《孤独者》深夜旷野中愤怒而悲伤的长嗥。在鲁迅的小说里，启蒙者的力量不仅不足以开出救人济世的良方以改变灵魂和世界，更多时候并不比被启蒙者更有力量。鲁迅小说固然足以帮助人们清醒而深刻地认识传统、国家、民族、自我的本来面目，却并不能给人带来出路和光明。因而鲁迅的小说只做到了"揭出病苦，引起疗救的注意，"而根本无法做到"改良社会""改造国民性"的政治意识形态目的。他的人生和写作，注定只能是一个灵魂和现实相煎熬的痛苦过程，这使得鲁迅对中国现代小说意识形态叙事的贡献，主要体现在他对旧世界、死灵魂的启蒙解剖批判力和描绘力方面，他对内心和文学的忠实以及深刻认知，他对自我和种种意识形态的深刻怀疑，使他的小说从不给人提供现成的出路和答案，也使他的《狂人日记》

《阿Q正传》《药》《风波》《头发的故事》等政治意识形态意味浓厚的小说叙事也并不完全为政治话语所掌控。

鲁迅小说启蒙解剖批判力是他人生体验、阅读经验、世界观与现实相互冲突的结果。少年成长期家道的败落使人性和世界黑暗的本相突兀地裸呈在他面前并给他造成一辈子都无法祛除的伤害，也确定了他一生都未曾改变的和现实紧张对立的关系。南京、东京、仙台、东京、杭州、绍兴、南京、北京的求学、革命、谋生经历，一方面加深和扩大了这种黑暗和紧张，另一方面又使他有了对黑暗和紧张做意识形态性诠释和反抗的能力。

"诈伪无耻和猜疑相贼"[①] 是他对人性黑暗的基本判断。如果说到南京求学是对黑暗绍兴的出走和逃离的话，那么到日本留学则是对黑暗中国的出走和逃离。在日本，他终于找到了驱散黑暗的办法：一是革命，二是医学、三是文艺。几经磨砺，在东京革命党领导的无论过程和结果都十分可疑、幼稚的"革命"、只能治身不能治心的医学和能为自己独自掌控且直入人心改造国民性格的文艺三者之间，他最终选择了文艺。他在《呐喊自序》中这样解释被神话和图腾化的仙台医专"弃医从文"的画面："从那一回以后，我便觉得医学并非一件紧要事，凡是愚弱的国民，即使体格如何的健全，如何的茁壮，也只能做毫无意义的示众的材料和看客，病死多少是不必以为不幸的。所以我们的第一要著，是在改变他们的精神，而改变精神的是，我那时以为当属文艺，于是想提倡新文艺运动了。"[②]

鲁迅的文学话语方式是多种意识形态话语汇合的结果。南京读书时期所接触的严复"进化论"使他看到走出历史循环黑暗的希望并构成他历史进步观的起点，严复翻译的约翰·穆勒《群己权界论》给了他独立之精神、自由之思想的勇气，留日期间孙中山、梁启超、章太炎、

---

① 许寿裳：《我所认识的鲁迅》，人民文学出版社1978年版，第19页。
② 鲁迅：《鲁迅全集》第1卷，人民文学出版社1973年版，第271页。

邹容等人的革命学说奠定了他革命思想的基础，尼采的超人哲学给了他洞悉历史和现实的能力，给了他"立人"的文学观、反叛和独战多数的力量。① 梁启超"小说群治论"直接启动了他的文学创作②奠定了他意识形态小说观的基础。厨川白村"苦闷的象征"的文学观，则又使他的写作打上了深刻的个人化印记。幼年起所接触的老、庄、韩③、魏晋诗文④、唐诗⑤明清小说⑥等传统经典在他血脉里留下了士人风骨与文字功底，俄国及东北欧被压迫民族的作家作品、日本小说和中国传统诗文、小说给了他描绘自我与世界的基本方式。尽管鲁迅传统文学浸润甚深，老、庄、韩、魏晋风骨在他灵魂里留下了深刻的记忆，他所喜爱的《世说新语》、张岱及传统小说的白描教会他如何用文字跟世界建立起直截了当的联系，但他的叙事方式仍然是非传统的，因为中国传统的叙事方式不能直视灵魂，也不够黑暗，即便是为他所激赏的吴敬梓也不能如他所欣赏的严寒地带的东北欧作家那么阴郁透彻，中国作家太喜欢隐藏内心。只有安特莱夫、果戈理、迦尔询、契诃夫，才能把人生的苦与痛赤裸裸地暴露给人看。当安特莱夫的阴冷与虚无，果戈理通过一个小人物折射出一个时代的病态、绝望叙事和传统白描、魏晋风骨的孤愤、冷峻相汇合时，鲁迅才找到他文学话语的言说方式。

　　鲁迅对中国小说的最大贡献是建立起了一种全新的叙事方式来重新

---

　　① 鲁迅《文化偏至论》发表于 1908 年 8 月的《河南》月刊第七号。《摩罗诗力说》是鲁迅 1907 年所作，1908 年 2 月和 3 月以令飞的笔名发表于《河南》杂志第二期和第三期上。

　　② 鲁迅 1903 年自日文翻译雨果《随感录》中的《哀尘》表达对被损害苦难阶层的同情，同时译创小说《斯巴达之魂》。

　　③ 鲁迅自认"就是思想上，也何尝不中些庄周韩非的毒，时而很随便，时而很峻急。孔孟的书我读得最早、最熟，然而倒似乎和我不相关。"见《鲁迅全集》第 1 卷，人民文学出版社 1978 年版，第 286 页。

　　④ 鲁迅对魏晋风度的兴趣见中国人民解放军战士出版社 1973 年翻印版《鲁迅全集》第 3 卷《而已集》第 486 页《魏晋风度及文章与药及酒之关系》。

　　⑤ 鲁迅杂文、书信、诗歌常议论、引用唐诗，他最著名的观点是旧诗在唐代已经写尽了。

　　⑥ 鲁迅对明清小说的兴趣见中国人民解放军战士出版社 1973 年翻印版《鲁迅全集》第 9 卷第 147 页《中国小说史略》。

描绘历史和现实，以实现对历史和现实的重新解释。这种描绘和解释的目的显然是要完成对现实的彻底否定与批判，达到重塑国民性格，毁坏旧世界，建立新世界的目的，这是文学的意识形态。这种文学的意识形态和传统小说完全不同，即使是曹雪芹、吴敬梓那样充满怀疑、否定和批判精神的小说家，在历史和现实亘古不变的潜意识支配下，也不具有认识历史运行规律和现实本质的的能力，更不拥有批判现实的武器，因此，在古典小说家那里，历史、现实和人从来都是一种感性的存在，其本来面貌和灵魂的内在本质，从来都模糊不清。而鲁迅的小说，以全新的现代观念为基础建构全新的叙事形态所生成的透视力，使历史、现实和人本质的呈现成为可能。这自然是源自域外的政治意识形态和现代叙事方式与中国传统叙事方式相交汇的结果。《狂人日记》确立了新叙事的母题和叙事方式，《呐喊》和《彷徨》的其他小说则丰富和完善了这种新的叙事方式。

鲁迅显然对探寻历史现实亘古不变的秘密并将其定罪更感兴趣，很多时候，所谓新小说的叙事形态，不过是这种探寻和定罪的附属物而已。鲁迅试图勾画出自己和国人最真实的肖像，试图祛除昏昧，健全人格、自赎救赎，但他自己描绘出的历史和现实中人的真相，却又有着无法根除的原罪，这使他的小说叙事只能是绝望的反抗。尽管如此，作为呼应革命的鲁迅小说，依然既是洞悉人类灵魂的个人化声音，又是催人悔改、疗救人心的良药，和变革现实的文学意识形态。

鲁迅小说叙事方式的确立，使中国文学开始和与中国有着相似专制背景的俄国作家和被欺辱的弱小东欧国家的文学融合，成为世界被压迫民族和国家反抗文学之一部分。

二 《狂人日记》的叙事建构

鲁迅《呐喊》《彷徨》集中的小说大都写于 1918—1925 年间，这是一个比清末还要令人苦闷的时代。如果清廷的腐朽还能让人看到旧世界垮掉的希望的话，北洋政府对清廷腐朽专制的延续，则将这点希望也毁掉了。民主制度在中国的失败，既是因为以极其落后的小亚细亚生产方式为经济基础的宗法专制国家民主土壤极其淡薄，更是因为军阀和伪革命家们的私欲所致。辛亥革命以后，军阀们忙于争权夺利，革命家们忙于革命造反，自由、人权、平等、博爱、民主、科学观念的普及以及民主政体取代专制政体，依然是遥不可及的梦想。因为社会的基本结构没变，人们的观念没变，不仅普通大众昏昧依旧，即使是一些留学海外、"学贯中西"的精英分子，也不自觉以"士"的身份自居，依然将专制伦常当成拯救礼崩乐坏的现实的灵丹妙药。新统治者北洋军阀，更是大倡孔孟，继续以尊孔复古来蒙昧大众心智，以维护独裁统治的合法性，"瞒""骗"成为生活的常态，一切都令人窒息。

以工具化的儒家思想为核心价值观的中国传统专制文化将政治和道德捆绑在一起，彻底抹杀未来的概念，或依托传说中的远古乌托邦，用"今不如昔"的观念把人拦截在过去，或将专制法统等同于永恒，使时间停止，"道之大原出于天，天不变，道亦不变"的意识深入人心成为集体无意识，取消人们走向未来的可能。一个民族的文化核心价值观蒙昧黑暗本已十分可怕，更可怕的是要将其一直当成必须严加守护的万世不易的真理。因此，五四新文化运动欲以启蒙冲破黑暗，摧毁传统的以真理面目出现的"谬误意识"，重建现代理性，在文化层面上深化晚清以来的中国变革运动。鲁迅 1918 年在《新青年》第6卷4月号发表的《狂人日记》即是以小说呐喊，呼应五四新文化革命运动，对深入大众骨髓的集体无意识的专制伦常"谬误意识"揭露和批判的启蒙之作。

《狂人日记》发表之初，并未引起强烈反响，据茅盾《读〈呐喊〉》①一文回忆："那时《新青年》方在提倡'文学革命'，方在无情地猛攻中国的传统思想，在一般社会看来，那一百多页的一本《新青年》几乎是无句不狂，有字皆狂的，所以可怪的《狂人日记》夹

---

① 发表于 1923 年 10 月 8 日《时事新报·文学》第 91 期。

在里面，便也不见得怎样怪，而曾未能邀国粹家之一斥。前无古人的文艺作品《狂人日记》于是遂悄悄地闪了过去，不曾在'文坛'上掀起了显著的风波"。由此可见，作为个人意识与集体意志相融合的意识形态意味极强的小说《狂人日记》，不过是五四"打倒孔家店"彻底反传统群体口号中的一个声部，是《新青年》反传统檄文的诗性表达而已，对中国文化及文学现代转型的贡献远远大于思想革命的贡献。

然而，作为中国现代文学开山之作的《狂人日记》所确立的叙事方式和叙事母题，却成为影响至今仍未消歇的"神话原型"。这种有着"匕首""投枪"的批判风格的"神话原型"叙事方式的意识形态性，主要从以下几个方面体现出来。

一是其叙事主题的意识形态性。《狂人日记》"意在暴露家族制度和礼教的弊害"。小说对其主题有明确直白的表述："凡事总须研究，才会明白。古来时常吃人，我也还记得，可是不甚清楚。我翻开历史一查，这历史没有年代，歪歪斜斜的每页上都写着'仁义道德'几个字。我横竖睡不着，仔细看了半夜，才从字缝里看出字来，满本都写着两个字是'吃人'！"表明《狂人日记》的批判包含人性、历史和文化三个方面的内容。给人性、历史、文化的黑暗定罪，既是五四新文化运动革命思想的文学表达，也是鲁迅人生经历和阅读经验的痛切陈述。鲁迅少年时期家道中落，遭到亲戚和路人的鄙夷和冷酷对待，使他看到人性最丑陋的一面。充满战争、杀戮、阴谋、争斗的"二十四史"本身就是一部吃人史。鲁迅《病后杂谈之余》[①]对"吃人"的历史判断作了更详细的注解："那时我还是满洲治下一个拖着辫子的少年，但已经看过记载张献忠屠杀蜀人的《蜀碧》，痛恨着这'流贼'的凶残。后来在《立斋闲录》上看到了永乐的上谕，于是我的憎恨就移到永乐身上去了。"至于"仁义道德"的吃人，鲁迅更是感同身受，他的婚姻，乃至

---

① 《鲁迅全集》第6卷，人民文学出版社1973年版，第180页。

人生，何尝又不是被最爱自己、自己也最爱的母亲亲手毁掉的。沦为统治工具的"仁义道德""三纲五常"的儒教，本身即是使君臣之间、官民之间、父子之间、夫妻之间形成严重压迫关系和人身依附关系的专制文化合理、合法化的文化，是使人彻底丧失自由意志、独立人格、生命意识、人性尊严、是非观念的奴隶文化，奴隶文化必然使人陷入"处处皆现死机、处处皆成死境"吃人机制之中而无所逃遁。更可怕的是，这种以"仁义道德"为核心的纲常伦理已经深入几乎每一个中国人的骨髓，并有着不容置疑的正当性，好像只要对这种人们彼此互噬、交相受害的病态伦理稍加毁坏，中国就将堕入万劫不复之绝境。《狂人日记》的核心主题则是对这一吃人人性、历史、文化真相的揭露和批判。

二是小说人物形象刻绘的意识形态性。小说的主人公"狂人"是一个具有尼采"超人"意识和易卜生"独战多数"精神的反抗吃人历史和现实的精神战士，是一个以心理活动为主体带有鲁迅自画像特征的反抗性意识形态文学符号。而与狂人相对立的各色"吃人者"，无论是享有统治权和话语权的赵贵翁、古久先生，还是被奴役的底层人物：街上的女人、狼子村的佃户、何先生，尽皆为有着凶狠目光和尖利牙齿"吃人"共性而无具体、形象、丰富个性特征的符号性人物。他们构成"吃人的网络"，和狂人既有吃和被吃、迫害和抗争、愚顽和启蒙的对立关系，又有着"吃"的同时又"被吃"的共同命运。符号性的狂人和符号性的吃人者共同诠释着鲁迅对旧世界的理解。如果说狂人作为专制文化的解剖者、批判者、反叛者彰显的是人性的善的话，赵贵翁、古久先生和庸众暴露的则是人性的恶。无论是"狂人"形象还是"狂人"的敌人，鲁迅都有意将形象"窄化"和"意识形态符号化"，将丰富复杂的人性内涵榨掉，简化成指向性明确的象征符号，都带有较强的意识形态性。

三是小说的主观心理叙事方式的选择显然也是政治意识形态性叙事目的的结果。通过非心理性的外在"客观"叙事固然同样也能达成政治性的叙事目标，但外在的"客观"叙事显然是不可能如主观心理叙事能有如此高的表述自由，也不可能在如此短小的篇幅里获得如此巨大的叙事容量，更不可能以精神病患者的视角给生活中普普通通的人赋予"吃人"色彩，让他们的言行充满"吃人"的暗示，并结成相互联络、密不透风的"吃人网络"，也不可能使主人公以与"吃人"世界相对立的姿态，迅速完成审罪和批判。《狂人日记》的心理叙事方式和政论文的论证表述方式较为相似。尽管《狂人日记》的心理叙事是形象表述，但这种形象性的心理表述依然为我们展开了一个清晰的论证过程。取悦君王的易牙烹子，陷入荒年绝境的易子而食，尽孝道的割股疗亲，恨之入骨的食肉寝皮，以复仇名义进补的食人心肝，以惩罚名义实行的狼子村吃恶人等吃人历史和现实表现例证的列举，即是论证式的论据的罗列；路人吃人、亲人吃人到自己吃人的渐次发现，质疑吃人"从来如此"的合理性到反抗吃人，最后发出"救救孩子"绝望的呼喊，则呈现了"吃人"论证批判过程。显性的文学文本和隐性的政论文本的重合，使得《狂人日记》犹如形象、抒情的批判书，呈现出较典型的意识形态性文学特征。

四是对比性的叙事方式也和论说文"对比论证"的结构暗合。《狂人日记》由文言小序和白话正文两部分构成：文言小序以"现在时"告诉我们狂人痊愈赴某地候补，已经成为病态社会中正常的一员，是堪登大雅之堂的正统文字；白话小说则是以"过去时"对恐怖、病态吃人现场的详述，是狂人精神分裂时所写的疯言疯语。文言小序是对"吃人"的认同和回归，白话正文则是对"吃人"的批判和反抗；文言小序看似写实实则荒诞，白话正文看似荒诞实则写实，两者形成相互驳难的对比关系。日记里"迫害狂"的指陈，看似疯言疯语，却又具有无可争辩的真理性和正义性。小序的记叙看似有使生活继续的正当性和正常性，却又有着让人看不到出路的令人绝望的荒谬性和残酷性。这样，不仅狂人言行的荒谬与精神的正当、吃人环境表面的合理和内里的荒谬会形成内在对比，狂人"荒谬"的"正当"也与环境"正当"的

"荒谬"也会形成外在对比。这种"对比叙事"既直接表现出鲁迅驱除黑暗追求光明的急切心理，也曲折透露出社会、人心变革的艰难，以及鲁迅相信启蒙又怀疑启蒙的复杂心理。

五是小说直白的比喻性象征叙事同样也呈现出较强的意识形态叙事特性。将抽象的政治理念和论证过程形象化为比喻性叙事符号和叙事架构，是《狂人日记》最重要的文本特征之一。我们可以轻易地从《狂人日记》里找到理念化比喻叙事的痕迹。"狂人"是反抗专制传统和人性黑暗的"超人"的象征，赵贵翁是宗法制度统治者的象征，古久先生是专制传统文化的象征，"陈年流水簿"是中国悠久吃人历史的象征。而那些"给知县打枷过的，给绅士掌过嘴的，被衙役霸占了妻子，老子娘被债主逼死的"不愿觉醒的"帮凶""奴才"，显然是人身依附于统治者无自主意识有待唤醒的奴性庸众的象征。"大哥""母亲""妹子"和"黑沉沉"坟墓一般的屋一起构成被旧礼教戕害的旧家庭的象征，"妹子"是鲁迅所想解救的下一代的象征。"海乙那"是"吃人"的象征，包括"我"、母亲、兄长、妹子在内的所有人织成的无处逃避、密不透风吃人的罗网，是四千年以来乃至更久远的中国历史和现实的象征，"你们立刻改了，从真心改起！你们要晓得将来是容不得吃人的人……"和"救救孩子"比喻性形象议论，则是小说集《呐喊》核心意象"呐喊"的象征。

《狂人日记》叙事的驱动力源自先在的五四新文化运动理念，就连整体性的人物形象塑造、叙事结构搭建和叙事修辞的选用，也莫不以先在的意识形态理念是否能得到最直接有力的表达为依据。《狂人日记》用"狂人"表面的"疯狂"，映射出"四千年来社会文化秩序"实际的"疯狂"，以"狂人"表面的"悖谬"，实证出"四千年来社会文化秩序"实际的"悖谬"，以"狂人"的"非理性"反证出"四千年来正常社会文化秩序"实际的"非理性"，并指出它的本质就是"吃人"。这种精简、写意、隐喻、象征的文学文本使藏在背后的隐性的批判性政治文本得到形象有力的表达。尽管《狂人日记》诗性的叙事形态和终极性的人性追问超越了意识形态的边界，但其启蒙呐喊性的写作目的和文本的意识形态性叙事特征，依然决定了确立中国现当代文学叙事母题的《狂人日记》本质化较完全形态的意识形态叙事的特征。

第二节 "故乡"叙事

一 "失乡"的意识形态性叙事

《呐喊》《彷徨》二集，共收小说25篇，每一篇小说都有着各不相同的启蒙和批判的叙事意图，其中最富有意识形态表现力的当属凝聚着他故乡回忆和想象的那些篇目。"故乡"是这些小说的核心意象。从《社戏》里"乐土"一般的"故乡"到《故乡》里"没有一些活气"的"萧索的荒村"，鲁迅的人生其实就是一个失去自己故乡的过程，正像他在《在酒楼上》所感叹的那样："北方固不是我的旧乡，但南来又只能算一个客子"。"故乡"给他的伤痛以及伤痛的持续加深和本质化，是他小说叙事的重要资源。无法驱除的"失乡"伤痛的无尽蔓延，最终和他的批判、启蒙的意识形态观念融汇一处，具象为鲁迅"故乡"中农民、豪绅、小市民及各类知识分子的形象以及中国形象，使他小说中的"故乡"，既是脑海中"故乡"的摹写，又是"意识形态"观念形象的反映。

正因为如此，我们透过小说看到的鲁迅"故乡"，不再是传统文学里人们习见的山水田园，而是由宗法势力、道统伦常、愚昧迷信组成的大监狱。在这个大监狱里，居住的不再是人，而是可怕的"国民性"。"国民性"的形成与专制制度和专制文化密切相关。由于统治阶级握有国家机器，占有一切，支配一切。而下层劳苦阶级，虽为社会财富的生产者，但为了生存，不得不向权势者臣服，不仅认可上层的物质占有，也认可统治阶级的精神统治，久而久之，便在对统治阶级的迎合中失去自我，自觉或不自觉把专制伦理、道德、迷信转化为内在自觉，并与上层结盟，既维护上层的绝对统治权，又通过对自我及他人的自由意志的限制、压迫来换取自身的生存和安全。久而久之，这种生命意识、自由意志和平等观念的缺乏，这种真、善、美、爱观念的普遍缺乏，便形成了以昏昧、愚蠢、自私、势利、短视、扭曲、无是非观为特点的国民性格。正是这种集体无意识的国民性，与统治者共同维护着专制社会无休止的病态与轮回。要打破这种病态和轮回，就必须把"故乡人"从麻木、昏昧中唤醒，把"故乡"从国民性中解放出来，于是那些从未被传统文学关注过的"故乡"里的底层人：孔乙己、华老栓、单四嫂子、九斤老太、闰土、祥林嫂、爱姑……便一个个走进鲁迅小说里成为主角。

《孔乙己》延续《狂人日记》"吃人"的主题，是《狂人日记》的具象。如果说《狂人日记》是将"故乡"抽象成"吃人中国"的缩影的话，《孔乙己》则是通过"故乡"的一角咸亨酒店的世态炎凉为我们直陈"吃人"现场。在自己所有的短篇小说中鲁迅最喜欢《孔乙己》，他这样解释《孔乙己》的主题："是在描写一般社会对于苦人的凉薄。"① 即指《孔乙己》主题抒发的是直视人性黑暗的感叹。我们不难从鲁迅所说的"凉薄"中解析出意识形态性叙事内容，诸如专制旧学的等级观念对包括孔乙己自己在内以及丁举人、长衫客、短衣帮等社会全体成员的毒害，制造出一个势利、麻木、冷酷、无人性的社会，最终"吃掉"最尊崇这种文化的孔乙己。然而，无论是孔乙己还是咸亨酒店里的掌柜和酒客都不仅对"吃人国民性"造成的"吃人社会"的病态和残酷浑然不觉，而且还视之为理所当然，贫穷无地位的孔乙己在被人轻视、鄙薄、嘲弄和厌憎中浑然不觉地活在与自己潦倒身份脱节的高人一等的"士"的幻象里，咸亨酒店内外的各色人等理所当然地用鄙薄和虐待伤害着孔乙己的自尊和生命。伤害的施加者不以"吃人"为恶，伤害的承受者也不以"吃人"为罪。《孔乙己》就这样通过对"无主名

---

① 孙伏园等：《鲁迅先生二三事：前期弟子忆鲁迅》，河北教育出版社 2000 年版，第 59 页。

无意识的杀人团"虐杀"苦人"的控诉，为我们勾画出了一个生命意识、人性意识、平等意识、尊严意识、博爱意识普遍缺乏的民族的文化基因和人性基因的缺陷，这使《孔乙己》不仅在意识形态的层面批判旧国民性，也以"从容"① 的笔法为我们勾画出了一个人道主义意识普遍缺乏的民族的肖像。《孔乙己》"从容"的非理念性决定了它是一个非意识形态性的较纯粹的文学文本，然而就是这种非意识形态性文学文本所传达出来的意识形态内容，却比意识形态性文本要更加有力。

如果说《孔乙己》勾画的是一幅需要被拯救的"故乡人"的图画的话，那么《药》则是在探讨"故乡"是否还存在被革命医治和拯救的可能。思考的结果是：革命者如果不能启蒙大众，发动大众，那么革命者不仅会被嗜血的当权者"吃掉"，也会被那些自己拼力解救的愚昧大众"吃掉"。因而《药》是"吃人"主题的进一步延伸。《药》志士的鲜血被刽子手卖给愚昧的百姓做不治之症的"药引子"，"到头来既不能治心，也不能治身"② 的叙事设计，使《药》同样成为非"从容"的意识形态性寓言象征叙事。《药》的主题、人物、叙事结构都是意识形态性理念精心设计的结果。无论是凝聚主题、推动叙事的核心意象的"药"，还是另一核心意象麻木的"庸众"，还是久治不愈、最终也无法医治的"痨病"意象，都是意识形态性的象征符号。核心意象"药"，实写愚众以革命志士的血为药，虚写革命者医治中国的"药方"失效。被解救者以解救者牺牲的鲜血为可分享的福利，写尽了愚众的不觉悟，解救者与被解救者之间的疏离、彼此的悲哀与革命的失败。主体意象"庸众"，是"药"意象的映衬和强化。康大叔、花白胡子、驼背五少爷对夏瑜的议论、嘲笑与愤恨，直呈出"看客"的愚蠢、阴暗、狡黠和势利；潮水般观刑的黑影和华老栓以刽子手为救命的指靠，以革命者

---

① 孙伏园等：《鲁迅先生二三事：前期弟子忆鲁迅》，河北教育出版社 2000 年版，第 59 页。

② 王德威：《想象中国的方法 历史·小说·叙事》，生活·读书·新知三联书店 1998 年版，第 137 页。

的血为救命的药引，尽显"看客"的麻木、冷漠、空虚和愚昧。"庸众"对革命者的勇猛精进和英勇牺牲，或作壁上观，或呕尽嘲笑，在解救者与奴役者之间，倾向于奴役者的一方，既是底层细民千百年来苟且于世、怯懦软弱、奴化顺从、人性缺失的直接呈现，更是革命者不能启蒙大众、发动大众的结果。"痨病"意象，暗指中国社会病入膏肓。"华家""夏家"合起来意喻"华夏"。解救者与被解救者命运的殊途同归，夏瑜的坟茔和小栓坟茔的共埋一处，则曲隐暗示：当启蒙者和被启蒙者不能互为沟通时，他们的结局都只能做旧时代的祭品与牺牲。结尾用近乎生硬的笔墨在夏瑜坟头点染出的一圈红白的花，和《狂人日记》里"救救孩子"的呼喊一样，是硬安上去的希望的尾巴。

《药》通篇弥散着绝望于"革命"和"启蒙"的悲凉之雾，既是有关"革命""启蒙"与"庸众"关系的形象论证，又是对"故乡"有无被拯救的可能的形象追问，和《狂人日记》一样，《药》既属于他那个时代，又超越了他那个时代，其精心设计的戏剧性、理念性较强的人物、情节都带有浓厚的意识形态本质化叙事的特征，是意识形态和文学的合一。

既然"故乡"无从拯救，便有了通过"故乡人"单四嫂对"故乡"究竟有无"明天"的《明天》的探究。探究的结果只能是悲剧性的：宝儿的死去使寡妇单四嫂失去未来，弱者的处境使她像孔乙己一样在他人眼里毫无价值，孤立无援使她家徒四壁，难以维持生计，只能在孤寂无望中，厮守着她日复一日的"没有明天的明天"。如鲁迅在《我之节烈观》[①]中说的那样："节妇还要活着，精神上的痛苦，也姑且不论，单是生活一层，已是大宗的痛楚，假使女子生计已经独立，社会也知道互助，一个人还勉强生存。不幸中国情形，却正相反，所以有钱尚可，贫人便只能饿死。"《明天》叙事又回到《孔乙己》式的通过个体在生命意识普遍残缺的环境中生存的绝望来表现人性缺失的族群生命的

---

① 鲁迅发表于 1918 年 8 月北京《新青年》月刊第 5 卷第 2 号，署名唐俟。

虚空、野蛮与荒芜。

正因为"故乡"生命是如此的"虚空"与"荒芜",鲁迅的人生也就成了一个失去故乡的过程。《故乡》即是对鲁迅"失乡"的详述。"失乡"叙事在意识形态性层面和非意识形态性层面展开。在意识形态性叙事层面,鲁迅详述了"饥荒,苛税,兵,匪,官,绅"造成的"故乡"破败和闰土精神物质的双重贫困,又在今昔对比中描绘了今日悲凉的故乡对少年美好故乡的毁坏,并由此而生发出"我"对少年一代走出轮回、走出新路、再造社会,再造中国、实现历史进化的革命期望。在非意识形态性叙事层面,鲁迅通过成年故乡和少年故乡的对比告诉我们"失乡"其实是一种永恒的生命常态。"故乡"从来都是"少年不知愁滋味"的一种亦实亦虚的美好幻象,随着成年的到来,虚幻的假象总会被残酷的真相所粉毁。月光下"碧油油的瓜地中"手拿钢叉充满生机与活力的少年"小英雄"闰土终究会变成精神委顿、形貌猥琐、讷讷口不能言的泥胎般的中年闰土。这是身处时光岁月和生活磨难中的人永远也无法摆脱的宿命。终究会有类似闰土对"我"发出的那一声犹如闷雷般的"老爷"的苍老声音将人从残存的"故乡梦"彻底震醒的,生命本身就是一个美好渐渐被毁坏的过程。今天重复着"我"和"闰土"昨日美好的宏儿和水生的明天,必将走进"我"和"闰土"悲凉无奈的今天,这是人永远也无法摆脱的"轮回"宿命,这是生命永远也挥之不去的忧伤。

《故乡》的"失乡"叙事,是写实与抒情的融合,意识形态和非意识形态的融合。"返乡而失乡"的悲凉画面所映现的,不仅有国民革命失败和历史进步的艰难,更有人生"失乡"的痛苦的无奈以及由此而发出的希望之有无的终极追问。

《祝福》同样是在"故乡"中深化和延续《狂人日记》"吃人"叙事和"启蒙"叙事的母题。在"吃人"叙事的层面,《祝福》将《狂人日记》里的"吃人"意象进一步具体化,细致刻绘普通人如何在浸入骨髓的"族权、夫权、神权"的集体无意识下"合谋"杀人;在

"启蒙"的叙事层面，通过"我"与祥林嫂问答关系的设置，质疑启蒙的可能。"我"与祥林嫂不同的是：一个清醒地独立于这个旧世界，另一个终其一生努力寻求旧世界的接纳；一个作为新知识分子却不能为被害者拿出解救的药方，另一个以与杀人者共同的旧意识参与对自己的谋杀的顺奴最终却能怀疑旧意识，这显然是中国最深刻的现实主义。

《祝福》同样是意识形态叙事和写实叙事相交汇的苦难故事。在"吃人"的叙事层面，小说用"第一人称"叙事将祥林嫂夫家所在的山里世界与她佣工的鲁镇连接在一起构成一个吃人的世界，来共同完成对"纲常礼教"的否定和批判。山里没有祥林嫂的存身之地，"夫权"使她无法逃脱被婆家任意买卖的命运，"族权"使大伯随意将她赶出家门。鲁镇同样也没有她的存身之地，因为"纲常礼教"使丧夫再嫁的她成为不受欢迎的不洁之人，"神权"更因为她的再嫁，给她预设了阴司报应的酷刑。和祥林嫂夫家所在的山里的世界相比，鲁镇显然没有有意加害于她的坏人，然而，却又偏偏是这个没有坏人的鲁镇把这个最墨守这个世界荒唐规矩的祥林嫂送上了绝路，这分明又是一个没有坏人的吃人世界。没有坏人的吃人世界之所以能够吃人，是因为大家共同信奉的"纲常礼教""夫权""父权""族权""神权"能杀人于无形。和《狂人日记》比，鲁镇的"吃人"显然更加不动声色，给祥林嫂致命一击的士绅鲁四老爷虽身处鲁镇社会的顶端，却并非奸恶之人，时常翻阅劝人行善的《太上感应篇》，视年中祭祖祈福为人生最重要节目，对祥林嫂的最大伤害不过是将其视为不洁之人，不让她染指祭祖礼器，以免给家族带来霉气厄运罢了。鲁镇其他人等对祥林嫂的伤害也不过是男男女女对祥林嫂的冷漠和下意识躲避以及柳妈无意识地狱恐吓而已。对他们来说，祥林嫂的不洁、不祥远比她是否温顺、能干、质朴、守节重大得多，也远比她的生命重要得多。于是一个女人的不幸便成了大家共同放逐异类并将其送上死亡之路毋庸置辩的理由。

在"启蒙叙事"的层面，"我"虽然对"无主名杀人团"的鲁镇人文化"原罪"了如指掌，却也没有祛除罪恶的能力，因为即使是有着现代新知的"我"也因不知道灵魂的有无而无法为祥林嫂解答疑难，这无疑给了祥林嫂最后致命的一击，让她在找不到答案的恐惧中走向死亡，于是，自己在无意中，也不自觉加入了"吃人者"的队伍。

《祝福》显然是《狂人日记》的又一次注释，既进行反抗"吃人"的批判启蒙，又怀疑启蒙者的能力担当。和"主观叙事""寓言叙事"的《狂人日记》及《药》相比，"客观叙事""纪实文本"的《祝福》显然有更强的文学性。祥林嫂由一个全无觉悟的认命者变成命运的怀疑者对旧世界的瓦解力量，显然比"狂人""救救孩子"的苍白呼喊要更加有力。《祝福》对"纲常礼教""封建迷信""宗法社会"的批判，为后来中国共产党领导的摧毁中国传统宗法社会的暴力革命和妇女解放运动提供了有力的依据和支持，这也正是《祝福》后来得到主流意识形态强有力的推介并获广泛的戏剧、舞蹈、电影改编的根本原因。

《离婚》的"故乡叙事"同样也是有关中国历史能否进步的现实考察，有关专制权力和国民精神状态的社会考察。考察的结果告诉我们：数量庞大的下层阶级之所以能被统治者玩弄于股掌之上，不仅在于经年历久的专制统治使权力至上的意识深入人心，更是因为被统治阶层没有真正属于自己的智识，除了统治者制造的话语之外一无所知，即使是因有六个兄弟而强悍的女人爱姑骨子里也有着对强权话语的无条件服从。《离婚》还告诉我们，国人之所以持续愚昧，固然是他们没有独立思考的权利和意识，更是因为他们在强权的威压下，习惯于以权利交换利益。

鲁迅《孔乙己》《药》《明天》《故乡》《祝福》《离婚》等小说承接《狂人日记》"吃人"的叙事母题，为工具化的中国传统文化定罪，为人们习以为常的人的罪性定罪，其作品不仅有意识形态性的批判启蒙意义，也有恒久的文学意义。孔乙己、华老栓、夏瑜、单四嫂、闰土、祥林嫂、爱姑等传统小说里从未有过的人物形象塑造，也使中国文学第一次有了描绘人灵魂的能力。鲁迅小说在叙事类型建构和人物形象塑造以及启蒙批判素质的建立等方面的开创性的启蒙意义，不仅对中国现代文学的叙事形态和风格产生了巨大影响，对中国人的现代世界观的形成同样也影响深远。

二 《阿Q正传》

《阿Q正传》是鲁迅为北京《晨报》写的连载小说，是批判"国民劣根性"的不朽之作。当时，"宇宙四维，我国为中"的天朝上国倾塌的余震犹在，丧权辱国的惨痛延续依旧，然而，面对严酷现实，从上到下，不少人却在忧患危机面前，抱残守缺，疑惧不前，以"不变祖制"应万变，固守天朝上国残梦自欺，愈是受辱，便愈是自欺，这种自欺欺人虚妄的精神幻象，即鲁迅所言"精神胜利法"。此外，"精神胜利法"还是普通人屈服强权的无奈反应。因为人在失败后，并无"猛将策士""侠客义士""神仙人物"来救，大半只能屈服于强权。忍辱偷生，无路可走，无法战胜之时，往往以对受辱处境的遗忘和精神上的自我胜利为支撑，此亦为"精神胜利法"。尽管鲁迅"精神胜利法"专指天朝上国梦碎后失败者自欺欺人的普遍心态，可"精神胜利法"存在的历史久远与超国界，还是使"精神胜利法"批判具有超时空意义。鲁迅将这种精神病相与辛亥革命失败的根源以及争取农民参加革命的欲求糅合在一起，结撰阿Q的悲剧，痛陈革除病相的必要，使小说叙事既有着启蒙批判的政治文化意义，又有着鲜明的现实社会革命考察的政治意图，是特征鲜明的意识形态叙事。

《阿Q正传》叙事的意识形态性首先表现在人物形象塑造方面。"精神胜利法"是各阶层共有的精神病相，鲁迅把它放在底层农民身上，固然是为了将革命启蒙的对象放到为辛亥革命所忽视的占中国人口最多的农民身上来，从农民的精神性格方面探讨"农民革命"问题，也是因为农民性格是中国最有代表性的性格，是最合适的各阶层精神共相的寄植体。将民族共有的精神病相凝聚于一人一身予以集中、放大，并以夸张、荒诞的喜剧手法予以讽刺，以形成叙事冲击力，显然是为了使各阶层国民都能从阿Q身上找到自己相应的弱点，在审视阿Q的同时审视自身，幡然醒悟，祛除病根，以获取积极进取的现代品格。阿Q形象，显然是观念的产物，既是农民现实境遇及精神状态的摹写，也是当时中国现实境遇及精神状态的摹写。在未庄，阿Q处于最底层，挨赵老太爷的耳光，挨假洋鬼子的哭丧棒、挨王胡的栗凿，即使跟同样弱小的小D打架，也无法取胜，只能互相揪着辫子，你进三步、我退三步地相持不下，处境极其悲惨，可他总拿自己当最后的"胜利者"，因为他总能够在一番鼻青脸肿、浑身伤痛之后实现"精神战胜"陶然自语："妈妈的，儿子打老子。"这种"精神战胜"，看似不可思议、荒诞不经，却总是能在现实中找到印证：阿Q挨打后骂"儿子打老子"，这不正和满清政府近代以来屡经惨败仍以天朝上国自居一样？不也和现实中人争斗吃亏之后，虽然落败，但嘴巴还要找回赢面一样？阿Q受辱之后，往往用虚幻中的祖上荣耀的夸耀来医治内心的痛楚，和清朝挨了列强的打，仍凭借祖上数千年文明视列强为未化蛮夷别无二致。现实中人也常爱拿阔祖宗掩饰自己的失败。而阿Q遭辱，无处泄愤，无处找回失落的自尊，便去摸比自己更弱势的尼姑的脑袋，从更屡弱者的吃惊、哭叫中获得满足，"赢回"一点现实中于他实在稀缺的征服感，不正和清朝、北洋御外侮无能，欺压内部弱势的"异端""异己"却无比凶狠一样？不也和现实中人欺软怕硬别无二致？这种以阿Q一人的荒唐与窘境凝聚成"精神胜利法"映照国家、国民病相，"写出一个现代的我们国民的灵魂来"的简练、单纯的比喻象征性的寓言叙事，正是典型的意识形态化叙事。

《阿Q正传》叙事的意识形态性还体现在它对辛亥革命、农民自我意识和革命意识问题的考察方面。《阿Q正传》告诉我们，辛亥革命的成果仅在于赶跑了一个皇帝，是一场失败的革命。而革命之失败，在于民主力量弱小，民主力量弱小，在于没有发动人民大众特别是农民积极参与。以阿Q为个案的占中国绝大多数人口的农民现状考察的结果显然是不容乐观的。他们精神昏昧，物质贫困，自我意识和自主意识极度缺乏，无思考力，逆来顺受，甘做牛马，各自认命，无论是对传统文化还是对现代新知，都茫然无知。他们大都一辈子不离故土，没有认知世界和自我的能力，起码的人的意识、国民意识都没有，命运不能自主，更遑论参与改造国家，振兴国家？阿Q一贫如洗，穷到连姓氏、籍贯都没有，名字怎样写都不知道，浑浑噩噩，除了勤劳别无所长，"叫舂米便舂米，叫推磨便推磨"，只有机械的被奴役意识和传宗接代的动物本能。这样的民众，即使遭受再深重的欺侮与压迫，也是不可能承担推动历史进步的重任的。鲁迅对阿Q形象的刻绘，控诉了以农耕经济为基础的专制社会剥夺农民一切权利，造成农民人的意识、自我意识彻底丧失的黑暗，并告诉我们专制制度延续千百年不变却超稳定的秘密。阿Q"精神胜利法"，即是残酷生存环境逼迫出来的精神病相的一种。由此可见，如果"自由、平等、博爱"等现代新知和革命意识不能普及到阿Q这一阶层的劳苦大众，如果人数最广大的底层民众不能普遍觉醒，历史将会以民众的昏昧为基础继续停滞下去，革命绝不会成功。昏昧并不意味着底层民众会永远麻木于痛苦，屈服于欺压，会没有破坏性，人到了以"精神胜利法"自欺的地步时，有机会也是会起来反抗的。《阿Q正传》通过阿Q偶入"咸与维新"，告诉我们农民革命的可能，并通过农民革命不得其门而入刻画出辛亥革命不能触动专制根本的浮皮潦草。《阿Q正传》对阿Q单枪匹马"革命"的描述，是中国式农民革命的形象概括。从来都不掌握先进思想的农民自发革命，无非是打家劫舍，不是逸出"专制体制"外当土匪，就是打入"专制体制"内重演"改朝换代"的把戏，跟历史进步毫不相干。具体到辛亥革命的语境，本应终止历史循环的"未庄民主革命"，不仅没革掉基层"专制统治集团"的命，其"革命权"反被"专制统治集团"夺去。革命的主体"被专制的农民"不仅被取消革命资格，而且还被统治集团砍掉脑袋。阿Q被砍头这一意象，使阿Q的生命、"精神胜利法"和"辛亥革命"的意义一起化为虚无，于是《阿Q正传》便成为矛头既指向"精神胜利法"，同时又指向辛亥革命的批判书。农民和"革命"的共同"蒙昧"，使"革命"重新成为权力者操弄的游戏。阿Q和假洋鬼子们一前一后的"革命"闹剧，将辛亥革命堕入历史循环的失败刻绘得淋漓尽致。革命之后，压迫者仍是压迫者，被压迫者仍是被压迫者，民众地位不仅没有得到丝毫的改善，社会局势不仅没有得到充分改良，反而因旧秩序被打乱，新秩序无从建立而陷入更深重的黑暗，历史重又进入新的轮回，就如同阿Q临死前怎么也画不圆的那个"圆圈"，不仅是阿Q的虚无人生和宿命轮回的写照，更是"咸与维新"的虚无与轮回的写照。它表明一场不能启蒙大众、发动大众的社会革命，即使再轰轰烈烈，也终归虚空，归总为"零"。阿Q临死不能画圆的遗憾，其实也是革命的遗憾。

阿Q显然是一个符号，一个"精神胜利法"的象征符号，一个"农民"的象征符号，一个使历史堕入循环深渊的"革命失败"的象征符号。因而《阿Q正传》同样是比喻性寓言批判叙事，是映照历史和现实的一面镜子，这种比喻性叙事批判，既指向民族、国家及个人，也指向革命，是民族劣根性和辛亥革命的双重批判。

《阿Q正传》以浙江农村风俗画和革命图景为背景，描绘阿Q与赵老太爷、假洋鬼子们的对立所隐含的"阶级斗争"二元对立的叙事结构，表达了鲁迅对中国农村社会关系及农村革命的深刻理解，表达了鲁迅对农民参加革命的深切期盼，其所建立的意识形态观念和文学观念，对后来的中国革命及中国农村革命的文学叙事影响深远，是中国农村题材小说意识形态叙事的发端。

第三节　共时性的历史意识形态性文学叙事

一　《故事新编》的共时性历史叙事

20世纪20年代中后期至30年代，鲁迅不再将主要精力放在小说创作方面，而主要以杂文直接对战纷攘杂驳的现实。形象思维、间接表述的小说显然不足以成为应对纷纭复杂、瞬息万变世象的利器，只有"匕首与投枪"的杂文才能形成对现实直接、便捷的战斗力。因此，这段时间，鲁迅和现实互动的主要方式是杂文，只是间或写作"历史题材的小说"。1935 年底，鲁迅将 1922—1935 年写作的历史小说，合编为《故事新编》。《故事新编》集中的小说共计 8 篇，写作的时间跨度长达 13 年，《补天》写作起于 1922 年冬，终于 1934 年。《奔月》写于 1926 年，《铸剑》写于 1927 年，《理水》《非攻》《采薇》《起死》为 1934 年至 1935 年鲁迅离世前病中的"闲余之作"。《故事新编》文体样式独特，鲁迅对《故事新编》有这样的解释，称自己的创作是"非正式性"的"不足论为'文学概念'之所谓小说"[1]，是"只取一点因由，随意点染，即成一篇。"[2] 即阐明了《故事新编》的"随意性"和"非正式性"。《故事新编》的叙事方式和文体样式的确很难作类型界定。从内容看，它完全打破了历史和现实、"真实"和"虚构"的界限；从形式看，它糅"文学""历史""政论"为一体，似小说而非小说，似历史而非历史，似杂文而非杂文，是一种打破历史与现代之间时间壁障，打破小说、历史与杂文文体界限，对人的历史与现实存在做共时性考察、思索与批判"超时空""超思维界限"的"超级文学文体"。它的虚构性和故事性决定了它的小说文体属性，它对历史和现实自由介入考辨、批判的鲜明的政治态度，决定了它叙事的意识形态属性，因而《故事新编》同样也属于意识形态性小说文本。它的核心叙事手法是"油滑"[3] 性戏拟，这种戏拟既打通了小说的文体界限，又剥去了古人及现代人所戴的假面，裸呈了远古的英雄、圣贤及现代各色人等的历史与现实的困境，使小说叙事得以进入到古今合一的共时性空间，体现出一种宽阔、自由的写作精神与融现实批判与人类终极关怀为一体的悲悯情怀。

　　《补天》（原题《不周山》）写作始于 1922 年冬，糅《淮南子》《山海经》《列子》《史记》《博物志》有关女娲及相关"旧神话传说"

---

① 《鲁迅全集》第 2 卷，人民文学出版社 1973 年版，第 451 页。

② 同上书，第 450 页。

③ 同上。

为一体,想象性地结撰"新神话传说",试图解释人类及文学的缘起。①
女娲历来被奉为中华民族的初祖,有"补天""造人"的传说,但对其
为何"造人""补天",一直没有明晰的解说,鲁迅试图以弗洛伊德学
说为依据,为女娲造人找一个合理的根源。于是,女娲"造人"被解
释为孤独中的偶然、精神上的无聊、母性的骚动,这就使创世神话,摆
脱无根的神圣性,而有了一个生殖冲动的理由。女娲创世,既景象瑰
丽,又疲累无聊,被胯间小人无意义的嚷声搅扰得不胜其烦,终于只是
嬉戏般的"夹着恶作剧的将手只是抡",造出远不如前精致的"呆头呆
脑""獐头鼠目"小人来。女娲的造物,似乎并不能令神喜悦,因为人
类自诞生那天起,便即败坏,以至人神相隔,不能对话。人类败坏的变
本加厉,终至世界"仰面是歪斜开裂的天,低头是醲醴破烂的地,毫
没有一些可以赏心悦目的东西了。"渐渐披上文明外衣的"古衣冠小丈
夫",也跑出来指斥赤身裸体的女娲伤风败俗。如果说人类之母的女娲
是大自然和诗性的象征的话,那么人神关系的断绝就意味着人与自然及
诗性关系的断绝。被人类连累的女娲终至死亡,既是大自然与诗的死
亡,也是人类的死亡。女娲死后,人的生命即变得荒芜而毫无意义,对
"不死的仙山"的寻找,终无结果,不仅秦皇汉武寻不到仙山,"直到
现在,总没有人看见半座神仙山,至多也不外乎发见了若干野蛮岛。"
至于人在女娲死去后,躲躲闪闪地杀到,举着极大极古的大纛,在她身
体最膏腴处据扎下来,以"女娲的嫡派"的名义,占据创世者的承继
者的高地,利用死去的人类之母的剩余价值,则是不知悔改的人类从过
往持续到现在一以贯之的习惯性表演。《补天》起笔于鲁迅熔铸历史神
话传说以解释"人类及文学的缘起"的创世想象,描绘人类的起源及
原罪、堕落、战争与死亡。终笔于现实批判:因宏大的构思无法收尾,
遂插入"古衣冠小丈夫"指斥女娲的情节,影射胡梦华对汪静之诗集
《蕙的风》的道德审判的虚伪以捍卫五四"人的文学"而匆匆作结。创

---

① 《鲁迅全集》第 2 卷,人民文学出版社 1956 年版,第 303 页。

世神画与时事漫画的连接，使鲁迅经营不朽的宏大构思终于沦为了现实道德文化批判的即时文章，以《补天》重塑"民族魂"的叙事意图化为乌有。诗性的经营化为"油滑"的批判，是鲁迅有意为之的叙事选择，这奠定了《故事新编》的叙事基调。

《奔月》将英雄置于"英雄无用武之地"的时间段落，写英雄的现实尴尬和寂寞。通过英雄性格与日常生活的矛盾，表现"英雄性格"的非常态性，日常生活无边的庸俗性及侵蚀性。当世界无须英雄拯救，九日已被射落，"封豕长蛇"之类的巨物及其他动物也都被射得"至于精光"，英雄便落到用"巨镞"射"三匹乌老鸦和一匹麻雀"的境地。天下无敌的"射日伟力"赢来的是无可战胜的敌人——日常生活的琐屑。英雄固然不属于琐屑的日常生活，琐碎的日常生活也不屑给英雄留一个位置。被遗忘的后羿得到的是老太婆的奚落和鄙夷、徒弟的冷箭和戾骂、老婆的抱怨和背叛。非常时期"非常有能"的大英雄的现实境遇实在是比不上普通人。最后后羿射月的不能和追月的欲求，又告诉我们，庸众对英雄的嘲笑、遗忘和背弃，似乎并非全无道理。《奔月》是鲁迅以自己的现实境遇去演绎《淮南子》《本经训》《览冥训》《孟子·离娄篇》中的后羿故事，以现实改写"历史"，又用"历史"描绘现实。鲁迅《补天》通过英雄与家庭、庸众、学生之间的尴尬曲折地表现了自己的现实境遇和真实心态。告诉我们：在势利社会里，是不会有启蒙者和救世者落脚的地方的。平庸和琐屑，即是社会的常态，英雄要想在庸众的世界里待下去，只能在涂污中和庸众融为一体。

《理水》同样也是"英雄叙事"，既是有关"中国脊梁"式"英雄"的历史考察，又是鲁迅与现实关系的真切写照。大禹亦如墨子，也是鲁迅文学作品中难得的有着科学实干精神的"中国脊梁"。彼时彼地的历史人物和此时此地的时代人物共时性的存在映照出鲁迅的历史与现实的批判性解读。"汤汤洪水方割，浩浩怀山襄陵"之后，最先登场的是吵吵嚷嚷空谈的学者们，尽管大禹和他们同处于一个时代，但他们却对大禹不甚了了，大家先是非议大禹治水绝不会成功，后来又对大禹是否实有其人也开始怀疑，在一番口水四溅的考证争执中，和洪水斯拼的大禹终于在他们嘴里考辨成了"一条虫"。当考查水灾的胖胖的大员来到，学者们更是将他们嗜好空谈、炫才弄才、溜须拍马的荒唐和奴性表演到极致的地步，苗民语言学专家说天空每月掉面包，研究《神农本草》的学者说灾民吃的榆叶里面含有根本就不存在的维生素 W……性灵派小品文文学家借机献上大作："吾尝登帕米尔之原，天风浩然，梅花开矣，白云飞矣，金价涨矣，耗子眠矣，见一少年，口衔雪茄，面有蚩尤氏之雾……哈哈哈！没有法子……"一番闹腾过后，大员们被学者们公请到顶峰赏偃盖古松，山背钓黄鳝去了。歇过一天，传见下民代表。下民怕官怕得要死，被推举的下民代表更是哭着声明：做代表，毋宁死！好不容易下民代表战战兢兢和大员见了面，却又只敢虚言矫饰，称水苔可做"滑溜翡翠汤"，榆叶可做"一品当朝羹"。灾民的赖以充饥的水苔、树皮、树叶，在灾民自己和学者、大员的共谋下，竟然变成了上呈舜王的"善后条陈"，被装进写着"伏羲八卦体""仓颉鬼哭体"的精巧细木盒子，并以盖有"国泰民安"字样的盒子排第一，以备宣付史馆。至乞丐一般的水利大臣大禹率领一群"面目黧黑、衣服奇旧"的随员回来，闹剧也不能停止。抵御洪水，劳心竭力，形如乞丐的大禹，固然能"放田水入川，放川水入海"，调有余而补不足，退去"浩浩怀山襄陵"的洪水，回归朝廷之后，最后却也不能免俗地变成禹爷，被皋陶树做谁不学，谁就犯罪的榜样，"吃喝不考究，做起祭祀和法事来，是阔绰的；衣服很随便，但上朝和拜客时候的穿著，是要漂亮的"，终于沦为统治工具，且被归化为统治阶层中普通的一员。大禹的异化和工具化，终于将英雄的意义消解为虚无。《理水》是对比叙事，空谈的学者、腐朽的官员和埋头苦干的大禹形成的对比凸显出学者、官员的丑陋和大禹实干精神的光辉。《理水》同时是共时性叙事，历史中的学者、官僚、下民，无不操持现代语言，这使得历史中的学者、官僚、下民和现实中的学者、官僚、下民形象叠合，成为一种超越时空的共时性存在，各自表演自己无灵魂的丑态，各自完成自我价值的彻底否定，也使历史英雄和现实英雄形象叠合，以完成实干精神的颂扬和异化的批判。

《非攻》不是墨子《非攻》的现代翻译，同样也是"中国脊梁"式"英雄"的具象。兼爱实干、英雄救世精神的歌颂，荒谬战争的批判，固然是《非攻》应有之义，但抗战背景下借历史故事做现实社会批判，更是鲁迅所想表达的主要内容，这种社会批判，显然是以墨翟的视线为线索进行的。楚国郢都赛湘灵演唱《下里巴人》轰动全城，是对上海战争背景下流行《我爱毛毛雨》的嘲讽，曹公子街角演讲则是对"民气"论和民族主义文学一味主张牺牲的批判。小说的结尾，照例表达了实干家们服务国家、大众，却不被国家大众接受、理解的孤独。当宋国的拯救者墨翟回到宋国时，不仅被搜检两次，剥了包袱，甚至连城门躲雨都不被允许，被执戈的兵丁赶进雨中，"淋得一身湿，从此鼻子塞了十多天。"当然，小说叙事的主体还是以鲁迅小说少见的正剧形式完成了关于墨子和弟子以坚韧和智慧折服楚国使宋国转危为安的表述。这种以现实为依据的历史想象的真意并非通过历史解释永恒，而是要通过历史解决现实问题，是鲁迅抗战观的直接表现。

《铸剑》也属"英雄叙事"，是复仇的颂歌，尽管眉间尺和黑衣人的勇敢决绝的复仇和献身，最后消失在侍臣、太监、后妃们治丧的无聊与庸众观葬的欢乐中，且不能给社会带来任何改变，但他们的复仇，依然还是完成了罪恶必被追讨，正义必得伸张的英勇与悲壮。是质疑复仇又肯定复仇价值的文学性的思想陈述。

通过儒、道、墨诸家逸闻佚事，考索传统文化的历史尴尬处境，影射现实的蒙昧黑暗，感叹真善美爱的无处落脚，是《故事新编》的又一主要内容。

《采薇》写理想主义的现实幻灭和无可依存。伯夷、叔齐有着透视现世的清醒目光，在商纣无道、砍脚取髓、比干剖心、"变乱旧章"之时，仍能清醒地看到，武王伐纣仍不过是以暴力代替暴力，因此，尽管他们阻道于市的勇气来自于儒家不可"以下犯上"的信条，仍然体现着超越所有人智识的彻底清醒。然而，信仰的力量在强大的现实面前，常常不堪一击，阻道于市的他们，立即被姜太公的卫成部队，采到路边，轻轻一推，便滚落一旁。有趣的是，姜太公讨伐的名义，与伯夷、叔齐并无二致，他们伐纣，并非因为纣王虐民，而在商纣不尊"先王之道"。至于武王灭商，也遵从"仪轨"式的教条，不管死没死，都赏上三箭。而熙攘的百姓，对商纣的被灭，则毫无兴趣，他们只关心纣王自杀时堆在屁股下的宝贝烧没烧，妲己漂不漂亮。道德律从来都不过是谋利的幌子，也从来无人遵守。礼崩乐坏，世事如此，"遵先王之道"反对"以臣弑君"的叔齐、伯夷只好逃入深山，以寻清净之地。谁知逃亡路上，"遵先王之道"的伯夷、叔齐"巧遇"了一伙同样"遵先王之道"的强盗小穷奇。这伙小穷奇"遵道之法"以"敬老"的名义对叔齐、伯夷实施"剥猪猡"，可见"先王之道"是如何的不管用且易被偷换概念。一番考量之后，叔齐与伯夷只好"不食周粟""上山采薇"。这番穷境，既表现了叔齐、伯夷理想主义的现实失败，也表现了他们"食为王赐""而非民有"思想意识的糊涂。一番"采薇"之后，又惊动了首阳村上上下下一干人等，其中包括一等高人小丙君。小丙君既是对历代投机革命获利者的写真，也是对一番"换汤不换药"的"辛亥革命"成功之后首先获利者的影射。小丙君虽是商纣远亲的干女婿、商朝祭酒，却也能携得物资、人力奉"天命"以投"明主"，这种从小穷奇到小丙君上上下下偷换概念的一致，让人看见，所谓儒家思想，从来都不是人人遵守的真理，而是任人解释的工具。唯一遵守儒家律条的叔齐、伯夷的下场，则是在听到投机者一番"普天之下，莫非王土"的先王之道之后，立即由"不食周粟"到"不食周薇"，活活饿死。而最尊奉、信守儒家教义的他们身死之后，却被人议论为"不是孝子""讥谤朝政"之人，更是彻底揭示了世俗的功利和人情的凉薄。理想主义者从来都是不被理解和尊重的，在这个没有信仰、理想只有功利的国度，理想主义者不仅不会被理解，也不会有立足生存之地的。《采薇》就是这样，通过伯夷、叔齐的遭遇，写出胡适所鼓吹的"王道"精神的无用和历史、现实和人心的功利黑暗。

《出关》也是五味杂陈的政治讽刺文，尽管向来以文学干预生活的鲁迅申明《出关》不过以孔进老退来宣扬有为进取精神对无为退守精神的胜利，批评老子无为思想的无用，坚决反对将《出关》和自己的现实境遇联系起来做过分解读，但我们依然能读出鲁迅所不愿面对的意义，我们依然能够把《出关》看成言说者与聆听者之间现实关系的讽刺寓言，看成鲁迅现实境遇的一面镜子。老子、孔子之间的"坐而论道"，未能免俗地成为两大精神领袖争高下的斗机锋，而老子的出关，则是两代宗师不动声色争斗的结果。至于老子"传道"前后所受到的热情的虚应款待，"传道"时的了无知音，五千言《道德经》被优待的十五个饽饽，以及书吏后来后悔"应该只给十个"，《道德经》最后被放在堆着充公的盐，胡麻，布，大豆，饽饽等类的架子上的命运，更是精神导师内心悲凉的写真。无心听讲的巡警、签字手、五个探子、书记、账房和厨房固然愚钝，不能对老子的"布道"甘之如饴，却未必不能略窥其中一二妙理，但由欲望裹挟的精神常态，从来都是天道的敌人，于是便有了对盛名之下的老子的讲道和著述的轻薄议论和对待。所以，尽管鲁迅将《出关》的意义局限于对逃避现实、脱离民众、一味务虚时风的嘲讽，但其文本意义还是溢出写作意图的设限，而透露出世俗排拒文化的文化小说的大格局。

《起死》以莎剧式的恢宏和魔幻格局嘲讽了"此亦一是非，彼亦一是非"无是非的相对主义。当庄周路过郊野，出于"好奇""怜悯"，冲动地管了一回闲事：以自己的三寸不烂之舌及自己著名的"齐物论"，说动大司命复活了一具髑髅——五百年前的纣王时期倒毙于途的莽汉。虽然他有说动神界主宰生死的大司命复活髑髅之大能，却无驳倒一乡下无知莽汉之辩才。在莽汉一迭声的拷问下，庄周怎么也无法说明这五百年间的光阴流转，无法解释自己如何复活莽汉，陷在被莽汉追讨衣物的窘境中无法逃脱。"彼亦一是非，此亦一是非"的诡辩术在简单的现实反诘面前全部失灵，"圣哲"斗不赢村野匹夫的一根舌头，更斗不过村野匹夫的浑身蛮力，最后还是靠世俗的力量逃脱了窘境：如不是赶来的巡警的上峰是庄周的拥趸，庄周和楚王又大有关系，庄周恐怕很难摆脱被剥光的厄运。尽管鲁迅戏说庄周，目的在以小说为杂文，用诡辩论在诡辩面前的失败，批判相对主义的无是非观念，但小说依然不自觉流露出鲁迅所不愿面对的含义：哲人尽管可以跟神仙对话，可以起死回生，但却无法跟村夫讲清起码的道理，面对现实世界，也远不如一个巡警有力。我们似乎在鲁迅对庄子的戏拟中，再次看到鲁迅自己孤独的身影。

二 《故事新编》的英雄叙事、文化叙事及叙事修辞

《故事新编》其意非在经营不朽，故而写得从容、洒脱，不拘行文，并不遵循已有的文学格式，体现着鲁迅阅遍历史现实、人事沧桑打破古今界限之后"随意点染"的一种放松。是历史的读后感，又是现实的批判书，既是在用历史解释现实，又是在用现实解释历史，在时间的长河中，历史和现实本来就是没有分别和界限的。《故事新编》的"随意行文"，体现的是鲁迅对历史、现世和自我的片段思考，这些片段思考通过历史故事的想象连缀一处，便成为文学性的政治论文，秉持着鲁迅一以贯之的文学意识形态化观念。

《故事新编》的意识形态性首先表现在他对英雄和儒道思想的历史现实境遇的探讨方面。

《补天》宣告人神关系断裂之后，鲁迅塑造了英雄形象系列，探讨了英雄的价值以及英雄与现实的关系。这些英雄，既是历史人物，又是现实人物，既是希望之所在，又是失望之所在。墨子、大禹、后羿、宴之敖者，是"民族的脊梁"，是富有实干精神和行动力的"超人"，他们是大有能力者，但却又都是现实的失败者，他们创造了伟业，但自己最终却都被权力者和庸众吞噬掉。他们是不见容于世的孤独英雄。与之相反，由《补天》中女娲的后裔们，《铸剑》中臣、王妃、庸众们，《非攻》中曹公子们和募捐救国队，《采薇》中的强盗小穷奇、阿金、

小丙君们，《奔月》中的老太婆、逢蒙、嫦娥们，《理水》中文化山上的无聊学者、官员、皋陶们，《出关》中关尹喜及属员们，则生生不息，汇聚成浩浩汤汤的汪洋大海，将墨子、大禹、后羿、宴之敖者等英雄们吞没干净，并消解公平正义，甚至消解一切存在的意义，以庸俗、喧闹、卑微、琐屑、功利、势利、无是非，使生命的意义归为虚无。鲁迅曾这样评价这些："这一流人是永远胜利的，大约也将永远存在。在中国，惟他们最适于生存，而他们生存着的时候，中国便永远免不掉反复着先前的运命。"①

《故事新编》还宣告了作为传统文化核心的儒道思想的历史和现实失败。鲁迅自认"就是思想上，也何尝不中些庄周韩非的毒，时而很随便，时而很峻急。孔孟的书我读得最早、最熟，然而倒似乎和我不相关。"② 其实鲁迅受儒家思想的影响也是很深的，他对母亲、朱安、兄弟的家庭、家族关系的处理，他的积极有为、勇猛精进和自强不息，体现出他完全是自觉践行儒家家族观念和积极有为精神的典范，尽管他一直有明确的反工具化儒家乃至儒家的观念。和《狂人日记》把传统文化等同于"吃人"不同，《采薇》《出关》《起死》所表现的，不是传统的罪性，而是传统的失败。《采薇》似乎是在借伯夷、叔齐指斥胡适提倡"王道"的荒诞可笑，但其批判的锋芒，则更多指向小穷奇、小丙君以及小丙君的婢女阿金的偷换概念、趋炎附势、帮忙帮闲、厚颜无耻、毫无节操。《出关》固然是让积极进取的孔子送"清静无为"的老子出关，批判20世纪30年代崇尚空谈的不良习气，但孔子的虚伪以及关尹喜及手下的签子手、探子、书记、账房和厨房等人世俗浅薄所构成的庸俗、腐臭气氛，对老子的排压似乎更大。《起死》本是让复生的骷髅和庄子直接交锋，来宣告20世纪30年代政客、帮忙文人鼓吹的"唯无是非观，庶几免是非""彼亦一是非，此亦一是非"自欺欺人的奴才

---

① 《鲁迅全集》第3卷，人民文学出版社2005年版，第18页。

② 同上书，第286页。

哲学的破产，但小说的重心似乎又不自觉偏向表现哲学在世俗面前的失败。

《故事新编》叙事的意识形态化性，还表现在有意打破叙事的拟古、拟真形态，将历史和现实组合、拼接、黏合在一起，引"形象议论"入文学叙事的特征方面。

《补天》在创世神话的壮丽图景中突然插入一头顶长方板的"古衣冠的小丈夫"，让他在女娲两腿间呜呜咽咽地谴责女娲裸身兽行失礼，批判胡梦华攻击汪静之爱情诗《蕙的风》伤风败俗，捍卫五四以来创导的"人的文学"。这种突兀插入对拟古叙事的破坏，把读者从真实的历史气氛中拉出来，达成一种接通古今的论辩性效果。这种鲁迅所说的"油滑风格"，给小说平添了议论色彩。尽管鲁迅认为"油滑是创作的大敌"，但引入"时事"插科打诨的"油滑"风格却在《故事新编》里一以贯之。《理水》文化山学者们空谈，开口莎士比亚，闭口维他命W、文学概论，还讲英语，享受飞机扔放的救济面包。苗民语言学家颇似沈从文，《神农本草》学者神似林语堂，小品文"没有法子"作家的文风戏拟梁实秋。《采薇》里有"养老堂""时局""太极拳""海派""剥猪猡"等现代语汇和事项。《起死》里有庄子的狂吹警笛和被巡警救走。《非攻》中有"民气论"演说的鼓噪和"募捐救国队"的强捐。《奔月》有"炸酱面""烙饼"等现代食物，并引高长虹攻击鲁迅"若以老人自居是思想的堕落"等话入小说人物语言，出现"战士""艺术家"等现代语汇。《出关》中有"馆长""起重机""税收精义""讲卫生""探子""巡警""签子手""书记""账房""恋爱"和"优待老作家"等现代名词和现代言论。《铸剑》有丹田的争执……《故事新编》里的小说人物，几乎全部都用现代语言说话，用现代方式做事。几乎每一篇故事，都刻意融入了现代生活事项和事件。这种故意打破拟古叙事的真实性和内在统一性，将小说叙事从历史语境中连根拔出，暴露文学的虚构性的"议论叙事"，既是为追求文学表达的自由，也是为了让人看清中国人精神、文化痼疾超越时空古今的"永恒不变性"，更是为了形成现实批判的战斗力。鲁迅的文章从来都不是为经营不朽，《故事新编》更是有意将叙事的意义搁浅在历史批判和现实批判的意识形态层面。

《故事新编》的意识形态性，还体现在组合改造故事原型以出新义的荒诞、反语、戏拟等叙事修辞的运用方面。

《故事新编》对历史故事的改造组合依然采取"杂取种种合成一个"的手法，将数个独立历史故事按叙事意图的需要，编织出有着新的语义结构的完整体。《补天》将《太平御览·风俗通》《淮南子》《史记·三皇本纪》《列子·汤问》所载女娲补天、共工、颛顼之战、秦皇汉武寻仙问道的神话传说及胡梦华批汪静之的今事组装成接通古今的人的堕落无耻造成的人神关系断绝、理想湮灭的故事。《出关》故事的核心细节，分别取材于《庄子·天运》"孔子问学"、刘向《说苑·敬慎》老子与常枞论"舌存齿亡"、《史记·老子韩非列传》"老子出关"的故事。三个故事被组合成老子被孔子逼迫、尹关喜盘剥及市侩奚落终于出关的一个故事，其故事内涵完全偏离故事本事，其叙事手法及主题充满了意识形态性改写历史的意味。《采薇》熔《史记·伯夷列传》《列士传》《古史考》于一炉，写尽"王道"精神的困窘无力和市侩精神对"王道"精神的篡改和战胜。《理水》更是直接将厦门大学的实况搬进大禹时代，演绎成"文化山"丑态百出的喧闹。《故事新编》其余诸篇，莫不是"改编故事原型"重新演绎服从于"主题"的故事的意识形态性叙事。这种改编叙事，一方面消解了旧文化意识形态所建立的权力话语的力量，另一方面又重新建立了关于历史和现实的全新的观念。

荒诞也是《故事新编》的叙事特征之一。我们从《故事新编》的每一个故事里都不难发现存在意义虚无，理性正当性断绝、目的失去后的荒诞。《故事新编》固然透视了历史与现实存在的荒诞，却并没有能找到走出荒诞的道路，《补天》之后，几乎所有的人都处在无根的放逐状态。人与生命分离，主人公与生活现场分离。尽管女娲、大禹、墨子、黑衣人试图创造意义，但意义总是离他们而去。因而《故事新编》是荒诞性的悲剧叙事，这种悲剧表现的是人与"无物之阵"最深刻的矛盾。因为"无物之阵"并不明确、具体，因而英雄人物并不能像古希腊悲剧英雄那样作崇高的抗争与拼搏，更不会有对反抗对象的超越与战胜。8篇故事皆充满了对存在虚无无可奈何的无尽荒凉。

"反语"几乎贯穿于《故事新编》的每一个故事，构成共同的否定、讽刺、嘲弄的叙事特质。《补天》中古衣冠小丈夫在女娲面前越是义正词严，就越显出他"伪君子"的虚伪与做作。《奔月》老婆子越是指斥真正的英雄后羿为不识羞的骗子，把后羿的英雄业绩归于逢蒙老爷，就越能映照出逢蒙射暗箭、庆骂行径的卑鄙无耻和老婆子的昏昧庸俗。《理水》中"文化山"上的学者们考据得越仔细起劲，蝌蚪文、伏羲八卦体、仓颉鬼哭体表演得越一本正经，鉴赏得越认真，学者味儿越浓，其麻木不仁、不学无术、厚颜无耻也就表演得越充分。《奔月》中女辛对高长虹攻击鲁迅的话引用得越一本正经，高长虹的无端攻击也就显得越可笑。《采薇》中小穷奇们恭行"天搜"得越礼貌，伯夷、叔齐"不食周粟"得越认真，"王道"精神的被偷换概念和百无一用就暴露得越彻底。

《故事新编》的意识形态性还体现在戏拟修辞的运用方面。戏拟即通过对模仿对象的滑稽性模仿，使模拟对象或偏离原有的语义，或走向自我否定，或建构新的意义，因而戏拟往往是讽刺的一种。《故事新编》的戏拟在历史人物、现实人物、故事、语言等层面展开。除了女娲、墨子、黑衣人等人物没有被戏拟外，其他几乎所有的小说人物、事件、语言都受到了不同程度的戏拟。故事层面和语言层面的戏拟则贯穿于《故事新编》的每一篇小说，成为《故事新编》的总体叙事风格。戏拟颠覆了历史和现实加诸人的重担，使流传已久已有定论的历史人物生发出新的意义，使以正统自居的现实人物隐藏的丑陋赤裸裸地暴露在人们面前，这既颠覆了传统文本的神圣性，又增强了小说的现实批判力量。

三　《故事新编》的叙事建构

鲁迅《故事新编》建构了一个极为宽阔的叙事空间，从中我们可以看到鲁迅用自创的叙事方式从古老故事生成新故事和新意义的叙事能力，这种能力建立在鲁迅深刻的人性洞察力和叙事建构能力的基础之上。以典籍故事为生发点结撰小说重构历史和现实，在历史和现实之间，在神话传说、先秦寓言、唐宋传奇、明清神魔小说和杂说式小说之间自由穿行是《故事新编》的主要叙事特色。故事是民俗的一种，其发生、母题、母题的流变和分类等都潜藏着人类文化心理的秘密。鲁迅《故事新编》不少篇章对见于典籍的远古神话故事作了重新表述，表达了他对历史、现实、文化、人性的重新评判。远古神话故事源于民间，是口头文学的一种。人类之所以讲故事是因为要对自我的存在及世界的存在做形象完整的描画，以看清自己的镜像，因此故事是人类自我理解的开始，文化心理的表达和叙事的起源，具有天然的文学性。神话故事的叙事有着不受时空限制和文体限制的奇幻性，鲁迅《故事新编》显然继承了这一奇幻特性，其对典籍故事中的人物、情节的大胆改造和现代语汇、现代叙事方式对故事的介入使得《故事新编》呈现出和传统神话完全不同的面貌，表现出文体界限模糊、时代界限模糊、主题多义性的特征。《故事新编》重新解释了故事和小说的关系，表现出故事讲述和倾听之间人的本性需求，表现出人类借故事建构一个完整的世界以解释自我存在的原因、状况和意义的欲求。对意义的寻求与故事始终相伴，这使《故事新编》故事的意义超出文学的范畴而具有人类学和民俗学意义。以下主要考察《故事新编》"新历史小说"叙事建构和文体建构方式。

《故事新编》显然极认同和重视故事的叙事功能，取材于古老的故事，取名为《故事新编》，其重情节性、形象性、细节性的叙事也显示出较强的故事特征。《故事新编》的叙事底本为上古神话故事、历史故事、魏晋志怪故事，杂著和类书故事，这些故事大都源自民间口头文学。《补天》借用女娲抟土造人和补天的神话新编女娲创世补天力竭而亡以及人类伪善堕落而招致人神隔绝的故事。《奔月》以后羿射日和嫦娥奔月的传说敷衍射日英雄后羿被人遗忘，陷落在灰色平庸的日常生活中无法自拔，捕猎艰难，被弟子暗害，被妻子抛弃的故事。《理水》借大禹治水传说影射现实，讲述实干的大禹被文化山上的学者们抹杀嘲笑，而借视察灾情游山玩水的官吏却被学者们逢迎吹捧的故事，并以筚路蓝缕、艰辛治水的大禹最终也被庙堂所同化的现实作为小说的收尾。《铸剑》以干将莫邪之子眉间尺为父复仇的故事新编眉间尺在宴之敖者的帮助下以生命为代价复仇成功，而复仇的意义却又被庸众的漠不关心化解为虚无的故事。《采薇》改写伯夷、叔齐不食周粟终致饿死的故事，描绘从古延续至今的坏人当道而真贤士却无立足之处的故事。《出关》借老子在函谷关留下五千言《道德经》骑青牛出关不知其所终的故事，新编老子被孔子逼出走，在函谷关为尹喜所留讲学著书却为众人嘲笑的故事。《非攻》则借《墨子·公输》墨子止楚伐宋的故事表达了鲁迅对实干精神的赞扬以及他的抗战观。《起死》借用《庄子·至乐》篇新编庄子"起死"的滑稽故事，批判相对主义，述写哲人与庸众的无法沟通。古老的故事是《故事新编》的创作源头，其叙事模式是固定的，故事模式中所包含的意义却是可以不断演绎的，形式有限而其中的意义无限是故事绵延不绝的原因。《故事新编》的旧瓶装新酒，其实也是在借旧故事申发新意义，也是在通过对旧故事的解构性的改造来表达他对人和自我的重新认知。

故事新编并非鲁迅首创，而是传统文学常用的叙事手法，中国传统史传文学及小说常用旧故事敷衍新故事，诗歌也常用典生发新义。文本之间互相作修订、补充、重复性表述，不断扩展同类文体的意义和影响，不限于文学文本，是世界各民族各类表述常见的现象，《故事新编》作为新编故事同样如此，也是以故事原型为生发点的修订、补充、再造之作。因为《故事新编》之故事和故事原型有着两千年的时间距离，因而《故事新编》如何通过古老故事生发新的意义应为叙事考察的重要内容。《故事新编》取材的文言典籍旧故事叙事极简，仅通过粗线条的勾勒故事梗概，这给了鲁迅较广阔的想象空间，《故事新编》述说新故事的第一种叙事方式是以某一神话传说或历史故事为中心，连缀其他与之相关的神话故事和历史故事，再融入现代内容结撰全新的故事情节的方法。《补天》即是如此，以女娲造人补天为中心情节，连缀共工、颛顼大战、秦皇汉武寻访海上仙山的神话故事和历史故事以及想象中的人神纷争的故事。这里人神纷争显然是核心情节，人被造后的纷纷扰扰，人与女娲之间的争吵，女娲死后"女娲嫡派"占据女娲尸体的膏腴位置，仙山下沉，只剩下若干野蛮岛的故事结局，凸显了人神相隔绝的历史过程和现实情境，将想象融会进若干古老故事以构成全新的完整丰满的寓言故事，是《补天》的主要叙事方式。《奔月》也是以自己的现实境遇所生发的想象为黏合剂黏合若干古老故事而成的全新故事。《铸剑》由魏晋时期曹丕《列异传》、干宝《搜神记》眉间尺复仇之神异故事生发而成。《故事新编》的第二种叙事方式是"只取一点因由，随意点染，铺成一篇"，《理水》即是如此，以《史记·夏本纪》大禹治水的故事为因由铺陈故事，但对大禹直接描写并不多，而百无聊赖的学者们和渎职腐败的大员们在文化山及庙堂上的种种丑态则构成小说的言说主体，是一部想象性铺陈远远大于"原型故事"的小说。取材《尚书》《庄子》《战国策》《史记》的《采薇》《出关》《非攻》同样如此，对原有故事的情节、人物、细节都做了新的拓展。《故事新编》的第三种叙事方式是脱离原故事对故事做彻底翻新改造，生发成形式内容与原故事相去甚远的全新故事，如改编自《庄子·至乐》的《起死》犹如一部独幕话剧。

《故事新编》的写作思路不为现成的文学理论局限，追求表达的根本自由，因而创构出文学史从未有过之新小说文体；意义探寻不为现成的古老故事的寓意所拘束，因而所生发的皆为文学思想史所从未有过之新义；叙事充满游戏性，既为戏谑颠覆既成历史现实和叙事方式，也为生成旧文本所无法表述之意蕴，无形中也增强了叙事的趣味效果。八篇故事，人物、故事、叙事和意义与故事原型相去甚远，所有的神话人物和历史人物的主人公都不再是文化典籍里的那般模样，无论是女娲、后羿、大禹还是老子、墨子、庄子都没有了原有的光环，都在亦古亦今的历史背景中过着亦古亦今的生活，现代语汇和现代物事大量出现在小说里，古代和现代的时空隔绝被打破了，历史的真实性和时间的真实性被消解掉，人存在的真相被凸显出来，叙事言说获得了极大的自由，小说自然也就能够提供更宽阔的阅读空间。复原历史的历史小说是不存在的，一切历史都是当代史，是现实而不是历史才是历史叙事的基点是所有历史小说叙事的基本特点，《故事新编》同样如此。不同的是，《故事新编》的叙事则通过现代物象、事象、语词故意打破历史和现代的界限，抹杀文本的"历史真实性"，强调文本的"超历史性"和现代性，使历史和现实形成一体性的关系来共生超时间的意义。《补天》里对人和文艺之起源以及人的堕落导致人神相隔的历史性表述显然和其中对现代伪道学意识的表现及批判是一体性的关系。《奔月》里后羿的历史叙事显然既是历史回顾，也是五四低潮期鲁迅的自况。《理水》中对实干精神的颂歌，对无所事事，造谣生事，逢迎媚上的文化人和不问民间疾苦，耽于享乐，欺下瞒上的腐朽官僚，畏官如虎、奴性十足的细民以及大禹最终被统治阶层同化的表现和批判，显然也是不分古今的。《采薇》所讲述的守持道德者无立足之地的故事既是古代故事也是今天的故事，这可以从鲁迅的杂文《阿金》那里得到印证。《铸剑》看似描写不为人理解的决绝的古代复仇故事以及庸众对复仇意义消解的故事，可我们却分明可以从黑衣人身上看见鲁迅自己的影子。《出关》和《起死》杂文色彩颇浓，既有对古代老庄和现实老庄的批判，也生动描绘了智者和愚者难以沟通的古今皆存的尴尬图景。《非攻》显然是既用墨子的故事歌颂中国式脊梁的实干、坚韧、智慧和反抗精神，又批判了昏昧一团的历史和现实，也鲜明地表达了大敌当前的抗战观。《故事新编》显然是追求一种打破时间界限和"文学真实性"的自由表达，并不将文本的意义拘泥于具体的时空范围之内。对真实性和时空限制的打破以凸显故事的虚拟性，既能使作者获得更大的言说自由，也能使读者在阅读中看清更多真相，在现实对历史滑稽的重复中清晰地看见千年不变的人性。这种历史和现实交相辉映的叙事能建构出和传统故事不一样的意义空间，能够建构出一种对人类自我生存状态的更完整解释，因而鲁迅的《故事新编》既是一种全新的小说样式，也是一种全新的人类自我解释方式。

　　《故事新编》对传统拟古叙事的打破主要是通过现代语词、物象、事项对文本游戏性的进入实现的。《奔月》里的"炸酱面""炊饼""白干"等物象对历史感的破坏，将高长虹攻击鲁迅的《1925 北京出版界形势指掌图》里的话，稍作改变，变成小说里的语言："若以老人自居，是思想的堕落"，"有人说老爷还是一个战士"，"有时看去简直好像艺术家"，使历史和现实交汇，古人与今人嫁接，散发出既古老又新鲜的特异气质。《故事新编》的游戏性还表现在对既有经典文本类型和叙事类型滑稽的模仿方面，其叙事基础在于对历史和现实的全然勘破之后的智力优越感，其叙事目的既为解构现成的意义，也为生成全新的意义。《补天》里滑稽可笑的小人进入女娲的故事里，既破坏了创世神话的庄严，也揭示出人神相隔绝导致的人类精神的荒原化，《奔月》通过将射日英雄的射猎生活和日常生活置于尴尬困窘的境地颠覆旧有的英雄神话，裸露出平庸生活对人生命消磨的真相，《理水》文化山上的知识精英竭尽全力、丑态百出的表演，从暗处冲出来如村妇一般责骂大禹的大禹夫人，是剥去伪装的真实历史画面和现实画面的精确写照。《采薇》伯夷、叔齐的愚钝天真和小穷齐对他们的恭行天搜，还原出天真人物的必然境遇和千百年来以仁义之名行抢掠之实的强盗们的真实嘴脸，《铸剑》里黑衣人复仇过程中奇怪而高亢的歌声和三头水中的追逐搏杀通过对复仇滑稽化和喜剧化的表述透露出鲁迅对复仇复杂而深刻的理解，《起死》里庄子、司命、汉子和巡士之间的喜剧性表演有效地消解庄子的潇洒和智慧，让人看透智者和愚者共有的愚钝。《故事新编》

的游戏性折射出鲁迅的智慧和精神境界，这种智慧和精神境界使鲁迅得以建构全新的故事模式和故事意义。鲁迅对传统故事叙事空间的重新整理，使得我们能够从对人罪性的详查和拷问的故事中解读出更加丰富和广阔的意义。奇幻性也是《故事新编》的一大特点，《故事新编》承接的显然是上古神话，寓言故事，魏晋南北朝志怪小说，《唐传奇》《西游记》《聊斋志异》等小说的传统，这类小说通常以幻想为核心来结撰故事，通常用神异的人物、离奇的情节，超现实的场景来搭建叙事空间。隐喻性、奇幻性是其叙事的主要特征。选择传奇叙事，主因有二：一是作家想搭建摆脱现实羁绊更能体现内心真实的想象空间，二是作家想获得思维自由舒张的更自由便利的言说方式。《故事新编》对神话传说和历史典籍中的人物的重新改造，将现实真实人物事件插入神话故事和历史故事之中对故事情节进行戏拟性的重新组合，充分说明鲁迅不仅奠定了现代小说叙事的基点，也奠定了现代戏拟性叙事的基点。

《故事新编》创造出中国文学史从未有过的戏拟性叙事方式，其中最特别的叙事方式是将古今不同时空的人物、语言、话语、情节、物象组合在同一场景中以形成历史现实不同时空里的人物、话语、语言、情节、物象互相解释的奇幻场景。如《理水》写大禹治水卓有成效后百姓对大禹的议论内容，就来自不同时期历史典籍的传说记载。水利局大员所说"挂冠归隐"的典故则出自《后汉书》，而大禹任职的水利局则是民国时期才有的政府机构，不同历史时期的叙事元素出现在同一叙事场景，便形成了意义既指向历史同时也指向现代的历史与现实交织对话的奇幻场面。以单一的古代典籍里的神话故事和历史故事作为叙事主体可以形成意义较为单纯的叙事方式，将不同历史时期和现代的生活内容编织进同一故事之中则会形成意义较为复杂的复调叙事。

第四节 鲁迅小说的叙事建构

一 主体意识的建构与表述

小说是作家对存在的文学性重构，这种重构体现了作家试图通过文学来建构一个人们认知世界的通道，以便人们凭此可以看见一个更加完整真实的世界。这种建构是语言力量的体现，建构本身也是一个语言化繁为简、化芜杂为整一、化短暂为恒久最终形成小说表述力量的过程，它体现了思维自身的整合力。因此，对鲁迅小说的叙事分析必须是双向分析，既通过对作家的精神世界和思维方式的分析去分析叙事方式，又通过对叙事方式分析去分析作家内在的精神世界和思维方式。

除了极少数伟大作品，中国传统的古典叙事多是一种抹杀自我的群体意识表达，鲁迅小说最重要的意义之一在于它真正确立了中国文学叙事的主体性，并为这种主体性的表达确立了一套行之有效的叙事方法。这种主体性建立在作者主体性和读者主体性彻底觉醒的基础之上，其叙事方法主要通过作者视角、叙事视角、读者视角以及叙事声音、叙事声音和读者声音的共鸣交响得以建构。在这里，无论是作者的叙事表达还是读者的阅读发现都能通过叙事得到较为有效的整合。就鲁迅小说而言，作者视角是要通过叙事揭示存在黑暗的真相，表达对黑暗存在的绝望的反抗，而读者视角则是叙事审美效果所唤起的读者对作者的绝望反抗叙事的认同，叙事视角在这里是作者和读者之间建构有效交流的中介。叙事的主体性确立之外，主题的政治性是鲁迅小说叙事的又一鲜明特色，以小说为工具达成改造社会人生的意识形态目的是鲁迅小说叙事的文学价值观，因此描绘中国人形象、表现中国人精神病象、揭示中国不合理的社会文化结构是鲁迅小说的主要内容，他的小说往往能将读者带进一个比经验现实更为真实的文学现实之中。因为鲁迅的"呐喊小说"主要目的是为了慰藉在寂寞里奔驰的勇士，那么，在他小说叙事的设计中，无论是作者、叙事者还是读者显然都不是普通民众，而是思想的启蒙者和行动的"前驱"和"猛士",这三者虽然在文学活动中所扮演的角色不同,但却又是一体性的关系。鲁迅小说自叙传色彩很浓,《呐喊》《彷徨》半数以上的小说都是第一人称小说,即使是第三人称叙事的《故事新编》也有较浓的自叙传色彩。当然任何小说的叙事都不是作者主体意志的完整表现,而是作家和读者在写作和接受过程中共同探索自我和世界过程。在这里,尽管作者视角、读者视角、叙事视角同时起作用,但起决定作用的显然还是叙事视角,因为只有叙事视角的主导才能把写作和阅读过程中的作者视角和读者视角引领整合到具体的情境中去,引领到峰回路转的叙事状态中去。叙事者是我们理解作者写作意图和他预期的阅读效果的唯一途径,因为叙事者是叙事的塑造者,无论是第三人称的疏离式叙事还是第一人称的近距离叙事,都体现了作者的自我认知和社会认知,这使得小说中的每一个人物乃至作者本人、叙事者都处在一种被表述状态,都处在一种与读者交流对话的状态之中。《故事新编》里的古代人物用自己或庄严或滑稽的行为与现代人对话,《肥皂》里的四铭、《高老夫子》里的高老夫子、《弟兄》里的张沛君在无知的罪中和无我的时间过程中与读者对话,《阿Q正传》里的阿Q、《药》里的华老栓、《白光》里的陈士成、《明天》里的单四嫂子、《离婚》里的爱姑在集体无意识中丧失话语能力和行动能力用行尸走肉般的行为动作、精神状态和读者对话,即使《长明灯》中的"疯子"出现,这种有着共同集体无意识的小说角色和读者之间的对话依然不能止歇。当然,小说人物和读者的对话归根结底还是叙事者或鲁迅本人在通过叙事和读者对话,因为小说里这些无自主意识的角色是不具有话语能力的。在鲁迅的小说中,一般情况下是叙事者在和读者对话,只有当叙事者也不能清晰地表述事件真相或鲁迅本人的叙事意图的时候,鲁迅才自己站出来代替叙事者叙事或说话。第一人称叙事的《孔乙己》即是如此,当小伙计"我"和叙事者都无法客观公允地表述事件真相的时候,鲁迅便自己出面把这个故事讲完。至于有意疏离场景、事件、人物和作者之间距离的第三人称叙事,作者则较少发出叙事声音，只有在叙事者暂时失去话语能力时才出面做补充讲述，当然这种补充性的讲述依然是以叙述者的身份说话，因而依然受到叙述者视角和叙事内容的限制，只有这样，才不至于破坏叙事本身的整一性。也就是说叙事进入叙事状态中就完全按照叙事本身的逻辑运转，而不为作者叙事意图所控制。当叙事者违背叙事逻辑，而像鲁迅自己在《呐喊自序》中所说的那样：但既然是呐喊，则当然须听将令的了。所以我往往不恤用了曲笔，在《药》的瑜儿坟上凭空添上一个花环，在《明天》里也不叙单四嫂子竟没有做到看见儿子的梦，因为那时的主将是不主张消极至于自己，却也并不愿将自以为苦的寂寞，再来传染给也如我那年轻时候似的正做着好梦的青年……，就会破坏原有叙事的完美与整一。这就是说，在鲁迅小说里，无论是第一人称叙事还是第三人称叙事都是一种限知叙事，因为作者不可能全知全能地通晓一切，叙事者则又为作者所限制。从某种意义说，叙事者只不过替作者在文本中扮演"说书人"的角色而已，既讲故事又与读者对话，既有充分的表达自由，又无法言尽一切，他和作者形成互相制约的关系。从某种意义说叙述者其实也是小说人物中的一个，和小说中的人物来共同完成叙事。小说中的人物和叙事者之间也是一种制约和被制约的关系，因为当小说中的人物成为独立生命体之后，他们的言行和命运，就不为作者和叙事者掌控，也不以读者的意志愿望为转移，而只按自身的性格逻辑行动并完成自身的命运。也就是说叙事的主体性主要体现在四个方面，一是作者的主体性，二是叙事者的主体性，三是小说人物的主体性，四是读者的主体性，小说创作只有坚持作者、叙事者、小说人物和读者的主体性，才能真正实现小说的主体性，有无小说创作及接受的主体性是中国小说现代叙事与古典小说叙事的根本区别。中国古代小说往往主体性缺乏，因为小说的作者大都主体意识缺失，活在儒释道等传统意识形态里，叙事者往往承担几乎全部的叙事功能并使叙事在千古流传的固有模式中运行。作者自我意识的丧失，是文化传统和政治制度作用的结果，在完全封闭的政治文化环境里，他们的自我意识完全被阉割掉了。作者主体意识的丧失，必然导致叙事者和小说人物主体意识的缺失，作者必然会将庸俗的官方意识形态意识和民间意识形态意识融会到小说人物形象中去，使他们同样成为集体无意识观念的产物。这样，集体无意识的作者以集体无意识的小说人物为媒介和同样集体无意识的读者对话，便造成了文学活动中的集体无意识的千年恶性循环。主体意识的缺乏，使得大多数古代小说家不能实现真正意义上的写作，只有到了鲁迅这里，主体意识全面觉醒，中国小说才开始真正有了描绘社会本质和人物灵魂的能力。

二　复调叙事与单声部叙事

鲁迅有较强的文本参与意识，其叙事有力传达出他的人生观照和审美判断，无论《药》《风波》《阿Q正传》《肥皂》《离婚》，还是《狂人日记》《祝福》《在酒楼上》《孔乙己》《孤独者》《伤逝》，莫不流露出强烈的主情色彩，《故事新编》集中的每一篇小说，都犹如历史批判书和针砭时弊的杂文，既有着鲜明的时事政治性和浓郁的历史性，又有着深刻的哲理性和生动的文学性，主体不受束缚，叙事挥洒自由，是作者主体性、叙事主体性、小说人物主体性、读者主体性相互作用、互相制约、互相碰撞出来的主观性和客观性统一的经典之作。鲁迅小说的主体意识，使他的小说叙事和古代小说叙事有了根本区别，不仅使中国小说第一次有了第一人称限知叙事，也使第三人称叙事视角不再全知全能。鲁迅小说的第一人称叙事可分三类，一种是较为单一的第一人称叙事，《一件小事》《故乡》《社戏》《祝福》《伤逝》皆属此类，都是"我"一个人的叙事，小说中的"我"，既是叙事的讲述者，又是故事的亲历者；一种是复调第一人称叙事，《孔乙己》《孤独者》《狂人日记》《头发的故事》《在酒楼上》皆属此类，在这些小说中，"我"是故事的亲历者，但却不是故事的唯一讲述人，但当"我"不能客观、公允、完整地讲述故事的时候，叙事者便参与叙事；当叙述者不能完成叙事，作者便参与叙事，因而这类第一人称叙事往往是三种叙事声音叠加，来共同完成叙事，每一层叙事都有着各自独立的主体性。《孔乙己》即是典型的个例。小说开篇的主要叙事者是酒店谋生的少年，因为只有初涉人世有着好奇心而没被世俗污染的少年人才能看清长衫客、短衣帮和酒店老板各色人等与孔乙己在咸亨酒店表演的一切，才能为我们描绘出一幅清晰的江南市井图。当少年渐渐为俗世污染，和咸亨酒店里的人们一起鄙夷孔乙己而无法公允叙事的时候，叙事者和作者便出面接替少年叙事，在不动声色的沉痛中为我们完成一幅人情凉薄的人间图。而在同样是第一人称叙事的《伤逝》里，小说的叙事权则完全交托给主人公涓生，让他以手记的方式讲述自己爱情破灭的故事，让他自己探究也许永无答案的人究竟应该"真实"还是应该"说谎"的问题。因为有强烈的自叙传色彩。在这篇小说里，作者、叙述者和"我"是合一的，涓生已经能较好地传递鲁迅的启蒙观和爱情观，思想情感和鲁迅合一，叙事自然呈现出单一的第一人称叙事形态。

叙事的主体性并不等于说第一人称叙事者就是"精神界的战士"或"反抗绝望者"，除了《狂人日记》等极少数小说，鲁迅小说里的绝大多数第一人称叙事者仅仅只是"故事"中的一个或参与故事或旁观故事的讲述人而已，第一人称叙事者的设置，更多是出于叙事策略的考虑，譬如《孔乙己》中的"我"之所以是少年，是因为只有初涉人世的少年才能看见麻木的成年人看不见的人世间习以为常的丑陋，而这正是小说的叙事基础。《社戏》只有通过"我"的孩童视角，才能写出儿童眼中独有的"故乡之美"和"童年之美"，这使得这篇小说与他此前以成人视角写出的有关故乡的"失乡叙事"和"批判叙事"那些小说形成鲜明对比。《社戏》是对《故乡》的倒叙，正因为"故乡"如此凋敝，才有对"社戏"的美好回忆。正因为成年时期的"故乡"毁坏了幼年时期的"故乡"，才造成了人的无家可归的流浪。鲁迅小说的童年视角叙事告诉我们，小说建构想象世界，其实也是在建构一种对现实世界的认知。《社戏》告诉我们，世界只有在人还不具备明确的社会认知力的时候是美好的。在人的幼年期，人活在童话世界里；在人类的幼年期，人活在神话世界里。当人和人类渐渐长大以后，历经磨难并有了社会所给予的人性认知力和社会认知力以后，世界自然也就变得丑陋起来，人和人类自然也就离开"童话世界"进入"现实主义"的世界里。"现实主义"的世界告诉我们因为人性的不完美世界的真相是朽坏而令人失望的，人性造成的朽坏自然不能靠人性来解决，那么人的出路在哪里？这种追问即是《故乡》结尾所表述的人世间究竟有没有出路的思索。

作家的创作的审美历程和读者阅读的审美历程极其相似，作家写作是一个探索自我和世界的一个过程，读者阅读同样也是一个探索自我和世界的一个过程，区别在于作家探索于未成型的想象世界，读者探索于现成的文本世界。原始神话是文学的叙事基点，童心则是人审美活动的基础，童心即是诗心，神话和童心是一切艺术的基础。当童心尚存，《孔乙己》里的"我"尚能望见成人世界的冷酷和丑陋，当童心渐失，"我"便失去了讲述故事的能力，不得不由叙事者乃至作者亲自出面来继续讲故事。《社戏》中的"我"因为尚未进入尘世，童心犹在，因而"我"和小伙伴、乡民、乡土、大自然、戏曲就构成一种诗性的童话关系，因而小说也就成为一个诗性的童话世界。童心最可宝贵，这也是为什么鲁迅常常在绝望中把希望寄托在孩子身上的原因。《故乡》从某种意义上讲也是对成年世界的批判，对童年世界的歌颂。小说叙事由回乡亲历和回忆童年两部分构成，成年世界的凋敝、庸俗和悲凉的故乡与童年明媚、纯净、有趣的故乡形成鲜明的对比，在这种对比中，作者让我们看清"故乡"并思索希望，告诉我们，人生的过程也就是一个失乡的过程。

鲁迅小说常常是一种复调叙事，像《伤逝》那样的较为纯粹的第一人称叙事小说不多，《伤逝》之所以把叙事权完全交托给涓生，一是因为《伤逝》的叙事空间局限在狭小的二人世界里，只有亲历者自己才能痛述那不足与外人道的切肤之痛；二是因为《伤逝》本身就是一篇自己跟自己对话的独白体的小说，自剖性内心独白，本就是不加隐瞒的内心深处最真实的声音，他的讲述已足以让我们看清真相，自然无须

"第三者"插足干扰。通常情况下，只有在小说主人公或小说人物刻意遮掩事实真相的时候，作者才需介入。也就是说，小说叙述是否单纯，取决于小说的第一叙述者能否达成叙事要求，当第一叙述者因为各种原因无法完整清晰地讲述事实的时候，就需要其他叙述者进行补充叙述。《祝福》即是如此，尽管"我"是小说的主要讲述者，但当"我"无法以目击者的身份讲述祥林嫂过往的悲惨故事的时候，第三人称视角的叙述者便出面代替"我"讲故事。第一人称叙述者和第三人称叙述者共同完成叙事是《祝福》的主要叙述特征。《祝福》的第三人称叙述者与普通的第三人称叙事的叙述者不同的是他本人即是小说中的一个人物，他是因为"我"和其他小说人物无法讲述祥林嫂过往的经历时才出现的。在通常情况下，第一人称更能带来现场感和悬念，因为第一人称的叙述者往往比第三人称叙述者更加无知，他所面临的是一个他无法掌控的陌生世界，正是这种陌生感与周遭无可预知的新奇碰撞出的一个个情节画面，最终建构一个完整的小说世界。《祝福》中的"我"对鲁镇是无能为力的，不过是一个归乡游子，一个匆匆过客，"故乡"依然是原来的那个故乡，但已和他记忆里的面目完全不同。故乡不似旧故乡是因为岁月的磨炼和新文化的熏陶已经使"我"有了原来所不具有的认知力。当然他在强大的鲁镇面前依然是那么的渺小，那么的无能为力，甚至也不能给祥林嫂所想要的答案。尽管《孤独者》自叙传色彩很强，但同样也是复调叙事，魏连殳是鲁迅的自画像，叙述者"我"则是走进故事的鲁迅的替身，因而"我"和魏连殳是一体两面的关系。"我"在小说中以魏连殳朋友知己的身份出现，既是最值得信赖的故事的讲述者，又是魏连殳最亲近的朋友，不仅介入魏连殳的生活，还和魏连殳讨论至关重要的人性问题。两人身上都有鲁迅的影子，尽管魏连殳基本上没有参与叙事，但他和"我"的双向互动性本身就使得小说叙事内部暗含对话关系，因而《孤独者》其实是一种对话体复调小说，这种复调叙事，不仅帮助鲁迅塑造出立体的人物形象，还帮助了鲁迅表达了内心深处的驳难与灵魂的审问。

　　叙事者是作者和读者之间互相沟通的媒介，是引领读者进入虚构的小说世界的向导，他帮助读者从小说文本中发现世界和自己，而小说也就在这种发现中生成意义。鲁迅的伟大之处在于他勇于直面人生的真相，勇于与不可抗拒的命运做绝望的搏斗。如果我们按小说叙事者年龄逐渐增大的顺序排序的话，从《社戏》《孔乙己》到《故乡》《祝福》等小说，鲁迅为我们描述了一个人从少年到成年的人生过程，描述了一个从初涉人世到阅尽人间沧桑的人生过程，这个过程，是一个失去"故乡"的过程，也是一个坚持以大爱美善之心关怀人的终极命运并以勇敢之心决绝反抗的过程。又因为旧世界是如此强大，新世界又是如此的晦暗不明，因而他的小说叙事始终坚持因清醒而绝望，因绝望而反抗，因反抗而坚持希望的叙事态度，尽管这希望一直是模糊朦胧的，也决不放弃希望。从某种意义说，鲁迅不仅描绘了世界的真相，也重建了我们对世界的认知方式。他试图通过小说叙事的重构，来建构健康人格和精神，建构国人的同情心，建构未来和希望。

第三章

"问题""人生""乡土""抒情"
叙事类型建构

第一节 "问题"叙事和"人生"叙事

一 作为意识形态的"问题小说"

新文化运动除旧布新所建立的新文化语境和鲁迅开辟的新文学道路，使新小说有了全面兴盛的可能。紧接鲁迅之后，新进的新小说家，或为留学归来的学者，或为求学的大学生，作为新文化运动的推动者，与趋利意识严重的旧派文人不同，大都不仅有较现代的社会认知和知识结构，更有以文学为武器改造社会的情怀和责任心，有着建构新小说叙事方式和文体的能力。

北京大学新潮社成员即为致力小说创作的五四新潮造就的新一代文学青年。新潮社于 1920 年创办《新潮》杂志，其成员为旧伦常道德、专制体制所苦，受《新青年》杂志创导的为人生的文学观念及通过文学讨论社会问题的文学观念的影响，有较强的"问题意识"，写作"问题小说"，企图以小说为武器来反抗现实压迫，改造社会人生。新潮社作家以北大学人罗家伦、俞平伯、叶绍钧、王统照、谢冰心、许地山、庐隐等人为代表，分别就家庭婚姻、底层劳工、社会贞操、父子关系、家长禁锢、家族关系、军阀混战等社会问题，各自以小说的形式提出了自己的发问，以提出问题、讨论问题、解决问题的论说文方式来结构小说、推衍情节，以最终达成通过小说确立全新的社会价值观和全新的文化认知的写作目的，其小说大都是文学逻辑服从政治逻辑的较完全形态的意识形态化的小说。

罗家伦 1919 年创作的《是爱情还是痛苦》，以独特的视点切入新旧道德的舍弃面临的难题，试图解开婚姻恋爱追求过程中遇到的困局：如果接受包办婚姻，必然屈从伦常而牺牲自己的终身幸福；如果舍弃包办婚姻，又必然毁掉一位无辜的旧式弱女子的一生，在这种情形下，追求婚姻恋爱自由的青年该怎样选择？这是新青年在追求婚姻恋爱自由的过程中经常会遇到的困境。《是爱情还是痛苦》将爱情置于复杂的家庭社会系统中作深刻的思考，显现出超越爱情的更阔大的人道主义思辨力。叶绍钧 1919 年写作的《这也是一个人？》描写了一个被压在社会最底层的农妇非人的生存惨境，虽然像《祝福》同样揭示了底层乡村妇女丧夫失子，最终被"卖掉"的惨境，却没有鲁迅深刻透视社会、自我、人性的洞察力，也缺乏鲁迅解剖式叙事的犀利，因而只能提出问题，直白控诉，缺乏内在的历史、文化和现实批判力。俞平伯 1919 年的小说处女作《花匠》，以花枝在野蛮的花匠手底被强行扭曲得奇形怪状以符合变态的审美需求与市场需求的形象隐喻，提出一个旧文化、旧机制违反自然、戕伐人性的问题，是龚自珍《病梅馆记》的现代改写。冰心 1919 年下半年发表《斯人独憔悴》，开叛逆小说的先河，通过爱国的青年学生颖铭、颖石兄弟与官僚父亲化卿斗争的故事，揭露专制家长们顽固守旧、仇视变革、阻挠爱国、卖国求荣的丑恶嘴脸，暴露他们内心的粗暴与黑暗，同时也描绘了青年觉醒者面对强大的专制门阀家庭，从背叛、厌弃到最终妥协的软弱。叙事贴近现实，接近时势，颖铭、颖石兄弟与化卿的斗争，是学生和北洋军阀斗争的隐喻，颖铭、颖石兄弟是叛逆青年的自画像和现实境遇的写真，因而一经发表，便引起强烈反响。小说对华卿的刻绘较为立体、丰满，颖铭、颖石的描绘却较为单薄、苍白。《斯人独憔悴》无深刻内蕴与洞察力，对专制官僚的丑恶嘴脸及其对年轻人爱国行为的残酷镇压以及年轻人在家长式的丑恶面前的胆怯、屈服与悲鸣的刻绘较为生动,是耽于表象的文学性社会考察。王统照的《沉思》讨论了新旧道德的冲突问题以及美育问题。受新思潮影响,裸体女模特决定为艺术献身,却遭到丈夫的反对和官僚的干涉,其为美献身的勇敢,不仅不能得到普遍的接受,甚至连为之写生的画师都茫然不解。模特是"美"的化身,"模特"的现实困境,其实正是"美"在旧中国的现实困境。《沉思》不仅在"为人生"大前提下,从一个较为特殊和新锐的角度提出有关新道德伦理、新社会风俗变革的问题。而且还试图用"爱"与"美"作为拯救人生,医治心灵的武器。"美"不是现实的逃避港湾,而是济世救民的良药,是蔡元培所倡导的,并被鲁迅等人积极实践的"美育"思想的文学实践。其象征主义的表现手法,突破了"文研会"作家群总体性的现实主义风格,是对鲁迅《狂人日记》开创的现代象征手法的继承。庐隐《一封信》用书信体的形式描绘了农村少女如何被土财主巧夺为妾以致惨死的悲惨命运,《两个小学生》写军阀政府如何无情地轰打请愿的小学生,《灵魂可以卖么?》控诉了纱厂女工非人的生活,这些小说,都以直接"发问"的方式,提出了自己发现的社会问题,表现了对旧世界罪恶的决不饶恕。许地山的《命命鸟》,题材新鲜,述写了一对缅甸青年男女在封建礼教桎梏下的爱情悲剧,他的《缀网劳蛛》也对旧道德和人性的偏狭嫉妒给予了宗教性的批判。凌叔华的《酒后》,在"夫妻之爱"与"朋友之爱"之间也提出了自己"大胆"的询问,因选材的贴近生活,情感表述的女性化,获得了青年的广泛共鸣,是开拓性较强的抒情体问题小说。

"问题小说"大都以文学的方式探讨年轻人面对社会所思考的政治、道德、爱情、人生等问题,有较强的文学工具意识。先有"问题",后有小说。有着隐性"论说文体"与显性小说文体重合的复合文体的共同特征,小说皆以形象传递先在的意识形态内容。小说的主题内涵、情节结构、人物设计、甚至语言修辞主要都取决于青年作家们对"问题"的思考,生活体验的表现多搁浅于"问题"层面,因此,这类小说的质量往往取决于文学青年思索问题的深广度，"问题"与"文学"、"问题"与"经验"是否契合，"问题"的文学演绎是否能摆脱理念性"问题"的束缚而走向相对的自由。

作为意识形态的"问题小说"，是经世致用文学观的现代延续，总体文学成就不高，大多仅仅只是部分继承了鲁迅小说的批判精神，叙事技巧方面，并无太大建树。毕竟年轻人阅世不深，所知有限，对中国特殊复杂的历史现实不能透彻理解和把握。所提"问题"，大多囿于狭小的个人性片面、不确定的经验碎片，文学技巧也大都不够圆熟。不少小说或因太贴近"问题"而概念化，或因"问题"与叙事错位而造成叙事内部的不统一，只有少数小说因生活意味的灵动和"问题"表现的巧妙而有较高的文学审美性。"问题小说"表现了文学青年以小说参与社会变革的极大热情，这种工具化的文学方式为新小说提供了一种接近批判现实主义的叙事可能和文体可能。强化小说的意识形态功能必然会弱化小说文学审美功能，搁浅于社会问题的思考必然不能抵达更深层次的有关人的存在及命运的思索，以问题的概念性阐释代替精细的文学表达必然造成叙事的粗糙，这决定了许多"问题小说"只能是初级形态的工具化文学。尽管如此，这种弱化了文学本体审美特性和认知深度，强化文学的意识形态力量的小说，对以后工具化的小说创作，还是产生了一定的影响。

从"问题"出发的文学只能使文学终结于"问题"，当 1921 年文学研究会提出"为人生"的文学主张唤醒小说家们的写实意识之后，他们不再用小说提出问题，而是开始用小说书写自己熟悉的血泪人生，因此他们的作品被称为"人生派"或"为人生"文学。譬如叶绍钧，很快从问题叙事中走出来，转向了江南市镇底层细民生活的描写。他《隔膜》《火灾》集中的许多小说，以对社会人生深入、细致、冷静的观察和描摹，摆脱了"问题"对叙事的干扰。王鲁彦、彭家煌、台静农、许钦文、蹇先艾、许杰等文学青年，模仿左拉、福楼拜、莫泊桑、巴尔扎克等大师的写实手法回忆"乡土"，以深邃、细微的笔法描绘自己的"故土",王鲁彦的《柚子》、彭家煌的《怂恿》、台静农的《地之子》、许钦文的《故乡》、许杰的《赌徒吉顺》等小说,都是这类居于城中的作家们"复活""乡土"的代表作。"乡土小说"终归比"问题小说"更有文学自觉,尽管"乡土小说"也是以文学的方式审判社会,推动社会变革,但对地域世俗风情真切描绘所体现出来的批判说服力,终归比简单的发问有力量得多。尽管"乡土叙事",大多依然流于表层摹写而缺乏内蕴揭示,但依然还是承接鲁迅开辟的写实精神,将中国新小说的写实叙事建构,往前推进了一大步,体现了一种通过文学审美间接地传达政治观点而非通过政治观念左右文学叙事的文学本体意识。

二 作为文学意识形态的"人生小说"

从新潮社的"问题小说",到文学研究会的"人生小说""乡土小说",一条文学意识形态化逐渐减弱,文学写实性、审美性逐渐增强的轨迹清晰地呈现在我们面前。文学意识形态性的增强会弱化小说的审美性,文学审美性的增强却不会弱化小说的意识形态力量。小说解剖人性、批判社会的意识形态表现力,往往会随小说意识形态化的减弱,审美性的增强,诸如内蕴的更加深厚、创作手法的更加成熟、个性风格的形成、表现得更加真切等文学主体性的增强而获得真正的说服力。新潮社、文学研究会的"问题小说"作家由问题转向写实即证明这一点。

叶圣陶1912年中学毕业后任小学教师,在风光旖旎、名园四布的苏州城生活了十年。因1914年曾被排挤出学校,对当时现实生活有着独有的痛楚与感悟。教学之余,为释放抑郁、苦闷,他研究文学,尝试创作,虽身居江南一隅,却在文学的吐纳呼吸上,与北京、上海文坛气息相呼应。"五四"新文化运动前,即开始文学创作,模仿华盛顿·欧文等外国作家的小说写了一些反映凡人琐事的文言小说,第一篇小说《穷愁》,就绝去了江南惯有的风花雪月,直面社会底层劳苦大众,写人生的痛苦与悲愁。五四新文学运动的启蒙,使他具备了更深刻的体验与感知能力，进一步确立了"为人生的"小说创作观，其小说的人生考察，主要从三个方面展开：一是描绘底层的悲苦人生。刻绘终日过着牛马生活的妇女一生的《一生》，表现遭受沉重租税剥削的农民的痛苦的《苦菜》《晓行》，描述家境贫困失学的儿童的《小铜匠》等，这些小说朴素、平实，皆表现出叶圣陶对底层受苦人深切的同情。二是探讨人与人之间的相互隔膜，其代表作《隔膜》通过"相逢""饮宴""闲聚"三个不同的生活场景，探讨了血缘关系、熟识关系与陌路关系的共同特质：一种挥之不去的隔膜。在这种隔膜中，人们无从沟通、彼此疏离、疲于应付。因为无聊人们彼此相聚，因互不信任、互相应付而使相聚而更加无聊……体现出人类普遍的无法摆脱的精神空虚，体现出叶圣陶对人性的深刻质疑。三是从自己的小镇学校生活体验出发，批判理想、信仰缺失的无聊的"灰色人生"。《校长》里的校长害怕被中伤而不敢履行解聘不合格教师的权力。《城中》里的教育家欲推行现代教育理念建立学校，却遭到守旧的教师和家长们的反对。《抗争》里教师要求加薪，却被校长和当局无情弹压。《义儿》里12岁的儿童喜爱学画，却遭到长者的"好心"禁止。《一课》里的小学生不能追求自己的学习梦想，只能在封闭的教堂里翱翔幻想的翅膀。《饭》从饥饿生存的层面，揭露了学督对穷苦无路的教师人生权益和人生尊严的剥夺。叶圣陶的"为人生"小说以较为深广的社会体验、较为深切的社会认知和较为真切的写实描写，呈现出一个必须加以毁坏的非人的丑恶世界，暗含了叶圣陶将人群划分为压迫者、剥削者和被压迫者、被剥削者朦胧的阶级意识，关怀人生、人性的人道主义意识，否定黑暗的革命意识，这种建立在个人经验与社会观察基础上的文学叙事，虽然有着贴近生活的写实风格，但其叙事的主题大都搁置于批判社会不公、人性缺陷的意识形态性意义层面，除《隔膜》等少数篇什探讨人存在的荒谬性，大部分作品皆为具有批判现实主义色彩接续"五四"精神，表达自由、平等、民主、解放诉求的改良意识比较浓厚的写实小说。

叶圣陶以批判现实为叙事基点的"为人生"小说作品，以1925年发表的《潘先生在难中》最为出色。这篇小说,通过一个小知识分子灰色卑微的精神状态审视了民族性格中的奴性以及造成奴性的真正原因。

小说的主人公潘先生和许多战乱中的小人物一样命运不能自主,在军阀混战中随波逐流地逃难,最后把上海租界当作最后的避难所。一路上,潘先生夫妇拖儿带女,辗转流离,好不凄惶。逃难时的挣扎恐惧,落脚租界肮脏小旅馆时的庆幸窃喜,将一个小人物被暴力、强权、战乱戏弄的世俗卑微、无奈可笑、无法自主的灵魂展现得淋漓尽致。人物行止与周遭氛围、环境声响融为一体,颇富现场感。字里行间隐藏的"冷幽默",既控诉了军阀对人民日常生活的损害,又嘲讽了彻底丧失自我意识、毫无怨尤、屈服于暴力、苟且偷生的灰色人物的卑微可怜。尤为可悲的是,被军阀制造的战乱逼迫到无家可归的潘先生,为了保住饭碗,在趋奉好顶头上司,应付完各种差事之后,居然"觉得这当儿很有点滋味"地拿起了笔,为战乱的始作俑者杜军阀写起"功高岳牧""德隆恩溥"的欢迎牌坊。

尽管小说聚焦于潘先生一人,但叶圣陶在这里显然是要通过小说叙事完成双重否定:既否定潘先生卑微苟且的奴才性格,又否定制造苦难与奴性的专制文化和权力暴力。小说既是做奴隶的中国人的肖像,又是权力暴力和奴才哲学的双重批判。

冰心于1919年发表《两个家庭》《斯人独憔悴》《去国》《秋风秋雨愁煞人》一系列"问题小说",充满强烈的叛逆色彩与反抗意识。这种积极的社会参与意识与社会批判意识,来自参加过甲午海战的父亲的爱国教育,来自她对狄更斯的《块肉余生记》等域外小说的阅读感受,更来自五四运动的影响。她的《斯人独憔悴》如批判书和呼吁书,抨击卖国官僚,鼓励青年冲破家庭禁锢投身爱国运动。她的《去国》《秋风秋雨愁煞人》有秋瑾的"剑侠"气质,抒发赤心救国的理想,控诉军阀混战的苦难。冰心意识形态性的小说文本大都是理念大于文学的革命青春叙事。她最有社会影响力的小说是1921年发表于《小说月报》

的短篇"问题小说"《超人》。《超人》不再有直接的社会使命感与参与感，而是超脱社会现实探讨"支配人生的，究竟是'爱'还是'憎'呢"这一问题。加入文学研究会后，冰心转向儿童世界的描述，更显现出冰心回归女性的柔婉、细腻、清新、温馨的一面。即使是20世纪30年代创作的最激烈的短篇小说《西风》，也洗尽意识形态色彩，写男女青年感情世界的美丽与哀愁。

王统照少年时期即具有强烈的改造社会的革命意识，积极投身政治运动。他小说叙事的文化基因中西合璧，通过唯美的青春欲望描写，表达他解构旧意识形态价值体系的诉求。他的"问题小说"《沉思》之所以反响巨大，是因为他第一次用小说惊世骇俗地赞颂了人体美。在他笔下，女性人体绝不污秽、低级、下流，而是至高的纯美。尽管甘为模特儿的女主角向传统旧道德、旧习俗的挑战最终失败，但主人公的行为依然冲破了回避美、畏惧美、甚至与美为敌的保守势力的阴暗与污秽，是健康人格的赞美诗。《沉思》将叙事拘囿于人体美的道德讨论，通过二元对立的道德观念冲突表现现代理性及爱美人格建构的艰难，是较为典型的理念叙事。

王统照有着不自觉的女性崇拜意识，将女性当成改造社会和人心的意识形态性"爱"与"美"的象征。王统照将这种女性"爱"与"美"夸大成感化一切的力量，短篇《微笑》中的女性的粲然一笑，居然能使一个惯犯变成"社会新人"。这种理念化的苍白叙事，显然不足以形成让人信服的叙事修辞。他那些表现青春骚动和美的追求的小说，皆热衷以古典诗词的意境建构非经验性的理想美的想象，在新旧杂糅的"爱"与"美"的拟真中建构虚无缥缈的文学想象。他的底层叙事，以残酷代替梦幻，表现出与"爱""美"理念叙事完全不同的写实性。《湖畔儿女》依旧探讨女性问题，而这里的女性不再是理想中的美女，而是底层的贫困母亲。折磨女性的，不再是献身于艺术和美的"高蹈""奢望"的不可得，而是求生"卖淫"的挣扎与痛苦。因为卖淫者为母亲，折磨的对象也包括母亲的孩子。王统照就是这样将苦难现实象征为卖淫的母亲,将生之残酷、生之痛苦推向"绝境",以完成对现实的定罪与审判。

《生与死的一行列》痛陈底层劳苦大众生死挣扎的苦难。因痛苦得不到解救,底层人生便成了无望的沉默。在无望的沉默中受尽折磨,又在折磨中无望沉默地惨然死去,如同无人关注解救的动物一般,这就是底层共同的命运。在这个世界里,没有"爱"的立足之地,只有漫无边际践踏人性无望的"苦"与"死"……

王统照从"问题小说"玄想的空幻降落到"为人生"小说坚实的地面,从"理想叙事"走向"现实叙事",依然延续着"极端"气质,企图通过最残酷的生活画面形成巨大的震撼力。虽然他"苦难叙事"的自然去除了"纯美叙事"的生硬,虽然他"苦难叙事"的灵感来自现实,但他苦难叙事和纯美叙事的意识形态内质却是"同构"的,即尽力将生活本质化、形象化,以形成强烈的冲击力,来赢得最大的现实认同和呼应,以达成改造惨无人道的现实社会的目的。

许地山是学者作家,有较高的宗教学、印度哲学、梵文、人类学、民俗学、文学知识背景,有较激进的革命意识,参与创立文学研究会,能将新思想中的变革意识与宗教中的参悟意识融和起来探求思想变革的新出路,由此衍生出一种意识形态意味浓厚的融宗教宣传、灵魂改造、文学审美三者为一体的"宗教小说",其小说往往将宗教说教转化为简洁、严谨的小说文体,以戏剧化的情节和感人的人物形象来实现"劝世"的意图。

《织网劳蛛》的主题、人物、结构、情节、矛盾冲突依宗教理念编织,是现代性的宗教叙事。"宽恕"和"坚韧"是小说的核心理念。小说以寓言诗开篇,宣告"柔弱"的"坚韧":虽然人之脆弱、生之劳碌,像一张随时可以弹破的蛛网,但只要执着地不断蛛结,那么就还会复原出它生命的美丽。小说中的主人公尚洁,似乎像她的名字一样高洁,无论丈夫对她是误解伤害,还是羞愧赎罪,她都能坦然面对,既无所喜,亦无所悲,沉浸在宗教的超然之中,因而痛苦在她面前也就无能为力。尽管在被伤害的过程中她付出了巨大的代价，但她始终能以缀网劳蛛"不断补缀"的精神来坚守宽恕至善的主张，使人生故事终得圆满。尚洁的故事是佛教故事的改写。人物、情节、冲突皆模仿宗教故事。因为在精简的大跨度概念化叙事中融入了多层次的宗教思考，小说呈现出令人耳目一新的"思辨审美"，是有较高审美意味的理念性宗教意识形态叙事。

生活的写实显然要比传奇的结撰更有说服力，于是，同样是宗教宣传，《春桃》却从传奇走向了写实。写实使人物不再像《缀网劳蛛》那样平面，而是呈现出一种生活本身的丰富和生动。主人公春桃不再是圣洁的化身，而是自私自爱、狡黠机变的普通人，甚至不忠于丈夫。因而，当她收留了流落街头的丈夫时，叙事便呈现出一种特别的感动。尽管《春桃》呈现出写实的生动，但生动写实下面隐藏的依然是宗教宣传。小说故事层面传达的是社会底层相濡以沫、同舟共济、共渡苦难的人间真情，内里传达的依然是和《缀网劳蛛》并无二致的宗教"博爱"与"宽容"精神。

许地山的《玉官》同样是形象的传道书。小说以宗教理念为叙事出发点，以玉官的传教经历为叙事过程，表现人如何才能在风云多变的年代里通过信靠神找到人生和生命的真谛。生活现实和人物性格的丰富复杂使小说逸出了理念性的文学表述的狭隘和局限。玉官曲折坎坷的命运映现出不断变迁的复杂世象，生之意义在岁月的流逝中渐渐呈现。作为一个传统女性，玉官既依从守节传统，又皈依基督教，她之所以如此不是因为她对传统道德和外来信仰有深刻的认知，而是因为善良的本性。因此，不仅传统道德和外来信仰的冲突汇聚于她一身，外在的环境也与她坚守的道德、信仰时时刻刻发生着冲突，这使情节产生巨大悬念：在传统道德与外来信仰的矛盾中，在道德、信仰的坚守与社会现实的冲突的状态下，她会得到怎样的人生境遇？结果是：她的守节与传道不仅没能使她改变命运，赢得回报，反而使她的生活更加坎坷。之所以如此，玉官的自我反省告诉我们，玉官的守节、传教固然是因为善良的本心，却也掺杂了太多虚荣和功利：一是为了能给自己立贞节牌坊，二是为了儿子能有好的前途，并通过儿子命运的改变来改变自己的命运，因而，她的守持，归根结底还是一种自私，一种道德、信仰觉悟的不彻底。于是，她抛弃功利肤浅的道德观和宗教观，开始灵魂的"自新"：舍弃自我，去履行真正有价值的人生义务，去真正扶助他人。

《玉官》试图用贴近生活的故事，为人寻到一条超越世俗功利纷扰蔽障的道德的与宗教的自我救赎出路。是主人公曲折复杂的人生经历、感情纠葛和生活磨难中的神意呈现使她找到了真正的皈依。当主人公决定不再受欲望的摆布，坦然面对未来之后，就开始过上了恬静的生活。玉官回到闽南老家，传教四十年，终于赢得了乡民的尊重和安适的晚年，信仰给了她一切。乡民们捐资，要给她立一座贞节牌坊，感谢她一生传道的辛劳。而她的决定却是：用立牌坊的钱修建一座供乡亲们朝夕出入的水泥桥。《玉官》是形象的传道书，叙事由故事中人由形式上的"布道"，慢慢进入"处处见道"的"彻悟"。这表现出许地山试图将传统伦理道德和基督信仰揉合一处救人救世的叙事目的。

如果说《春桃》用写实叙事摆脱了《缀网劳蛛》的说教叙事的话，那么《玉官》则将写实叙事推向了宗教思辨的层面。宗教叙事与写实叙事了无痕迹的交融所讲的依然不是人生故事，而是宗教说教：只有舍弃和超越世俗功利，才能走进至真至善之境，走进通达明澈的人生。

从《缀网劳蛛》的理念叙事到《春桃》的写实叙事，再到《玉官》的宗教哲理思辨写实叙事，表明了许地山文学思维变异的轨迹。从说教、写实到思辨，表明许地山小说创作过程是一个文学主体意识不断增强的过程，也表明了形象性的文学叙事，不仅不会损害或削弱宗教、道德主题的表达，反而还会使宗教、道德的主题表达取得潜移默化、润物无声的效果。

叶圣陶、冰心、王统照、许地山等新潮社青年作家是胡适、陈独秀、鲁迅、周作人、茅盾等五四文学先辈培养出来的第一批文学新人，因而他们大都承接了鲁迅等人文学为人生的观念，有着较为鲜明的意识形态叙事意图。新潮社以文学为武器荡涤一切旧思想、旧观念的文学工具意识，生活阅历的年轻，新知识、新道德认知的肤浅，叙事技巧的幼稚，以小说传递政治和道德观念的急切，使他们的小说大都带有情绪化、平面化、小说显性文学叙事结构与隐性理念性主题结构重合或基本重合的概念化倾向。又由于他们自幼浸润于古典文学，对来自域外的新式文学来不及吸收消化，其小说叙事语言，难免有中西杂糅、古今杂陈的幼稚。题材的选择上，因为要发表自己对时事政治、道德人伦、劳苦大众的意见，又生硬地写一些自己不熟悉的题材，不懂政治的写政治，不懂劳工的写劳工，不懂妇女的写妇女，不懂爱情的写爱情，不懂官场的写官场，写作与感知的错位在一定程度上造成了小说叙事与作者的生活体验、创作天赋、写作愿望的背离。加入文学研究会后，年轻作家们才渐渐达到社会写实、审美追求、个人天赋与政治目标的统一。尽管他们的创作主题大都搁浅在意识形态的表层，但生活实境和人生苦痛还是得到了较为真切、细腻、生动的呈现。

第二节　启蒙纪实乡土叙事

文学研究会里还有一批青年作家，居于城中，描写故乡。这些作家，大都曾试笔"问题小说"，但发问式的叙事必然导致小说的空幻和灵感的枯竭，因此，回到自己熟悉的生活中去寻找与"五四"精神相契合的写作资源则是十分自然的事情了。乡土是中国人和中国魂母体之所在，是中国人原初和根性的情感及认知来源。乡土，即是中国的缩影，那里潜藏着千百年农耕中国超稳定的秘密。彼时彼地的乡土和此时此地的写作者之间，拉开了审视"故乡"和抒发情怀的最好距离。因此，乡土叙事便成了来自乡土的青年作家透视批判历史现实以达成改造社会和"为人生"的叙事目标的最佳途径。

乡土小说延续鲁迅"五四"时期开辟的社会批判、国民性批判和人性解剖的主题，并因叙事的乡土意味而使人倍觉真切。王鲁彦的

《柚子》、彭家煌的《怂恿》、台静农的《地之子》、许钦文的《故乡》、
蹇先艾的《朝雾》等小说,都以对自己从小生长的乡村环境的再现,
裸呈宗法乡土的愚昧落后,寄寓自己的乡愁,这种小说当时被鲁迅、周
作人命名为"乡土小说"。

王鲁彦短篇小说《柚子》延续了鲁迅小说的"吃人""砍头"[1] 意
象和"看客"[2] 叙事模式,以一位憎世者的视角来目击"看客"和杀
人者共同参与的杀人闹剧。小说展现了军阀混战时期常有的场景——长
沙军阀在众目睽睽之下处决一名囚犯。面对这样混乱的人生惨剧,长沙
城中看客蜂拥,一睹为快。更可怕的是,这种残酷的断头刑法,居然在
民众饶有兴趣、坚持不懈经年历久地观赏中,渐渐成为长沙一带的
"习俗"。在杀人游戏的娱乐中,只有"我"这个憎世者在一旁保持着
清醒:既厌憎看客的麻木不仁、愚蠢昏昧,又痛愤军阀的野蛮残暴、草
菅人命。这样,在憎世者"我"对麻木"看客"视同胞生命被砍杀的
惨剧为游戏的"看"的观照中,审视中国人灵魂的身首异处和食人族
的蒙昧、野蛮本性。强烈的醒世效果,油然而生。《柚子》虽然全篇极
力模仿鲁迅式的内敛与冷讽,但场景描写还是过于剑拔弩张,叙事张力
不够,直接激愤的情绪宣泄,也使表述过于直白,反而削弱了内在的韧
性,无法完成灵魂的拯救,只能靠揶揄和嘲笑使自己在沉重中得到一丝
放松。王鲁彦的笔触更多集中于自己所熟悉的浙东乡村,通过浙东情态
各异的乡镇人物、民俗习惯来表达乱世中无法自主自己的命运的乡民们
的生存挣扎、痛苦哀愁。《菊英的出嫁》选材独特,故事颇有新意。菊
英的母亲正儿八经的为自己的女儿菊英操办婚事,又是请人说媒,又是
让人说合八字,又是商量如何排场婚礼,又是大肆铺张婚事。直到送亲
仪仗出现,小说才揭开谜底:这一番忙碌喧嚣,不过为给一对已经死去
的小孩子操办婚礼,举行一场浙东习见的"冥婚"。小说用一个细节告

---

① 王德威:《想象中国的方法 历史·小说·叙事》,生活·读书·新知三联书店 1998
年版,第 135 页。
② 钱理群:《鲁迅作品十五讲》,北京大学出版社 2003 年版,第 39 页。

诉我们，菊英的夭亡全因菊英母亲缺乏科学观念，没有送菊英去西医那里打针。作者的叙事意图通过巧妙的结构设计显示出来：以婚礼过程的铺张热闹与婚礼谜底的迷信虚空以及菊英死因的愚昧荒谬映衬出乡镇陋俗的可笑怪异和乡镇人物的昏昧无知，揭示了乡镇底层细民，无论是"活人"还是"死人"，其实"生命意义"都一样，都处在一种无价值的蒙昧的虚无里，唯一的分别是，死人在浑然无知中死去，而活人依然在浑然无知中忙碌。菊英母亲对女儿早夭的彻骨之痛，一方面冲淡了冥婚的荒谬，另一方面更映照出愚昧的可怕。《菊英的婚事》以民俗为动力推进叙事，呈现主题，透过民俗洞见文明古国其实并不文明的黑暗。民俗在小说里被剔除复杂意蕴简化为与现代文明相对立的被否定的单纯的意识形态性的蒙昧符号。王鲁彦擅长透视乡村的没落与丑陋，这种透视并非全然打上意识形态的印记，而更多表现人面对命运徒劳的挣扎。《阿卓呆子》和《自立》里，没落的乡绅似乎早已不可"自立"。《许是不至于吧》里，小业主想侥幸逃过的"许不至于"的事件却偏偏"至于"。《阿长贼骨头》里，乡民们害怕的农村痞子的"骨头"偏偏就"贼"。生活总是喜欢跟凄惶度日的乡亲们开玩笑。而后的《黄金》更是写尽乡村无端臆测给人平白无故带来的灾难和人情世态的纷攘乖张。王鲁彦小说多模仿鲁迅，其小说所呈现的病态的社会，既通过病态的描绘来实现"启蒙者的提醒"，以引起疗救的注意，也逸出意识形态性的意义之外，写人生的悲苦哀愁。当然，王鲁彦的浙东乡土叙事多流于浅表，不能触及灵魂，这是因为他过于年轻，乡土叙事多来自他对十五岁之前的故乡生活的回忆。

彭家煌，湖南人。少小成长环境、求学经历与王鲁彦颇为相似，都能写善译，都关注乡村。长期的故土乡风的沐浴浸润，赋予了他方言天才，对湖南方言土语的直接运用更使得他笔下的湖南风土生动鲜活、细腻多姿，语言有轻俏熟稔的灵动。用方言裸呈性格，批判人性，是彭家煌小说的重要特点。

《怂恿》开篇将人带进具体情境："端阳节前半个月的一晚，裕丰的老板冯郁益跟店倌禧宝在店里对坐呷酒。"然后直接进入两家土财主为"祖产""抬杠子""称长鼻子""闹得喝呵满天"的故事。在"讼棍"的苦心经营下,他们"怂恿"一户看似好糊弄的农民替他们"顶雷",谁知"全屋都是跛脚瞎眼的,娘偷和尚还说不定,读了这些年载的书,还是个桐油罐,破夜壶,猫屁不通","跳起脚丫屄不出三尺高的尿"。土财主们不仅没能借农民顶雷熬过一场侮辱不说,还在一帮打手的恐吓中倒贴了血本。小说将湖南方言土语的叙事功能发挥到极致,呈现出一种滚瓜烂熟的俏皮、夸张、诙谐、泼辣、粗野。语言有"说书式"的煽动性和较强的生活还原力,不仅能将乡村人物的可笑、蛮横表现得淋漓尽致,还能制造出一个又一个让人应接不暇的高潮,最后以戏剧收尾,十分有力。因而被茅盾称赞为"那时期最好的农民小说之一"。[①] 与之相类的乡土喜剧小说还有《活鬼》,以精简荒诞的故事讽刺乡村财主。因为家中只有一个"孙男",土财主居然怂恿媳妇偷汉,甚至给十一岁的儿子提亲。谁知一番穷忙不仅没能克住"阴盛阳衰"的颓势,反而招来一批恶鬼:不是媳妇莫明其妙得了"鼓腹病",就是酒杯大一个的石子"打得屋瓦哗喇哗喇的响"。因为人物的行为荒诞,因而越努力越只会得到相反的结果。行为的荒诞本身就有很浓郁的喜剧色彩,语言的滑稽幽默则进一步强化了叙事的喜剧效果。小说以土财主越竭尽才智努力,越走向努力方向的反面的悖谬愚蠢,表达了对千百年来统治乡村的乡绅势力的憎厌与轻蔑,否定了千百年乡村宗法制度的合理性和合法性。《陈四牛的爹》《美的喜剧》也同属讽刺性乡村方言叙事的诙谐之作。

彭家煌诙谐、夸张的叙事大才同样也体现在城市生活题材的小说里。在《我们的犯罪》中,彭家煌"现身说法",以一个无辜者的身份接受了城中巡官的"刑拘",并一步步"交代"了自己从未犯过的"罪行",讽刺了荒谬体制下警察的"杀良冒功"和社会的黑暗不公。《莫

---

① 《茅盾全集》第 20 卷,人民文学出版社 1989 年版,第 488 页。

校长》里的"要显赫便显赫；要兔子装老虎便装老虎"的莫校长所办的学校，不过是教职员们和莫校长共同骗钱的陷阱，揭露了在管理废弛、失效，性质腐败和罪恶的政体下，教育可以异化到何种程度。

彭家煌的"乡土小说"和"城市小说"，有着共同的控诉批判意识，这种控诉批判意识通过他的生活痛感以及方言、口语的特殊情味表现出来。他机智、诙谐的语言天才所形成的反讽叙事，将农耕专制积淀数千年的丑恶和愚蠢，表现得淋漓尽致。彭家煌的乡土叙事表达了他对底层阶级的深切同情和对劣绅阶层的深恶痛绝，这种朦胧的阶级意识，让我们看到他和左翼无产阶级革命思想的趋同，看到他走向革命的必然。

台静农是为鲁迅激赏的作家，他的乡土叙事充满绝望死亡的气息，他的《天二哥》《红灯》《弃婴》《新坟》《烛焰》《吴老爹》等六个短篇小说，都以受尽苦难后的绝望，以及在绝望面前的死亡、放弃、沉沦，来实现鲁迅创办的《莽原》的主旨：以"文明批评"和"社会批评"撕去旧社会的假面的叙事目的。台静农笔下的惨象，都是宗法制农村代代相传的陈规陋俗的结果。《蚯蚓们》里的李小不得不"卖妻"；《新坟》里的四太太"女儿被强奸，儿子被杀"，自己也死在九九重阳节；《拜堂》里的"拜堂"的"喜事"，却出现在旧人新丧的半夜子时的惨惨阴风中；《烛焰》里翠儿姑娘的"冲喜"，让一条活生生的生命夭折在的悲剧"晚春"的熙风之中；《吴老爹》里的吴老爹平时操持着油盐店，却在春雨纷扬的时节走上末路；《弃婴》里的孩子，在"一群野狗疯狂的叽嚼声"中变成"血肉狼藉胎儿的尸体"；《天二哥》虽然凛凛一躯，看似强者，却如浑浑噩噩的夜鬼一样"哼哼"死在黑幕中……台静农小说的叙事主体是数量庞大的苦难的群像：烂腿老五、汪三秃子、吴二疯子、胎里坏、暗娼一点红、萧三棍子、少年烟匠、打梆子的老七、说书的吴六先生，他们一起摇摇晃晃走在阴风森森的世界里，织成一片末世的鬼影幢幢，诉说着这个世界的苦难与无望……

台静农多选择干着卑贱职业、无奈行当，有着各种各样的生理缺陷，甚至有着阴暗卑鄙的劣行的人作为他小说叙事的主体，他深爱着这些人："我是大地的儿子，我对于养育我的大地有着作为人子的深情，我凝视着在这片大地上生活的男男女女……虽说也有善恶之分，美丑之别，但他们和我一样地都是'地之子'。"

台静农的乡土小说是展现人间地狱的苦难叙事，在他的苦难叙事里，荒谬战胜理性，死的陋习戕伐着活的性命，最美的季节发生着最苦难的悲情。这种无望的黑暗叙事所接续的是鲁迅的安特莱夫式的阴冷，一种历史和现实存在的否定。

许钦文的《疯妇》同样也以写实的苦难叙事诉说浙东乡村媳妇被婆婆欺压致死的惨剧。《父亲的花园》诉说着一般中产家庭处境的悲苦。《石宕》则表现采石人如牛负重的人生以及远离现代文明的乡民落后愚昧的生存方式。

蹇先艾以自己对贵州乡村的熟悉，来延续鲁迅小说对国民性的暴露与批判。《水葬》里一个犯了小罪的小偷竟被一群野蛮的乡民活活"水葬"，而这种"水葬"竟然是当地沿袭多年的乡村习俗。"水葬"者习以为常，被"水葬"者随遇而安。触目惊心的陋习暴露的是乡民借道义杀人"娱乐"以满足野蛮嗜杀心理的丑陋与无知，展现的是循环轮回世界里的畸形变态，预示着这种世界如不加以改变必然"寂死"。《贵州道上》用纪实笔法，通过游子的归乡"反观"故土的愚昧纷乱、鸦片盛行、兵燹处处、鬻卖发妻，到处皆呈现一片边远乡土在持久封闭与遗弃中的蒙昧、麻木和死寂。

许杰也以故乡的陈规陋俗为叙事对象。《惨雾》中一个新媳妇刚刚回到娘家工湖庄，就目睹对岸环溪村冲过来械斗的农民把丈夫活活戳死，又被拖过来扔在祠堂前右面的石板地上。小说通过跌宕起伏的情节，触目惊心的画面，展现了因愚昧、封闭、无望而轻视生命的乡民以代继相传的乡风旧俗的野蛮"械斗"在"文明古国"里表演他们对生命的毫不顾惜。

"乡土小说家"承接鲁迅开创的乡土叙事，继续为苦难的中国画像，为苦难的乡土画像。青年作家们以改造国民和社会为写作目的，以中西文化矛盾冲突中所建立起的现代意识为观照点，通过对乡土的回望，透视了历史漫长、形态超稳定的乡绅自治的乡土宗法制度、文化习俗和人性道德，批判意识和怀乡情绪交织，描绘出一个中国文学史上从未描绘过的必须加以毁灭的丑恶、昏昧、非人的乡村世界，并将乡村卑贱者生存的艰难和生命的被虐杀、毁弃，野蛮、愚昧宗法制度文化、对人身心的控制等诸般丑恶，全归结于为维护自己的利益而守持旧恶的乡村士绅阶级。其对野蛮乡土的彻底否定，对士绅阶级的鞭挞，对贫苦农民的同情的朦胧的阶级意识，是对中国大地上发生的农村革命的有力推动，因而是意识形态意味浓厚的小说。又因为他们的乡土叙事，遵循的是乡村社会生态自身的运行逻辑而非意识形态的政治逻辑，因而其作品是生动形象的末世乡土写真，而非农村革命政治理念的演绎，因此，他们的小说，既是窳败已极的末世乡村的风俗画，又是鞭辟入里的革命形象批判书。

总体说来，"乡土小说"是青年作家对自我及中国根性的文学探寻。由于作家们将注意力由陌生的城市转移到熟悉的乡村，言说有了坚实的根基，叙事也由概念、空洞、说教转向细腻、逼真、生动。作家们各自不同的故乡回忆与各自不同的言说方式相汇合，又形成了乡土叙事或写实、或隐刺、或反讽、或戏谑、或悲凉、或阴冷的风格。作为鲁迅乡土叙事的继承和拓展，乡土小说的叙事的批判、否定性意识形态意味多由小说叙事本体性形象建构呈现出来，这既使意识形态内容得到了有力的传达，又有效地避免了文本的意识形态化。完全绝去了"问题小说"等类型小说的写人状物、敷衍情节时的简单化、概念化和程式化，无论是文体还是语体，都呈现出较为丰富、充实的生活质感。一些作家通过"乡土叙事"真正实现了域外叙事和传统叙事的大融合，进一步丰富和拓展了鲁迅开辟的"民族化"小说叙事，完成了"新潮小说"和"问题小说"所未能完成的历史使命。

"乡土小说"是以变革社会现实为叙事目的的意识形态意味浓厚的

小说,在赋予旧制度、旧文化和旧人格以"原罪"的同时,又赋予了小说以全新审美品格。无论是王鲁彦的浙东乡土叙事,彭家煌的湖南乡土叙事,台静农的悲情乡土叙事还是蹇先艾的贵州乡土叙事,皆为茅盾所评价的,是由"具有一定的世界观与人生观的作者"所做的"特殊的风土人情的描写",里面"还有普遍性的与我们共同的对于命运的挣扎"① 是抒写乡土苦难,既表现人类共同命运又传达意识形态观念的现实主义文学。

第三节　京派抒情乡土叙事

京派小说创作群体起于 20 世纪 20 年代,盛于 20 世纪 30 年代,消散于 20 世纪 40 年代,是影响延续至今的中国现代文学最重要的小说创作群体之一,其代表作家有废名、沈从文、凌叔华、萧乾、芦焚、林徽因、李健吾、何其芳、李广田。和鲁迅等启蒙作家一样,京派小说家多是来自乡土的大地之子,热衷于回望乡土,创作乡土小说。但京派作家创作的乡土小说和启蒙作家创作的乡土小说无论是叙事立场还是叙事形态都迥然不同,如果说启蒙作家乡土小说的叙事立场是投身思想变革以推动中国现代化转型的政治文化立场的话,那么京派作家乡土小说的叙事立场则是投身文学自身变革以推动中国现代化转型的唯美的文化立场;启蒙作家乡土小说多呈现宗法乡土的野蛮、愚昧和罪恶,京派作家乡土小说则多表现宗法乡土的真善、田园美和人性美。这两种乡土小说的不同叙事表现既由各自不同的叙事立场决定,也由乡土本身的复杂形态所决定,因之,我们从启蒙作家创作的乡土小说中看到的是革命家式的忧国忧民的政治情怀,从京派小说家创作的乡土小说里看到的则是浓郁的生命意识和诗人意趣。无论是启蒙乡土小说,还是京派乡土小说,显然都是以乡土为叙事资源来建构叙事,都是以中华民族根性的乡土为

---

① 茅盾:《关于乡土文学》,《文学》1936 年第 6 卷第 2 号。

出发点来寻找民族的精神出路，因而从某种意义说，都是文化寻根小说。尽管因时代的巨变京派小说创作群体最终于 20 世纪 40 年代风流云散，但其古典田园诗意味浓厚的乡土叙事和地域民俗色彩浓郁的乡土叙事还是对后来的小说创作产生了重大的影响，因而仍有较大研究价值，以下以京派作家的乡土小说代表作为个案对京派乡土小说的叙事特征作简要分析。

一 诗性的乡土叙事

农村和城市是两种完全不同的人文地理空间，有着各自不同的生命形式和文化内质。在京派乡土小说家的心目中，孕育过无数美丽动人的田园诗篇的乡土才是人真正的情感家园和安居之所，而人群稠密、房屋拥挤的城市则是丑陋病态和令人不适的。萧乾认为城市逼仄阴沉不宜人居，芦焚认为城市是毁灭人之所，沈从文更认为城市让人忙乱疲劳、睡眠不足、营养不良、神经麻木，让人沦落到不幸的境地，城市让优美、健康、自然的人生形式丧失殆尽。① 在京派乡土作家们的眼中，城市是丑陋的，城市切断了人与自然的生命联系，城市破坏了人与人和谐的关系；而乡村则是美丽的，因为乡土与生机勃勃的大自然融为一体，乡土使人与人之间产生天然、淳朴的情感联系。冷漠势利的城市和温情纯朴的乡土两相比照，自然使不少来自乡土的京派作家，身处都市，怀想乡土，虽已是城市居民，却仍以乡下人自居，这表明了他们以与现代城市工商文明相对立的乡土文化继承者和光大者自居的身份选择，这种身份选择使他们的小说在用批判性的文字描绘城市的罪与恶的同时又用优美的文字歌唱乡土的善与美。他们企图用诗性的乡土叙事所表现的美与善来抵御城市的罪与恶，来拯救城市的世道人心，因而他们的乡土小说从某种程度说不过是古典田园诗的现代复活。我们可以透过废名的《竹林的故事》《桥》等小说中看见孟浩然曾经描绘过的宁静的乡村风景和

---

① 沈从文：《沈从文选集》第 5 卷，四川人民出版社 1983 年版，第 231 页。

善良的乡民，听见王维曾吟唱过的乡村少女动人的笑声，闻见辛弃疾醉吟的稻花香的乡村气息。而沈从文的《边城》《长河》《萧萧》等小说的乡土叙事则是对陶渊明田园诗及《桃花源记》的现代转述，他以陶渊明式的乌托邦乡土观念和西方自然主义思想为叙事基点，化用古典田园诗文传统文学笔法及郁达夫、周作人等作家开创的任何可资借鉴的现代文学笔法，将蒙昧野蛮的湘西美化成世外桃源般能给人以精神慰藉的淳美之地，因而能引起东西方读者广泛的精神呼应。和焦虑伪饰、功利浅薄、势利龌龊的都市人不同，沈从文笔下的湘西人是健康自然、淳朴率真的，他们和人与自然的关系是人与人、人与自然和谐的最高典范。林徽因、芦焚等京派小说家笔底的乡土世界和沈从文的湘西世界类似，也是以乡土为依托来虚构自己所挚爱的桃源梦。

萧乾、凌叔华等小说家乡土小说的诗性建构主要通过塑造进城打拼却依然坚守乡土本色的真与善的乡下人形象来完成的。他们小说所描述的乡下人，从某种意义讲是自我内心的写照，那些来自乡土始终保持乡野纯真的底层人物，因而也就成为漂泊于城市的传统美德守护者的道德化身。

萧乾小说《邓山东》里从乡下流落到城市贩杂货为生的邓山东，粗豪、幽默、仗义，充满童趣和爱心。他靠挑担子向小学生售卖五彩印画、点灯戏法、摔炮、拍白粉的手包、秋果等孩子们喜欢的玩具和吃食为生，但他对孩子们的喜爱使得他更像孩子们的朋友而不是逐利谋生的小贩，他不仅在和孩子们交易的时候为孩子们带来无穷乐趣，还能在斋务长责打无辜的孩子们的时候挺身而出，替孩子承受皮肉之苦。他诚实守信，尊重孩子，懂得儿童心理，用自己的爱心和善行为孩子们做出了好的榜样。相反，负责学生操行和生活管理的"城里人"学校的斋务长却是不讲是非曲直的残暴统治者，身为教育者却处处和学生作对，扼杀学生纯真天性，教育学生的主要工具是二尺硬木的刑具。身为小贩的乡下人是孩子们的良师益友，身为斋务长的教育者却成为学生们成长道路上的障碍和敌人，这种对比叙事充分地完成了对乡土"真""善"美德的颂扬和对城市冷酷、暴力的批判。

凌叔华也擅长描绘城中乡下人的美德,只不过她所描绘的进城农村女性的良善更符合生活的原生状态。《杨妈》里来自农村的佣人杨妈固然勤劳、坚韧,有着对儿子坚执而伟大的爱,但儿子的游手好闲与不知所踪却又和她的溺爱有着很大的关系。《奶妈》在描写贫困对底层家庭的伤害的同时又能歌颂奶妈"不独子其子"的伟大母爱,奶妈疼爱自己所哺育的孩子固然有寻找情感替代的成分,但其中所体现的依然是无私而伟大的母爱。凌叔华的《杨妈》《奶妈》在复杂的内外矛盾中所展现出的主人公坚执如一的母爱,让我们看见城市所缺乏的乡下人生生不息、恒久不变的爱的生命底色。

汪曾祺是京派作家里的后起之秀,他对京派小说的诗性建构主要是通过对社会转型中农耕社会的风流余韵的诗意描绘完成的,《邂逅集》是他的第一部小说集。他的《鸡鸭名家》以细致、优美的笔触兴致盎然地刻绘了江南放鸭、养鸭、卖鸭的生动有趣的场景,更通过对余老五、陆长庚神乎其技的孵鸡、养鸭的独门绝技的描绘,让我们感叹劳动的伟大和神奇。在汪曾祺小说的乡土里我们看不到时代的变迁和人生的痛苦,只看见仿佛时间停止的乡土中所显示出的底层百姓生活的诗性的情味和意义。

处于20世纪30年代和20世纪40年代社会激变中的废名、沈从文、萧乾、凌叔华、汪曾祺等京派小说家以优美的乡土叙事,建构了现代的诗性乡土叙事,表达了他们对民间性的乡土文明与人性的礼赞。而这种礼赞又何尝不是对异化人性的都市文明和束缚人、捆绑人的传统专制文化以及一切有损人优美德行的假丑恶的批判。

二 地域性的民俗叙事

民俗往往能使庸常的生活有活力,使无根的生命有依托,使庸碌的人生焕发生动的光彩,对于广大底层百姓来说,民俗尤其重要,因为没有民俗,心灵便得不到慰藉,辛劳便得不到奖赏,也无法通过有效的文化方式融入乡土生活，因而民俗是乡土的生命底色，既塑造乡土生活，也塑造来自乡土的京派作家的文化性格，自然也就塑造了京派乡土小说。京派乡土小说叙事无不关乎民俗，其中民俗色彩最浓郁的要数沈从文、汪曾祺、废名的小说，可以说，他们的乡土小说和湘西、鄂东、江南民俗是一体性的关系。

沈从文乡土小说的民俗画卷主要从男女婚恋、巫神文化、节日风俗三个方面展开，在这三方面的民俗叙事中，民俗与叙事一体共生，既是民俗的展示，又是情节的推力和人物性格命运形成的动因。沈从文小说中反复出现的对歌，就不再是单纯的民俗事项的猎奇性表述，而是湘西青年男女追求美好爱情婚姻自由、热烈、狂放生命力的外现。《龙朱》中白耳寨王子龙朱打动人心的情歌，《媚金·豹子·与那羊》豹子、媚金山南山北的对歌，《媚金·豹子·与那羊》里情人相会携洁白羔羊以示爱情的贞洁，《萧萧》中萧萧生孩子吃蒸鸡、用江米酒补血和烧纸谢神等或热力奔放或原始粗朴或愚昧迷信的婚恋民俗，皆和丰富生动的人物精神世界和性格，曲折起伏的故事情节融为一体，互相表述。巫神文化是沈从文浓墨重彩书写的内容，楚地神奇的地理环境孕育出瑰丽神奇的楚巫文化，沈从文的楚巫民俗叙事主要从楚巫民俗的外在表现和内在心理两方面展开。《神巫之爱》里野猪皮鼓声中为松明、火把、牛油烛所映照的娱神舞蹈展现出狂欢的野性美是对楚巫民俗外在美质的直呈，《新与旧》里刽子手行刑后跑城隍庙祭拜及其后与县太爷合演杖责双簧戏，表现的则是刽子手和县官共求行刑的心安理得的迷信心理。年节风俗是沈从文湘西小说浓墨重彩抒写的内容，烟火绽放的元宵，龙舟竞渡的端午，舞龙、耍狮、火把夜游的中秋等节日，都是沈从文展现瑰丽神奇的楚地风采和乐天知命的湘西性格的重要民俗叙事单元。总体说来，沈从文的民俗叙事抓住了湘西民俗原始崇拜、生命禁忌和生命"狂欢"相融合的特征，所表现的民俗不仅是文化存在也是现实存在，因而其民俗叙事往往能进入人生活细节和内心深处，从而接近最真实的人生。沈从文于变乱年代描绘的湘西的地域色彩鲜明的民俗，为我们揭示出即将随时代的脚步渐渐逝去的湘西如画的民俗美景，这使他的小说成为映现功利、无根、同质的现代都市文明的一面镜子。

汪曾祺小说的文学情味同样建立在对风俗生动细致刻绘的基础之上。汪曾祺对家乡民俗的描绘多源自自己青少年时期的记忆，无论是记叙习俗、礼仪、庆典还是描绘节日、娱乐，皆能涉笔成趣、打动人心。汪曾祺的《陈四》对江南地区的迎神赛会有生动细致的描写：每到迎神赛会，整个乡镇便成为人们吃喝玩乐尽情宣泄的舞台，香烛、宫灯次第点燃，长凳依次摆好，楼窗一一大开，各色应时的瓜果和诱人的吃食点心满街飘香，店家烧茶迎客，街坊四邻倾城而出，连寻常不出门的老太太、大小姐、小少爷也前呼后拥地走在街面上。在连成一片的鞭炮声、锣鼓声、欢呼声中，冬藏已久的情绪终于得到了尽情的宣泄。汪曾祺在小说中自陈自己的迎神赛会是对鲁迅迎神赛会的对比描写，因而其民俗叙事显然是对鲁迅开创的民俗叙事的继承和发展，其民俗不在对民俗作猎奇性、纪实性、史料性陈述，而是通过民俗细节性的表述来表现底层人未曾被统治阶级的文化所污染的原始生命热力。汪曾祺《大淖记事》的民俗叙事颇得《边城》民俗叙事的真传，同样有不为传统礼教文明和现代西方文明所污染的天然本色。大淖人沐浴天光雨露和大淖融为一体，其生活风习和道德伦理迥异于与孔孟教化的文明世界，姑娘们像男人一样劳动挣钱，想嫁人的时候就自己找婆家，结婚后女人便百无禁忌，野性难驯。即便是官府衙门也颇有"民间情怀"，押解土匪游街示众时，不仅兵匪不分地列队雄赳赳齐步行进，而且所经过的街面所挂的鸟笼也都在游街前由地保通知全部收去，以免即将到来的土匪大哥看见后产生永无出狱之日的不愉快的联想。底层百姓更是有情有义，锡匠们同行之间不互相竞争而是互帮互扶，当伙伴被打而得不到官衙的公正判决，便拉起游行队伍默默地游行，默默地顶香请愿，沉默不是软弱，因为按当地风俗，如顶香请愿得不到满意答复即便是烧掉县衙也不为犯法。汪曾祺的民俗叙事告诉我们大淖之类的乡野作为化外之地不仅没有因为儒家正统伦理的缺失而败坏，反而因之而焕发出像大自然一样质朴而优美的生命力。

民俗同样是废名小说的叙事基础,《桥》《莫须有先生坐飞机以后》等小说从某种意义说都是民俗叙事,无论是《桥》还是《莫须有先生坐飞机以后》皆以民俗为叙事主体,《桥》尽显民俗之美,《莫须有先生坐飞机以后》则尽显民俗之用。民俗是乡土文化的核心,具有塑造作家和乡民内在精神和外在行为的功能,因此民俗既决定地域文化的特色也影响作家作品的个性风格,民俗叙事不仅呈现独特的地域性的生活风貌,更裸呈作家和乡土的生命本相,因此我们能从沈从文的湘西叙事、汪曾祺的江南叙事、废名的鄂东叙事看见作家、民俗、小说一体性的文化图景,看见中华民间文化传承的秘密。文学起于民间,作家成长于民间,因此民俗是文学的生命之源,一旦文学与民俗分离,文学便会失去鲜活的生命力,京派乡土小说之所以显得那样生机勃勃、血肉丰盈,正是因为其叙事基础是民俗的原因。

三 京派乡土叙事的特征

田园是最适合人安居的所在,因而历来是诗人寄兴情思之所,兴于陶潜而盛于盛唐被历代诗人歌咏不绝的田园诗既是乡居纪实又是主观抒情,是人对诗意栖居的具象,因而田园诗大都是主观抒情叙事,承继田园诗精神气韵的京派乡土小说自然也是主情的诗性叙事。以情感为叙事的主导是这类乡土小说的重要特征,因而其素质更接近诗和散文而不是小说。因而京派乡土小说所承继的不是来自说书和讲史的以故事情节为核心的小说传统,而是来自以抒发情感、意念为目标的诗文传统。他们小说叙事的诗义色彩主要体现在以下三个方面。

一是淡化情节以情感为主导的诗化和散文化叙事方式。这种叙事方式更贴近人物、生活、情感的本真状态。以情感为核心的诗文性叙事打破了情节性叙事的线性结构,从而使小说可以并置更多叙事单元,呈现更为复杂的情感和生活画卷,更方便作家传递乡土文化趣味和乌托邦情怀。废名的《桥》情节散漫,由程小林出城游玩起笔,写到程小林环城河水边遇浣衣人以及到史家庄摘金银花送给放牛小姑娘，并结识了琴子与史家奶奶，节奏舒缓，整篇小说没有中心故事情节，而是由一件件偶发的生活事件组接而成，全篇弥散着随性而抒情的散文气息，是由情绪主导的散文小说。废名其他小说同样如此，《竹林的故事》写溪水边成长一身淡若月色衣裳的三姑娘天然去雕饰的美，《我的邻居》写儿时玩伴出嫁时内心的起伏微澜，《柚子》《半年》《阿妹》等小说写民俗和生活琐事的趣味，皆有着情节淡化的散文化特征。废名的《火神庙的和尚》《桃园》《小五放牛》《河上柳》等小说则写得如隐晦、青涩的诗。《桃园》的诗化表述尤为出色，女儿生病时的父女情深，女儿为桃园两个日头欢呼，父亲一门闩把月光都闩出去了以及为女儿买的玻璃桃子在街头被嬉戏的孩子不小心撞碎了等情节叙事都有着诗歌的跳跃性和抒情性的叙事特征。

二是善于为小说营造诗化意境。废名、沈从文、凌叔华、汪曾祺等京派小说家都擅长营造融自然风景和乡土风情于一炉的诗境。废名是擅用桥、水、树、桃园、竹林等意象营造清新典丽虚静意境的圣手。沈从文则擅长熔湘西风景画、风情画、风俗画于一炉营造自然美、生活美、艺术美相谐的意境。擅长绘画的凌叔华的乡土小说里的风景画颇得云林山水意境之妙。同样擅长绘画的汪曾祺的小说叙事则有着结构的山水画散点透视和精神的天人合一的意境。萧乾擅长描绘情景相生的诗境，他的《俘虏》有这样一段意境优美的诗意文字："七月的黄昏。秋在孩子的心坎上点了一盏盏小莹灯，插上蝙蝠的翅膀，配上金钟儿的音乐。蝉唱完了一天的歌，把静黑的天空交托给避了一天暑的蝙蝠，游水似地，任它们在黑暗之流里起伏地飘泳。萤火虫点了那把钻向梦境的火炬，不辞劳苦地拜访各角落的孩子们。把他们逗得抬起了头，拍起手，舞蹈起来。"

三是善于为小说建构诗性意象。京派乡土小说善于建构融叙事者自我精神特质、小说人物性格、传统田园诗情怀为一体的风景意象。废名乡土小说里的花上的太阳、孤灯、映山红、夕阳、箫、河畔草、孤雁、桥、风铃、禅寺、树林、流水、翠竹等意象与小说人物交映生辉，于乡土平静的时间流动和作者的生命体悟中透露出人生的大痛苦。沈从文小说里的花、橘园、碾坊，黄昏、狗、船、水等意象则是他自我生命意识、小说人物精神、田园趣味的具象。芦焚小说里的"果园""古塔"，萧乾小说里的"篱笆""矮檐"等如复调一般反复呈现的具有多重精神暗示性和象征性的意象则打通了现代作家和古代文人的精神联系创造出一个个与浑浊乱世相对立的纯美世界。总的说来，京派乡土小说的色彩鲜明的诗性意象赋予了京派乡土小说以诗性特质，此即是废名所言："对历史上屈原、杜甫的传统都是看不见了，我最后躲起来写小说乃很像古代陶潜、李商隐写诗。"① 京派乡土小说家希望通过文化寻根的方式从乡土寻找民族振兴的道德文化思想资源，以在变乱的时局中延续农耕时代遗留下来的爱、美与自由，这显然只能是一厢情愿的幻想。农耕时代的农耕文化心理只能附着于农耕经济的基础之上，而绝不可能照搬进工商文明时代，拿在工商文明时代全然失效的农耕道德文化来拯救工商社会的道德崩溃的行为本身就是违背常识的，何况京派小说家所描绘的乡土爱、美、自由的画面多为陶潜式的美化性的虚构。当然，京派乡土小说家的文化建构全然无益，尽管工商社会的文明秩序更多由法律和契约来决定，但用小说的方式为社会输送来自旧时代的爱、美、自由，依然能对工商时代人们的道德文化心理产生一定的影响。

第四节　抒情反抗叙事

创造社主情小说和文研会写实小说一样，很难绕过意识形态成为单纯的情感表达，因为受西方浪漫文学影响的创造社主情文学，总是和冲决专制的个性解放联系在一起。再加上早期创造社成员，大都有留学海外的经历，在中外文化的巨大差异中所品尝到的民族压迫、种族歧视的

---

① 冯文炳：《冯文炳选集》，人民文学出版社 1985 年版，第 393 页。

苦涩，使他们不少抒发个人情怀抱负的主情小说，总是和民族解放、国家振兴的内容紧密联系在一起。创造社的抒情文学是对现实束缚的冲破，是自我内心的直呈，是对远古神话以及屈原、李白、李贺、李商隐等中国诗人的瑰丽诗篇和希腊神话、拜伦、雪莱、惠特曼、普希金、海涅、席勒等异域诗人浪漫情怀的呼应。

早期创造社成员郭沫若，是最早以"抒情小说"吐露心曲的作者之一。郭沫若在日本求学期间，接触了大量拜伦、海涅、席勒、歌德的浪漫主义诗歌，也阅读了大量的欧美新小说。1920 年他创作了最早的"抒情小说"《未央》《鼠疫》，写个人经历、体悟，抒情意味浓厚。但他的兴趣在诗歌而不在小说，以"抒情小说"引人注目的是有着浪漫气质的郁达夫。

郁达夫的第一部"抒情小说"《沉沦》，写于 1919 年东京帝国大学经济学部读书期间。这部"抒情小说"，带有明显的个人"自叙传"特点。此后，无论是《春风沉醉的晚上》《青烟》《茑萝行》《薄奠》《过去》《迷羊》中第一人称的"我"，还是《采石矶》《银灰色的死》《南迁》《茫茫夜》中的第三人称的主人公，无不抒写个人经历、吐露个人隐曲。这些小说，通过个人情感经历中的灵与肉的挣扎，表达了他毁坏旧世界、旧道德，追求个人自由的强烈渴望。

郁达夫"抒情小说"《沉沦》的大胆暴露，一缘于个人与道德伦常相冲突的多情气质，二缘于留学日本的"早恋"经历，三缘于 1921 年至 1926 年间风行于日本"私小说"的影响。异国的文化环境给郁达夫"赤裸裸地把我的心境写出来"让"世人能够了解我内心的苦闷"的勇气。

这种大胆的自我暴露的小说叙事的意识形态意味十分明显：一是因为郁达夫毫无顾忌地将常人羞于启齿的内心欲望、感情癖好、颓废情绪甚至个人的变态心理公之于众，本身就是悖逆传统道德的叛逆和反抗行为；二是因为郁达夫把个人情欲的压抑和日本帝国主义的欺辱，弱国子民的现实境遇和国家强盛的期盼等宏大叙事内容联系起来，有意将情欲意识形态化。

《沉沦》的叙事是一种超越传统"慎独"观念情绪化、诗化、个人化的内心独白，是兴之所至地尽情宣泄，只要释放内心的压抑和苦闷。因而他的小说没有严谨细密的情节，只有情绪任意流淌。将青春期性苦闷与强国梦联系起来也并不显突兀，因为，毕竟主人公正常情欲的压抑本身就是弱国子民精神状态的一个侧面，一个连爱情都无勇气追求，一个连自己内心的正常欲望也不敢正视的病态民族，又何谈强大。因而《沉沦》既是青春期性苦闷的自白书，又是个性解放的宣言书。

郁达夫多从飘零者的精神苦闷、挣扎、反叛、自责和物质上的贫困，来控诉时代对人的伤害。精神贫困向来和物质贫困是分不开的，《杨梅烧酒》里的年轻人不仅不能振兴国家民族，连自己的生计都无从着落，只能绝望、颓废在酒精的麻醉里。《茑萝行》继续倾诉贫困无从挣脱的畸形堕落与生存苦闷，倾诉丑陋时代制造的丑陋人生，精神物质双重压迫下人的无所适从和苦闷自毁。

自我刻绘的同时，郁达夫也关注处境更为悲惨的劳工阶层，有着浓厚的民粹思想。《薄奠》中，当"我"不忍心车夫像牲畜一样拉着自己往前跑时，人力车夫说："千万别，你不坐我的车才害了我。"这种两难，启悟了人们对"生之苦"造成的人生权益与生存法则相悖谬的思考。在《春风沉醉的晚上》，"我"将作为文人的自己，放置到与劳工同等的地位。小说里，"我"与普通女工互相垂怜，互吐心声，发出同样感慨，流露出同样的阶级意识，体现出同样的互相关怀，表现出同样的善恶是非观，处处表明，自己这个靠脑力拿稿费饥一顿饱一顿的文人，其实和她这个烟厂做体力劳动的苦工同命，最终对她萌生"跨阶级"的爱。1933 年，郁达夫发表的几篇小说《东梓关》《迟桂花》《瓢儿和尚》，尤其是《迟桂花》，开始逸出现实的苦难，转而寻求情感上的宁静、隽永之美。

有着和郁达夫同样经历的创造社其他成员陶晶孙、倪贻德、周全平、叶灵凤等也以小说抒发个人情怀。虽然有着共同的抒情取向，但更多追求的是与政治无关的唯美主义。

女性小说家的抒情虽不如男性作家那般大胆张扬，但却有着同样分量的愤怒和悲苦。庐隐作品一如苏雪林所说，总是充满了悲哀、苦闷、愤世、嫉邪，视若无睹世间事无一当意，世间人无一惬心的气质。她的《海滨故人》同样是剖露女性情史的"自叙传"，记叙了她从旧式家庭"重浊肮脏的躯骸中逃逸出来"的亲身经历与逃逸之后的身心解放，笔触纤细清丽，曲折感人。她的《归雁》《曼丽》《灵海潮汐》《玫瑰的刺》《女人的心》《象牙戒指》皆为同一类作品。以个体的感情经历写告别旧时代的历程。然而她的抒情小说，大都有理念大于形象、抒情大于叙事、感叹大于描绘、信马由缰、结构散漫、缺乏叙事节奏与独到细节、人物性格为情感湮灭的毛病。由于生活空间狭窄，社会认知肤浅，她的小说也往往陷入主题、事件、情感的同构重复，传达时代精神、控诉黑暗压迫固然激烈，但却缺乏内在的艺术生命力。

冯沅君也是五四运动的积极参加者，以淦女士为笔名，在创造社刊物上发表《旅行》《隔绝》《隔绝之后》《慈母》等短篇，与冰心、庐隐齐名。古典文学和新文学的素养、大胆的解放意识和纤细的女词人气质，都在她身上产生了和谐的统一，赋予了她小说抒情气质。冯沅君抒情小说多多剖露个人情路，但爱情自由之路的追寻与整个旧世界形成的激烈对抗，为小说平添了强烈反叛色彩。

冯沅君小说的矛盾焦点通常集中在刚刚萌发的爱情对旧势力围剿的剧烈对抗上：主人公常常情至深处难自弃，而封建包办婚姻偏偏又常常前来阻遏。旧势力异常强大，强大到让人窒息，反抗个体又十分孱弱，时常要背负伤风败俗、背叛全族的恶名。在这种关头，是妥协退却还是奋起抗击，主人公常常选择后者，"不让爱毋宁死"，并常常能因这种决绝而获得最后的战胜。冯沅君有着与郁达夫相同的毫无顾忌的叙事风格，表现爱的渴求、内心世界十分大胆。由于她娴熟地掌握了当时鲜见的"书信体"，因而更能暴露内心深处的私密。她的小说常常以"背叛家庭""为爱牺牲"为起点,以愤然"私奔",成功"出走"为结局,充满浓郁的浪漫气质,但这并不意味着她的"叛逆叙事"会走向胜利,因为她小说的主人公常常在和旧家庭的斗争中表现得大胆、果决、坚定,但在社会的压迫下却较为踟蹰、羞涩,往往有一种女性"犹抱琵琶半遮面"的软弱。冯沅君的爱情小说是爱情纪实,追求幸福的青年虽有勇气反叛自己的家庭,却没有勇气来对抗社会。这种纪实一方面反映了女性反抗的特点,另一方面也反映了爱情自由和婚姻自主的追求固然能构成对专制道德和专制文化的冲击,但却不足以动摇整个世界。这使得她的叛逆叙事,局限于女性爱情婚姻解放的狭小范畴。

继创造社成员和女性作家之后,浅草社、沉钟社成员也有不少抒情小说问世。他们大多受歌德、席勒、海涅等德国诗人作家以及西方现代派的影响,面对令人沮丧的黑暗现实,以自叙传写死亡意象,"忧伤"是他们抒情的主调。他们所写的爱情其实并非仅仅只是爱情,而往往是时代对人的伤害。陈翔鹤的自叙传小说《茫然》里的爱情是"茫然"无根的浮萍,《西风吹到了枕边》里的爱情是一匹无所归依的"荒原狼"。《他们不安定的灵魂》里的主人公自以为突出重围,找到真情,遭逢的却是更加污浊的世界,受困中只有走向极端的死亡。林如稷的《将过去》、陈炜谟的《轻雾》《独身者》无不写情场的鏖战、受伤、死亡、寂灭与无望。年轻人感情与生活的绝望,映现的是一个时代无边的黑暗。

相对于无根漂泊的喧嚣城市,薄雾轻笼的山水田畴才是心灵的归依之所。废名的《竹林的故事》无情之苦、欲之痛、生之蹙,有的只是唐诗中"田园诗派"一样的冲淡平和、纯净至美。尽管我们依然能从葱绿的竹林、轻袅的炊烟、淋湿的茅屋看到乡村农民的贫瘠和困窘以及人生哀愁的无法超然,但这种滤去尘俗的"虚""静""纯""美""恬""淡""净""空"的意境,和乡土小说相比,的确能有效逃避意识形态内容对叙事的侵蚀。这种小说美学后来得到沈从文、汪曾祺的呼应,为20世纪的中国小说,赢得了难得的"去意识形态性"的唯美小说空间。

　　创造社等文学团体抒情小说的主调，所表现出的是对千百年来形成的扼杀人性的专制网络和训奴文化的反抗，是对内心、个性、生命的尊重和解放。不少作家，常常把个人抒情和反帝反封建的主题融合起来，因而是意识形态意味浓郁的小说。创造社等文学团体和作家主情的浪漫主义小说创作接续的是欧洲 18 世纪启蒙主义、19 世纪浪漫主义文学的人道主义精神和个性解放思想，是文学领域里的民主革命叙事。由于主情的浪漫主义文学，主要抒写个人心灵现实，因而能为我们提供与写实文学不一样的人和时代的洞察力。从郁达夫情欲意识形态化叙事、飘零抒情叙事、民粹抒情叙事、女性作家的叛逆爱情叙事到浅草社、晨钟社自述传抒情叙事，作家们建构了中国文学史上从未有过的裸呈情感和内心的抒情性文学叙事方式。这些抒情文学和写实文学一道，共同构成新的自我与社会的感性认知体系，共同建构有关理想与现实的想象，共同建构对专制制度、文化、道德的反抗，共同表现专制摧残下的人性残损和变异，共同实现文学改造社会人生的启蒙功能，除少数抒情小说营造逃避现实的纯美文学空间，绝大多数抒情作家的写作目的都不在追寻终极关怀和永恒的审美价值，而在以文学抒发即时情感，参与现实斗争，解决现实问题。和写实文学类似，大多数抒情反抗小说同样遵循情感逻辑、生活逻辑、审美逻辑而非政治逻辑来进行叙事言说，因而，尽管几乎所有的抒情小说都包含有意识形态性内容，其小说的叙事素质依然是文学的意识形态，而非意识形态的文学。抒情小说和写实小说一起，在中国现代小说写作的拓展期建立了以文学干预现实以确立文学存在意义的文学价值观，如果说写实小说有力地开掘了人们认识世界的深广度的话，那么，抒情小说则有力地开拓了人们认识自我的深广度，同样具有启蒙民众人的意识，建构民众现代认知力，颠覆专制历史和现实的合法性的社会作用，对此后的主情文学的言说方式产生了深远影响。

第五节 新文学长篇小说的开拓者
张资平的小说叙事

张资平是创造社的发起人之一，也是新文学长篇小说创作的开拓者之一，他一生创作了 20 多部长篇小说，其中《冲积期化石》是新文学史上第一部有影响的长篇小说。他的《爱之涡流》和《飞絮》等长篇小说在较短时间内多次再版，是受众甚多的高产作家。尽管他的后期创作广受诟病，尽管他的人生因抗战时期的堕落而坠入黑暗，但他前期创作的积极意义仍然不可抹杀，作为现代小说长篇叙事的开拓者之一，作为新文学史上最有影响的作家之一，张资平是现代文学史绕不过去的一页，其创作所搭建的基督教文化叙事和三角恋爱叙事，仍有一定的文学研究和文化研究的意义。

张资平和郭沫若、郁达夫一起在日本发起创造社的时候是意气风发的少年，《约檀河之水》是他的处女作，在创造社创刊的《创造》季刊第一卷第一期上，张资平就发表有短篇小说《她怅望着祖国的天野》、长篇小说《上帝的儿女们》（连载）、散文《写给谁的信》以及评论《出版物道德》《"创作"》，是早期创造社最优秀的小说家。继《约檀河之水》《她怅望着祖国的天野》之后，张资平的《一班冗员的生活》《木马》《一群鹅》《白滨的灯塔》等小说也为新文学创作影响的扩大做出了贡献。而他完稿于 1921 年秋天《冲积期化石》则是"五四"新文学运动以来的第一部有影响的长篇小说。尽管此前东北作家穆儒丐早在《盛京时报》发表过白话长篇小说《女优》《梅兰芳》，但因偏于东北一隅，这些作品远没有张资平的《冲积期化石》影响大，因而《冲积期化石》被学界公认为中国现代文学史第一部长篇小说。张资平 1912 年开始在日本留学，在日本生活了十多年时间，因而日本的留学生涯，自然成了他文学创作的重要资源。当五四新文学运动的号角在北京吹响之后，张资平和郭沫若、郁达夫等文学新人在日本做出迅捷的回应，用自己的创作扩展了新文学运动的疆域。此时的张资平小说，视野是独特的，笔触是特别的，他的作品多以留学生在日本的命运遭际和心路历程为内容，抒写海外游子的个体性的民族感受。《约檀河之水》写的是他自己在日本和房东女儿恋爱的亲身经历，《她怅望着祖国的天野》曲折地表现了金钱对日本姑娘秋儿爱情的伤害，《一班冗员的生活》写留日生的困顿与无奈，《木马》通过留日生与三岁日本私生女孩秋儿的交往，写日本人对私生子的不公和歧视，《银踟蹰》写留日生在日本遭受欺辱的痛苦与感伤。《冲积期化石》以留日生人生经历为线索，对时代变革中的日本和中国的社会景观做了宏阔深入的描写，对留学生生活的具体情状做了真切、细腻的描画。张资平的早期小说，描写留日生活，勾画日本社会，呼吁人性解放，因而和郭沫若、郁达夫、徐志摩、冰心等作家的留学生文学一起，起到让国人睁眼看世界和弘扬"五四"精神的作用。

张资平早期小说主要表达他对人的尊严、权利和价值的追求。《木马》中三岁的日本女孩仅仅因为是私生子就无法在家族和社会中得到应有的关爱，《她怅望着祖国的天野》里的混血儿秋儿沦为男人的玩物求起码的人身权利而不可得，《约檀河之水》里的留学生和日本女孩的爱情被家长视为犯罪，《冲积期化石》里日本男女青年为捍卫爱情的权利不得不跳进火山口殉情，这些小说告诉我们，即使是经过明治维新的日本，人的基本权利和价值也得不到基本的保障与尊重，对压制人性的畸形社会的控诉，表明了张资平吁求人的正当权利的人文情怀。张资平不仅和创造社其他成员一道，发出了追求人正当权利的吁求，还在小说形式的创新上做出了突出的贡献。尽管同属摹写生活的写实文学，张资平却不像古典小说那样将叙事内容整合成首尾完整的故事，而是用色彩鲜明、纹理清晰最有表现力的情节片断来表现生活。即使是长篇小说也采用连缀片断的方法来进行叙事。叙事视角比传统单一的全知视角更灵活多样，或以作品人物的视角来进行叙事，或由叙事者直接叙事，或用第一人称叙事，以增强叙事的逼真性。叙事时空也随叙事需要做非线性的任意组合。心理叙事取代传统的言行叙事成为叙事的主体，以展露更真实、丰富、立体的人物形象。小说语言既不模仿日式或欧式语言的表述方式，也不借鉴传统白话小说的说话方式，而是将日常口语雅化成清新脱俗、明白简洁的白话来作为小说的叙事语言。张资平从叙事时间、叙事视角、叙事空间、叙事语言等方面确立了新的小说叙事模式，对中国小说的现代转型做出了不可磨灭的贡献。当然，张资平早期小说总体说来还十分稚嫩，描摹生活现象却不能透视生活本质，揭示生存困境却又不能找到走出生存困境的出路，直面生活苦难却又找不到造成生活苦难的原因，对长篇小说的叙事手法的掌握还不够娴熟，《冲积期化石》内容缺乏有机整理，结构失衡散乱，叙事视角变换无度。但总的说来，张资平的早期创作还是表现出他较高的文学天资，1925 年出版的《飞絮》、1926 年出版的《苔莉》和《最后的幸福》标志着他长篇小说创作的成熟，这三部爱情小说较逼真地描绘了获得爱情自主权的青年男女爱情生活的真实状态，充满较为浓厚的时代色彩和较为生动的生活气息。《飞絮》模仿《朝日新闻》连载小说《归日》敷衍刘琇霞、吴梅、吕广、云姨的爱情故事，和与旧家庭对垒追求婚姻自主的小说不同，这部小说将爱情的困扰集中在年轻人自身的性格缺陷上，《苔莉》写女青年苔莉追求爱情不得而耽于肉欲的故事，是一部成功的心理小说，生动描绘了年轻人求爱不得堕入肉欲无路可走的困境。《最后的幸福》用美瑛的悲剧告诉人们沿着性解放的路不可能走进幸福。张资平用自己的小说形象地表达了自己对年轻人恋爱婚姻自主问题的思索：年轻人能否获得恋爱婚姻的幸福固然受专制传统影响巨大，但更多取决于年轻人自己。张资平早期小说在宣扬情欲、爱情、婚姻的合法性的同时，也能反省年轻人人性弱点造成的种种恋爱婚姻问题，因而有较为积极的思想启蒙意义，给当时依旧笼罩在旧文化迷雾中的衰朽的中国吹进了一股清新的风。和同时代大多数爱情小说不同，张资平早期小说更多抒写爱情与爱欲的内部矛盾，这表现在三个方面，一是没有遵循当时流行的青年男女与专制家长之间矛盾对立的模式来进行叙事，而是着重写男女青年自我的感情冲突，他早期三部长篇小说女主人公的爱情婚姻悲剧，更多是由于自我的心理原因和健康原因造成的，这说明张资平已经预见专制的社会势力和家长势力终将不会构成情欲和爱情中的年轻人无法逾越的障碍；二是将年轻男女的爱情从社会环境中独立出来作为叙事主体，而不注重描写他们的恋爱婚姻与社会环境千丝万缕的联系；三是依然残留有旧小说、旧文化中的男女贞洁观，往往男女主人公样貌和行为是现代的，可心理依然还停留在旧时代。在男女恋爱婚姻关系中，男性在乎占有，女性在乎依靠，这无疑在较大程度上削弱了张资平小说的现代性。

从《冲积期化石》的蹒跚学步，到《飞絮》《苔莉》《最后的幸福》创作的成熟，张资平搭建了他早期长篇小说的叙事方式，也搭建了中国现代长篇小说叙事的基点，一是每一部小说都有几位形象鲜明的人物，这些人物都能表征当时青年的几种不同的性格，无论是《飞絮》里的刘绣霞、吴梅、云姨、吕广，还是《苔莉》中的苔莉、谢克欧，《最后的幸福》中的美瑛、杨松卿、黄广勋、凌士雄等人物形象都抽丝剥茧地展现了那个时代真实的年轻人的情爱欲求、感情挣扎、灵魂的骚动和内心苦闷。二是在长篇领域进一步拓展了鲁迅《狂人日记》所开辟的心理叙事，无论是情欲和道德之间的冲突，还是内心复杂的情感波动和微妙心理，都被张资平通过自白、幻想、梦境等心理叙事表述表现得淋漓尽致、纤毫毕现，体现了张资平较高的内观察能力和表现能力。三是擅长编织曲折委婉的通俗故事。如果说张资平在写情节散乱的《冲积期化石》还未能掌握长篇小说的基本写作技巧，到写《飞絮》《苔莉》《最后的幸福》的时候，张资平已经能娴熟掌握故事技巧了。他极善于把握人内心的欲望并善于通过人自身的矛盾和与他人的冲突给人物的欲望设置种种障碍，并通过人物在障碍中的挣扎展现人物的性格、情感和命运，也极善于将各类人编织进预定的情节设置之中，让各种不同的人物性格碰撞出连环不断的戏剧冲突，形成波翻浪涌、回环曲折的戏剧效果。而这种效果常常是通过人物的三角矛盾关系营造出来，《苔莉》里苔莉和丈夫白国淳的堂弟谢克欧之间的不伦恋情所产生的种种矛盾纠葛，都在他们两人内部和不知情的白国淳之间展开，《飞絮》里的刘琇霞、吴梅、吕广、云姨两对恋人都对第三者有着爱恋之情，而情节的跌宕起伏全靠牵扯不清的三角恋制造出来的矛盾推动。张资平擅长用单线发展的传统故事方式来结构故事，也极注意故事单元的均衡性，将西方小说时空交错的心理叙事与中国传统小说的线性叙事结合起来富于变化地编织故事的叙事方式，较为有效地解决了中国长篇小说叙事的现代转换问题。

1927年张资平开始用小说参加革命，《上帝的儿女们》展现辛亥革命的历史画卷，《长途》《欢喜陀与马桶》《拓榴花》《黑恋》等小说都在不同程度上描绘了大革命的时代侧影，《无灵魂的人们》和《跳跃着的人们》也以当时的战事和革命运动为内容。当北伐军取得全国性压倒胜利之时，文学对如火如荼的革命做出了积极回应，"普罗文学"一时成为文学的主流，作家热衷创作，读者积极阅读，创造社的一些主要成员纷纷参加革命，或投身革命实践，或用笔做武器宣传革命。成仿吾1925年到黄埔军校做教官，郭沫若后来到北伐军做了总政治部副主任，张资平则到上海创办了乐群书店，为牟利计，也为与创造社同仁共同参加革命计，张资平开始给自己的作品披上革命的外衣。张资平并没有真正参加革命的热情，因而既不愿去了解真实的革命现状，也不打算建构新的革命文学的叙事方式，只能打算拿行情看好的革命文学赚钱，因而他的革命小说依然是三角恋小说，只是多了革命的舞台布景罢了。因而，我们可以从他的革命小说里看到北伐的风云、底层的贫困、军阀的残暴、日本人的蛮横，但小说里的人物却没有融入风云激荡的革命大潮中。虽然他小说主人公的身份都是革命者，但他们最重要的生活内容却是谈恋爱。长篇小说《黑恋》以革命青年大革命时期的流血牺牲的事迹为题材，可小说的叙事焦点却都集中在女大学生荒唐的同居生活上。长篇小说《明珠与黑炭》写军阀统治下大学教授悲惨的失业生活，但却将失业教授和几个女人之间的三角恋作为叙事主体。长篇小说《长途》虽然企图批判现实，抒写农村的凋敝和军阀的黑暗，也表现了革命青年萧四在沙基惨案中的牺牲，但现实的黑暗和烈士的血痕却被女主角和几个男人的荒唐恋冲得无踪无影。即使张资平试图去直接表现革命现实的作品，如《拓榴花》《欢喜陀与马桶》《跳跃着的人们》等长篇小说，也因为认知和经验的缺乏而将人物、情节编造得离奇、荒诞和变形。而《天孙之女》《无灵魂的人们》《上帝的儿女们》等揭露社会黑暗、抒写革命一类作品，也变成了缺乏透视和批判人类丑行恶状的展览。由此可见，张资平不仅对革命缺乏兴趣，对人生也是灰色失望的，因而他的普罗革命叙事，总是充满了死亡的气息。《长途》《拓榴花》《黑恋》《欢喜陀与马桶》《明珠与黑炭》中的主人公无一不被死亡吞没，在这些作品中，生存即是毁灭，活着即是无意义，革命是没有结果的，因为看不到生活和革命的意义，张资平也就不能在他的情色叙事之外另辟蹊径重新建构革命的普罗叙事。

在写作普罗小说的同时张资平继续编造他的恋爱小说，《爱力圈外》《爱之涡流》《糜烂》《红雾》《北极圈里的王国》《群星乱飞》《一代女优》《青年的爱》《新红 A 字》等长篇小说就是他 1927 年以后高产出来的作品。五四时期婚恋小说盛行，三角恋爱、四角恋爱的叙事模式之所以盛行，一是因为当时小说的读者多为青年，婚恋问题是读者最为关心的问题，二是因为当时不少青年婚恋观及婚恋行为混乱，三是混乱失德的三角恋、四角恋更适合编造适合市场需求的曲折离奇吸引人的故事情节。

婚恋小说是重要的小说类型，三角恋、四角恋是当时年轻人常见的婚恋现象，这类小说如果格调健康，也是可以写出积极的意义的。张资平早期的婚恋小说《约檀河之水》《梅岭之春》《爱之焦点》发出的是年轻人要求婚姻自主的正当诉求，有着较为积极的时代进步意义，《飞絮》《苔莉》《最后的幸福》也能真实描写自由恋爱中的年轻人婚恋的内在矛盾，而《性的等分线》《性的屈服者》等小说则肉欲横溢，以不节制的人欲宣泄和商业为写作目的，则完全失去了爱情小说的正确写作方向。1927 年以后张资平所写的普罗小说和婚恋小说，则继续在人欲的轨道上滑行，作品格调呈每况愈下之势，本应严肃对待的社会问题，在张资平小说里却成了情恋的佐料；本应理性对待的情欲问题，却流向无节制的宣泄，这使得张资平的情恋小说堕落成动物小说。在张资平的性爱叙事里，情感隐匿而情欲张扬，思想淡去而器官突显，我们从他小说里看不到精神的庄严和道德的感动，只有乱伦、通奸、滥情、纵欲得到不加节制和批判的自然主义表现，完全丧失了一个作家应有的道德担当，美和德的双重丧失，使张资平沦为低俗作家。张资平酷爱写性首先在于他认为对人起主要作用的是人的生物性，他在1925年上海时中书社出版的《文艺史概要》里写道："人类是一种生物，其思想行为多由生理状态支配。所以一般观察人类先要由生理的方面描写"①，因而对西方自然主义文学全盘接受，对中国传统色情文学全盘继承。其次在于写作的商业性目的湮没了作为作家应有的道德良心，如果说张资平初期创作还能和创造社同仁一道领时代风气之先，呼吁人的正当权利，到了中后期则将作家的社会使命感置之脑后，纯粹为金钱而写作了，当读者热衷革命，他给小说披上革命的外衣，当庸俗的性爱读物有市场，他加紧编造性爱小说。特别是后期，为赚钱张资平小说创作更是进入批量炮制阶段，将自己已出版的小说和国外小说现成的叙事套路简单改写粗制滥造一番即成为一部新小说，就这样，他很快将自己变成年产五六部长篇小说的高产作家。

如果说早期张资平作为创造社的重要成员是卓有贡献的新文学的开拓者的话，创作中后期的张资平则是文学路上的失败者，错误的人生观、价值观是他堕落的重要原因。

---

① 张资平：《文艺史概要》，时中书社1925年版，第73页。

第四章

左翼革命文论与叙事形态建构

第一节　理论建构与小说创作

一　理论建构

历史走进 1927 年后，名义上统治全国的国民党并未能站稳脚跟：一是国民党内部的派系斗争、地方军阀的割据及中国共产党领导的革命使蒋介石无法建立起代表民意统一全国的政府，只能堕入独裁专制和连年内战而无法自拔。孙中山"三民主义"落实无望，两千年文化积弊和近代以来的丧权辱国延续依旧。二是民主法制制度建立无望，公平、正义不能伸张，国家看不到前途，人民看不到希望，政权的合法性问题无法解决，历史依然陷落在历史循环的怪圈中不能自拔。三是经济发展不均衡，贫富悬殊太大，国家没有健康稳固的经济基础，穷困人口占绝大多数，到处都潜藏着革命的温床。四是蒋介石无意也无力推进进步健康的文化事业，或以旧学敷衍了事，或以法西斯独裁专制文化维持局面，从而造成了思想领域、文化领域的人心背离，这自然将许多文学家推向革命的一边。

早在五四时期，马克思主义文论和苏俄革命文论即开始引入中国。大革命时期的 1923 年前后，恽代英、邓中夏、沈泽民、茅盾等革命家和文学家，即开始倡导面向大众的"普罗文学""革命文学"。随着国共合作的破裂，中国共产党领导的第二次国内革命战争渐次深入，苏共文艺对中国的影响进一步加深，中国共产党在国统区和苏区开辟的以推翻国民党统治为己任宣传阶级斗争的"革命文艺战线"逐渐壮大。1928 年 1 月，由蒋光慈、钱杏邨主持的太阳社创办了引进宣传苏俄革命"无产阶级文艺"的《太阳》月刊。同时，从日本返国的李初梨、冯乃超、彭康也主持创办了引进宣传日本左翼文学的评论刊物《文化批判》。由郭沫若主导的创造社《创造月刊》第 1 卷第 8 号也开始倡导"革命文学"，郭沫若申明："个人主义的文艺早过去了"，代替它们而起的必定是"无产阶级文艺"。郁达夫因而退出了创造社，温和的改良派与中立派胡适、徐志摩、梁实秋创办了"纯文艺"的《新月》杂志，为捍卫"文人独立"而战。这造成了文坛左右两派的分野和对立。新文学运动阵营内部两派的分野与斗争，表明一股站在被压迫阶层立场上的革命文学力量的形成，表明宣传党派意识的以"阶级意识"代替五四"人的意识"的意识形态化小说创作实践的开始出现，这改变了二十世纪中国小说创作的格局。

当时，围绕着是开展以马克思主义为指导的"无产阶级革命文学"，还是继续文学自身的自由发展，展开了一场大讨论。一些革命文学的倡导者，太阳社、创造社的一些从苏联、日本归国的成员及"左"倾成员，在国共分裂以后，执行党内"左"倾教条主义路线，照搬苏联、日本等国革命文学的"左"倾机械论，将文学的意识形态化推向极致，要求将文艺纳入组织生活，将文学当成"革命工具"。这种极端意识形态化的文学观念，将政治观念代替文学观念，将阶级意识代替人的意识，将党派意识、宗派意识代替文学的团体意识、流派意识，将五四时期的一些主流文学作品也归类为资产阶级乃至封建阶级的温和、落后、保守乃至反动的文学。

为树立自己的文学权威，将无产阶级革命文学推上主导地位，创造社、太阳社成员集体行动起来，将五四时期享有盛名、卓有影响的鲁迅、茅盾、叶圣陶、郁达夫、张资平等作家全部打倒。冯乃超戏称"老生"鲁迅："世人称许他的好处，只是圆熟的手法一点，然而，他不常追怀过去的昔日，追悼没落的封建情绪，结局他反映的是社会变革期中落伍者的悲哀，无聊赖地跟他弟弟说几句人道主义的美丽的说话。"① 蒋光慈发表了《现代中国社会与社会生活》《关于革命文学》《论新旧作家与革命文学》等文章，斥责鲁迅等新文学作家为"旧作家""不革命的作家"，认为他们"已落在时代的后面"，"不能承担表现时代生活的责任。"② 他们的不革命是因为他们的社会、阶级、传习背景"无论如何脱离不了旧的关系"。③ 甚至认为他们"一方面假惺惺地表示赞成革命文学的理论，而在事实上反对革命的作家，说什么浅薄呀，幼稚呀，鲁莽呀，粗暴呀……"这是一种"卑鄙，无耻的行为！"④ 太阳社另一发起人钱杏邨发表了《死去了的阿Q时代》《死去了的鲁迅》和《朦胧以后》等系列文章，把鲁迅定性为"彻头彻尾的小资产者"，"唯我史观"的"反革命"。⑤，并说鲁迅"是革命文学的障碍"，他的创作是"无意义的"、"依附于资产阶级的滥废文学"，"不但阿Q时代已经死去了，《阿Q正传》的技巧也死去了"。⑥ 要把"封建余孽""二重反革命人物"的鲁迅扫出文坛。其他著名作家也一律扣上"有产者和小有产者代表"的帽子，按阶级定性，"替他们打包，打发他们去！"⑦

　　创造社、太阳社对五四作家和作品的全盘否定，引发了鲁迅、茅盾等作家对"革命文学"的重新审视。鲁迅认为，因为中国革命没有成功，所以当时的中国，并不存在所谓的"革命文学"，有的只是"为大众鸣不平的文学"。⑧ 鲁迅还坚持主张文学的独立性、自由性，不赞成夸大文学的革命作用，表明文学只是"余裕的产物"，较之政治、法

① 冯乃超：《艺术与社会生活》，《文化批判》1928年第1期。
② 蒋光慈：《论新旧作家与革命文学》，《太阳月刊》1928年第4期。
③ 蒋光慈：《现代中国社会与社会生活》，《太阳月刊》1928年第11期。
④ 蒋光慈：《关于文学革命》，《太阳月刊》1928年第2期。
⑤ 钱杏邨：《朦胧以后·三论鲁迅》，《太阳月刊》1928年第1期。
⑥ 钱杏邨：《死去了的阿Q时代》，《太阳月刊》1928年第2期。
⑦ 成仿吾：《打发他们去》，《文化批判》1928年第2号。
⑧ 《鲁迅全集》第3卷，人民文学出版社1981年版，第421页。

律、武力、经济的作用小得多，同时批评太阳社、创造社的革命形式主义、教条主义，批评他们高声叫嚷的"革命"实际上是"不革命"，因为他们的"革命"脱离社会现实，回避大革命后的残酷社会现实。鲁迅还反对文学工具论和生活组织论，强调文学独立性、自由性及特殊规律。声称"文学不过是一种社会现象，是时代人生的记录。"① 并认为"文学是宣传"即是唯心主义。② 茅盾对太阳社、创造社的"口号革命文学"也进行了全盘否定："仅仅根据了一点耳食的社会科学常识或是辩证法，便自命不凡地写他们所谓富于革命情绪的'即兴小说'，其结果不过产生一些贴着革命标签的概念文学，流于标语口号。"③ 并奉劝太阳社、创造社即使是革命文艺也必须坚持现实主义。④ 太阳社、后期创造社成员和鲁迅、茅盾等人的论争，是中国现代文学史上第一次文学意识形态化与反意识形态化之争。左翼文学将文学的意识形态化当成最革命、最进步的文学理念，彻底否定非意识形态文学的存在意义，欲将意识形态性的工具文学推上文学的正宗地位；鲁迅、茅盾等独立作家和革命作家，则坚持文学的本体性，反对以政治话语代替文学话语的抹杀文学专制行为。这是持续半个多世纪中国文坛文学意识形态化与反意识形态化争论的开始。

国民党也参与到意识形态化文学建构的斗争中来。在国共分裂过后，即加强"党制教育"，以"三民主义统一思想"⑤。1929 年初，又颁布《宣传品审查条例》，查禁进步书刊和文学社团。1929 年 9 月，革命文学争论正酣之际，国民党召开宣传工作会议，大力推行国民党的党派意识形态文学，提出"三民主义"文艺的口号。会后，在南京成立中国文艺社，发行《文艺月刊》与《民国日报》副刊《觉悟》联袂对抗"革命文学"、民主派文学、自由派文学。创造社和太阳社的出版

---

① 《鲁迅全集》第 4 卷，人民文学出版社 1981 年版，第 82 页。
② 《鲁迅全集》第 7 卷，人民文学出版社 1981 年版，第 118 页。
③ 《茅盾全集》第 9 卷，人民文学出版社 1981 年版，第 211 页。
④ 同上书，第 523 页。
⑤ 王维礼主编：《中国现代史》，人民文学出版社 1981 年版，第 381 页。

部、书店相继被国民党政府关闭，主要刊物也遭查禁。这是法西斯式的文学观念介入文坛的开始。

为一致对外，开辟统一的国统区革命文艺战场，中国共产党的上海组织制止了太阳社、创造社对鲁迅的攻击，并指示解散这两个文学团体，要求他们和鲁迅结成统一的革命文学战线。经过两个多月的筹备，中国左翼作家联盟于1930年3月2日在上海成立，简称"左联"。鲁迅、冯雪峰、沈端先、冯乃超、柔石、李初梨、蒋光慈、彭康、田汉、钱杏邨、阳翰笙等四十人出席了会议。郭沫若、郁达夫、茅盾、周起应（周扬）等五十余人也加盟、加入了"左联"。会议选举了沈端先、冯乃超、钱杏邨、鲁迅、田汉、郑伯奇、洪灵菲七人为常务委员，并确定了理论纲要："我们的文艺是反对封建主义的、反对资本主义的，又反对'失掉了社会地位'的小资产阶级倾向。"表明"要援助而且从事无产阶级文学的产生"。鲁迅在成立大会上作了《对于左翼作家联盟的意见》①的讲话："对于旧社会和旧势力的斗争，必须坚决，持久不断，而且注重实力"；"战线应该扩大"；"应当造出大群的新的战士"；"联合战线是以有共同目的为必要条件的。……如果目的都在工农大众，那当然战线也就统一了。""左联"的成立，基本上把左翼作家和倾向革命的作家统一到同一个文学联盟中来了。

国民党宣传部门由潘公展、朱应鹏发起的"打倒革命文学""铲除多型文艺"，将文学统一于"民族主义"的"中心意识"运动也宣告失败，毕竟专制独裁的文艺是既无法找到相应的理论依据，也无法创作出像样的作品的，因此国民党主办的"党金文学社团"和文学刊物很快就垮掉了。

左联成立后，将革命文艺的推行由论争转移到理论、作品的译介方面来。成立了马克思主义文艺理论研究会，翻译了大量的马克思、恩格斯、列宁、普列汉诺夫、拉法格、卢那察尔斯基、沃罗夫斯基等人的经

---

① 发表于1930年4月1日《萌芽月刊》第1卷第4期。

典著作。瞿秋白译介马列论文的同时，还撰写解释性文章《马克思、恩格斯和文学上的现实主义》《恩格斯和文学上的机械主义论》《关于列宁论托尔斯泰两篇文章的注解》，试图以马列文论为依据，解决革命文艺和现实主义相结合的问题，从理论上纠正"左"倾机械论，赋予革命文学以鲜活的生命。马克思主义理论著作的系统译介，使中国文学界开始建立系统的唯物史观的文学理论知识结构。左翼作家联盟的革命作家和进步作家，开始以马克思主义文论为最先进的理论武器去解析、评价、批评文学。鲁迅、瞿秋白、茅盾、冯雪峰、周扬、胡风、钱杏邨等人的唯物史观文艺批评，为马克思主义文论的中国化，奠定了第一块基石。鲁迅《中国新文学大系·小说二集·序》、瞿秋白《鲁迅杂感选集·序言》、茅盾《徐志摩论》、胡风《林语堂论》等创作论和作家论，周扬、冯雪峰关于革命现实主义的理论文章，以马克思主义唯物论思想为准绳解析文学现象，梳理文学规律，对当时及后来中国共产党领导的文艺事业的意识形态性文艺理论思维和创作思维影响深远。[①]

左联对外国文学作品的译介，以革命文学为主，但并不限于革命文学。其组织的欧美文化研究会、日本文化研究会、苏联文化研究会、殖民地及弱小民族文化研究会的研究格局，显示左联借鉴外国文学方面的成熟，左联各期刊，翻译苏俄文学作品228篇，日本文学作品111篇，美国文学作品61篇，法国文学作品53篇，德国文学作品48篇，英国文学作品25篇。高尔基的《母亲》、绥拉菲摩微支的《铁流》、法捷耶夫的《毁灭》、肖霍洛夫的《被开垦的处女地》、雷马克的《西线无战事》、德莱塞的《美国的悲剧》、巴比塞的《在火线上》、辛克莱的《屠场》《都市》、杰克·伦敦的《野性的呼唤》、马克·吐温的《汤姆·哈利》、小林多喜二的《蟹工船》、果戈理的《死魂灵》、薄伽丘的《十日谈》、卢梭的《忏悔录》、列夫·托尔斯泰的《安娜·卡尼列

---

① 钱理群、温儒敏、吴福辉：《中国现代文学三十年》，北京大学出版社1998年版，第197页。

娜》、塞万提斯的《堂吉诃德》、夏洛蒂·勃朗特《简·爱》等作品的翻译，显示出左联借鉴外国文学克服文学的"左"倾机械主义，将革命文艺与现实主义的文学相融合方面所做出的努力。①

左联还积极推行文艺的"大众化"。成立了文艺大众化研究会，发表了大量文艺大众化研讨文章，讨论主要在对旧形式的借鉴、通俗化、大众化语言几个方面展开，但终因作家与创作思维定式和群众文化普遍较低等方面的现实原因，大众化文艺讨论的成果并未能真正落到实处。

左联成立以后，文学意识形态化问题的争论依然持续。1932 年 4 月瞿秋白、茅盾提倡"唯物辩证法创作方法"，反对创造社 1929 年所提倡的客观、具体的美学与革命理想主义相结合的"无产阶级现实主义"，反对文学创作的理念化，认为作品应该通过具体的人和事写出唯物辩证法来。这种主张本来是想把文学从革命的概念化、公式化中解救出来，但却又不自觉陷入将人和事变成唯物辩证的另一个文学意识形态化的泥坑。因而引起了胡秋原反对，他认为在文学作品可以表达政治主张，但其中的政治元素不可以超过文学元素，反对"将艺术堕落到一种政治的留声机"。② 胡秋原反对将文艺等同于宣传，反对文学成为图解政治的机械工具，旗帜鲜明地反对文学的意识形态化。苏汶也反对文学从属政治，申明作家应有独立精神和创作自由。认为"真实"和"正确"一样，同为文学创作的标准。主张文学的出发点是生活而非理论。二人的意见本是对左联文学意识形态化主张的有力校正，但却激起了激烈的反对。左翼革命作家认为，二人的意见是对左翼共同认可的文学阶级论的严重侵犯，对胡、苏二人展开了集体批判。批判的结果是，左翼的意识形态化文学主张不仅没有因此得到纠正，反而得到进一步强化，瞿秋白甚至认为，文学永远是、到处是政治的留声机。③

----

① 钱理群、温儒敏、吴福辉：《中国现代文学三十年》，北京大学出版社 1998 年版，第 198 页。

② 胡秋原：《勿侵略文艺》，《文化评论》1932 年第 4 期。

③ 瞿秋白：《文艺的自由与文学家的不自由》，《现代》1932 年第 1 卷第 6 期。

左翼的文学的意识形态化主张最终走向了"社会主义现实主义"。"社会主义现实主义"由周扬自苏联引进。"社会主义现实主义"即苏联第一届作家代表大会召开所确定的现实主义和社会主义精神相结合，以改造和教育劳动人民为目的的创作方法。周扬的系统引入，固然对纠正"拉普机械文学论"和"唯物辩证法创作方法"创作的绝对意识形态化有一定的效果，但因其既不能摆脱政治第一的思维模式，又不能解决"真实性""历史的具体性"和"政治性""教育性"之间的矛盾，因而其对左翼文学"拉普机械文学论"和"唯物辩证法创作方法"等绝对意识形态化倾向的校正十分有限，他但作为左联领导人和苏联文艺思想传达人，却使"社会主义现实主义"的创作观念和方法成为左联长期执行的创作路线，其影响一直延续至今。

左联阵营内部，因意识形态化文艺思想的强势推行，五四时期文学自由发展、自然生长状态在一定程度上受到了限制，教条主义、形式主义等机械论在某种程度上也干扰了作家的正常文学创作。但总体来说，左联的实际创作并未全盘意识形态化，依然还有作家坚持文学的本体立场。

20 世纪 20 年代末和 20 世纪 30 年代初的几场文学论争，是苏俄影响下的革命斗争在文学界的直接反映，表明积极参加革命的作家试图将文学话语体系纳入革命话语体系，将建设理想的无产阶级国家的革命意识形态化文学推向文学中心位置的努力，努力的结果是意识形态性极强的党派文学在中国开始形成潮流，文坛渐显革命文学、自由派文学、民主派文学三分天下的局面，苏俄式的社会主义革命文艺思想对文学的介入，使文学参与建国的文论思想核心渐渐由"旧民主主义"革命转移到"新民主主义"革命方面来，这进一步强化了中国 20 世纪文学的意识形态色彩。

二　小说创作

革命理论对中国现代小说叙事形态的影响巨大，时代的变迁对小说写作的影响同样巨大。20世纪30年代上半叶，中国社会发生了巨大而深刻的变化。由于华东沿海地区战乱较少，海外通商便宜，以上海为轴心的通商口岸的工商业在战争的缝隙里获得了飞速发展，这种发展又辐射延伸到汉口、天津、广州、福州、青岛、大连、哈尔滨，甚至较为偏远的重庆、成都、太原、西安。影响所及，几乎遍及各大省会城市，全国各地的一些小城镇也深受影响，人们的社会观念、生活方式也发生了一些改变。但由于战乱频仍，工商业的自为发展离促成中国经济的现代化转型还很遥远；又由于与经济发展相适应的现代政治、经济、法律制度也未及建立，中国社会的整体形态，依然停留在落后的农耕时代。但现代转型过程中的新旧意识的冲撞，新旧生活方式的矛盾，还是影响到了较广大的阶层，并因之而产生了要求社会发展进步的积极倾向。

然而，在中国现代化转型的方向方面，却没有形成广泛的社会共识。由于当时的中国资本主义经济带有原始积累时期的残酷性、野蛮性和剥削性，带有一定的宗法色彩和帮会色彩，缺乏资本经济发达时期的"人本"精神。尤其是外来资本，还带有西方列强的垄断性、掠夺性，对中国经济的正常发展和劳工多有侵害，再加上二三十年代西方世界普遍的经济危机，因此资本主义制度引起了人们的广泛怀疑。为传统士大夫"为富不仁"观念影响下的人们怀疑资本主义，固守传统生产模式的人们抵触资本主义，有着马克思主义思想信仰的人们更是不遗余力地批判资本主义。再加上"三民主义"没能实行，专制守旧势力、专制宗法势力在中国城乡依旧势力强大。而城市现代工商势力与农村封建地主势力或交互渗透，或互为排斥，城市现代工商发展不足，农村经济一片凋敝，贫富对立、新旧对立依然十分严重，社会的不公平、不公正成为滋生革命的土壤。因而对国家前途和命运的思考，不再局限于社会团体，不再局限于意识形态领域，而是转移到整体性的社会经济制度等方面。这种思考，必然影响到文学方面，引起左翼阵营、民主派、自由派之间的激烈交锋。

随着中国社会发生的巨大变化，随着新式教育的广泛普及，随着现代观念的广泛传播，"文学新人"也迅速成长起来，丰富着作家队伍的构成。由于他们人数更多，来自于社会各阶层，给文学带来了丰富的社会信息，加深了文学与社会各方面的联系，拓宽了文学题材的涵盖面，强化了文学的社会表现力，丰富了文学考察生活的维度。

时间的沉淀加深了文学的"两极分化"，一方面，中国共产党领导下的左翼作家们，以文学为武器，揭露农村社会的落后黑暗，揭露资本势力对劳工的剥削，揭露战乱对人的迫害，揭露封建家庭对青年进步的压制，揭露腐败无能的国民党政府的种种黑暗，强化了文学的意识形态素质。另一方面，文学自足的审美空间也得到了进一步开拓。上海新感觉派作家，有较强的文明幻灭感，在他们笔下，上海是畸形、变态、充满着罪恶的，他们描绘都市奢华，诅咒都市丑恶。由于他们的小说，借鉴了日本新感觉派、意识流小说的手法和法国象征主义、弗洛伊德心理分析的体验方式，其小说叙事，无论是精神气质还是语言方式，都呈现出一种较为纯粹的现代气派。而"京派"作家，大都居于大学校园，大都选择恬淡、虚静、独立、自适的"纯粹的文人生活"，拒绝政治与现代物质文明的喧扰，在寻常人的生活中，追求纯粹的人性美，追求较为纯粹的文学意味。

在这一时期，由于有更多的人加入到文学写作中来，再加上文学经验的逐渐累积，无论是作品的社会内容，还是审美意味都得到了丰富与扩大。创作数量，也大量增加，中篇、长篇开始大量出现。从城乡村镇个人生活，到国共合作、国共分裂、九一八事变等历史风云变幻，都纳入了作家的视野。城市革命者、知识分子、资产阶级、小资产者、农民、劳工的命运都成为作家的抒写对象。主流小说叙事，个人意志越来越少，政治倾向越来越浓，且大多趋向于社会革命，趋向于建立一种以劳工立场的道德观、世界观与价值观，小说的意识形态意味，在这个时期得到了进一步强化。

这一时期最有实绩的小说作家有茅盾、巴金、老舍、沈从文、丁玲、张爱玲、柔石、张天翼、李劼人等。他们或投身时代生活用文学参与革命，或在时代风云的裹挟中，置身事外，从旁观者的角度，冷静观察，描写这一时代的风云世象。茅盾作为大革命的参与者和老共产党员，他的两部中篇《蚀》《虹》，描写了这一时期大革命失败后知识分子的沉浮命运变化。又以一部长篇《子夜》主题先行，以上海新生的民族资产阶级在外来殖民买办势力打击下的痛苦求存以至覆亡的故事，来说明民族资本主义的道路在中国走不通。巴金的《家》《春》《秋》三部曲，以旧礼教大家庭对年轻人生命的自戕与压抑，以及年轻人争取恋爱、婚姻、人身自由的反抗、自新与出走，继续延续五四文学反旧家族弊害的意识形态主题。老舍的《骆驼祥子》开拓底层叙事，描绘饱遭蹂躏打击的车夫生活，表现人在命运面前的无法自主，表现了社会不公造成的人的沦落。丁玲的小说《一九三六年春在上海》，描写了革命和恋爱的冲突，表明自己在这种冲突中的个人立场抉择，是革命加恋爱的红色叙事。叶圣陶在这一时期写出了他第一部长篇《倪焕之》，表现辛亥革命至第一次国内革命战争时期青年知识分子与革命互动中的精神历程。而更多年轻作家的作品，也冲出个人生活的藩篱，投身更加广阔的世界。艾芜、蔡希陶、马子华、周文也极力从个人生活的体验中走出来，展现被大时代所遗忘的角落，表现不被人关注的边地生活，用细致的笔触，描绘边民们在极贫中的生存、挣扎，既控诉了物质、精神双重贫困的旧时代对底层的折磨，又展现了文学世界里鲜见的边陲山区世象，扩展了文学创作题材的视域。

意识形态意味浓厚的小说，到了20世纪30年代，汇聚为一种群体反抗的声浪。因为以意识形态为叙事目的的文学作品，所发出的是或党派、或阶级、或群体的声音，所要寻求的是改变现实政治生态和社会结构的尽可能广泛的影响，作品大都由"孤独"叙事、"个体"叙事走向"群体"叙事，叙事的阶级意识逐渐清晰。30年代马克思主义的广泛传播，左翼文学运动的兴起，使许多作家的社会考察及其文学叙事自觉或不自觉打上了马克思主义中国学派的烙印。譬如左翼作家在对中国半殖民地、半封建社会界定的前提下对中国农村现状的分析，对城市社会矛盾的分析，对人物形象的属性界定，对人物关系的处理，对复杂社会现象的分析，都带有中国特色的马克思主义阶级斗争的思维痕迹。《子夜》每一个性格鲜明的人物就是某一社会阶级的代表，人与人相互之间的冲突，往往是牵动社会全局的阶级利益冲突，各阶级之间和各阶级内部的争斗，就构成整个中国城市和农村的全部现实。描绘乡村的《春蚕》，虽为短章小制，也反映出重大的政治经济方面的内容，老通宝、多多头、"白虎星"荷花、阿四等，不再是单个农民，而是被帝国主义经济侵略压迫破产的阶级存在。老舍的《骆驼祥子》，尽管并无清晰的阶级意识，但祥子的命运也暗合了阶级压迫下旧世界人民无出路的政治描述，祥子与外部世界的冲突与阶级斗争的社会矛盾表述相一致。巴金早期小说是无政府主义以及阶级斗争的文学表述，《家》《春》《秋》依然残留有无政府主义政治理念的暗影，对家族势力的反抗更是反抗父权社会的政治隐喻。就连描写与世隔绝、鲜为人知"边地世界"的艾芜"流浪小说"里的人物"群像"，也带有反映被压迫、被损害的阶级自发反抗的左翼政治色彩。当然，由于作家广泛的社会感知和各自的文学个性，叙事的丰富性并没有完全被抽象的政治理念遮蔽住，不少作家已经能够使作品呈现出浓厚的民族情味和民间情怀。

第二节　茅盾小说的叙事建构

一　革命叙事的初步实验

茅盾 1927 年 9 月发表《幻灭》，随后完成《动摇》《追求》，于 1928 年合成三部曲《蚀》。赴日本客居期间创作长篇小说《虹》，在《小说月报》上连载。同时也写了一些短篇小说，这些短篇小说，后收入《蔷薇集》中。1930 年 4 月回国后，加入"左联"，并一度担任执行书记，从此与鲁迅联系密切。在这期间，茅盾创作了大量的中长篇小说，除了未完成的长篇《虹》外，还写作了中篇《路》《三人行》《多角关系》和长篇《子夜》，以及大量的短篇小说《林家铺子》《春蚕》

《秋收》《残冬》等。这些作品中，《子夜》最引人注目。

茅盾的人生经历及个性和鲁迅完全不同，因而没有鲁迅少年时期的磨难和特殊人生经历中形成的独特的世界观和思辨力，没有鲁迅那样站在历史与未来的衔接点宏阔的启蒙理想，没有鲁迅的愤怒、倔强、幽默、讽刺、冷峻与剀切，没有鲁迅发掘到底、决不轻饶的深刻与彻底，也似乎也没有鲁迅那么高的文学建构力。甚至在小说叙事中，没有自己独特的风格个性。个性平和、思维缜密的茅盾身上更多体现的是现代绅士与传统文人的儒雅与严肃。但茅盾却有着鲁迅因怀疑而不具备的行动力，能投身到历史的革命风云中去直接参与社会革命，他虽然没有鲁迅那样深刻的思辨力，却能以马克思主义理论为指导，用历史唯物主义的观点，考辨社会矛盾和现实人性，并最终找到答案。在小说中，他总是以宽广的社会视角、宏大的生活场景，对中国都市、农村的情势，作明晰地描写，体现出一种能够把握时代本质的自信。

茅盾 1921 年就投身共产主义运动，亲身经历中国共产党的创立和第一次国共合作，革命家和文学家的双重身份使他以马克思主义原理思考问题寻找答案。在考察中国农村和城市现实时，常以经济分析为社会分析的基础，以阶级分析作为人物分析的依据。他意识形态意味较为浓厚的小说的文本背后，大都有着提出问题、分析问题、解答问题的隐性政论性文本。但茅盾的意识形态意味浓厚的小说绝不是理念性的文学文本，而是以马克思主义为叙事基点的文学建构，既是阶级性的社会考察，又是有个性的社会事件和人物性格合逻辑的生动具体的呈现。是政治意识形态的写实主义风格的文学表达。

茅盾小说叙事的文学资源和鲁迅相同，主要来自两个方面，一是中国古典诗文小说，二是外国文学。他特别喜欢《三国演义》《水浒传》《西游记》《红楼梦》《聊斋志异》《儒林外史》等古典小说，甚至能背诵《红楼梦》。熟悉古典小说个性化、类型化神形兼备的人物表现手法。同时，他熟悉外文，翻译过多部世界名著。熟读古希腊、古罗马至意大利文艺复兴时期许多文学作品，特别喜欢 19 世纪波澜壮阔、情节曲折，既能展现社会风云变幻，又能表现个人命运起伏跌宕的欧洲长篇小说。他喜欢大仲马，甚于莫泊桑和狄更斯，也喜欢斯各特。他说："我也读过不少巴尔扎克的作品，可是我更喜欢托尔斯泰。"① 因为他"以惊人的艺术力量概括了极其纷繁复杂的社会现象，并且揭示出各种复杂现象的内在联系，提出许多社会重大问题。托尔斯泰宏伟的规模、复杂的结构、细腻的心理分析、表现心理活动的丰富手法以及他无情的撕去一切假面具的独特的手法，都大大的提高了艺术作品反映现实的可能性，丰富和发展了现实主义的创作手法。"由此可见，茅盾倾心于通过情节性强、容量巨大的长篇来重建复杂的现实世界，也从托尔斯泰那里找到了通过宏大的形制、复杂的结构、精微的细节刻绘来重建丰富、广阔、复杂的社会现实的基本方式。

此外，茅盾还深受福楼拜、左拉式的写实手法的影响，服膺法国泰纳关于文学的时代、环境、种族三成因之说，因而不赞成文学的意识形态化。在大革命后，对太阳社、创造社的"左"倾机械论提出了批评，反对忽略文艺本质的简单化、概念化，反对"所谓富于革命情绪的'即兴小说'。"但茅盾革命小说的主导因素，毕竟是意识形态而非文学，这使得茅盾的小说依然是意识形态的文学而非文学的意识形态。

茅盾的《子夜》即是他文学话语和意识形态话语交汇的意识形态化文学的经典范本。小说叙事有先在的民族资本主义道路在中国走不通的现在的政治性主题，小说叙事在大的民族矛盾、阶级斗争的意识形态框架内运行，小说叙事的细节却以对上海工商金融证券业考察和详述为基础，因而《子夜》既是阶级斗争叙事，又是全景式的大都会小说叙事。

茅盾的革命小说，使中国现代小说里的老中国儿女，走出灰暗的乡村和市镇，汇入宏阔的时代洪流而有了集体性的意识形态意义。他对欧洲写实主义文学大师的借鉴，也使中国小说有了表现纷繁复杂的社会现

---

① 庄钟庆：《永不消逝的怀念》，《新文学史料》1981 年 8 月总第 12 期。

象及其背后内在联系的能力。

茅盾的小说创作始于1927年，他的《幻灭》《动摇》《追求》三部中篇构成的《蚀》是他亲身经历的中国第一次大革命的真实记录，是革命事件自然主义色彩的文学再现。

《幻灭》是茅盾的小说处女作，记录了"五卅惨案"至1928年大革命失败这段历史，在小说通过一名叫静的女青年在这段动荡岁月里的思想情感变化和心路历程，表现轰轰烈烈大革命泥沙俱下的历史真相。作者对革命的失望，也通过静的失望、幻灭，退出革命重新回到恋爱的个人生活得到逼真呈现。

《幻灭》是茅盾亲身参加的大革命个人经历的再现，因而有较强的纪实性。上海工人运动、"五卅惨案"周年纪念、武汉南湖北伐誓师大会、大革命的最后失败，一幅幅史诗般的画卷在小说中次第展开。表面轰轰烈烈的革命，自身也裹挟着洗不尽的污秽，充满了政治腐败与随波逐流的苟且之欢，"革命青年"也大都堕落。因而大革命对充满热情、满怀希望的静来说，不过是一个政治理想、生活理想灰飞烟灭的过程。显然，茅盾是想通过心思纤细敏感的女青年，描绘大革命的真相以及真实的个人感受，但小说的讲述者女主人公却是非个人的阶级意味浓厚的集体意志的寄植者，这表明《幻灭》非个人的叙事立场，这使茅盾的小说创作，从一开始就打上了很深的意识形态印记。《幻灭》为急就章，叙事节奏过于匆忙，重大历史事件没有得到全面、真切的表现。

如果说《幻灭》是以青年女性特有的情感经历来折射重大的革命事件，《动摇》则以全景性的笔触来描绘重大政治事件本身，试图通过革命的正面详述解答革命过程中尖锐、复杂的问题：轰轰烈烈的民主革命，是否会被投机分子所利用，变成形式上、名义上的"假革命"，甚至假"革命"之名行专制暴虐之实？新生的、幼稚的革命党人，能否在投机分子的篡政夺权中保持清醒的头脑，战胜恶势力？茅盾的回答是悲观的，并因此产生小说的主题：动摇。

小说依据政治斗争的残酷现实，搭建了紧张尖锐的二元对立的阶级斗争叙事模式。湖北某县不良商绅胡国光，内心憎恨仇视革命，却又借革命初起混乱之机，抢先混进领导层，把持了当地的领导权，又以革命的名义肆意妄为，与革命的省驻县党部代表方罗兰对抗。胡国光先是以过激的革命言辞激起市民和农民对革命的仇恨，后又放任混进革命队伍的流氓、恶棍将县政改革搅得一团糟，又借"妇女解放"放出尼姑、婢妾和不良妇女，将全城秩序搅得一片混乱……方罗兰置身其中，虽有正确的判断和高度清醒，知道自己面对的是"插革命的旗的地痞"，却又无能为力。因为他是革命的空想家，既不相信群众，又没有坚定的意志，孤独、软弱，缺乏现实行动力。他连自己妻子头脑中的封建思想都无力改造，如何改造得了一个偌大的县城？因此，作为革命的党代表，他也只有在黑恶势力面前一败再败，任凭黑暗势力占尽上风，大批左翼党员陈尸荒野，自己和妻子远避旧庵，全县阴风惨雾。

《动摇》是一部较完全形态的意识形态化小说。遵循提出问题、分析问题的叙事模式，试图解决革命者"动摇"的问题及反革命混进革命队伍的阶级敌人破坏革命的问题。小说将社会考察和写实的笔法结合起来，透视极为复杂的政治运动中的社会现实、人事关系和情感生活，将革命的失败归结为革命领导者意志不坚定、行动力缺乏和道德的不完善。

《追求》依然以大革命和大革命背景下的爱情为叙事主体。写大革命失败后失去生活目标的年轻人个人生活的堕落和堕落后的萎靡不振、不知所措、精神虚无。这篇小说虽基本延续了《幻灭》和《动摇》的叙事主题，但却重点表现小人物在变幻无常的世事面前的无能为力，这种非意识形态性的个人叙事，是茅盾大革命失败后抑郁、绝望心境的写照。

《蚀》二部曲的叙事探索是极具价值的。茅盾自陈："《幻灭》和《动摇》中间并没有我自己的思想，那是客观的描写；《追求》中间却有我最近的——便是作这篇小说的那一段时间——思想和情绪。"① 其实，茅盾所谓"客观描写"，即是叙事视角革命化。《幻灭》《动摇》

① 《茅盾全集》第19卷，人民文学出版社1991年版，第180页。

叙事者的非个人化，使小说的主题和叙事内容都局限在对革命和革命与个人关系的考察层面，作者对重大复杂的革命运动和社会事件及其内部的联系的分析判断，以及对复杂人物性格和人物心理的刻画，对曲折情节的驾驭，大都以革命政治立场为观照点。因此，《蚀》三部曲的前两部，基本奠定了茅盾的以唯物主义为认知观，融现实主义和革命理念为一体的小说叙事方式的基础，也初步表现出茅盾对纷纭世象、重大事件的把握力，以及制作鸿篇巨制的创作天赋。

经过大革命失败后的孤独、无望、痛苦与反思，茅盾终于又重新看到苏俄式革命在中国的希望。他在日本写作的小说《虹》，即是他重归马克思主义和革命之路的自我表白。通过梅行素从家庭包办婚姻中的出走，从军阀开办的"开明师范"的虚伪腐败的人群的出走，与共产党人结合，投身"五卅"工人群众运动的故事，宣传中国共产党发起的工人运动的历史正确性，表现知识分子走与工农相结合道路的主题。

《虹》是茅盾的第一部长篇小说。《虹》的主题、人物、情节设计较为单纯，但茅盾依然尽力使小说叙事展现生活复杂的一面，以使叙事作意识形态性表述的同时，也尽量呈现出生活本身的复杂性。梅行素对父亲的包办婚姻一开始并非一味地决绝反抗，而是犹豫、彷徨中有屈从，之所以如此，是因为包办婚姻的男方柳遇春尽管粗鄙无文、缺少教养，但却本性淳良，对梅行素极力趋奉讨好，为迎合梅行素，为她买她喜欢的"新潮"读物。这使梅行素十分为难。脆弱、优柔的梅行素几经妥协、犹豫，最后还是选择了拒绝。因为包办的无爱婚姻，是不道德的婚姻，即使带有人情的温暖，同样也是不能接受的。这样描写，就既还原了生活的真实，又制造了戏剧冲突和悬念。小说对梅行素四川泸州师范的"新生活"，同样也没有作简单化处理。当然，小说最终还是以意识形态理念战胜现实主义的逻辑结束：梅行素在共产党人梁刚夫那里找到自己的事业归宿和感情归宿，一切归于完美。缺乏生活体验和内在说服力的突兀结尾，固然表达了茅盾对革命的回归，但同时也让我们看清意识形态逻辑跟现实主义的逻辑其实是很难和谐统一在同一文本里的。

二　第一部完全意识形态化叙事的长篇小说《子夜》

《子夜》是茅盾创作的中国现代文学史第一部长篇意识形态性经典文学读本。小说从酝酿、写作到修改，都打上了浓厚的政治观念的印记。

1930 年夏秋之交，茅盾因病半年无法工作，由此萌生写作描绘中国全景性时代画卷的长篇小说的念头。于是茅盾游走上海各处，探亲访友，搜集写作资料，在表叔卢学博公馆客厅近距离接触银行家、工厂老板、商人、证券投机商、政府官员、军人和亲朋故旧，收获颇多。同时出入丝厂、火柴厂、华商证券交易所等地体验生活。茅盾还向党内朋友打听南方各省苏维埃红色根据地的消息。城市工商业的明争暗斗和农村革命的信息在茅盾脑海里交汇，催生了他庞大的"都市——农村交响曲"三部曲的写作提纲。然而，没有深入细致的农村革命体验和更加深广的社会调查，凭想象是不可能描画出涵括城乡的 20 世纪 30 年代时代风云的全貌的，茅盾便决定以写城市为主，兼及农村，并重拟提纲。然而，具体写作时，茅盾发现，即使是这样的计划，也还是难以完成，因为他无处筹措一两年农村调查的经费，毫无军事斗争经验，农村武装斗争更是无从写起。便彻底收起勃勃雄心，将写作范围缩小到民族资产阶级与买办资产阶级的斗争方面，以驳斥当时关于"中国反帝反封建的革命应该由资产阶级来领导"的主张。① 农村革命的内容，只好省略。故茅盾自认，《子夜》是"半肢瘫痪"的仓促之作。

写作期间，担任过中共中央领导职务的瞿秋白，对《子夜》主题、构思、情节、人物的成形，均发表意见。小说初成四章，瞿秋白即参与修改研讨。初稿完成，瞿秋白建议"农民暴动"的相关章节，应注意以"土地革命"为核心；"工人罢工"的相关章节，应注意"立三路

---

① 《茅盾论创作》，上海文艺出版社 1980 年版，第 63 页。

线"的危害。凡涉及革命的内容，均应按党的政策予以相应的修改。

在瞿秋白夫妇到茅盾家躲避国民党追捕的时间里，茅、瞿二人对小说的主题、情节、细节等问题作了更详细的研讨。瞿秋白认为，不妨把吴荪甫民族资产阶级集团和赵伯韬买办资产阶级集团握手言和的结尾，改为买办资本对民族资本的挫败，这样，才能真正突出民族资本主义的路在中国是完全走不通的。这使《子夜》的主题得以最终明确。茅盾还根据瞿秋白的建议增加了吴荪甫投机惨败心理变态奸污女仆这一细节，以突出资本家性格的罪性，并按瞿秋白的建议，将吴荪甫乘坐的较为普通的"福特"轿车改为更符合人物身份的"雪铁龙"。

《子夜》书名的拟取，也颇具政治意味。出版前，茅盾给小说拟"夕阳""燎原""野火"三个题目，后定"夕阳"，意喻刚取得蒋冯阎大战胜利的蒋介石，不过是"夕阳无限好，只是近黄昏。"正式出版时则改为《子夜》。毕竟"子夜"离黎明更近，最黑暗的子夜也更贴合当时中国的社会现实。

《子夜》革命意识形态和现实主义融汇的叙事特质，在当时已为评论家注意。1933 年 2 月，《子夜》初版，鲁迅即认为这是对镇压左翼文学，在创作上毫无建树的国民党的胜利，是左翼文坛的一大收获。瞿秋白在 3 月 12 日的《申报·自由谈》发表《〈子夜〉与国货年》（笔名"乐雯"），认为《子夜》"是中国第一部写实主义的成功的长篇小说，带有很明显的左倾的影响"。吴组缃、赵家璧、朱自清等也发表评论称赞《子夜》。吴宓用"云"的笔名在 1933 年 4 月 10 日在天津《大公报》文学副刊上发表文章激赏《子夜》的构思、人物形象塑造、环境描写之佳妙，笔势如火如荼、微细宛委多姿之美。

尽管《子夜》在得到革命作家欣赏的同时，也得到自由派作家的激赏，但其叙事的基本素质，却依然是意识形态性的，是带有写实特征的意识形态性叙事。

首先，《子夜》叙事的主题，和中国共产党 1928 年 7 月在莫斯科召开的"六大"有关中国社会性质、革命性质、革命任务的决议精神完全一致。茅盾自述："我写这部小说就是想用形象的表现来回答托派和资产阶级学者，中国没有走向资本主义发展道路，中国在帝国主义、封建势力和官僚买办阶级的压迫下，是更加半封建、半殖民地化了。"① 瞿秋白也认为《子夜》"应用真正的社会科学，在文艺上表现中国的社会阶级关系，这在《子夜》不能够说不是很大的成绩。"② 8月13、14日，瞿秋白在《中华日报·小贡献》上又发表《读〈子夜〉》（笔名"施蒂而"）称赞《子夜》："在中国，从文学革命后，就没有产生过表现社会的长篇小说，《子夜》可算第一部；不但描写着企业家、买办阶级、投机分子、土豪、工人、共产党、帝国主义、军阀混战等等，它更提出许多问题，主要的如工业发展问题、工人斗争问题，它都很细心地描写与解决。从'文学是时代的反映'上看来，《子夜》的确是中国文坛上新的收获，这可说是值得夸耀的一件事。"

毛泽东1930年1月5日发表的《星星之火，可以燎原》对中国时局有较清晰的论断："帝国主义争夺中国一迫切，帝国主义和整个中国的矛盾，帝国主义者相互间的矛盾，就同时在中国境内发展起来，因此就造成中国各派反动统治者之间的一天天扩大、一天天激烈的混战，中国各派反动统治者之间的矛盾，就日益发展起来。伴随各派反动统治者之间的矛盾——军阀混战而来的，是赋税的加重，这样就会促令广大的负担赋税者和反动统治者之间的矛盾日益发展。伴随着帝国主义和中国民族工业的矛盾而来的，是中国民族工业得不到帝国主义的让步的事实，这就发展了中国资产阶级和中国工人阶级之间的矛盾，中国资本家从拼命压榨工人找出路，中国工人则给以抵抗。"

依据中国共产党对中国局势、中国阶级的分析和阶级斗争的论述，《子夜》铺陈了人物活动的背景：统治集团内部恶斗，国民党反蒋派和地方军阀的联盟召开"北方扩大会议"，蒋、冯、阎爆发"中原大战"；

---

① 茅盾：《我走过的道路（中）》，人民文学出版社1984年版，第92页。
② 瞿秋白在3月12日的《申报·自由谈》发表《〈子夜〉与国货年》（笔名"乐雯"）。

革命和反革命武装斗争激烈，湘赣红军的军事斗争星火燎原；外来资本入与民族资本势如水火，帝国主义经济势力的入侵使上海的中小民族资本纷纷破产，各大实业集团和财团自身难保；民族资本内部火拼，整个上海工商业界在空前未有的兼并风潮中互相吞噬，乱作一团。资产阶级和工人阶级的矛盾白热化，罢工风潮四起。宽阔的背景展示，预示了国民党反动派及资产阶级在中国的必然失败。

在这样一个战乱不宁的背景中，小说依据阶级属性来展开民族资产阶级、买办资产阶级、投机分子、地主土豪、工人阶级在时代大波中各自不同的表现，以阶级斗争作为推进情节的核心元素。小说主人公，雄才大略、精明狡诈、野心勃勃、刚愎自用的乱世奸雄、工商巨子吴荪甫，在中小企业的危难中趁火打劫，大举兼并濒于破产的大批上海中小企业，以图建立实业王国，将资本消耗殆尽。在资金捉襟见肘之时又遇工厂运作困难，工人大罢工，乡下产业被农民分之一尽的困难，最终不得不以全部资产作抵押，做公债"空头"，以求赌出一条生路，结果终因不是有政府和美国背景的买办资本家赵伯韬的对手而满盘皆输，走向破产。如果说小说卷首虔奉《太上感应篇》的吴老太爷的死掉，是寓言封建主义在中国的必然命运的话，那么小说高潮部分吴荪甫的惨败则告诉我们，在国民党反动派的统治下，在帝国主义对中国入侵的情形下，资本主义的道路在中国完全走不通。

小说通过吴荪甫游历欧美，擅现代工商业管理，一口气吞并八个小厂，组建益中信托公司，经营米厂、丝厂、电厂，构建"双桥"王国，发展壮大中国实业，表现出民族资本家进步的一面，又通过他克扣工人工资，雇佣军警镇压工人运动，敌视中国共产党领导的红色革命，强奸女仆等生活细节表现出民族资产阶级的反动属性。

吴荪甫与工人及家乡贫农的斗争，以及小说结尾带出的红军的日益强大，无不给这部小说打上普罗革命的烙印。

尽管《子夜》的意识形态内容结合进了写实主义的手法。比如小说对北苏州路、外白渡桥、南京路、河南路、西藏路、静安寺路、外滩、黄浦江、租界洋房、闸北丝厂等风景的实写，对故事发生这段岁月里"北方扩大会议"、蒋、冯、阎大战等历史事件的描述，对吴荪甫家族内部错综复杂的人物关系及感情纠葛的铺叙，都表现出列夫·托尔斯泰、福楼拜式的写实风格，但这些人、事、物、景等细节性表述，依然被严密统合在意识形态性叙事框架之内，为增强小说的意识形态性服务。

《子夜》从构想取材、主题确立、提纲拟定到写作修改，都是在马克思主义中国流派的思想指导下进行的。小说文本的主题、人物、情节、环境等叙事元素，无一不是非个人性的革命意识形态观念的写实性体现，因而《子夜》是中国现代文学史上第一部较为成功的完全形态的意识形态化长篇小说。

茅盾的"农村三部曲"《春蚕》《秋收》《残冬》同样充满了意识形态色彩，表现帝国主义经济入侵给中国农村自然经济的巨大打击，表现农民在破产中生活、心理的巨大改变。这些小说虽然有一定的乡土色彩，但"丰收破产"的叙事模式取决于先在的政治意识，是对城市"经济题材"的补充。

茅盾还十分注重意识形态性小说叙事的完整性和互补性，除了表现城市经济和乡村经济的破产，还以《林家铺子》描绘了殖民侵略、时局动荡中的小杂铺老板生死线上的挣扎。茅盾小说的意识形态性还体现在他小说反映现实的及时性上。"皖南事变"发生之后，为及时反映这场历史事件，茅盾即时创作了长篇小说《腐蚀》，表现一个追求光明的女青年陷入特务罪恶生活之后的挣扎，揭露国民党特务组织是日本特务组织的"蒋记派出所"。

三　茅盾小说的叙事建构

新小说创作的开拓者们在写作之前，首先要解决的是叙事方法问题、文体建构问题、叙事风格问题，只有事先对这些写作的基本问题有较清晰的认知，才能进入写作实践，在写作实践中进一步摸索解决这些问题，并逐步建构提升自己的写作技能。茅盾在开始小说创作实践之前已经是优秀的文论家和批评家，长于理论建构和文艺批评，对小说叙事及文体建构有真知灼见。早在五四新文学运动时期，他就对西方文艺理论作过较为系统的介绍，对文学创作问题作过专精的探讨，并对鲁迅等作家的文学创作作过长期的系列评论，而他20世纪20年代末开始的小说写作，自然是对他早年文学理论倡导及文学批评的具体实践。从他创作的小说作品来看，他的创作不是对既定陈规的模仿和套用，而是在理论认知、阅读体悟和人生体验的基础上苦心持续地探求更合于时代节奏的新的小说表现方法的过程。努力挣扎着从自己所制造的壳子里钻出来是他一直所保持的写作姿态，正因为如此，茅盾才成为现代小说叙事方式的最杰出建构者之一，才能在不断地寻求新的写作高度的过程中，寻找出现代小说的言说新路，创造出与叙事对象相贴合的叙事类型。茅盾对中国现代文学的贡献首先体现在对长篇小说叙事类型的建构方面。在中国现代小说叙事建构方面，鲁迅和茅盾堪称双璧。所不同的是，鲁迅是新文学的开拓者，是五四新文化运动的主将，建立了中国现代文学的叙事基点，使中国现代文学在起点上就能和当时西方最优秀的文学作品保持在相同水平，在叙事及文体建构方面的贡献主要体现在短篇小说方面。而茅盾对新文学的贡献则是在20世纪20年代和20世纪30年代以自己的创作实绩建构了中国现代长篇小说成熟的叙事方式和文体样式，使中国现代长篇小说创作摆脱了幼稚阶段走向成熟，真正奠定了中国现代长篇小说创作的叙事基点。如果说茅盾以自己的长篇小说《子夜》为现代长篇小说创作创造了良好的开端的话，那么他又以自己的长篇小说《蚀》三部曲、《腐蚀》《虹》《锻炼》《霜叶红似二月花》《霜叶红似二月花》续稿、《多角关系》和巴金的长篇小说激流三部曲《家》《春》《秋》《火》（共三部）、《寒夜》以及老舍的长篇小说《老张的哲学》《赵子曰》《二马》《大波的生日》《猫城记》《离婚》《火葬》《四世同堂》等作品为中国现代长篇小说的创作的繁荣掀起了第一次浪潮，并和巴金、老舍一道使中国小说的长篇创作从整体上和当时西方长篇小说创作保持在同一水平。茅盾对中国现代文学最大的贡献是开创了史诗性全景式长篇小说叙事。和先于他写作长篇小说而小说格局幼稚、偏狭的张资平不同，茅盾以宏阔的视野、坚实的资料准备、透辟的社会本质规律的分析能力、坚实的艺术素养将政治、经济、军事等社会生活元素熔铸于诗与美的长篇叙事，为中国现代小说全景式地抒写时代历史画卷提供了可能。在史诗传统缺乏的中国，茅盾所创造的价值超越了文学领域，为现代中国史诗创作开辟了道路。茅盾是社会活动家、文学评论家、优秀的编辑工作者，有着丰富复杂的社会阅历、文学经历和理论修养，视野开阔，习惯站在较高的立足点从宏观上把握时代脉搏，观察历史动向，透视社会本质，有着从错综复杂的社会矛盾中整理出本质性、规律性内容的能力，有着将文学叙事建立在政治理性认知和广泛社会调查基础上的文学观，有着以大百科全书式的宏大叙事来展现时代巨变全貌的文学追求。《子夜》宏大叙事的基础显然是建立在对社会本质规律的意识形态认知的基础上，这种认知决定了《子夜》叙事对人物关系、人物形象、社会关系、社会矛盾的处理。可以说，本质化认知是《子夜》史诗性叙事的基础，如对所表现的宏大题材无本质化认知，便也就无法体认叙事对象，进入叙事过程，自然也就失去了史诗写作的前提。茅盾深知，即使是长篇小说也无法用有限篇幅容纳体量巨大的全景式社会时代图景，因此他很聪明地选择了短时间内多线索齐头并进的多面立体的叙事方式，以外视角和内视角结合的方式既俯瞰全局又入乎其中，对上海公债交易所吴荪甫、赵伯韬、杜竹斋之间的多空头搏斗、外来经济入侵和战乱中民族资本的彻底破产、工人阶级的反抗斗争、农村的武装斗争、附庸知识分子空虚无聊的生活图景作了多侧面的刻画。这种多线索立体交叉全景性史诗叙事是茅盾对中国现代小说叙事的一大贡献。

长篇日记体小说叙事的成熟建构是茅盾的又一贡献。日记体小说在西方被称为日记小说（Diary novel）或虚构的日记（Fictive diary），有着三百多年的历史。这一叙事形式的建构与当时欧洲各阶层的日记写作习惯有密切的联系，如同小说是对生活的"模仿"一样，日记小说通过对日记的模仿而成为一种独立的小说文体。日记体小说内心独白式的心理叙事的特殊方式，有着其他小说文体所不具有的和读者直接进行心理对话的交流功能。鲁迅的《狂人日记》是极成功的中国日记体小说的开篇之作，茅盾的《腐蚀》则是中国第一部成功的日记体长篇小说。尽管此前徐祖正、张天翼、万迪鹤、谢冰莹都出版有日记体长篇小说，但真正建构起成熟的长篇日记体叙事方式并形成广泛社会影响力的依然是茅盾1941年出版的《腐蚀》。早在写作日记体小说之前茅盾就探讨过日记小说的叙事特性，1931年1月茅盾在《日记及其他》文章中以自己20世纪二三十年代写日记的亲身经历，表达了他对各种公开出版进入公众视野的日记的诚实性的深刻质疑，他认为那些塑造自我光辉形象，刻绘自己潜修经历以及俄国大臣向沙皇宣示效忠的日记皆不能见其本来面目①。从某种意义说，公开出版的日记和日记体小说其实都是虚构，这种虚构也许并不比日记体小说更可信，茅盾的《腐蚀》的叙事贡献就在于他创造了一种比公开出版的日记更"真实"的日记文学叙事方式。茅盾的《腐蚀》之所以为日记体是为了方便刚创刊的邹韬奋主编的《大众生活》周刊的连载。1954年《腐蚀》再版，茅盾的《后记》有这样一段话："《腐蚀》是采用日记体体裁的，日记的主人公就是书中的主角。日记中的赵惠明的自讼、自解嘲、自己辩护等，如果太老实地从正面理解，那就会对赵惠明发生无条件的同情；反之，如果考虑到日记体裁的小说的特殊性，而对于赵惠明的自讼、自解嘲、自己辩护等不作正面的理解，那么，便能看到这些自讼、自解嘲、自己辩护等，正是暴露了赵惠明的矛盾、个人主义、'不明大义'和缺乏节操了。"② 也就是说，茅盾用日记体小说写《腐蚀》的考量，固然是为了方便连载，更是为了通过泥足深陷而无法自拔，参与犯罪而倍受良心折

---

① 《茅盾全集》第21卷，人民文学出版社1986年版，第242页。
② 《茅盾全集》第5卷，人民文学出版社1986年版，第300页。

磨的主人公内心独白式的心理叙事写出更真实立体的人物。与此前日记体长篇叙事主要袒露内心的表达方式不同，《腐蚀》更强调主人公和外在环境的互动，赵惠明所处的严酷的生存环境、尖锐的社会矛盾、风云多变的时代情境都参与到情节建构上来，并直接影响着主人公的性格心理和人生路向，严峻的环境与主人公紧张的互动赋予小说以吸引人的悬疑惊险小说的特质，同时，小说细致入微的心理叙事赋予小说极强的纪实风格，以至当年读者真的以为《大众生活》刊登的《腐蚀》是日记连载纷纷给编辑部来信要给赵惠明以重新做人的机会，由此可见《腐蚀》心理叙事的成功。《腐蚀》叙事是茅盾《子夜》叙事以外又一成功的长篇叙事建构，如果说《子夜》的叙事主体是规模宏大的外视角叙事的话，《腐蚀》则是主要是精细简练的内视角叙事；如果说《子夜》叙事是依自然时序进行的连续叙事的话，《腐蚀》叙事则是依心理时序进行的片段叙事，自然时序被打乱，叙事依心理时序连缀成一个完整的过程。从某种意义说《腐蚀》建构了一种比《子夜》更具有"欺骗性"的"真实"的心理叙事，更容易使读者混淆文学和现实的界限。

　　茅盾中短篇小说叙事也拓展了鲁迅开创的中短篇小说的叙事的方式，茅盾的《蚀》三部曲《幻灭》《动摇》《追求》以深切细致的现实主义建构了成熟"三部曲"叙事方式。而后的"农村三部曲"《春蚕》《秋收》《残冬》和"文人三部曲"《有志者》《尚未成功》《无题》同样也是分则独立成篇，合则浑然一体的三部曲作品，继续将三部曲的短篇叙事方式推向成熟。《蚀》三部曲各篇相对独立，但在整体叙事风格和主题气质上涵容统一。"农村三部曲"和"文人三部曲"则是三篇小说在主题、人物、情节上连贯一致的连续小说。这种连续组合的叙事方式能够较完整地观照不断延续的生活景观，映照时代的运动形态。茅盾共写了54篇短篇小说，题材广泛，风格多变，分别截取农民、市民、文人、女性、儿童、历史等生活画面，或作细致的心理叙事，或作生动的写实叙事，或作辛辣的讽刺叙事，或作诙谐的幽默叙事，或作隐喻性的象征叙事，或作速写式的简略叙事，这些都极大地扩张了中短篇小说的叙事的疆域。

吴组缃先生认为茅盾小说创作是"先有主题思想，而后再去找生活、找题材……也可以说是先有理论，而后去找生活，由抽象到具体，由一般到个别……是从政治原则出发的。同时这也是由客观需要出发，不是从自我主观出发的。"① 将政治理念叙事和审美叙事相结合以挖掘尽可能丰富的时代内容与人生内涵并解决重大的社会问题的双层叙事也是茅盾小说叙事的一大特点。政治叙事和审美叙事相互作用、相互交融既矛盾又统一地规约着叙事的想象空间形成茅盾小说特有的双层叙事结构。茅盾小说的双层叙事的认知层面主要由作家的政治判断所形成的政治逻辑所演绎，它影响读者的政治倾向，为读者提供有关现实世界的某种解释；而双层叙事的审美层面则由作家情感意志所形成的情感态度所表述，它作用于读者情感倾向，为读者提供人生意义的体认，审美层面是对认知层面的超越，显然具有更加久远的意义。茅盾小说叙事的双层结构来自于他自身世界观所影响的创作心理结构，来自他敏锐的理性直觉和感性直觉，来自他的理论修养和艺术修养。固然，茅盾自述他的创作"老是先从一个社会科学的命题开始。"② 但在具体创作的时候却常常是这样的状态："凝神片刻，便觉得自身已经不在这个斗室，便看见无数人物扑面而来"③，其实这种叙事结构并非茅盾首创，而是来自中国文学言志载道的传统，主题确立遵循政治目的，而文学叙事则遵循文学自身的写作规律，也就是说茅盾一些干预性比较强的小说叙事是由政治理念和文学规律共同规约出来的。尽管从理念出发的叙事会在一定程度上损害小说的审美表达，但审美叙事依然会顽强地突破理念的局限实现自我的表达，这样，即使有了意识形态的干扰，叙事依然能达到较为立体丰满的文学效果，人物形象不是空洞的政治符号，而是有血有肉挣扎

---

① 吴组缃：《〈春蚕〉——兼谈茅盾的创作方法及其艺术特点》，《中国现代文学研究丛刊》1984年第4期。
② 《茅盾论创作》，上海文艺出版社1980年版，第69页。
③ 同上书，第45页。

于命运中的个体；不是忠奸善恶分明的扁平人物，而是思想性格复杂多面的立体形象，如果说小说主题传递出的是作者对时代的全部解释的话，小说人物所传递出的则是作者对人物本身感同身受的深刻理解，这样，理念思维便不能遮蔽形象思维，当作品的形象思维生命力强大的时候，又会反过来会影响理念表达而使叙事内涵更加多义，使叙事情感更加复杂，使叙事超出理念所约定的范围，并修正理念造成的狭隘和偏颇，超越社会历史的探求而进入对人性、人的命运、意义、价值的探索和表述。茅盾从五四开始文学编辑和批评活动到他 20 世纪 20 年代开始小说创作，对理念的追求经历了一个从探索人生意义到寻求革命的社会和民族解放之路的过程，因而他的《蚀》《野蔷薇》《虹》虽然有大革命的背景，但更多表现的是知识青年在革命中个人的命运沉浮，人性叙事大于理念叙事。20 世纪 30 年代，随着茅盾革命信念日益坚定，他开始用左翼的阶级革命理论观照剖析社会，对于这一时期人物命运的考察开始打上阶级的烙印，在他的小说中，无论是农民形象、地主形象还是工人形象、资本家形象，人物都打上了阶级烙印，人物命运往往是阶级的命运，而社会运动也不再茫然无序，而是按历史规律往前运行。但即使是这一时期，茅盾依然没有放弃对人性和生命本真状态的探索，因而这一时期的茅盾的农村三部曲《春蚕》《秋收》《残冬》以及《林家铺子》《子夜》都能在意识形态叙事中闪耀出人性的光辉，在理念叙事的土壤上长出写实的花朵。是政治文学与人的文学的交织，既潜藏着政治理念又活跃着浓郁的生活气息。茅盾的这些小说带有社会剖析色彩，小说的总体设计基于社会历史学家和政治经济学家的立场，但具体叙事却总能溢出原有的社会科学视域而拥有更丰富的内容。他依阶级论所刻绘出的人物形象，无论是农民形象、地主形象、资本家形象、小店主形象、知识青年形象除了有着鲜明的阶级意识、阶级行为、阶级感情之外，皆有着超阶级性的个性、行为和感情世界。除了政治判断之外道德判断同样进入人物叙事，这样人物的个性也就远远大于政治符号性，无论是胡国光、陆慕游、冯云卿、赵伯韬、杜竹斋、李玉亭等黑暗的反面人物形象，还是方罗兰、林白霜、君实、王仲昭、张询如、黄和光等矛盾的灰色人物形象，还是吴荪甫、屠维岳、林老板、梅行素、章秋柳、慧女士、老通宝、钱良材等与命运抗争的人物形象，其自身的审美因素要远远大于他们的意识形态因素。这些类型不同的人物形象性格各异，生活轨迹各不相同，共同用他们在人世间的挣扎表达了茅盾对人和世界感知与伤痛，这些超政治叙事因素正是茅盾小说最大价值之所在。作家构思作品需要理性思维，以寻找叙事的基本路向和文本的基本结构，建构较为完整的形象认知世界。作家将思维文字化则需要情感思维让自我和叙事同一，去创造一个形象世界，因而创作是理性与情感的交织，只有理性和情感保持均衡作家才能实现和谐的表达，当理性战胜情感，作品必然理念化，当情感战胜理性，作品便没有了叙事的基础。而茅盾大部分小说都做到了理性和情感的统一，因而都有着较强的生命力。

茅盾进一步拓宽了鲁迅所开辟的中国现代小说叙事的道路。小说主要是通过故事来达成对世界的一种审美性解释，以达成读者对人生的再体验，因而古代传统小说叙事多以人事物为核心来编织情节，以构成首尾一致前后连贯的完整故事图景。现代小说叙事则多以人事物为核心来演绎人与世界的冲突，来描绘存在的矛盾，探寻存在的意义，因为人不可能真正接近存在的真相，因而现代叙事往往是不太完整的，故事也就不再成为小说的核心，线索的安排也更加复杂多变。茅盾小说叙事更多受西方批判现实主义和自然主义的影响，是一种现实主义和自然主义相融汇的叙事方式，既重故事讲述也重存在探求，或以人物为中心刻绘人物的生命轨迹，或以事件为中心表现社会的变动，或以人事物相交织所形成的网状叙事结构揭示历史运行的基本规律，或以心理活动为叙事主体揭示人和世界的紧张关系，以比单纯的故事讲述更真实的方式来作人生实录。叙事视角方面茅盾小说主要采用全知视角和内视角兼用的方式打破了传统说书体小说全知视角造成的叙事方式单一的局限，以全知视角叙事的同时又让小说人物参与到叙事中来以内视角补充丰富全知视角叙事，从而使"故事"得到更真切立体的表达。茅盾小说的全知视角

也和传统说书体全知视角有所不同，传统说书体全知视角叙事将叙事者
定位于故事讲述者的角色，主要承担解说故事的功能，叙述者和被叙述
者是叙述和被叙述的关系，这样固然能够将故事陈述得较为完整，但却
妨碍了读者对作品的进入和参与，也影响了叙事的丰富性，而茅盾全知
视角的叙事者与作者、读者、作品人物、作品形式、作品内容的关系则
要丰富复杂得多，能更充分地实现叙述者的叙述功能、组织功能、传达
功能、证言功能、意识形态功能。在《子夜》等小说里茅盾较为完美
地发挥了叙事者的组合力，将上海纷繁复杂的社会乱象描绘得波澜激荡
又严谨缜密，而在叙事者主导叙事的同时，小说人物也常常以自己的视
角参与叙事，叙事空间的"留白"让读者也有参与叙事的机会，因而
建构了较为立体丰富的叙事想象空间。《子夜》开头吴老太爷眼中如吃
人怪兽一般的现代都市，即使在全知视角主导下的小说人物视角所进行
的细节叙事，《大鼻子的故事》以幼稚懵懂的大鼻子的感受为叙事基
础，都无疑增添了小说叙事的现场感和真实性。和传统全知视角叙事比
起来，茅盾小说叙事者的叙事立场更加富于个性，既明确地表达了自己
的情感态度，又高明地不让读者轻易察觉到叙事者的叙事意图，因而和
传统全知叙事相较是一种主体叙事和个性叙事。叙事者不再是传统叙事
中的故事讲述者，而是带领读者进入故事的领路人，引领读者进入文本
世界并和文本的对话的领路人。在叙事时间上，传统说书体叙事往往习
惯按自然的时间顺序将叙事对象组合一个完整的叙事单位，茅盾小说却
常常不遵循发生、发展、结束的经验时间顺序叙事，而是按自己的需要
自由切割叙事对象，或略去事件的发生阶段从中间阶段说起，如《虹》
《腐蚀》，或仅仅只描述事件片段，如《创造》《多角关系》，即使是
《子夜》这样全景性史诗小说内容，所截取的也不过是发生在两个月时
间内决定吴荪甫命运的事件片段而已。这种全新的时间处置方式更灵活
机变且能更有效地切入事件内层，有利于叙事内容细节的描述和展示，
并形成新的叙事节奏。

第三节 "左联"小说的红色叙事建构

一 理念叙事与写实叙事

革命作家、文学新人和五四时期的文坛宿将，于 1930 年共同组织了"中国左翼作家联盟"，从而组成了中国现代小说史上一个新的革命文学创作群落。他们以鲜明的政治意识、激扬的革命热情、现实的批判精神，以文学为武器创作了大量以政治宣传为旨归的意识形态性小说，构成了一道特殊的文学风景。

"左联"前期的"太阳社"作家，大多为无产阶级革命家、活动家，他们早期投身中国共产党的革命活动，只是在城市运动失败后，才以小说为武器宣传革命，以继续自己的事业。"太阳社"以蒋光慈为首，以洪灵菲、戴平万、楼适夷、孟超、钱杏邨等作家为成员，皆强调文学的革命性、工具性、功利性，拿政治思维取代文学思维当文学进化的必然，极欲以小说为革命推波助澜，因而他们的小说作品，文学性、生活性普遍缺失，而流于宣传上的形式主义、机械主义。受党内"以城市为中心""极左"思潮影响，创作出来的小说，多鼓吹脱离实际的城市暴动、白区起义、罢工示威、飞行集会，多幼稚、直白、机械、概念、浅陋，被讥为"标语口号""贴革命标签"的作品，是小说形式的宣传品，毫无文学价值。这暴露出早期"革命作家"在城市革命失败后不能静下心来进入作家角色，急躁、狂热、空想的一面。这种倾向很快为作家们察觉，认识到文学作品要达到长远的宣传效应，光有激进的革命意识、高亢的革命声调还不行，还必须有深入人心、引起共鸣的文学生命力。因而，他们中的一些作家，很快摒弃了背离文学创作原则的呐喊、鼓动，而转入了较为符合生活实际和现实主义原则的文学创作。蒋光慈的《丽莎的哀怨》、楼适夷的《烟》、钱杏邨的《义家》、刘一梦的《失业以后》、孟超的《盐务局长》、洪灵菲的《流亡》即是从个人的亲身经历为底本的文学写作，这些小说，不再凭空臆造革命场景，不再公式化地程式叙事，不再以标语口号煽情，而是以革命青年的个人经历描绘大革命后真实的社会图景，以革命青年的真情实感写革命失败后的坚贞不屈与伤感哀愁，还原了一定的人性温度，具有较为真实的感染力，因而能赢得一些读者。还有一些作品反映工农运动不再流于空泛的臆想，而是以运动本身为蓝本，有较强的纪实性，如洪灵菲反映潮汕农民运动的长篇《大海》。"太阳社""创造社"革命作家初期的种种幼稚机械主义倾向，在瞿秋白、冯雪峰、周扬等的干预下，在鲁迅、茅盾的批评下，渐渐得到纠正。革命和写实结合，结束了革命叙事的肤浅、幼稚，而进入到革命与文学兼顾的较成熟的状态。

蒋光慈是"左联"候补常务委员，一直致力于中国共产党领导的城市工作，有充沛的革命热情，但由于主要从事大学教学工作，与劳动阶层接触较少，创作基于革命想象，加上小说创作宣传工具论的影响，所创作的小说大都文学性较弱。1925年"五卅"运动后，他试图全程反映这次革命热潮，写作了自己的第一部中篇小说《少年飘泊者》，通过一位名叫汪中的少年的流浪生活，表现了从"五四"到"五卅"风口浪尖上的阶级斗争，表现出一种高扬、激进的革命意识。是文学性、生活体验缺乏的生硬刺耳的小说形式的政治说教。1927年上海工人举行武装起义后，他以更强的时事性，在起义后的半个月，迅速写出反映这场起义的《短裤党》，歌颂领导工人起义的共产党员和工人纠察队员。起义失败后，又毫不迟疑地写出《野祭》，表达对起义牺牲者的哀思，发出继续革命的号召。《冲出云围的月亮》用革命加爱情为叙事主体，宣泄起义失败后的郁勃不平。蒋光慈的小说存在一个通病：叙事为高蹈激愤的革命激情主导，但仅止于空洞的叫喊，理念的煽动，缺乏以现实为依据的形象感染力，使小说沦为文学形式的宣传品，因而其创作观念和文学作品，受到"左翼"内部的批评。批评的刺激使蒋光慈的创作又矫枉过正，从机械性的"左倾叙事"又一下子跳到机械性的"右倾叙事"，创作《丽尼的哀怨》，生硬地表达对白俄妇女的同情，以试图以复杂的人物形象，纠正旧作人物形象平面化、概念化的弊病，但又遭到左翼批评界的批判和否定。蒋光慈不再单纯以政治理念作为写作的出发点，而是将写作建立在生活体验的基础之上。他反映大革命时期知识分子组织农民武装暴动的《咆哮了的土地》，小说里暴动的发起者矿工张德进不再是革命口号激扬亢奋的"传声筒"，而是头脑冷静，处事沉着，富有经验的农运领导者，和张德进一起组织农运的知识分子李杰，不再是"革命完人"，而是一名有着心理缺陷需要在实际工作中锻炼成长的人物。这样，人物的性格不再流于静止、平面，而是有着复杂内心世界和成长经历的有血有肉，体现性格张力和生活逻辑的人物。这样，蒋光慈第一次在自己的小说中杜绝了将革命主人公简化为激情"传声筒"的毛病，杜绝了肆意蔓延的抽象的"革命罗曼谛克"，而回归于冷静的革命写实。当然，这部小说依然还存在着理念叙事，按主观意愿结构情节的倾向，这说明当蒋光慈找不到符合实际生活规律的情节来达成写作目的时，还存在着生造情节，让生活的逻辑服从于主观写作设想的倾向。

"左联"有一些青年小说家，早期致力于乡土文学、主情文学的创作，后来才转入革命写实主义，这其中，以浙东台州的柔石最为著名。柔石的人生道路与创作经历短暂、曲折而丰富。他的创作，既有涵容深隽的短制，也有结构宏大的长篇，大多反映底层民众在旧世代的呻吟。虽为革命运动的参与者，却在创作上完全遵循写实主义的原则，使自己的小说创作一开始就绝去理念性的机械，概念性的宣扬，而具有一种缘自生活体验的高度写真，并富有"浙东地域"的生活风情与文学情态。他的小说以深入丰厚的生活积淀，细致入微的文学表现，沉郁激昂的社会改造意识在当时的"左联"独树一帜。柔石影响最大的小说为《为奴隶的母亲》与《二月》，前者是人道主义文学的优秀典范，后者则在表现觉醒者与乡镇顽固势力斗争的方面别开生面。《为奴隶的母亲》写于1929年，写王鲁彦、台静农都曾写过的浙东"典妻"故事，其文学反响都远超王鲁彦和台静农的"典妻"小说，为轰动一时的名作。小说揭示了盛行于浙东可怕的"典妻"制度给"被典者"和"典妻者"

心身造成的深切的伤害。"典妻者"贫困下被迫"典妻"的屈辱、痛楚、扭曲的心态，"被典者"春宝娘在出典前后的羞愧、无奈、挣扎、屈辱、心理反刍、思子之痛的复杂心理被刻画得淋漓尽致，体现出人在物质极度贫困下身心被扭曲的"异化"和"物化"。人沦为商品性生育工具，便不成其为人，而堕为一种为生计而典当的"物"，当这种生殖性的"物化"强加在具有思想感情的人身上，便表现为将耻辱加诸一个家庭的精神和肉体的双重惨伤。小说将底层贫民灵魂肉体双重受辱的麻木的痛苦刻画得入木三分。"典妻"旧俗，不仅使"被典者"堕为"性奴隶"和"生育工具"，也使与之相关的一切人都逃不了被"异化"为"动物"的命运。当春宝娘好不容易挣扎完"被典的"日子，与被典生下的秋宝生离死别，回到家中的时候，儿子春宝已经不认识自己的母亲了。《为奴隶的母亲》的"典妻"叙事就这样在政治意识形态的层面、社会政治经济学的层面、伦理学的层面、哲学的层面和文学的层面，层层剥离出阶级压迫与阶级剥削、人的商品异化带给人无尽的伤害，这使小说具有透视人性、社会、存在本质的力量。

柔石《二月》通过青年知识分子萧涧秋在年轻美丽的现代知识女性陶岚与年轻丧夫的寡妇文嫂之间的爱情选择，表现了萧涧秋人道主义困境和改造社会意愿被社会环境包围压迫的痛苦、无奈与身不由己。陶岚年轻，富裕，富有现代活力与知性，是不可抗拒的青春诱惑；文嫂贫困、怯懦、守旧，是怀有"殉夫殉子"、终生守节"牺牲意识"的殉道者。萧涧秋出于同情怜悯的人道主义精神，抑制自己的感情欲望，拒绝了"青春诱惑"的陶岚，而选择了守寡的文嫂，以求拯救对方走出"守节"的活坟墓，固然体现出激进青年改造整体守旧的社会大环境时的无力，但在周围所有人都耽于种种时髦空谈而不付诸行动，并迫使一位年轻的寡妇"殉节"守活寡一辈子的时候，萧涧秋的"自我牺牲"又未必不是他力所能及的最好选择。小说极力渲染萧涧秋情感面前的挣扎纠缠和社会压力面前的疲惫抗争，将社会改造的重大主题和个人情感的纠葛融为一体，既真实准确地揭示了社会革命之必须，又真实表现了稀缺的善与普遍的恶的人性冲突，这无疑使小说逸出狭隘的意识形态话语范畴，而具有较高的写实素质。

丁玲、胡也频、沙汀和张天翼，在"左联"创立初期即创作了一大批既符合生活真实，又兼具个人气质与风格的小说作品，使早期"左联"创作呈现出难得的青春素质。这些作家在"左联"——"左"倾机械性、概念化文学盛行的时候，顺应自己的生活体验和文学趣味，不以政治逻辑左右文学叙事，表现出难能可贵的写实精神。其中最有影响力的是丁玲。

丁玲有着纤细入微、敏感热烈的禀赋和大胆叛逆的女性气质。有着较之冰心、庐隐、淦女士"柔弱反抗"更为明确、彻底的"决绝反抗"意识。在大革命失败后苦闷彷徨期间，她以大量的精力投入写作，于1927年至1929年间，创作了三部短篇小说集——《在黑暗中》《自杀日记》《一个女人》，开始在文坛产生影响，成为当时新锐女作家之一。她的小说大多取材于自己的独特经历，其中，《莎菲女士的日记》写青春叛逆女性的内心苦闷，以令人耳目一新的新女性形象震动文坛。莎菲的苦闷不是来自旧家庭，而是走出旧家庭，获得自由之后。自由的新生活完全没有想象的那么美好，不仅没能给她带来心灵的自由，反而让她陷进了新的庸俗势利、是非纷争、虚伪造作的新牢笼。自由不仅不能给她有理想、有智识的同道，更不能给她合心意的生活方式。自由能给的，只能是幻灭。她以嘲笑和冰冷对待世界，世界同样也回报她以嘲笑和冰冷。她寻找爱情，得到的却只能是肉欲，"鲜红的、嫩腻的、惹人的"嘴唇后面，是没有灵魂的躯壳。在灵魂无救的绝望中，她只有孤独地自毁，用自毁来减轻内心的苦痛，用自毁来对虚空的世界作最后的抵抗。《莎菲女士的日记》将女主人公安置在狭小的空间，用《狂人日记》开辟的心理叙事，延续《伤逝》"娜拉出走之后会怎样"的叙事主题，对女性内心的自剖坦白到令人瞠目结舌的地步，是忠实于内心的心理叙事，有朦胧的女权主义意识，更有对灰色内心和灰色外部世界的坚决否定。这种否定最终导致她走向革命。在与瞿秋白、王剑虹接触之后，丁玲发现，在无产者的痛苦面前，小知识分子的痛苦微不足道，因而她也开始投身革命，试图将个人生命汇入宏大的革命事业，来彻底消除个人孤独反抗的痛苦和绝望。探讨爱情与革命关系问题的中篇小说《韦护》，是丁玲参加革命后的"处女作"：多情的丽嘉为投身工农革命的世家子弟韦护的健康、活力吸引，对他进行了率真、猛烈的追求。韦护则在不可抗拒的追求面前陶醉又自责，一面幻想像鲁滨孙那样到荒凉无人的小岛上享受醉酒般的二人世界，一面又生怕被对方美丽的肉体和小布尔乔亚式的罗曼蒂克消磨掉革命意志。尽管韦护以公允、人性的态度理解了对方的爱，也反省了自己身上隐藏的自私、世故与虚伪，但最后在革命与爱情之间还是选择了革命。小说通过革命与爱情的对立，提出革命者应该怎样正确处理革命与本我之间的关系，怎样从旧意识中走向成熟的革命新意识的问题，表达了她对小布尔乔亚如何才能成为坚定的革命者问题的思索。这种提问回答式的概念化叙事，使小说成为形象论证的论说文，是丁玲偏离文学本体走向意识形态化叙事的开始。《1930年春上海》（之一、之二）延续《韦护》的叙事模式，小说的主人公玛丽的男友在情与理、爱情与革命之间同样选择了后者，同样表现了丁玲摆脱个人迷惘后对革命集体主义精神的向往。尽管她的向往和信念是朦胧、模糊的，并没有真正理解革命和恋爱之间的正确关系，甚至对性爱产生了一定程度的罪恶感，却是丁玲从挑剔、不满、狂躁、怪癖的"莎菲"成为坚定的革命者内心历程的写真。丁玲在加入"左联"以后，开始逐步走出小布尔乔亚的视野，将目光投向底层的农工大众，以使自己的创作更适应革命事业的需要。她逐渐改变自己阴柔、敏感、纤细、多变的小布尔乔亚笔法，以近乎男性的粗犷与阳刚去摹写农村激烈的革命生活。《阿毛》的主人公不再是卿卿我我的小布尔乔亚，而是从乡下嫁到西子湖边做船家媳妇的普罗妇女。阿毛为都会繁华生活迷惑，开始厌恶体力劳动者感情的粗糙，向往城市里罗曼蒂克青年的浪漫生活，谁知初尝热吻便受到劳累一天、不解风情的丈夫的责打。她幻想自己被一个可爱的男人从丈夫、公婆身边抢走，"重新做起人"，可生命却在一厢情愿的梦想中干瘪下去，终于服毒而死。《阿毛》是被压抑的农村女子受都市文明影响后心理历程的记录与悲惨命运的写真，表达了丁玲对底层妇女的深切关注，是丁玲由知识分子立场向工农立场转变的开始。《田家冲》里出现的女性则是一名深入群众的革命者，她将革命思想带到蒙昧的乡村，从而启悟了在压迫中蒙昧了一辈子的贫苦农民，这是丁玲对革命启蒙者和被启蒙者关系的理想描述及启蒙成功的浪漫想象。《水》表现十六省特大洪水中揭竿而起的农民，这是丁玲第一次摒弃心理分析、内心独白的叙事手法，表现农民在灾害中不屈服于地主豪绅的集体觉醒与抗争。《水》大笔写意、粗犷阳刚，一绝绮靡纤丽，体现出亲近下层劳动人民的色彩，是丁玲小说创作上全面转向的标志性作品。小说甫一出版，便在"左联"引起轰动。"左翼"批评家们都为左翼文坛第一次有如此真切地反映革命民众的作品而大感兴奋。但由于作者没有真实的生活体验，想象大于真实，概念大于形象，又放弃了自己熟稔的叙事方式，人物形象流于空泛，为事件淹没，同时，急于宣传鼓动的心理又使全篇缺乏结构上的组织与推敲。这样，作品虽具有震撼人心的气势，却又缺乏真实可信的人物形象和内在的叙事逻辑力量。《水》虽非成功之作，但却是"左联"阵营以大众化手法创作"民众小说"的可贵尝试，其开创意识与气魄，使丁玲彻底走出"革命加恋爱"的文学叙事模式。此后，丁玲又沿着这条探索的轨迹，写了反映劳工生活的作品《消息》《法网》《奔》《夜会》，并发表了她第一部长篇小说《母亲》。《母亲》是一部反映辛亥革命时期一位有叛逆精神的母亲如何走出衰落的封建大家庭中的故事。因为取材于实际生活，许多场景具有十分逼真的历史写真性，反映了丁玲大众生活题材叙事的成熟，可惜未能卒篇。

二 个性化的"革命"叙事

"左联"的张天翼、沙汀、艾芜，不仅注重小说的人民立场，更注重小说的个人风格和写作趣味。张天翼对左翼最大的贡献在于他为左翼文学提供了一种十分有效的讽刺叙事。他十分善于从人们熟视无睹的各阶层人物的日常行为中发现人性的悖谬处，用讽刺的笔墨加以放大，发掘幽微，以达成暴露时弊、改造人心的目的。《在旅途中》以一个乡村泼皮许三钻子在火车上路遇豪强，看走了眼，欲予欺凌却反遭羞辱的可笑生活片断，嘲弄了普遍存在的恃强凌弱心理。《砥柱》中欺压乡里、趣味低级的豪绅，居然成了该乡扶持伦理道德的"砥柱"。张天翼通过"砥柱"在船上偷听下流谈话而又不打自招的细节设计，在笑声中将这类外表"凛不可犯"、内里十分下流的卫道士的"尊严"剥了个一干二净。《脊背与奶子》对颟顸可笑，到处插手乡里事物，又处处摆不平，偷不着鸡反蚀把米长大爷窘境的描绘，尽揭乡村上层豪绅的虚弱。《陆宝田》中小笔吏陆宝田地位能力低下、办事糊涂，可偏又自视颇高，出手大包大揽自己职分、能力以外的"大事"，可"大事"无成，不是办差熬出了肺痨，就是好面子请客落了个阮囊尽倾，被大家当作了傻子。《畸人手记》里地位尴尬的小知识分子，既要应付新派，又要对付旧派，结果不被任何一派接纳，最后只有堕为"中间派"。《包氏父子》中的"小包"包国维出身贫寒，却一心往花花公子队伍里钻，但却只在公子堆里做了走卒听差，被学校开除，连累老子一起受苦。表现了爱慕虚荣者贪慕虚荣事与愿违的可悲可笑。张天翼对上层人物的讽刺毫不留情，表现出较强的批判意识，对底层人物的讽刺则多体现为一种"含泪的笑"，有哀其不幸、怒其不争的人道哀怜。

张天翼的讽刺小说带有否定现实的强烈的意识形态批判性，他以时事性、纪实性为特点的讽刺叙事本身，就是意识形态修辞的一种。张天翼小说的漫画讽刺修辞，不是从文字出发的语言艺术，而是对生活脉息和病象的逼真再现，生活本身就已经十分荒诞、可笑，张天翼只是用敏锐的眼光把它们发掘出来而已，这种讽刺即是纪实。张天翼时事性、纪实性讽刺漫画的特点，即在写事状物之时，删削了一切与本质特性无关的叙事要素，将讽刺元素简笔勾勒，传神写真，隽永而简洁地传达出来。人物描绘，亦不面面俱到，只集中笔力速写其性格悖谬、荒唐、乖张处，突出人物可笑言行背后的内在底蕴。情节描述也十分精炼，往往抓住人物下意识的动作、神态、心理，作洗练的刻绘，将人物隐性心理暴露出来，构成连续性的可笑画面，形成富有启悟性和喜剧性的戏剧张力、速率和连续性的叙事高潮，直至最后揭出底蕴。可以说，张天翼的讽刺，已经不再是小说修辞，而是独立的叙事方式，这样讽刺叙事必然使讽刺小说成为一种独立的小说样式。如果张天翼能克服小说写作的意识形态心态，作更潜沉、悲悯的人性思索，那么他笔下的人物，必将超越意识形态的拘囿，而成为具有永恒意义的文学经典。

"左联"擅长讽刺叙事的还有沙汀。沙汀以时事性、革命性小说开始文学创作，后听从茅盾建议，不再忽略文学的真实性原则和审美原则，以适合自己个性的讽刺笔法，描绘自己熟悉的四川乡镇，由凌空高蹈的革命叙事转入与地域特色相契合的讽刺性的方言色彩浓郁的乡土纪实，书写二三十年代军阀统治下的黑暗纷乱的四川农村图景，开始形成个人的风格特色。《丁跛公》沉郁、厚重、含蓄的方言里散发的是孤悬一隅，紧锁峡江之后的四川军阀统治下昏昧、落后、残酷的气息，虽然人物塑造仍有类型化的毛病，却已初露沙汀驾驭四川方言的天才。《代理县长》中的代理县长十分油滑，乘着乱世肆意鱼肉百姓，自己吃得十分滋润，却不顾灾民生死贪污极其有限的赈灾款项，声称"就是瘦狗也要炼他三斤油咧！"将一个川县"代理"得灯昏惨惨。《在祠堂里》因为一位弱女子不服家族的管教，族人竟将她用长钉活活钉进棺材，场景十分阴森残忍，充分体现出乡村宗法制的昏昧野蛮。《兽道》中的川兵兽性大发，纵欲淫乐，强奸坐月子的妇女，将女子的婆婆当场逼疯。《凶手》里军阀军队居然逼迫壮丁哥哥去枪毙逃兵弟弟。沙汀用沉郁、愤怒、低回、内敛的讽刺笔法，控诉二三十年代中国军阀割据下的悖谬、残酷和黑暗，地域色彩浓郁的讽刺叙事和悲情叙事所迸发出的革命愿望远比概念、空洞的红色叙事要强烈得多。沙汀的叙事力来自四川的地域文化，来自四川人独有善于捕捉生活细节和人物心理的机智、幽默。意在言外的意蕴、浓重的意境渲染和沉痛的抒情和凸显复杂世象的阴暗、惨苦共同形成形象深刻的社会批判力。沙汀的讽刺叙事过于写实，如果再空灵一点，寓言性再强一点，社会涵容面再广阔深远一些，应该会达成更高的文学成就。

吴组缃是坚持白描农村的作家，喜欢以简练、平实的口语纪实中国乡村生活，形成了自己独到的"贫民写实特色"。吴组缃第一篇短篇小说《官官的补品》里的富豪乡绅子弟的补品，竟是农妇身上挤出的人奶。贫妇在豪绅家居然成了一头供随时使唤的"人牛"。小说以写实性象征手法揭示地主和农民之间剥削和被剥削、压迫和被压迫的阶级关系，以及这种关系对人的"异化"，揭示地主阶级寄生虫的本性，是显性的文学叙事与隐性的政治意识形态理念表述完全重合的文学叙事。其后创作的《一千八百石》也有着强烈的比喻性和象征性的意识形态特征。小说在一座囤积着一千八百石"义粮"的古老祠堂里聚齐家族所有的食利阶层：小镇商会会长、旧官僚、小镇主事、小学校长、豆腐坊掌柜、辩状讼师、算命先生、草药郎中……商量如何处理多达上百口人的日趋式微的大家族的"义粮""义田"问题。围绕着一大堆的粮食和义田，这支由十几个人组成的"阵容浩大"的队伍从各自利益出发，各打各的锣、各吹各的调，闹得沸沸扬扬，发生严重火拼。各色人物的心态、动机纤毫毕现于利益的斤斤计较之中，宗法机制衰落期的不堪支应、不堪敷衍的捉襟见肘尽现于古老的祠堂中。就在食利阶层各怀心思争执不休的时候，突如其来的农民抢粮，让"乡绅们"的末世打算化为泡影。《一千八百石》，全景式地涵容下风雨飘摇的乡村社群的末世情态，活画出日趋窘迫的农村士绅众生相，揭示出乡绅集团所面临的困境以及他们必然灭亡的腐朽性，其容量，不下于一部长篇小说。随着创作的深入，吴组缃不再以政治理念为创作的出发点，而是让生活自己说话。以纪实手法让丰富复杂的腐朽人物和生活形态自己完成对自己的否定。《樊家铺》所展现的封建家庭反抗，不再源于伦理道德压迫，而是源于深刻的经济关系，正因为热衷于放高利贷的母亲吝啬成性，甚至盘削亲生女儿，才逼使无钱救夫的线子嫂杀掉自己的母亲。体现出封建人伦关系在封建经济关系压迫下的严重扭曲、变态与悖谬。线子嫂虽杀了人，但她残酷无情的母亲，又何尝不是杀人者？这种以封建经济关系为切入点，深刻揭示出农村金钱杀人、吃人的荒唐现实。吴组缃以极强的戏剧性叙事设计，从人性与金钱纠缠不清的关系中解读了更真实的封建人伦。《篆竹山房》写专制礼教对人的无形迫害的诡异：二姑偷恋不成反迎来了一口"灵柩"，自此就一人独守偌大坟墓一般的"篆竹山房"为"死夫殉葬"。在这座被深山丘壑包围的阴森孤宅里，日夕听风的絮语、雨的淅沥，独自一人面对斑驳老墙上的蝙蝠、壁虎喃喃自语，精神日益消磨、迟钝，宛如一具活僵尸，行止诡异。《篆竹山房》仅以环境的烘托就活画出礼教对人的精神摧残，体现了吴组缃精妙的构思能力。吴组缃精研"红楼"和许多古代文学经典，文学情趣较高，摄取意象不落俗笔，常常于寻常生活中挖掘出奇崛之处，十分注重将意识形态意味浓厚的关节处建构成生动的戏剧情境，且人物描绘注重捕捉精髓、质感，故其作品，多为政治意识与文学形态结合较为精妙的作品。

"左联"乡村苦难叙事较为出众的还有叶紫，叶紫身世颠沛坎坷，是"左联"唯一亲历农村残酷斗争的作家。故而叶紫的小说不是有关乡村革命的想象，而是农村革命的目击记录，叶紫笔下轰轰烈烈的农民抗租、抗粮，"打土豪，分田地"，湘赣红军的反"围剿"，都是他经历的写实。乡村农民的真实心理和真实性格，各种乡风习俗，都在他红色叙事中栩栩如生。将中国共产党领导的农民革命和乡村农民的真实生活情景、风俗、心理结合起来书写是叶紫小说的主要特点。《丰收》中，无论是打着旗伞、抬着关公求雨的旧俗，还是丰收的谷子被地主一担担挑走时的农民的绝望，都刻画得十分写实逼真。叶紫用小说告诉我们，农民在地主恶霸的欺压下不存在任何苟活的可能，只有像云普叔的儿子立秋那样，组织农民到地主手中夺回自己的劳动果实，才是唯一出路。这是众多革命乡村小说中，第一篇写农民通过阶级斗争，找到出路，取得胜利的作品。《电网外》中的王伯伯像云普叔一样，对统治阶级还有幻想，当"剿共"军队在自己家外架设阻击红军的电网的时候，他还留恋老屋，不愿随儿子去红军队伍，结果老屋被烧，儿媳和孙子被杀，他没有在"剿共"军队的刺刀面前服软，跳下准备上吊的小凳子，"背起一个小小的包袱，离开了他的小茅棚子，放开着大步，朝着有太阳的那边走去了。"这篇劝说农民参加革命的小说给鲁迅以极大的鼓舞，他评价这篇小说说："这就是作者已经尽了当前的任务，也是对于压迫者的答复：文学是战斗的！"① 除了描写农民的革命和造反，叶紫还刻绘了传统守旧的农民。《山村一夜》里的汉生爹顺从官家，居然将自己参加农运的亲生儿子送到官府，以企求儿子从此不造反，而且还以为如此官府会送回儿子使儿子的性命得以保全。将农民的狭隘麻木、奴性蒙昧写得震撼人心。叶紫对农村新女性的刻画也别有新意，中篇小说《星》中的梅姐觉悟的心理描绘十分细腻，她不仅渴盼爱情和人性的解放，还企盼农民能彻底翻身，最终成长为农村革命的中坚力量。为了体现妇女澄澈的觉醒，作者着重刻画了她"星一般的眼睛"。此外，《向导》中的刘姆妈也在地主的压迫下站了起来。叶紫小说是完全形态的意识形态文学表述，他笔下的乡村十分单纯，没有复杂的社会关系描述，也没政治、经济、文化相交汇的复杂矛盾冲突，阶级斗争，是他作品唯一的内容和主题，叙事泾渭分明，是中国共产党领导的土地革命的理念性反映。土地问题历来是中国乃至东亚国家普遍存在的极其重要的政治问题，叶紫对土地革命的描写，虽然存在以简单的二元对立的阶级矛盾代替复杂的社会矛盾，人物性格单一等诸多毛病，但依然是对土地革命时期农村基本状况和农民基本心态的纪实。

如果说沙汀、吴组缃、叶紫是从阶级论的立场去描写农村生活，并将复杂社会情态中的人物关系分解为二元对立的阶级关系去确立主题、刻绘人物、结构情节，意识形态性地继承和发展了中国传统小说主题明

---

① 《鲁迅全集》第 9 卷，人民文学出版社 1981 年版，第 220 页。

确、结构明晰、情节性强、人物性格类型化的叙事模式的话，那么艾芜的"劳工神圣"叙事，则有着浓郁的个人生命体验的独特性、丰富性和真实性的特征。

艾芜的《南行记》记录他在南国边陲流浪的经历，描绘不为人知的盗马、贩烟、走私的盗贼世界。他的小说和颠沛流离的叶紫所写的乡村小说一样，也是"从皮肉中熬出来的"。和叶紫及其他左翼作家不同的是，艾芜所表现的，不是如火如荼的农村革命，而是神秘传奇的盗匪生涯；所表现的人物也不是革命农民和普通的农民，而是为社会伤害身心畸形、愤世嫉俗的流民盗匪。情节的叙事推力也不是单纯的阶级对抗，而是包含着阶级斗争意味的山里野性和山外"文明"的对抗。而且，艾芜叙事的情感立足点也不仅仅只是阶级感情，还有更宽泛的人道同情，他对盗匪的正面认识，对他们身上"体面人士"所不具有的率真、坦诚、大胆、叛逆、阳刚的性格和与自然相谐的生存哲学的理解和欣赏，是他小说的叙事基础，这样，他的小说叙事就不再为狭隘的阶级论遮蔽，而体现出浓厚的人性美和人情美。《山峡中》即是表现社会最底层边缘人人性、人情的复杂情态与坚韧力量的优秀小说。《山峡中》呈现的是压得人透不过气来的孤绝、蛮荒、险恶的深褐色高崖和奔腾咆哮的江水之间躲藏的盗匪生活。走私行窃、杀人越货、居无定所、朝夕不保是他们生活的常态。他们形成一个与大山之外"文明世界"相对抗的野蛮的"自己的世界"。他们有自己的是非准则、行为方式和生存哲学，藐视山外一切既定秩序、法律制度和虚伪道德，顽强地在世界上最恶劣的环境里生存着。艾芜惊叹他们顽强的生命力，欣赏他们的豪侠仗义，并对产生这种生存方式的社会根源作了揭示，正是"文明世界"腐败黑暗、是非颠倒、混乱无序，山贼们才会以这样的方式煎熬人生、煎熬灵魂，过刀尖上舔血的日子，社会把人逼成了野兽。可即使在如此艰险的生存环境中，他们还是保持着自己的人生达观与洒脱。小说不仅表现了勇敢剽悍的人群与文明世界的对立，也表现了渺小人类和严酷生存环境的对立。危压头顶的大片褐色山崖，奔腾咆哮的滚滚怒江，也表现出生存的严峻与人物心灵冲撞的种种律动，从而生发出豪放与浪漫，使人在孤绝迷惘中生出积极美好的生命情愫。因而是豪放、野蛮、暴戾与人性美、人情美、生命美交响的抒情诗，是当时少有的写实而又抒情的诗化小说，使"左联"反映底层人民生活的小说的面貌为之一新。艾芜的西南边陲风情画，展现了"文明世界"之外不为人知的最下层边缘人痛苦生存状态，也反映了殖民者在缅甸的任意胡为，拓宽了题材表现范围，使地域色彩浓郁的"底层反抗"叙事生发出生命美学的魅力。只是当艾芜结束飘泊，这种特异生命体验一结束，其作品的震撼力就远不如以前了，"流浪之歌"随之成为绝唱。

"左联"青年作家群，不仅来自西南的沙汀、艾芜的作品有着独特的地域特色，九一八后流亡到上海的萧红、萧军等东北青年作家作品，也同样有着鲜明的东北地域特色。他们的东北叙事中没有四川盆地的阴沉、雾霾，没有西南边陲的蛮荒、明快，却有着同样为旧世道笼罩的富饶广袤东北大地的另一种"生死场"的生命挣扎与轮回，给"左联"文坛的底层叙事，带来了新的内容。

萧红的《生死场》原名《麦场》，胡风阅后，深为触动，将其易名为《生死场》。《生死场》写东北惨淡人生，揭示东北农民生死线上轮回不已的痛苦挣扎和生命异化。萧红将自己苍凉、悲愤的人生感悟与情感融入"麦场""菜圃""荒山"三个互无关联的章节，分别描画了王婆、金枝、月英三个农村妇女形象，讲述了三个经历不同，但生命遭际完全相同的惨苦至极的故事。王婆，第一个丈夫虐待她，抛弃了她和孩子，独自跑进了关内。第二个丈夫病死，离她而去。她再嫁，晚年的时候，儿子因反抗军阀政府被枪毙，她愤而自杀，可在她即将被埋葬的时候，又活了过来。金枝，曾经在花一般的年龄梦想未来的幸福，可爱人的粗暴使她未婚先孕，受尽了母亲和同村妇女的冷嘲热讽，出嫁后被丈夫嫌弃，竟把她没满月的小金枝活活摔死。月英，有着花一样的样貌、水一样的性情，本来是村里最幸福的少女，可冷酷的丈夫在她患瘫病时，不给她饭吃、不给她水喝，最后她只有在绝境中悲惨地死去。……

如此丰饶的土地上，却总是一代又一代重复着悲惨的故事，在引发人们巨大悲悯的同时，又启悟人们对"生死轮回"作出思考：究竟是什么造成了惨剧的代继轮回？从而使人们对生之价值、生之命运重新体悟，而寻找改变的新路。小说结尾，萧红最终还是走向了乐观的红色暴力叙事：日寇来了，亲人被枪杀了，男人们被掳走了，最后连鸡都抢得一只不剩，可村里还活着的寡妇们却站了起来，组织起来，汇入义勇军抗日的洪流。作者在告诉我们这样一个事实：要改变肉体和灵魂被奴役被摧残的"生死轮回"，只有反抗。萧红生命的悲凉意识还体现在《呼兰河传》里，《呼兰河传》源自萧红童年的记忆，那是一种没有尽头的生之绝望：贫苦至极的人们没有自我，没有时空感受，没有喜怒哀乐，只是随着生之本能机械苟活的生命体。但麻木的他们却依然在泥沼一样的生活中进行着疲竭已极的生之挣扎，作着无可逃避的逃避。在这里，人类已被物化，可生命却比那些自由生长在田畴中的野草榛莽还要缺乏生机。痛苦就这样无法改变地被封锁在东北广袤的土地上。《呼兰河传》的字里行间，既蕴含着萧红对这片土地苍凉的爱和生命的无奈，又饱含着她对改变这种生命状态的无尽期望。萧红的短篇集《牛车上》《旷野的呼喊》依然以一个女性对苦难纤细、敏感的体悟，对来自东北黑土地的生死轮回的惨苦作清晰的描绘，以引起改变东北农民苦难命运的强烈愿望。萧红的叙事方式较为独特，不是按事件的时间结构小说，而是随情感起伏展开叙事，这样，个人情感往往能冲破成规的藩篱，而进入表达的自由状态。为情绪宣泄所带动的奇峰迭起的戏剧性情节、独特的人物性格和绮丽景物，更使作品形成诗性叙事冲击力。这种"抒情性回忆叙事文体"是萧红对"抒情文体"的重要贡献。

与抒情纤细的萧红相比，性格粗暴的萧军展现的是东北男性豪放粗犷、横行无忌、不畏强暴、奋起反抗的刚烈禀性。萧军的成名作《八月的乡村》正面表现抗日队伍与日寇的武装斗争。小说里的东北人，不再在生死场上作代继轮回的挣扎，而是纷纷拿起武器，改变自己的命运，奋起捍卫自己的国土，体现出人民的觉醒与进步。陈柱司令、铁鹰队长、游击队员李三弟、崔长胜作为觉醒而奋起抗争的农民形象，表现了中华民族在生死存亡之际毫不妥协的精神。茂草、高粱、蝈蝈、蚊虻和烈士的鲜血搅成一团，凸显出斗争的惨烈，也表写出作者对这片热土的挚爱。小说是作者经历的文学化，故而有高度纪实性。《八月的乡村》少结构上的推敲与文字上的讲究，以短篇连缀记录而成，有真实场景的冲击力，并因大笔写意呈现出热血男儿的粗犷、爽利，同时并不乏细部的刻绘，十分有力。自费非法出版的《八月的乡村》显然是意识形态意味浓厚的红色叙事，用中国共产党领导的农民武装斗争的形象描述，为东北农民指出了一条武装反抗之路。此后萧军的短篇小说集《羊》《江上》和中篇小说《涓涓》继续以阳刚之笔写东北热土不屈的灵魂。萧军的长篇巨著《第三代》表现一群土匪"胡子"如何从无组织的"乌合之众"成长为一支有组织的武装力量的故事。萧军的刚烈的性格和不安分、躁动的"胡子"性格相吻合，叙事风格也和在艰难环境中生存的"胡子"性格相契合，豪爽、勇猛、侠义、乐观，不惧苦难、不惜生死。这种反抗叙事不仅具有题材上的突破性，还具有较为独特的史料价值。

东北地域辽阔，潜藏着数不尽的苦难故事，端木蕻良《鴜鹭湖的忧郁》描绘了一个发生在东北丰收时节豆秸地里的悲惨的故事。在朦胧的夜色中，通过两个"看青"小伙子的对话，一步步揭示出隐藏在朦胧薄雾后悲惨的乡村轶事，悲情在结尾达到高潮。行文鲜活、灵动。情感与环境交互点染，乡野情味与文人诗情感应交融，将不可言说的悲情述说得郁勃不平，余味深长。《遥远的风砂》里的"煤黑子"，从烧杀抢掠的"草莽"变成抗日的义勇军，叙事剽悍、粗犷，"形成一种心灵的重压和性情的奔流"。《浑河的急流》的叙事也有雄性的爆发力。端木蕻良的性格是双重的，一方面汉蒙交汇地剽悍的民风使他有莽原子民的奔放，另一方面大草原的空旷与寂寞、母亲的郁悒、走向没落的士大夫的大家族生活又造成了他细腻与善感的本性、彻骨的忧郁。这使得他的叙事一方面有着感应世事奔流的激情、粗犷、雄浑，另一方面又有着浪漫、柔美、纤丽的诗情。《科尔沁旗草原》叙事就是两种性格的完美综合。这篇作品偏离了意识形态叙事范畴，而具有民族史诗的特质。小说描绘了草原首富丁家两百年衰亡史。既反映了早期闯关东者的开疆辟土的兴起，也表现了暴发的大家族在日本侵华势力渗透、扩张下的式微没落，丁家后代在沦落惨变中的人格、精神上的重构与自新。端木蕻良十分注意叙事画面呈现的气势与场景推进的动感，经常在频密的画面组合与变换中制造一种运动上的速度感，以形成快捷的冲击力。还善于在抑扬顿挫中形成情绪上的节奏，在感情爆发时有意抑制，在情感幽深处有意渲染，以形成自己"文人化的莽原诗情"，体现出一位生长于草原的文人所感悟出的特殊情韵。只是叙事的深度挖掘尚有欠缺，笔墨控制不够，没能形成意蕴深刻的叙事张力。

由于东北领土的沦丧，从东北流亡到上海的作家形成了人数众多的"东北流亡作家群"，在这个群体中，不仅萧红、萧军、端木蕻良的作品杰出，其他东北作家骆宾基、舒群、罗烽、白朗、李辉英等，在小说创作上也颇多贡献。尤其是骆宾基，长篇、中篇小说成绩突出，他的《在边陲线上》展现了关东大地的辽阔旷远，展现了这片黑土地上为争土地、保家园、御日寇的蜂起的反抗，虽然述写匆忙，不及精炼，却也体现出一位初出茅庐者的叙事潜质。

"左联"作为一个年轻的创作群体，创作队伍基本上由一批文学青年构成。这批文学青年或加入"左联"，或追随"左联"，构成了一个庞大的创作群落。他们都以各自不同的人生经历、革命观念、社会认知、个性气质、创作风格使这个创作群体的文学气象为之一新。"左联"的其他作家，草明、欧阳山、荒煤、葛琴、奚如等，先后也形成了一定的影响力。他们承接了五四新文学的启蒙精神，拓宽了新文学的主题内容的深广度，增强了题材的多样性，叙事方式的多样性，并将社会文化方面的启蒙、揭露与批判，上升到社会革命的层次，反映了30年代以后中国的乡村和城市社会经济结构所发生的巨大变化。尽管创作初期普遍存在机械、概念性地图解意识形态的弊病，但大都在创作成熟期基本实现了以"现实主义"创作方法宣传革命理念的目的，并各自依照自己植根的生活土壤，以不同的创作手法形成风格多样的革命的现实主义的特色。

第五章

老舍与巴金小说的社会
批判性叙事

第一节　从"国民性"批判到社会批判

一　老舍小说的"国民性"批判

如果说茅盾是将小说叙事直接纳入马克思主义中国学派的意识形态话语体系，建构政治性的文学想象的话，那么老舍则是以"民族性"基因内质的变异考察为叙事基点，以北方市民心态、世态风情为对象，来透视社会变革中民族心理、行为、风俗的微妙、迂曲的变化，表现旧观念对人心灵的捆绑，不公社会对底层的伤害。叙事往往淡去人物置身的风云激荡的时代背景和错综复杂的社会矛盾，而直接深入内心，通过个体命运的变化来折射民族全体在时代巨变中的内心伤痛。他的小说也是承接五四精神以改造人心和社会为叙事目标的，只不过其意识形态性叙事目标多通过北京味儿浓厚的"民族性"叙事达成。

老舍小说"民族性"叙事资源主要来自三个方面：一是他生长的环境，他所熟悉的小手艺人、小商贩、杂活匠、车夫、下等艺人、倡优、娼妓等各种挣扎在社会底层的平民性格，以及流传巷里的传统相声、评书、大鼓、评戏、京戏等北京地方传统艺术。北京的市井人情、民风民俗、文化氛围，在他骨子里植入了深刻的皇城旧都、底层社会的"地方性""民族性"文化基因。二是狂飙突进的"五四新文化运动"。新文化运动既把他从"兢兢业业办小学，恭恭顺顺地侍奉老母，规规矩矩地结婚生子"的旧式信条中唤醒，使他有了民主、科学、个性解放的现代思想，并教给了他现代文学的叙事方式。三是他英国生活和阅读的经历。1924 年，老舍赴英国任伦敦大学东方学院中文讲师。在英国，他阅读了大量哲学、文学理论书籍和文学作品，在他的民族文化、传统文化和五四新知的知识背景里，植入了大量的西方文化与文学的新信息，使他能在域外文化与本土文化对话的基础上，建立起开阔的社会洞察力和叙事能力。因而，老舍小说叙事，是三股因素合力的结果。社会转型过程中相对静止的老北京生活习俗、文化心理、市民趣味和五四新文化运动及西方文化赋予老舍的文学认知力、思维力和表现力使老舍在将生活体验转换成为文学形象的时候，既能熟稔利用得天独厚的北京地方生活、文化、语言资源，又能超越北京市井生活和文化情味的局限；既能以新知识分子的眼光关注生活，又能避免新知识分子对生活的疏离和隔膜；既能娴熟运用北京方言叙事写作，又能以新知赋予北京地方性语言以新的生命活力。因而老舍小说里的人物形象既是现实人物的描摹，又是国民性格的透视；老舍小说的语言，既是北京话的雅化，又是知识分子语言的京味儿化。这样，老舍在将老北京性格及生活文学化的时候，能形成了一种全新的文学洞察力与描述力，建构一种全新的现代文学叙事的"民族性"，让人看到中国现代文学叙事的一种新的可能。

老舍小说，不是玩赏京味的文化小说和民俗小说，包裹在北京世态人情和文化民俗下面的，是对古老民族能否自新的观察和审视，是对生命苦痛的诉说，以及对社会黑暗的批判，是对鲁迅开创的启蒙小说的接续和拓展。那些浸透北京市井习俗的底层人和"边缘人"，老张、赵子曰、骆驼祥子、虎妞、张大哥、黑白李、祁老太爷等人物形象，依然寄寓着老舍鲁迅式的改造国民社会、健全心智道德的强国梦想。

人物形象刻绘方面，如果说老舍以前的作家所成功塑造的国民性寄植体，主要是一些农民形象的话，老舍所开拓的国民性形象则主要是一些小市民。这一类人物，大都远离政治，既无觉悟、激情做反帝反封建的革命分子，也不以专制受害人的面目出现，往往是避开历史风云际会，偏安于一隅的市井小人物。历史的变动似乎与他们无关，但历史的变动又不可能不与他们无关，于是历史文化、生长环境给他们性格造成的不可克服的缺陷便在新的历史变动中彻底地、窘迫地暴露出来。因而这一类小说，大都带有浓厚的国民性暴露意识、批判意识和文化自省意识。

《老张的哲学》《赵子曰》《二马》即是承接鲁迅国民性批判意识，为小市民画像的小说。1925 年创作的《老张的哲学》勾画出小市民卑琐、变态、抹杀生命意义的生活常态。老舍选取最能表现老张丑恶人性的生活片段，活画出老张生活的全部意义不过是攒几个小钱：教授四书五经，是为了从学生身上剥取点吃喝用度；用吃喝收买督学，是为了敲诈盘剥学生；衙门里兼差，欺骗朋友，也是为了弄点小钱；娶个不挑食的老婆陪他喝稀茹素，也是为了攒钱；为了赚钱，他甚至堕落到放高利贷，成为凶狠的"债霸"的地步。他操控他人的种种企图，都是为了弄到钱。甚至救世军也不能改变他的"哲学"，从救世军身上，他看到的还是"钱"，企图从他们身上也搜刮一把……老舍的《老张的哲学》，既是批判唯利是图道德人性缺陷的本质化叙事的意识形态化小说，又是充满讽刺和嘲笑的《匹克威克外传》的北京味儿的改写。对老张市侩、流氓、贪得无厌形象的塑造，固然表现出老舍批判与专制制度关系密切的唯利是图性格的努力，但老张种种丑恶的表演，毕竟只是悬浮于表演性浅表层面，缺乏相应有深度的理性剖析，因而叙事无法达成有力的文化批判和人性批判，而沦为一种简单的情绪发泄。

《赵子曰》是老舍创作的第二部讽刺小说，讽刺卑琐没有生活目标的"旧都新人"赵子曰。赵子曰虽然受的是新式教育，可依旧是"皇城旧都"子民的"逸民作派"，吃喝享乐、铺张排场，一味追求体面生活，同时又眼高手低、颓废萎靡、懒散苟且、不思进取，处世无能，易受蛊惑，常被不安好心的流氓无赖轻易蒙骗。表面"新派"，实则是在新旧交替的缝隙中蒙事、混事的"二大爷"。靠大把撒钱聚拢狐朋狗友撑排场、"拨份子"，在老戏园子里当票友、捧伶角就是他人生最有意义的事情。如果不是暗中观察他的爱国青年李景纯挺身相救，让他"浪子回头"，他的一生恐怕都会在虚空中荒废下去。

《赵子曰》的国民性考察主要集中在"新派"人物言行的刻绘方面。叙事随性松散，结构"散漫"，是老北京"消散"性格的体现。重笔墨气韵，不重谋篇布局；重铺排场面，不重线索脉络，只要逗够京都人士的才情、眼力、趣味就行了。而且，全篇为求"幽默""有趣"，将"浪子哥儿"的所有缺点汇聚于一人身上，极力夸张、铺排、渲染其荒唐可笑之处，单纯追求喜剧效果，不能建立起人性的认知深度。《赵子曰》挑选赵子曰这样一个耽于享乐的人物来进行国民性批判，体现了老舍对旗人犬儒式享乐生活的否定，表达了他通过积极有为的革命生活否定感官享乐的无聊生活的主题。与游戏人生的赵子曰相比，革命正义的李景纯则显得单薄、苍白和做作。他的革命活动，无论是促成赵子曰的转变，还是刺杀军阀，都缺乏相应的生活实感。如果说赵子曰是京都人物的写实的话，李景纯不过是凭空虚构的观念符号。因此，尽管老舍想通过对赵子曰这类京都遗民无意义生活情状的刻绘，来批判国民性格中不思进取的"犬儒"人生观，但老舍似乎还是没能像鲁迅那样进入启蒙批判的角色。以政治标签式的人物李景纯的积极人生否定活灵活现的"八旗子弟"赵子曰的灰色人生的叙事设计，过于意识形态化，因而同样也无法建构起真正的批判力量。尽管如此，《赵子曰》的讽刺叙事还是比《老张的哲学》要成熟得多：喜剧性表演更加充分，批判性直陈进一步减弱，嘲弄性刻画更加充分，谴责性评判更加含蓄，将一个中间性的"灰色人物"处理得极有分寸。人本质并不坏，还带有些许的幼稚懵懂与真性情。尽管《赵子曰》一味将荒唐人物所有的毛病聚于一人一身有些夸张失度，但依然是一种比《老张的哲学》更能显现人物性格复杂性的荒诞、喧哗的喜剧叙事。这种个人性叙事与意识形态性叙事的结合，固然不能实现对人性的深刻洞察力，但还是能将"灰色人物""都市逸民"在新时代更显突出的性格畸形与人生困境展露无遗。

如果说老舍的《老张的哲学》和《赵子曰》还停留在表面的讽刺与喧闹，"为喜剧而喜剧，为讽刺而讽刺"的叙事层面的话，那么，1928年老舍赴英国任国文讲师期间所创作的《二马》，则开始真正进入剖析国民性的叙事层次。《二马》不再以人物的弱点营造廉价的喜剧效果取悦读者，而是通过人物内在的文化根性来探寻在外来文化的冲击下，旧式逸民的国民劣根性应该如何革除，新的国民精神如何重建，以实现民族生命的自主与延续。《二马》摆脱老舍早期小说简单夸张、浅层讽刺、信马由缰的笔法，以严肃的主题、严谨的结构和适度的讽刺共同构成对人性完整的描绘与审视。

《二马》通过老北京人马则仁赴英接手亲戚古董店的故事，写衰朽的传统价值观与西方遭遇时的尴尬。《二马》中的主人公马则仁赴英是一个人生意外：因为马则仁从没想到自己会做生意，而且还是跑到万里之外的英国做生意。可偏偏他在英国经营古董生意的兄长又死了，他不得不远赴异域，去过一种在国内都不想过的日子。在懒散、懦弱、闭塞、保守中混习惯了的他，只想生活在一成不变的安稳日子里，并谋取一官半职。因为他内心深处很瞧不起自谋生路的老百姓，只有官位才能满足他的虚荣心并给他想要的一切，而这又是根本无法实现的白日梦。两相龃龉中的他来到伦敦，他那在国内都显得昏昧、卑琐的人格，在异域则得到更加触目地放大。面对英国人的偏见，他大把花钱以显示自己的气派大方，大声为天朝上国的文化作辩护以赢回面子。然而，他越努力，他骨子里的自闭、虚弱、昏庸就越跑出来让他捉襟见肘地出尽洋相，饱受侮辱。他的无能让他把兄长留下的古董店经营得岌岌可危，则更显示出旧文化浸润出的人性的衰朽堕落和不堪一用。马则仁在英国的尴尬与失败，即是"旧国民性格"在强势文化面前的尴尬失败。老舍对这种寄植着旧文化的"旧派人物"的百无一用有这样的感叹：不好，也不怎么坏；对过去的文化负责，所以自尊自傲，对将来茫然，所以无从努力。

　　"二马"之一的马威没有继承父亲衰朽的血液，但却依旧徘徊在新旧文化的纠缠里："爱情，孝道，交情，事业，读书，全交互冲突着！感情，自尊，自恨，自怜，全彼此矛盾着！"但现代新知和生活际遇毕竟给他注入了生机，因而他不满父亲在英国人面前的逆来顺受，也厌恶父亲的虚荣；敢于维护尊严，敢于追求自己心仪的房东小姐，屡遭失败依然执着。为了民族尊严，甚至连爱情也可以放在一边。但马威显然不具有理想人格，因为缺乏立世处世的能力和经验，无法在伦敦立足，故在理想、尊严上所做的积极争取，最终只能化为无法落实的虚无。在捍卫民族尊严、实现民族自立方面，作者寄予厚望的是店伙李子荣，他受过高等教育，既能和英国大学教授打交道，又能和底层工人交往。对工作的选择没有"旧士大夫"的偏见，不认为自食其力没面子，更不会为面子而对未来的职业挑肥拣瘦。他接手马则仁荒抛的古董店，将它经营得日益兴隆。当马则仁误信谣言，以为一伙英国人要来砸店闹事的时候，他反而认为这是一个招揽顾客、大做广告的好机会。这里，老舍不仅讽刺了传统守旧派的颟顸落后，还重铸了他心目中较为理想健全的新人格。

　　这部小说，不再流于类型化的人物弱点揭示，也不流于过度媚俗的夸张与喧闹，而是从准确的世相观察中，撷取了老马这样一个典型，揭示了暮气沉沉的旧中国颟顸、昏庸、保守、懦弱的心态。好面子又极其无能，争胜却又极其虚弱，意识到自己的病弱后又以精神胜利法自欺欺人。小说探寻了个人尊严和民族尊严无法建立的根源：就在于马则仁将权力崇拜的专制文化以外的事业都视为贱业而寄生、混世的人生观念与人生态度。同时表明：要实现人生的独立与民族的自强，就必须像李子荣那样，抛弃传统的中庸混世、懒散懦弱和鄙视劳动，崇尚做官的陈腐观念，走与社会实践相结合的实干之路。

　　《二马》带有较强的理念叙事的痕迹。老舍以英国人健康的人格为参照，分别塑造了老马、小马、李子荣，以代表三种不同的中国人格。如果说老马代表着无法进取的衰败的国民性的话，那么有着为了国家可以将私事、恋爱、孝悌放在一边的进步人格的小马则是对国民性的修复改良，当形象单薄的小马无法实现老舍改良国民性的理想的时候，老舍便又请出形象更加苍白单薄的李子荣前来帮忙。就这样，老舍通过二马和李子荣三人在英国的不同故事，建立起有关民族性格再造的想象，这种设计痕迹浓重的意识形态叙事和鲁迅同类的"国民性"改造叙事不同，内容仅局限于文化、性格矛盾的表层，不能触及人性、文化的本质，除主人公外，其他人物形象皆较为苍白单薄。故事也以问题的完满解决而结束，是和鲁迅绝望叙事不一样的不具有说服力的乐观叙事。尽管《二马》理念性叙事设计损害了小说整体的真实性，尽管小说新人格的塑造并不成功，但小说主人公老马在异国他乡所呈现出的"守旧逸民"性格的丰富性与复杂性，依然还是活画出了旧人物的性格、精神，形成了较为独特的形象性的理性批判力量，尽管这种批判仅停留在对权力崇拜批判的层面。小说的最成功处，还在于在人物性格、心理与异国环境的冲撞中，初步实现了京味叙事外形与内质的统一。

如果说《二马》是对旧世代普遍存在的"拘于成法""害怕蜕变"生命力丧失情形的真实描绘的话；那么《离婚》则是对国民非理性劣根性的总括性揭示；如果说《二马》中的马则仁只是畏惧时势变易，懒惰地以不变应万变地敷衍、应付人生的话，那么《离婚》里的张大哥，则对社会的改变恐惧到风声鹤唳的地步。尤其对"离婚"新俗的恐惧，几乎到了生不如死的程度。因为家庭是宗法社会的核心单元，承认"离婚"即意味着对千百年来固守的秩序和陈规的打破和拆毁，就意味着对集体无意识的反抗，就意味着把自己从赖以成活的全部或实或虚的根基里连根拔起，这是他绝对抗拒和无法承受的。张大哥之所以只在乎婚姻和既定成规的稳定延续，而不在乎合乎人情、人性。是因为他们认为，成法即是安全和安定。难得的温饱之逸，就是用拘守成法换来的。因而张大哥对未知的变化有着天然的恐惧，只有守旧才能给他们带来安全感，才能给他们带来分一杯残羹的可能。因此，张大哥的人生法则便是："凡事经小筛子一筛，永不会走到极端上去；走极端是使生命失去平衡，而要平地摔跟头的。张大哥最不喜欢摔跟头。他的衣裳、帽

子、手套、烟斗、手杖，全是摩登人用过半年多，而顽固老还要再思索
三两个才敢用的时候的样式和风格。"具体的社会行动则是："一生所
要完成的神圣使命：作媒人和反对离婚。"由于张大哥对成法的固守，
对未知的恐惧几乎达到一种变态可笑的地步，连"马虎"先生都嘲笑
这是对生活郑重其事的敷衍。更可笑的是，他不仅自己敷衍，还要求别
人和他一起敷衍。就这样，老舍通过张大哥的守成惧变敷衍心理，揭示
了中国人只求温饱不问其余，为了度日什么原则都可以放弃的精神状
态。专制落后带来的人生艰难造成了"中产逸民"的"稳妥意识"和
敷衍性格，"稳妥意识"和敷衍性格又继续延续着使人生维艰的专制落
后的生命。"兴灭国，继绝世，举逸民"的自闭落后、暮气沉沉的集体
无意识痼疾，造成了一代代中国人人生基本权益被剥夺的悲剧，而张大
哥最后还要为守护这种痼疾鸣冤叫屈："我得罪过谁？招惹过谁？"欲
将"逸民心理"进行到底。《离婚》将宗法专制及其道德具象为细民对
离婚的恐惧，是对专制文化和病态人格的双重批判。在批判"旧逸民
心态"方面，《离婚》比《二马》更加彻底，由浅层次的个体行为心理
讽刺深入到对集体无意识精神的讽刺，具有发掘幽微、捕捉世态的准
确、深刻的叙事力量。

老舍并不是意志坚定的启蒙者，也不具有鲁迅那样与传统彻底决裂
的精神力量，在描绘"中间人物"的时候，叙事声音常常不由自主与
人物声音纠缠一处，甚至融为一体而游移飘忽不定，一边讽刺，一边又
有不尽的叹惋与同情。老舍的骨子里，对传统有天然的亲近，对现代有
本能的恐惧，毕竟传统不尽皆丑恶，现代亦不尽皆美好。因而，在叙事
过程中，时常徘徊于新旧之间举棋难定：批判旧派时有深切的同情，倡
导新派时又不由自主空洞乏力。造成这种现象的根本原因是因为老舍常
常将精华糟粕并存的传统看成一个整体，又常常将理性病态纠缠的现代
看成一个整体，常常忘记好的现代并不与好的传统相对立，不少坏的现
代病，往往正来自于自旧世代，与坏的旧传统有血缘上的承继关系，因
而出现了道德评价上的失范。因此，老舍的国民性叙事，往往只具有一

种让事实呈现的描述性力量，而不具有思想性的批判力量。尽管老舍的国民性批判叙事体现了他建构美好、健全、理想人格的诉求，但他似乎无意或无力扮演命运的解救者，也并不准备建构现代性的人性分析力，因而他小说的启蒙批判力，往往只是一种朦胧的经验性启蒙批判力，缺乏高屋建瓴的理性深度。老舍似乎对建立一种北京味儿的语言描绘能力更感兴趣。他只是刻绘出他所不满的新旧人物形象，嘲笑他所不屑的"新旧道德、新旧文化"的愚蠢与哀愁，尽管他有时也以现代精神来解决国民性问题和社会改造问题，但都显得浮皮潦草、力不从心，因此老舍刻绘"旧市民"批判国民性的写作阶段是他以"独立文人"的立场建构批判性叙事能力的试笔阶段。批判旧俗不彻底，崇尚新潮又时而怀疑，塑造新人生硬、肤浅，缺乏依据，是这一时期小说的总体缺陷。

二 老舍小说的社会批判

20 世纪 30 年代，老舍革新社会的意识更加彻底，试图以文学参加革命，来实现他改变人和社会的诉求。《黑白李》即表现了老舍以小说参与革命意识形态叙事建构的努力。小说写作的触发点是 1929 年 10 月 22 日北平洋车夫砸毁数十辆电车的暴动事件。暴动最终被国民党镇压，驱逐 800 多人，处决 4 人。老舍很敏感地以此为依据刻画了发动工人运动的革命者白李的形象。老舍说《黑白李》"受了革命文学理论的影响"，尽管"内容与技巧都未尽满人意。"[①]《黑白李》是革命意识形态叙事，叙事的意识形态性主要体现在人物形象塑造的符号性和情节的传奇性两个方面。因为老舍对革命者和革命事业不熟悉，因而把笔墨集中在哥哥黑李身上。黑李年长弟弟白李五岁，和弟弟相貌酷肖，仅左眉多一颗黑痣，因而叫黑李。黑李性格善良、软弱、博爱，是基督精神和传统道德的具象。当他发现自己和白李爱着同一个女孩，便立即退让，即使姑娘、弟弟都责怪自己，他也依然固守不介入的立场，以免弟弟受到

---

① 老舍：《老舍选集·自序》，《人民日报》1950 年 8 月 20 日第 4 版。

伤害。当白李为了革命不至于连累哥哥，要求分家，他为对得起过世的父母，宁愿让出全部家产，也绝不分家。当他隐约感觉白李要干一件可怕、危险的大事的时候，便又在忧惧中走进教堂，为弟弟祷告平安。当他知道弟弟在组织洋车夫砸电车，随时会有生命危险，便决定践行自己笃信的《四福音书》，悄悄蚀去眉毛上的黑痣，准备为弟弟献出自己的生命。黑李最终被国民党当局当成砸电车的首犯绳之以法。黑李死时"眉皱着点，嘴微张着，胸上汪着血，好像死的时候正在祷告。我收了他的尸。"小说以白李的话做结尾："老二大概是进了天堂，他在那里顶合适了；我还在这儿砸地狱的门呢！"黑李和白李体现了老舍意识形态观念新旧的两面。黑李从某种意义说，即是老舍有着传统道德和基督精神的"旧我"；白李思想激进，为了革命不吝牺牲自己和他人生命，从某种意义说，即开始倾向革命的老舍的"新我"。黑李日常生活所表现出的百无一用、信仰空幻，以及最后的白白牺牲，表明老舍欲否定传统的"旧我"，开始革命的"新我"。但老舍后来觉得"《黑白李》是篇可笑的，甚至于荒唐的作品。可是，在当时，那确足以证明我在思想上有了些变动。诚然，在内容上，我没敢形容的白李怎样的加入组织，怎样的指导劳苦大众，怎样的去和领导斗争，而只用传奇的笔法，去描写黑李的死；可是，我到底看明白了，黑李该死，而且那么死最上算。不管怎么说吧，我总比当那诬蔑前进的战士的人，说他们虽然帮助洋车夫造反，却在车夫跑的不快的时候踢他两脚的，稍微强一点了。而且，当时的文字检查也使我不愿露骨的形容，免得既未参加革命，而又戴上一顶'红帽子'。"[①]《黑白李》显然没能达成老舍以文学参加革命的目的，也没能得到当时左翼文坛的接纳和认可。主要原因既在于老舍将被共产党指认的国民党改组派领导的洋车夫破坏性的砸车事件误读为革命运动，又在于老舍不熟悉革命，情节和形象设计过于概念化，人物形象单薄。革命者白李更只留下一道淡淡的剪影。因而，不能算成功之作，

---

① 老舍：《老舍选集·自序》，《人民日报》1950 年 8 月 20 日第 4 版。

仅在曲折表露老舍幼稚的革命意愿而已。

《黑白李》创作之后，老舍试图由消极的否定黑李，改为积极的描写受压迫的人；以建立更加坚实的叙事方式来勾画更为逼真的现实图景，他开始将人数最为广大的社会最底层人群作为考察和描述对象，这便有了《骆驼祥子》。

《骆驼祥子》表明老舍开始走出对尚能苟活的中产阶层的小市民迂腐、保守、自闭的批判与自省，而直面人数最为广大的生活苦难的底层劳苦阶层，将小说的叙事基点，由内向的"文化考察"转向外向的"社会考察"，由对市民阶级国民性落后性的讽刺性的"文化批判"转向同情下层，进行富有人道主义精神的"社会批判"。试图通过对一个淳朴劳动者的毁灭之路的刻绘，来表现一个时代的黑暗，并思索苦难的根源。

老舍在《我怎样写〈骆驼祥子〉》[1] 里说："人与人，事与事，虽以车为联系，我还感觉着不易写出车夫的全部生活来。于是，我还再去想：刮风云，车夫怎样？下雨天，车夫怎样？假若我能把这些细琐的遭遇写出来，我的主角便必定能成为一个最真确的人，不但吃的苦，喝的苦，连一阵风，一场雨，也给他的神经以无情的苦刑。由这里，我又想到，一个车夫也应当和别人一样的有那些吃喝而外的问题。他也必定有志愿，有性欲，有家庭和儿女。对这些问题，他怎样解决呢？他是否能解决呢？这样一想，我所听来的简单的故事便马上变成了一个社会那么大。我所要观察的不仅是车夫的一点点的浮现在衣冠上的、表现在言语与姿态上的那些小事情了，而是要由车夫的内心状态观察到地狱究竟是什么样子。车夫的外表上的一切，都必有生活与生命上的根据。我必须找到这个根源，才能写出个劳苦社会。"

由此可见，《骆驼祥子》是要以知识分子的身份去感同身受底层劳动者的生活苦难和生命苦难，并以底层劳动者的内心为出发点去观察、描绘"地狱"一般的劳苦社会，从而最终达成对劳苦社会形象性的否

---

① 老舍：《我怎样写骆驼祥子》，《青年知识》1945 年第 1 卷第 2 期。

定与批判。

　　骆驼祥子是近乎完美的劳动者，因为失地从农村来到城市，身强体健，性格淳良，没有任何不良嗜好，认定靠力气拉车挣钱，也具备一个上等车夫的一切条件，应该很容易实现他那点温饱以及"娶一个干脆利落、身体壮实的乡下小丫头"的愿望。进城后的祥子是自信和有力的，充满着正经谋生的心机和本事，有着"非快跑，飞跑，不足以充分发挥自己的力量和车的优美"的蓬勃朝气，是力与美的象征，没有马则仁、张大哥、牛天赐那样的精神缺陷。然而，城市同样不给祥子凭力气挣饭的机会。刚攒下的一辆新车很快被匪兵抢去，侥幸捡到三匹骆驼，也只贱卖了三十五块钱，远不够买新车。失车的他重新成为雇工。为了抢生意他开始堕落，但还没完全堕落。他开始学会抢客人，又经不住又丑又凶的老闺女虎妞诱惑而堕入通奸。当他身上仅有的三十五块钱连同所有的积蓄全叫徇私枉法的孙侦探抢走，成了真正的无产者之后，他再次放弃理想向现实屈服，重新回到虎妞父亲刘老板的车场去，在一场稀里糊涂的父女"火拼"中，稀里糊涂和虎妞结了婚，开始了第二次堕落，过自己不情愿过的生活。他稀里糊涂发了两个月的高烧，高烧摧毁了他唯一的资本——身体。结实的身体没有了，心爱的小福子娶不到手，种种生活拖累使生活陷入极贫，虎妞又在难产中死去。现实社会一次接一次的残酷打击，终于彻底摧垮祥子残存无几的人生信念，原先"不抽烟、不喝酒"的祥子也"爱烟、爱酒"了，原来"不合群"的祥子也变得"合群"了："祥子完全入了辙，他不比别的车夫好，也不比他们坏，就是那么个车夫样的车夫。这么着，他自己觉得倒比以前舒服，别人也看他顺眼；老鸦是一边黑的，他不希望独自成为白毛儿的。"原来"所看不上眼的事，现在他都觉得有些意思——自己的路既走不通，便没法不承认别人做得对。"他终于不再仗着狠心在这个没有公道的"社会"里维持个人自尊，放弃"做一个好车夫的愿望"，彻底堕落，抽烟，喝酒，嫖妓，染上淋病，而这淋病又将他唯一的翻身资本——身体摧毁得一塌糊涂。在堕落中，他试过自救，也本能地挣扎过，找过曹先生，找过小福子，但这一切都没用了。被卖到妓院的小福子也上吊死了。社会不给祥子机会，祥子也开始报复社会：偷人东西，出卖朋友，好逸恶劳，越来越穷困潦倒，最后堕落为无业游民，堕入"地狱式"的深渊……

《骆驼祥子》以失地的农民祥子进城谋生却屡遭挫败并最终堕落的故事，为我们完整地地呈现出一个诚实劳动者无以为生并最终毁灭的世界。这里不再有对"传统文明和落后的国民性"的审视，而只有对普遍存在的由外部世界造成的道德堕落、人性扭曲和生活绝望的描画。《骆驼祥子》是形象的社会及人性的批判书，也是人及社会罪性的寓言表述。我们通过"力与美"的祥子生活的毁灭和道德的堕落，我们通过毁掉祥子的匪兵、孙侦探、虎妞、刘老四等人的人性罪恶，看到由社会不公和人性罪恶构成的必须加以毁坏的黑暗世界。《骆驼祥子》表达了老舍对毁灭人的吃人社会的愤怒以及人罪性的愤怒。这种接续《狂人日记》"吃人叙事"的对现存不可抗拒黑洞般吞噬生命的社会及人性的描述，既是老舍个人生存经验的表达，又是对20世纪30年代左翼革命文学不自觉的呼应，暗合了中国共产党推翻旧世界的革命观念，是探寻人类共同命运的同时又控诉罪恶社会存在合法性的文学意识形态。

《黑白李》和《骆驼祥子》是老舍从《二马》《离婚》等小说的"文化批判""国民性批判"到"社会批判"的转型，它说明，老舍已经从文化关注、国民性关注转移到社会和人的命运关注方面来。老马、老张的人性不由自主为专制文化所掌控，骆驼祥子的命运则不由自主为吃人的社会所吞没，这种将内向性"文化道德分析"转入"人"与"社会"的外向性"社会分析"是老舍早期基督教信仰和英国批判现实主义文学观念影响的结果，更是当时中国共产党领导的革命和左翼文学观念影响的结果。和《黑白李》不同，《骆驼祥子》的社会考察和人性考察的文学表现力和批判力，固然同样来自意识形态化观念的影响，但更来自作家自己的个人体验以及他底层朋友的生活体验，是老舍从自己灵魂里榨取的文学意识形态，因而这种苦难叙事有一种感人至深的力量，其浓厚的生活意味和纯粹的京味语言，更建立起"内容"和"语体"相谐的"民族性"叙事风格。

如果说《骆驼祥子》是通过社会对底层男性的诚实品性及劳动力的摧毁的苦难叙事来颠覆社会存在的合法性的话，《月牙儿》则是通过社会对美丽、纯洁、善良的女孩子的人格、尊严和肉体毁灭的受难叙事来控诉社会的罪恶之深。

《月牙儿》有着和《骆驼祥子》相同的叙事机制，都以个体的被毁灭描绘罪与恶的现代延续。《月牙儿》对社会的恐惧敌视进一步加深。主人公做暗娼的母亲，使她一出生，便被打上了苦难的印记。母亲是暗娼，女儿自然很难有更好的命运。在母亲无论怎样努力也不能维持生活弃家而去之后，女儿自然也无法继续靠做工维持读书和生计，在苦挣苦捱之后，不得不重走母亲的老路。命运给女儿以读书的机会，最终不过为了让她在品尝过读书人受尊重的滋味后再去接受生活的侮辱，以使灵魂与肉体的鲜血淋漓更令人毛骨悚然。经历过现实最残酷的物质剥夺和灵魂的敲骨吸髓，经受过人间最彻底的痛苦煎熬，世界的本来面目开始在她面前清晰："狱里到是一个好地方，它使人坚信人类的没有起色。在我做梦的时候都见不到这样丑恶的地方。自从我一进来，就再也不想出去，在我的经验中，世界比这并强不了多少。"当检狱官下狱视察时，她啐了他一脸唾沫，由这个世界的被审判者变成了审判者。《月牙儿》承续了《骆驼祥子》主人公一次又一次被生活无情打击的苦难叙事模式，继续演绎人性的纯真、个体的尊严和生命价值被摧残的悲剧。让一个受过新式教育、品尝过现代文明滋味、有着清醒的人性知觉的知识女性被逼为暗娼，夫承受远比祥子深重的苦难，既是社会考察的结果，也是老舍意欲与主人公共同经历苦难的叙事选择。

从《黑白李》《骆驼祥子》到《月牙儿》，老舍的小说叙事终于从早期"市民文化批判"的犹豫不决中彻底走出来和鲁迅《狂人日记》意识形态性叙事合流，和左翼文坛的革命叙事合流，来共同完成对社会、人性和权力的彻底否定与批判。《月牙儿》不仅和《骆驼祥子》一样实现了题材的转换，还实现了小说创作的文体变异。和早期国民性叙事的讽刺、嘲讽、冷静不同，和《骆驼祥子》的纪实叙事不同，《月牙儿》是诗化的散文叙事。老舍之所以采用散文叙事，一是因为"《月牙儿》是有以散文诗写小说的企图的"①。二是因为悲惨生活忧愤深重，必须以叙事者和主人公合一的第一人称内聚焦主情叙事，才能力透纸背地表现出女孩在被毁灭过程中灵与肉撕裂的惨痛，并给读者带来强烈的实境感受。"月牙儿"作为象征意象，并不跟女主人公发生任何直接联系，而是有关主人公及主题的隐性、间接、含蓄的远喻。"月牙儿"的空灵、皎洁，象征世间仅有的一点纯洁；"月牙儿"暗夜中的残损、半缺，又是历经风雨摧折、苦难辛酸的妇女的写真。和老舍早期的"市民叙事"相比，《月牙儿》的文体转换是双重的，既实现了叙事上更贴切的意识形态观照，也实现了个人文体风格抒情性的转换。双重转换使老舍的"小说叙事"开始超越一般性的"民族""民俗"的叙事风格，而带有现代哲理抒情的意蕴，具有"文体"上的开创性，这种"文体"的独创性具有不可模仿的特质，具有对有限空间无限体察的深度，有感微知著的叙事能力，因而老舍与鲁迅、茅盾一样成为现代文学史上不多的小说文体大家。

老舍和鲁迅、茅盾相同，都有着以文学干预现实的政治冲动，但他却不像鲁迅那样深入灵魂直接批判专制权力和文化文化，直接审问人的罪性；也不像茅盾那样以中国式的马克思主义阶级论为出发点，从经济结构和阶级结构的社会分析中探寻革命的出路，而是以基督信念、五四精神、现代意识、生活经验出发，从文化性格的层面以及社会人性考察的层面，去做国民性、人性、社会制度的审视与批判。

老舍在谈自己的第一篇小说《老张的哲学》时说："现在我明白了自己：假如我有点长处的话，必定不在思想上。我的感情老走在理智前面，我能是个热心的朋友，而不能给人以高明的建议。"② 也就是说，

① 老舍：《老舍生活与创作自述》，人民文学出版社1982年版，第112页。
② 曾广灿、吴怀斌编：《老舍研究资料》，北京十月出版社1985年版，第522页。

很多时候，老舍是以内在情感去感受人和世界，而非用理性去认知人和世界，并作出相应的判断和建议。通过他所熟悉的人物品性、喜好、趣味、痛苦、挣扎而非政治理念去捕捉生动、具体的生活真相，以透视民族性格的弱点和社会的罪恶，是老舍小说叙事的主要特点。

老舍早期小说里的赵子曰、马则云、张大哥等人物形象，以夸张滑稽的形象表现出新旧文化激烈对撞中潜藏于市井小巷中因循守旧、迂腐可笑的精神病相，尽管不能触及人性及文化的本质，却总寄寓着老舍改造人及世界的政治期盼。至 20 世纪 30 年代，老舍开始创作《黑白李》等小说，试图塑造共产党人的形象以小说参加革命，但却因对革命理论即实践的陌生而招致失败。而老舍以自己熟悉的生活为基础创作《骆驼祥子》《月牙儿》等小说，则又呈现出既表现人生困境，又呼应左翼革命文学的写实、抒情的文学情态。

从 20 世纪 20 年代呼应五四精神的国民性批判小说，到 20 世纪 30 年代呼应左翼革命文学写实抒情小说，改变社会人生始终是老舍小说叙事的核心动力。得益于对意识形态话语理解的模糊和对生活积累的深厚，老舍大多数小说的形象性要远远大于理念性，这样无论是对"中产阶级"的旧思维习惯、旧生活方式、旧生活态度的批判，还是对底层阶级生活苦难的描述的社会批判，都能使人从小说生活意味和民族意味浓厚的文本中，既读到生活的本相和意识形态性叙事意图，又能读到人类共同的悲苦命运。如果说鲁迅以略带江南情味的小说为中国现代小说提供了叙事原型，建构了有关农民、知识分子和农耕社会的形象体系的话，老舍则以北京地方情味浓厚的人情世相的描绘，为中国现代文学建构了与农耕社会有着亲缘关系的市民和城市社会的文学形象体系。老舍所勾画出的老中国画面，同样既是具有超越历史现实的有着永恒生命的文学形象体系，又是认识中国城市市民及社会的认知体系，和其他优秀作品一起，构成了对旧中国罪和与恶的历史和现实的否定和批判。

第二节 从无政府主义到反抗父权

一 巴金的抒情叙事

巴金在五四运动的影响下，15 岁就阅读了克鲁鲍特金的《告少年》，从此深受无政府主义的影响。

"我信奉克鲁泡特金所阐明出来的安那其主义的原理。"[1] "从《告少年》里我得到了爱人类爱世界的理想，得到了一个小孩子的梦幻，相信万人享乐的社会就会和明天的太阳同升起来，一切的罪恶都会马上消失。在《夜未央》里，我看到了另一个国度里一代青年为人民争自由谋幸福的斗争之大悲剧，我第一次找到了我的梦景中的英雄，我找到了我的终身事业，而这事业又是与我在仆人轿夫身上发现的原始的争议的信仰相会的。"[2] 克鲁鲍特金无政府主义主张平等、互助、利他、自我牺牲、废除法律强权，实现无政府的共产主义。而"阶级斗争便是社会革命之预备工作。"[3] 不能广及人类痛苦斗争。"阶级斗争实在是无政府主义的特性，只有由阶级斗争才能实现无政府主义。"[4]

由此可见，与其说青年巴金是一位无政府主义者，还不如说他是一位幼稚、单纯、充满青春激情、主张通过阶级斗争、暴力革命彻底消灭压迫和不平的理想主义者。

在法国，巴金找到了实践"无政府主义"革命理想的最好方式，那就是把他所有的政治热情都化为激情、浪漫、愤怒、法国式的超越生活真实的文学想象，建构热血青年以暴力和牺牲对抗旧世界革命叙事。1927 年巴金在法国完成他的第一部中篇小说《灭亡》。20 世纪 30 年代

---

① 蒂甘：《从资本主义到安那其主义》，上海自由书店 1930 年版，第 4 页。
② 《巴金全集》第 12 卷，人民文学出版社 1989 年版，第 407 页。克鲁鲍特金《告少年》这本书号召青年为社会的正义、平等和自由而奋斗。波兰作家廖抗夫（1881—1913 年）三幕剧《夜未央》表现 1905 年俄国革命中，一群革命青年与沙皇统治者英勇斗争的故事。
③ 蒂甘：《从资本主义到安那其主义》，上海自由书店 1930 年版，第 243 页。
④ 《巴金全集》第 12 卷，人民文学出版社 1993 年版，第 104 页。

初，中国的无政府主义运动渐渐消歇，巴金定居上海，继续创作"革命浪漫抒情系列"小说，主要作品有《死去的太阳》《新生》《砂丁》《萌芽》和著名的"激流三步曲"。1931 年，巴金又在《时报》上连载长篇小说"爱情三部曲"。这一阶段巴金的小说作品大都不过是他政治理想的传声筒和政治活动的替代品。

《灭亡》即是巴金释放青春压抑，抒发政治想象的暴力叙事。大革命失败后的 1928 年，24 岁的巴金将极度绝望的情绪化为有着无政府主义、民粹主义理想和为理想殉道精神的身患绝症的杜大心，投入激情浪漫的战斗。杜大心写诗，写宣传册子，主编杂志，做工会领袖，为工人争取权益，去行刺警备司令，飞蛾扑火一般去孤身完成没有呼应的战斗。最终，虽然没能刺死警备司令，和爱人永诀，头颅也被挂在竹笼里示众，但这场没有胜利的战斗，却明确表达了巴金为理想牺牲的渴望，宣泄了巴金的自由、平等、牺牲、博爱理想在中国现实中破灭的惨伤。空想抒情的《灭亡》，是法国浪漫文学和俄国民粹文学的中国叙事，灌注全篇的殉道的"失败英雄"的浪漫气质和暴戾的"个人战斗"情绪，加上舔舐伤口的"个人伤感"，革命加恋爱的"英雄抒情"使当时文坛所有的"个人抒情"小说显得黯然失色。《灭亡》的虚幻、浪漫、伤感的革命抒情叙事是一种与社会现实相距甚远却与青年的心灵现实颇为贴近的内心纪实，因而能引起青年的强烈共鸣。《灭亡》奠定了巴金青春叙事空想、浪漫的意识形态性基调。

《新生》、"爱情三部曲"《雾》《雨》《电》其中的小说主人公李冷、陈真、吴仁民、敏，尽管有熟悉的朋友作人物原型，但依旧是脱离生活本真的夸张、做作的革命加爱情的虚幻叙事，是杜大心人物形象的补充。

《死去的太阳》《砂丁》《雪》开始描写他并不熟悉的工人生活，试图在小说中实现知识分子与工人的结合，试图实现文学与无政府主义革命的结合，试图写阶级斗争，但因缺乏实际的生活体验，皆为既偏离现实真实，又偏离内心真实的纯虚构、概念化的失败之作。

二 巴金的纪实叙事

1931 年出版的《家》是巴金创作的重大转折，主要创作方向由"社会革命"转向"家庭革命"，由社会叙事转向家族叙事。此后又在1938 年和1940 年，写作《家》的续篇《春》《秋》，从而组成《激流三部曲》，连绵成宏大的家族情感命运的变迁史。其中，《家》使巴金文坛声望达到顶点，成为他最具影响力的代表作。

由社会叙事转向家族叙事，一是因为在当时的社会大环境中，无政府主义、民粹派思想难以得到现实呼应，巴金本人也找不到将政治理想付诸实践的道路和方向，加上巴金本人社会革命的阅历有限、经验缺乏，靠空想维持革命叙事难以为继。二是巴金对建构左拉《卢贡—卡家马尔家族》那样的系列长篇，以表现中国社会的衰变史，一直心向往之，《红楼梦》式的长篇小说，同样也能表现无政府主义的社会革命和年轻人的青春梦想，因而将社会革命叙事转移到生活积累丰厚的家庭叙事上来，是自然而然的文学"移情"。

《家》显然不是巴金家庭生活的写实。巴金虽然出身旧家庭，但巴金的祖父和父亲，从来都不专制、守旧，他们都尊重年轻人，鼓励巴金及兄弟们学习新学、外语，出国留洋。因而巴金从来就没有专制家族重压下的生活体验，因而《家》有关专制家族内部尖锐、激烈的家长专制与青年反专制的斗争叙事，同样也来自片断经验基础上的虚构和想象。又因为《家》的旧家庭叙事，其焦点并不仅仅集矢于旧家庭对婚姻的禁锢及个人权利的争取，也集矢于社会革命的诉求，觉慧性格也具有巴金早期"英雄叙事"中英雄性格的特征，再加上专制旧家族本身就与专制旧社会同构，因而我们有理由相信，《家》中的"家"既是指中国传统专制的大家族，同时也隐喻"英雄抒情"叙事所强烈憎厌、反对过去的整个专制政体和军阀社会。青年对旧家族禁锢的反抗与突围，既是对旧家族的反抗与突围，也是对旧世界的反抗与突围。《家》显然有比家族小说更为宽泛的隐喻意义和涵容深度，因而，《家》既是家族革命小说，又是社会革命小说，其家族叙事主题内核依然是追求平等、互助、博爱和反抗强权的无政府主义。

《家》既是对专制家庭的合理想象，也是对现实专制社会的比喻性摹写。整个高家被院墙围在一个等级森严、桎梏严密的小天地里。在这六七十口人的大家族里，没有真诚，没有信任，没有爱，有的只有至高无上、热爱孔教的高老太爷的威严和长辈们无耻和败坏。家族内部，高老太爷就是道义和法律，不允许任何人敢有些微的怀疑和忤逆。高老太爷的意志就是全族的意志，不管他的意志是否正确合理，也不管他动机是善是恶。"我说是对的，哪个敢说不对？我要怎样做，就要怎样做！"成了他在"关键"时刻的口头禅、撒手锏。在他的威慑之下，合府上下，寂静无声，犹如坟墓。在高老太爷不加约束的权力下，丫鬟鸣凤冤死，钱梅芬被逼死、长房长孙觉新自戕……家族上下，阴风惨惨，鬼影幢幢、如同鬼蜮。无理性和孔教信徒的高老太爷既是专制家族统治阶级的写实，也是戕命伐性、荼毒心灵的"旧秩序""旧权威"和杀人嗜血的专制政府、军阀势力的隐喻，是尊奉"无政府主义""以民为本"民粹思想的巴金对残害一切生机的专制家族和专制社会的挞伐性描画。

巴金对专制高压下年轻生命的艰难挣扎的描绘同样有着浓厚的比喻色彩。祖辈、父辈以下，巴金主要描绘了两类年轻人形象，一类是旧世界的顺从者。长房长孙高觉新是其中的代表，他是一个对旧世界全然无害的人，既不因长房长孙的地位与父辈同流合污，也不因接受五四新思潮而叛逆家庭，只是压抑内心的自由意志，独自承担起家庭的重担，顺从命运给他安排的一切，做长辈驯服的工具，不仅压抑自己对爱情和人生的欲求，还不得不秉持家长的意志违心劝阻同辈的爱情追求。即使是这样，家族也没有给他一个好的命运。他不能跟自己所爱的钱梅芬恋爱，也无法保护自己的妻子，甚至独子也在疾病中悲惨地死去。巴金试图通过高觉新等人物命运的悲剧性来映现旧世界的残酷与悖谬，来让我们看见专制宗法家族制度下，一味顺从是如何的无用，披着仁义道德外衣的专制机制历来是爱情、婚姻和生命的敌人。另一类是家族专制的反抗者。族中长房最小的晚辈觉慧即少年巴金的自画像，既具有变革社会的新思想，又具有社会革命的行动力，是衰朽家族里的希望。觉慧是五四以来革命叛逆新青年的理想人格的化身。尽管他在专制家族里的生存空间最为宽裕，甚至最受宠爱，但他仍能以最小的精神负担、最独立的个性果断地背叛家庭。他对以父权为核心的旧家族有最为清醒的认知，认为"家"是"埋葬青年理想和幸福的坟墓"。作为五四精神和"无政府主义"的文学具象，觉慧有决绝的叛逆精神，绝不落入爷爷给自己设计的士大夫前途的陷阱里和腐朽的长辈同流合污；觉慧有强烈的主人意识，敢于按自己的理想和意愿活下去，敢于把自命运握在自己手里，勇敢地追求属于自己的爱情。觉慧有强烈的革命意志，走出家门，投身反抗军阀的革命活动；回到家中，鼓励怯懦的兄长们和腐朽的长辈积极抗争，是争取个人权利和自由的主力军，他一面以笔作武器，编辑刊物，撰写讨伐专制势力的战斗檄文；一面和觉新探讨新思想，积极帮助兄长觉民与琴逃婚，甚至在丫鬟鸣凤遭受摧害时大胆向她表示真挚的爱情。他敢于向聚集在高老太爷周围的猥琐下流的父辈发起挑战，让平时不可一世的长辈们落败、出丑。觉慧之所以能完全摆脱宗法父权的控制，是因为他从政治、经济、文化上和旧家族作了完全彻底的切割，他最终的出走，虽然不足以摧毁旧家族，但这种"出走"，却预示着旧式家族的后继无人与必然死亡。

小说父权的反抗叙事主要在家族的统治阶层和被统治阶层之间展开，这是由六七十人组成的"家庭社会"体系，是家庭围墙以外社会的模拟写真。这两类人群相互敌视、对立：由祖、父辈们组成的既得利益集团和宗法捍卫集团，以不容置疑的天然的道德权威和血缘宗亲权威结成家族统治阶层。他们掌握着高氏家族的全部权力资源，不仅将行政权和财权牢牢控制在手中，而且还凛然不可侵犯地以礼教的名义对下一代实行专横的精神统治。由孙辈组成的家族内部被统治阶层，势力羸弱，不仅衣食住行仰赖于长辈的施舍，就连起码的婚姻、恋爱自由，都要以生命为代价向长辈奋力争取。两个阶层相互敌视对立，构成父权体制下的血缘宗亲性的主奴关系，而血缘宗亲主奴关系能否维系，也主要看晚辈对长辈是否"效忠""孝悌"来决定。故而，这里没有亲情和温情，只有毫无理性的你死我活的激烈交战，交战的结局是觉慧"出走"，觉新丧妻失子，觉民与琴"私奔"。叙事强化家族内部"阶级斗争"的残酷，并将这种"阶级斗争"与社会的"阶级斗争"连接起来，展现了年轻一代艰难图存、争取自主由惶惑犹疑到果决勇敢，由摇摆动摇到坚定决绝的过程，也表现了老一代的凶残暴戾、荒淫无耻、虚伪迷信、媚上欺下的丑恶。告诉我们老一代其实是毫无原则的，他们对旧道德的坚守，对年轻一代的弹压，其实只不过是为了固守家族的控制权，以便纵一己之欢，毁家败业的不是年轻人，而是这些家族的统继者，因此，他们是必然死亡的一代。

《家》延续了《灭亡》的反抗主题，将自己不熟悉的社会政治斗争内容转换成自己较为熟悉的家族政治斗争内容，并将错综复杂的家族内部关系简化为"父"与"子"相互对立斗争的关系。父辈们除李克明外，一律衰朽糜烂，是旧家族的施害者；年轻人一律纯净无辜，是旧家族的受害者或反抗者。将值得同情的年轻人置于错综复杂、险恶高压的家庭环境，艰难地争取青春的权利，尽管社会黑暗如晦，但却依然能让人看到符合生命自然规律的希望。这种纯化生活的反抗的青春叙事是典型的主情性意识形态性叙事。

《家》是不同于鲁迅、茅盾、老舍理性叙事的激情叙事。叙事服从于情绪的冲动，只求自己抒情表意、伸纤郁结，而不求理性克制、谋篇布局。因而篇章结构、语言表达多自然流动少推敲安排。抒情表意往往不受约束，质朴率真，热情奔涌、恣意江洋、一泻千里，逞一时之快，而非发人深省，留有余韵。直率的抒情尽管不那么贴近生活的真实，但却能在与青年的精神共鸣中产生巨大感染力。《家》是主观叙事，而非客观叙事，是年轻者的抒情，而非老年者的隽思。这种将父权社会的矛盾作家族矛盾的转化，既能让读者看清父权社会的本来面目，又能看到青春和生命的颂歌，从而激起奋起抗争的勇气。

《春》延续《家》的反抗主题。《秋》回归现实主义，更多写生命的哀伤，而不以辈分作善恶区分并作二元对立的斗争。外祖母执掌家族大权，却站在年轻人一边，对窳败亡家的族中父辈进行责难。族中父辈中也不全然是坏人，三叔、三婶也和年轻人一样是受害者。克定、克安的子嗣，在继续作恶中得到恶的报应。这些人物关系、人物立场的调整、安排，重新评价，意味着巴金对现实生活有着更深一层的认识，说明他已经意识到，现实生活是复杂的，人的善恶行止、新旧与否，并不全然缘自年龄长幼与宗法辈分，有罪的是体制而非人。

如果说《激流三部曲》写的是家族衰败间年轻人的勉力苦战并以出走获得一线生机的话，那么《憩园》则表现的是家族无从拯救的衰败。《憩园》洗去意识形态性的叙事干扰，不再表现新旧之间的矛盾对立，而是表现旧机体自身无可挽回的衰败，有着超越意识形态的象征写实意味和更为宽泛的人道主义精神，是回归生活本真和文学本真抒情意味浓厚的感时伤生之作。

1946 年的《寒夜》同样是"忧世伤生"的黑暗叙事。汪文宣由体魄健全、意气风发到形销骨立、落魄病弱的生之毁灭，"事业""情感"的两相失守，皆非自身弱点造成，而是黑暗旧世代重压的结果。这种外部世界对人理想、健康、人格、爱情、家庭损毁的黑暗本性，既属于那个战乱和专制的时代，也属于整个人类历史，具有穿越历史和现实的永恒性。因此我们从汪文宣教育救国梦想的破灭、四处漂泊的生活、病弱的身体和懦弱的性格、任由书局小头目摆布的工作状态、和妻子之间的感情折磨、家庭的破碎之中看到的不仅只是对黑暗社会的批判与控诉，还有存在主义式的人生荒谬与人生之苦。因而《寒夜》既是现实批判，有浓厚的意识形态意味，又是对人生永恒痛苦的表现，视域远远超出了意识形态狭小的范畴，因而其叙事境界较《憩园》更加开阔、含蓄、克制。不再有叙事声音干扰叙事，而是让琐碎、阴冷、灰色的生活自己呈现本来的真面。叙事节奏与生活节奏同一，还原生活困境的复杂原生态，以与读者建立默契和认同的叙事关系，来达到真实的感染力。

第六章

钱锺书、张爱玲的叙事建构

第一节 张爱玲小说的诗性叙事建构

一 家庭及爱情对张爱玲叙事建构的影响

张爱玲个体性的生命体验对她小说写作有着至关重要的影响,其相对封闭的性格和女性叙事立场使得她不太关注自我经验以外的世界,因而其小说的视阈主要局限于散发着霉烂气息的旧家族,其小说的叙事焦点主要集中在旧人物的刻绘方面。淡去历史、时代、社会的宏大背景,在逼仄的叙事空间里演绎陈腐人物的黑暗故事是张爱玲小说主要叙事特征。正如张爱玲自己所言,我甚至只是写些男女之间的小事情,我的作品里没有战争,也没有革命。这种叙事特征和张爱玲成长的经历密切相关。张爱玲出身望族,父亲是李鸿章之女李菊藕和清末名臣张佩纶所生之子张志沂,母亲是长江水师提督黄翼升的孙女、广西盐法道道员黄宗炎的女儿黄素琼。然而到张爱玲出生之时,清朝早已垮台,祖父母早已去世,家族早已败落,全家主要靠张志沂分家继承的几幢房产和一些出产古董过活。父亲精神的萎靡和父母之间的不和,给张爱玲烙下了终身不愈的伤痛,父母对子女感情的麻木所造成的无爱的家庭更使张爱玲人生成长的最初阶段像一个噩梦。人之初对人的一生至关重要,家庭是否有爱决定儿童个性的形成,儿童期所受到的粗暴对待则会对儿童造成极大的精神伤害,轻则使儿童产生社会认知障碍,失去正常的社会交际能力，重则使儿童产生终身难愈的精神疾病。儿童期是人生的起始阶段，人的性格在四、五岁形成之后，几乎不会发生改变。对普通人来说性格即是命运，对作家来说性格不仅是他的命运，也是他的作品，因而追溯张爱玲童年过往，探寻其性格形成的根源，是解读张爱玲性格极其小说的重要途径。张爱玲有着悲惨的童年，在懵懂的幼年便饱尝无爱的心酸，父亲的粗暴对待和母亲情感的冷淡，使她过早体味人世的孤寂和冰冷，这种孤寂和冰冷浸润她的心身最终也化作她小说里无尽的悲凉。张爱玲小说是她人生经历的赐予。身世赋予了她个性、趣味，也决定了她观照、体验、表述这个世界的基本方式。

时代已经跨入了现代的门槛，张爱玲的父亲张志沂却依然停留在旧世界里，身为汉人，却以清朝遗老自居，拒绝女儿接受新式教育，陷落在豪门巨族没落的巨大打击里无法自拔。张志沂仅有被母亲严格训练出来的科举文化素养，除此之外，一无所长，时代的变革自然使他落到百无一用的悲惨境地。豪门巨族的败落和人生的无出路，使他的人生降低到尘埃里，也使他堕落的品性暴露无遗。挥霍有限的祖产，娶妓女做小老婆，吸毒，丢弃应尽的家庭和社会责任，在沉沦中逃避现实的苦难是他人生的常态。在娶后妻孙用蕃之前他尚能和张爱玲聊天，也能欣赏张爱玲早熟的文学天赋，可当娶了孙用蕃之后，便马上把张爱玲赖以栖身的家变成了人间地狱。张爱玲和 36 岁初嫁有着抽鸦片烟恶习的后母孙用蕃在家里争夺有限的生存空间，互相之间犹如仇敌，龃龉常生。在母女二人的冷战中，张志沂无原则地站在孙用蕃一边，于是父亲对女儿的苛责和打骂便成为家常便饭。冷酷的家庭使张爱玲产生出对人生的否定情绪和浓郁的悲观气质，使她成为一个十分沉默的人，不说话，慵懒，不交朋友、不活动，精神长期的萎靡不振。张爱玲在《童言无忌》里，这样表述她对孙用蕃的怨恨：有一个时期在继母管治下生活着，拣她穿剩的衣服穿，永远不能忘记一件暗红的薄棉袍，碎牛肉的颜色，穿不完的穿着，就像浑身都生了冻疮；冬天已经过去了，还留着冻疮的疤——是那样的憎恶与羞耻。导致张爱玲和父亲彻底决裂是她十七岁的时候，那时候日军正攻占上海，张爱玲因未征求孙用蕃的同意到生母家住了两个星期，回家后被孙用蕃扇耳光，张爱玲正欲反抗，却被老妈子拦住。孙用蕃连忙边往楼上跑边喊张爱玲打人，张志沂闻声从楼上冲下来怒打张爱玲，边打边喊：你还打人，你打人我就打你！今天非打死你不可！张爱玲后来回忆当时的情形说，我觉得我的头偏到这一边，又偏到那一边，无数次，耳朵也震聋了。我坐在地下，躺在地下了，他还揪住我的头发一阵踢。事后被关在由巡警看守的小屋里，得了严重痢疾，父亲也不给她诊治，绝情地让女儿在病苦中折磨了半年。1944年，张爱玲在《天地》月刊发表散文《私语》详述了这段经历："我暂时被监禁在空房里，我生在里面的这座房屋忽然变成生疏的了，像月光底下的，黑影中现出青白的粉墙，片面的，癫狂的。Beverley Nichols 有一句诗关于狂人的半明半昧：'在你的心中睡着月亮光，'我读到它就想到我们家楼板上的蓝色的月光，那静静地杀机。我也知道我父亲决不能把我弄死，不过关几年，等我放出来的时候已经不是我了。数星期内我已经老了许多年。我把手紧紧捏着阳台上的木栏干，仿佛木头上可以榨出水来。头上是赫赫的蓝天，那时候的天是有声音的，因为满天的飞机。我希望有个炸弹掉在我们家，就同他们死在一起我也愿意。何干怕我逃走，再三叮嘱：'千万不可以走出这扇门呀！出去了就回不来了。'然而我还是想了许多脱逃的计划，《三剑客》《基度山恩仇记》一齐到脑子里来了。记得最清楚的是《九尾龟》里章秋谷的朋友有个恋人，用被单结成了绳子，从窗户里缒了出来。我这里没有临街的窗，惟有从花园里翻墙头出去。靠墙倒有一个鹅棚可以踏脚，但是更深人静的时候，惊动两只鹅，叫将起来，如何是好？花园里养着呱呱迫人啄人的大白鹅，惟一的树木是高大的白玉兰，开着极大的花，像污秽的白手帕，又像废纸，抛在那里，被遗忘了，大白花一年开到头。从来没有那样邋遢丧气的花。正在筹划出路，我生了沉重的痢疾，差一点死了。我父亲不替我请医生，也没有药。病了半年，躺在床上看着秋冬的淡青的天，对面的门楼上挑起石灰的鹿角，底下累累两排小石菩萨——也不知道现在是哪一朝、哪一代……朦胧地生在这所房子里，也朦胧地死在这里么？死了就在园子里埋了。然而就在这样想着的时候，我也倾全力听着大门每一次的开关，巡警咕滋咕滋抽出锈涩的门闩，然后呛啷啷一声巨响，开了铁门。睡里梦里也听见这声音，还有通大门的一条煤屑路，脚步下沙子的吱吱叫。即使因为我病在床上他们疏了防，能够无声的溜出去么？"①病愈后的张爱玲逃离了父亲，把这段让她终生难忘的经历用英文写下来投送到《大美晚报》被编辑加上《What a life, that a girl's life!》发表，恐怕她自己也没想到自己的处女作竟然是对父亲的控诉。她后来在《私语》这样描述她的父亲：我把世界强行分作两半，光明与黑暗，善与恶，神与魔。属于我父亲这一边的必定是不好的。

对于张爱玲来说父亲即是地狱。病愈后张爱玲和恶魔一般的父亲告别，怀着美好的梦想每一脚踏在地上都是一个响亮的吻投向母亲的怀抱，可母亲的这里同样也没有温暖，早年母亲弃她而去，现在也没有张开双臂拥抱她的到来。母亲见到张爱玲不是关心和安慰，而是诧异她衣服的不得体。其实母爱的缺乏由来已久，从张爱玲有记忆起，母亲就很少在家，留学回来，见到久别的女儿所说的话竟然是："我懊悔从前小心看护你的伤寒症，我宁愿看到你死，也不愿看你活着使你自己处处受痛苦"。也许她是爱女儿的，可她实在是不懂如何疼爱女儿，从她这里张爱玲得不到想要的母爱。她曾经说："母爱这个大题目，像一切大题目一样，上面做了太多的滥调文章。其实有些感情是，如果时时把它戏剧化，就光剩下戏剧了，母爱尤其是"。② 张爱玲的母亲对女儿有一个淑女培训计划，但张爱玲的感觉却是："在父亲家里孤独惯了，骤然想学做人，而且是在窘境中做'淑女'，感到非常困难"。尽管张爱玲竭力迎合母亲，可她"惊人的愚笨"还是让母亲深感失望，母亲的失望让她觉得自己简直就是一个废物。父爱和母爱的双重缺失所造成的伤害

---

① 《张爱玲文集》（第四卷），安徽文艺出版社 1992 年版，第 108 页。
② 张爱玲：《谈跳舞·张爱玲文集》（第四卷），安徽文艺出版社 1992 年版，第 159 页。

让张爱玲恐惧人群，害怕交往，她说："在没有人与人交接的场合，我充满了生命的欢悦"。① 就这样，张爱玲不愿走进别人的世界，也不愿别人走进自己的世界。这个世界是如此残酷，可她偏活得不如一只小小的寄居蟹，她无处可躲，能够躲藏的，唯有自己的内心世界。幼年的经历，给了她淡漠感伤的性格、质疑审视的眼光、敏感锐利的人性洞察力，这使她能将人性看得格外真切。从某种意义说，终其一生，张爱玲其实是一个无家可归的人，幼年失去家庭的庇护，成年又无法融入社会，这使她看见寻常人看不见的人性、家庭、时代、社会和历史。

对于爱情，张爱玲有这样的看法："我以为人在恋爱的时候，是比在战争和革命的时候更素朴，也更放肆的。"② 同时她又认为："现代人多是疲倦的，现代婚姻制度又是不合理的。所以所有沉默的夫妻关系，都是只有利益关系的，有恢复到动物的性欲的嫖妓——但还是动物似的人，不是动物，所以比动物更恐怖。还有便是姘居，姘居不像夫妻关系那样的郑重，但比高等调情更负责任，比嫖妓又更人性的。"③ 这说明张爱玲不仅不相信亲情，连爱情婚姻也是基本否定的。尽管如此，张爱玲还是掉进了爱情陷阱，把感情葬送在一个文化汉奸手里。她和胡兰成的恋爱，到现在依然是未解之谜。有两段话可见她对胡兰成的感情之深，一是她送胡兰成照片背面写的文字：见了他，她变得很低很低，低到尘埃里，但她心里是欢喜的，从尘埃里开出花来。一是她在短文《爱》里的文字：于千万人之中遇见你所要遇见的人，于千万年之中，时间的无涯的荒野里，没有早一步，也没有晚一步，刚巧赶上了，那也没有别的话可说，唯有轻轻的问一声："噢，你也在这里？"。我们很难理解张爱玲为什么会爱上滥情的胡兰成。有人认为，这是因为张爱玲的恋父情结，是想从胡兰成这里得到自幼便失去的父爱的心理补偿。有人认为是因为胡兰成是张爱玲的知音，正如胡兰成所说："因为相知，所

---

① 《张爱玲文集》（第4卷），安徽文艺出版社1992年版，第18页。
② 张爱玲：《自己的文章》，京华出版社2005年版，第265页。
③ 同上。

以懂得。"也正如张爱玲所说:"因为懂得,所以慈悲。"知音难觅,胡兰成能解张爱玲的孤独。有人说张爱玲是奇女子,奇女子的恋爱自然是不同凡响。其实,真正的原因只有张爱玲自己知道。但无论如何,张爱玲对胡兰成的爱是真实的,即使胡兰成比她大十五岁她也不在乎,即使胡兰成已经结婚生子且生性滥情也毫不在乎,直至胡兰成用自己的滥情把她逼得没有退路才和胡兰成决绝。就这样,命运在夺走张爱玲亲情的同时也终究没给她一个得到爱情的机会。这个世界,终究没给张爱玲一个赖以栖身的家,就像她自己说的那样:"在自己的家里,也永远有着异乡人的凄楚。"①

二 张爱玲的家庭叙事和爱情叙事

文学是作家自我认知和社会认知的想象性表述,作家写作超不出自己体验的边界和想象的边界,从某种意义说,所有作家的作品都是作家自传,张爱玲小说同样如此,她的小说同样是她内心世界和人生经历的投影。张爱玲的家庭、家族遗传和人生经历塑造了张爱玲,张爱玲又塑造了她的小说世界。残酷的家庭给她的人生以致命的打击,而她则要通过小说对罪恶的家庭予以深切的控诉。从某种意义说,张爱玲的小说是她用英文写作投送到《大美晚报》《What a life,that a girl's life!》的续篇,是《红楼梦》的现代续篇,是五四以来以"家庭是万恶之源"为主题小说的续篇。张爱玲以她独有的叙事风格通过对她所深恶痛绝的旧家族中人的描写,表达了她对人性、家庭、亲情和爱情的全部理解。在她的小说世界里,各色人等无不刻薄寡恩,自私变态,品性卑劣,凸显出欲望膨胀下的愚和蠢。正因为这些人把张爱玲伤得如此之深重,才让张爱玲把他们看得如此之透彻,刻绘得如此之真切。家庭对张爱玲的伤害使得她无心关注家庭以外的世界,所以张爱玲的小说视阈主要集中在家庭内部,故事也主要在父母子女、兄弟姐妹、夫妻恋人之间展开。张

---

① 张爱玲:《张爱玲作品集》,花城出版社1997年版,第3页。

爱玲所刻绘的人物形象和现实中张爱玲的亲人血脉相连，一方面显露出人性的罪恶、没落阶层自暴自弃的惶恐、不安，一方面又显露出令人同情的无法摆脱与生俱来罪性的绝望和凄凉，红楼式的悲凉之雾溢满纸间，构成既古老又新鲜、既清晰又混沌的苍凉的小说世界。

张爱玲小说的母亲形象从某种意义说是自身的切身体验的改写，尽管她小说里的母亲形象不一定全是她亲生母亲形象的改写，但无爱母亲对她塑造母亲形象无疑是有着决定性影响的。在她的小说里，母亲形象充满了罪性，自私虚伪、刻薄寡恩、精神变态是她小说里许多母亲的共性。这些母亲形象，既是现实中某些变态母亲的写照，也是传统诗歌、小说里变态母亲形象的现代改写。母性应该是人世间最温馨情感之所在，张爱玲却偏略去母性最美好的一面，而把母性残酷的一面暴露给人看，这无疑表达了张爱玲对人性的深刻质疑。张爱玲的成名作《沉香屑·第一炉香》最早确立恶母的叙事模式。富孀梁太太和侄女葛薇龙和之间即是一种毁灭与被毁灭关系。梁太太收留葛薇龙在身边不过是为了把侄女当成吸引男人的一个工具而已。为了自己的情欲亲手毁掉葛薇龙的肉体和灵魂。

张爱玲给现代文学人物画廊增添的最经典的恶母形象是《金锁记》里的曹七巧。曹七巧原本是麻油店小作坊人家的女儿，是"麻油店的活招牌，站惯了柜台，见多识广的"①，"十八九岁做姑娘的时候，高高挽起了大镶大滚的蓝夏布衫袖，露出一双雪白的手腕，上街买菜去。喜欢她的有肉店里的朝禄，她哥哥的结拜弟兄丁玉根，张少泉，还有沈裁缝的儿子"。②曹七巧在做买卖的时候碰见熟人一斤半麻油只算人家一斤四两的钱，是一个活泼伶俐的普通姑娘。可哥哥嫂子为了攀附富贵人家，把她嫁给上海官宦大族姜家做自幼瘫痪在床的二少爷的少奶奶。婚姻本身不幸，又因为出身贫贱而遭受姜家上下的鄙视。终日与残疾丈夫

---

① 张爱玲:《张爱玲文集》，吉林摄影出版社 2003 年版，第 110 页。
② 同上书，第 147 页。

为伴，既得不到起码的尊重，又得不到正常的爱情，连正常的生理欲望都得不到满足。曹七巧企图移情三少爷姜季泽，可三少爷"早就抱定了宗旨不惹自己家里人"，[1] 躲她远远的，情感和性欲找不到出路的曹七巧的性情渐渐发生重大的变异，年深月久，慢慢陷入仇恨和变态的状态。因为活动范围有限，仅限家庭内部，因为权力有限，无法左右他人，因而儿女便成了她施虐和迫害对象。她为儿子娶媳妇，不过是为了不让儿子逛妓院。儿子结婚了，又见不得儿子夫妻同寝，便以点大烟为由拖住儿子，让媳妇独守空房。点烟之时又拷问儿子和媳妇的夫妻秘事，"一夜没合眼，却是精神百倍，邀了几家女眷来打牌，亲家母也在内。在麻将桌上一五一十将她儿子亲口招供的她媳妇的秘密宣布了出来，略加渲染，越发有声有色。众人竭力地打岔，然而说不上两句闲话，七巧笑嘻嘻地转了个弯，又回到她媳妇身上来了，逼得芝寿的母亲脸皮紫胀，也无颜再见女儿，放下牌，乘了包皮车回去了。"[2] 即便如此，七巧依然不放过儿子和媳妇，接连叫长白为自己烧了两晚上的烟，用这种变态的行为毁掉儿子的婚姻以得到自身的宣泄和满足。曹七巧施虐儿子，对女儿长安更是不能放过。为了拴住女儿便让女儿抽大烟。因想起自幼以来缠足的痛苦，便让长安缠足，而缠足的时代早已经过去了。长安到女子学校念书后终于过上了正常生活，"不到半年，脸色也红润了，胳膊腿腕也粗了一圈"，[3] 她就心生嫉妒，借长安丢床单大闹学校让长安无法继续念书。在曹七巧不懈努力下，女儿的上进心被摧毁了，也变成和自己相差无几的丑陋模样。当长安终于等来了难得的爱情，"带了点星光下的乱梦回家来，人变得异常沉默了，时时微笑着，七巧见了，不由得有气，便冷言冷语"[4] 地嘲弄挖苦，说女儿"急着要嫁，叫我也没法子。腥的臭的往家里拉。……多半是生米煮成了熟饭

① 张爱玲：《张爱玲文集》，吉林摄影出版社 2003 年版，第 116 页。
② 同上书，第 135 页。
③ 同上书，第 131 页。
④ 同上书，第 141 页。

了"。① 为了毁掉女儿的婚姻，曹七巧串通儿子将女儿的男友童世舫请到家中，诬陷女儿在楼上抽大烟不能见客："这孩子就苦在先天不足，下地就得给她喷烟……说丢，哪儿就丢得掉呀？戒戒抽抽，这也有十年了。"② 就这样，曹七巧终于通过精心的布局毁掉了女儿的终身幸福。在她的折磨下，儿子的媳妇芝寿病死，小妾吞烟自杀，女儿长安早早断了结婚的年头。曹七巧就这样亲手营造了自己的坟墓，并拿自己的儿女亲人为自己陪葬。

《花凋》里郑川嫦的母亲尽管不是儿女的迫害者，却犹如一出冗长的单调的悲剧，"她总是仰着脸摇摇摆摆地在屋里走过来，走过去，凄冷地嗑着瓜子——一个美丽苍白的，绝望的妇人。"③ 在女儿的面前她似乎温情尚存，可当女儿病危需要自己拿钱医治的时候，她却害怕因此被人知道自己藏了私房钱，终究不愿拿钱为女儿买药，由此可见女儿在她心目中的分量。可见在这个母亲身上，根本就没有什么母爱。《十八春》里的顾太太和郑川嫦的母亲比起来有过之而无不及。竟然为一点钱帮助大女儿葬送掉小女儿的幸福和婚姻。

《倾城之恋》里白流苏的母亲也是昏聩无力的。当白流苏在娘家受了委屈，向老太太求告，老太太也只能劝女儿忍气吞声，并不能给女儿以公道和宽解。甚至在白流苏已经离婚的状况下劝女儿回婆家领养孩子继续煎熬。当白流苏趴在床上向母亲痛哭哀告的时候，老太太却不知在何时悄悄离开了。当范柳原让白流苏去香港做他的情妇的时候，老太太也只是对女儿说一个做母亲绝对说不出口的话："既然是叫你去，你就去吧!"白流苏终于明白："人人都关在他们自己的小世界里，她撞破了头也撞不进去，她似乎是魔住了。她所祈求的母亲与她真正的母亲其实是两个人。"④ 此后的生活她不得不小心，因为她知道自己已经是个

---

① 张爱玲：《张爱玲文集》，吉林摄影出版社 2003 年版，第 141 页。
② 同上书，第 146 页。
③ 同上书，第 92 页。
④ 张爱玲：《红玫瑰与白玫瑰》，经济日报出版社 2002 年版，第 112 页。

六亲无靠的人了，能关心她的也只能有自己了。

在张爱玲的小说里，母亲失去了爱的能力，形象不堪，父亲的形象也好不到哪里去。张爱玲小说里的父女关系也多是她现实中父女关系的倒影。她在《半生缘》里对曼桢受父亲欺凌迫害的细节描述和她幼年曾经的遭遇相同。《多少恨》中的父亲虞先生年轻时是风度翩翩的浪子，败祖产，弃妻女。年老回归，依然是好吃懒做、挥金如土。做家庭教师的女儿和母亲艰难度日，他却要谋骗女儿微薄的积蓄，不停向女儿"借钱"，甚至要女儿给人做妾换取钱财，把可怜的女儿当做自己的摇钱树。为了钱他亲手毁掉了女儿的爱情、工作和尊严，葬送了女儿的一生，自己却在女儿的毁灭中得到可耻的满足，使女儿对他的仇恨越积越深。

《创世纪》中的父亲匡仰彝是典型的遗老遗少，成天无所事事，拿家里的钱到外边装阔充门面。面对经济日渐拮据的家庭，他说："我倒不怕，我到城隍庙去摆个测字摊，我一个人总好办。"① "真要到那个时候，我两个大点的女儿，叫她们去做舞女，那还不容易！"② 不仅没有一个父亲、一个丈夫应有样子，还堕落到寡廉鲜耻的地步。

《心经》里的父亲许峰仪也不能尽到父亲应有的责任。女儿许小寒深爱父亲，父亲不仅不劝导阻止女儿的不伦畸恋，反而对女儿有着情欲的想象："隔着玻璃，峰仪的手按在小寒的胳膊上——象牙黄的圆圆手臂，袍子是幻丽的花洋纱，朱漆似的红底子，上面印着青头白脸的孩子，无数的孩子在他的指头缝里蠕动。小寒——那可爱的大孩子，有着丰泽的，象牙黄的肉体的大孩子"。③ 正是他的纵容和配合使女儿深陷畸恋无法自拔。因为不能和女儿在一起，许峰仪便让和女儿长相相似、年龄相仿的段凌卿做女儿的替代品，持续着对两个年轻女性的变态畸恋。

---

① 张爱玲：《张爱玲文集》，吉林摄影出版社 2003 年版，第 63 页。
② 同上。
③ 同上书，第 298 页。

　　《倾城之恋》中白流苏的父亲干脆是一个倾家荡产的赌徒。《茉莉香片》里的父亲聂介臣，是张爱玲对父亲的真实摹写，成天无所事事，坐吃山空地挥霍祖产，生活的唯一乐趣是和姨太太在烟榻上吞云吐雾，活像一具日渐腐败的死尸。

　　《金锁记》里长安和长白的父亲姜二爷身患骨痨病，躯体萎缩，精神萎靡，终身卧床，身量高不过一个孩子，在曹七巧的眼里根本不能算个人。

　　《花凋》里川嫦的父亲郑先生同样也"是个遗少，自从民国纪元起他就没长过岁数。虽然也知道醇酒妇人和鸦片，心还是孩子的心。他是酒精缸里泡着的孩尸"，①　他浑浑噩噩地活着，"是连演四十年的一出闹剧"。②　川嫦梦想父亲能送她上大学，岂不知父亲不仅根本无此打算，连她的出嫁父亲都觉得赔不起呢："实在经不起这样年年嫁女儿。说省，说省，也把我们这点家私鼓捣光了。再嫁出一个，我们老两口子只好跟过去做陪房了。"③　川嫦生病，"郑先生，为了怕传染，从来不大到她女儿屋里来的"，④　不得已随大流上楼探视，竟然在生病的女儿面前"浓浓喷着雪茄烟，制造了一层防身的烟雾"。⑤　当郑夫人拿药方要他买药，他睁眼诧异道："现在西药是什么价钱，你是喜欢买药厂股票的，你该有数呀。明儿她死了，我们还过日子不过？"⑥　连病中的女儿吃了两个苹果，他都要大大地向郑夫人抱怨一番："你的钱你爱怎么使怎么使。我花钱可得花得高兴，苦着脸子花在医药上，够多冤！这孩子一病两年，不但你，你是爱牺牲，找着牺牲的，就连我也带累着牺牲了不少。不算对不起她了，肥鸡大鸭子吃腻了，一天两个苹果——现在是什么时世，做老子的一个姨太太都养活不起，她吃苹果！我看我们也就只

---

①　张爱玲：《红玫瑰与白玫瑰》，经济日报出版社 2002 年版，第 258 页。
②　同上书，第 259 页。
③　同上书，第 261 页。
④　同上书，第 274 页。
⑤　同上。
⑥　同上。

能这样了。再要变着法儿兴出新花样来，你有钱你给她买去。"① 在金钱的面前，不仅自己女儿的婚姻幸福不值一提，即使是生命也不过轻如鸿毛了，这样的父亲，基本上把自己降低为畜类了。

张爱玲小说里父亲的形象是他现实中父亲的投影，这些被时代抛弃的专制社会的遗民们，是旧的没落的父权社会的象征。在清政府及旧的社会体系、价值体系彻底崩溃之后，他们被驱逐到社会的边缘，既无往日的政治地位，也无往日的经济地位，沦落为社会多余的人。精神上的彻底溃败使他们的人性丧失殆尽，在社会上他们不能为自己赢得一席之地，回到家中也不能做一个合格的丈夫和父亲。比丧失起码生存能力更糟糕的是他们良知丧失，陷进情欲、物欲的陷阱里无法自拔，吃喝嫖赌毒成了他们日常生活的全部内容。张爱玲对他们的真实描绘，既暴露了男性精神的黑暗面，也彻底消解了旧有的父权社会的男权神话形象，建构了一种全新的父亲和子女相对立的家庭叙事模式。

不幸家庭的父母子女之间多有不幸，不幸家庭的兄弟姐妹之间同样也是荆棘遍地。在张爱玲的小说里，兄弟姊妹之间的骨肉相残同样也是同一屋檐下的人生常态。

《半生缘》中的曼璐本为可怜之人，为养活一家七口人她放弃自己的初恋去舞厅做舞女，不但得不到家人的同情和感情，反而遭到阖家的鄙视。曼璐在年老色衰之际嫁给了自己的客人祝鸿才做小老婆，谁知道婚后祝鸿才突发横财，越来越看不上曼璐，白天在外花天酒地，晚上回家跟曼璐吵架，经常对曼璐老拳相向，婚姻也走近破裂。为挽回自己破裂的婚姻，曼璐想出二女同侍一夫的毒计。她借妹妹曼桢的肚子替没有生育能力的自己和祝鸿才生孩子。她觉得借妹妹的肚子是最便宜的了，既好控制，又容易引祝鸿才上钩。当她想到母亲替她出的借腹生子的主意竟然会被自己用在妹妹身上时不禁露出了得意的狞笑。曼璐想得出做得到，她称病把曼桢骗至家中，帮祝鸿才强奸曼桢，幽禁曼桢，等着曼

---

① 张爱玲：《红玫瑰与白玫瑰》，经济日报出版社 2002 年版，第 275 页。

桢替她生孩子保全婚姻。就这样，妹妹曼桢和妹妹的恋人世钧的爱情乃至一生，就在曼璐愚蠢、狠毒的计谋中断送了。

《倾城之恋》中兄妹之间也是毫无兄妹情分的。白流苏离婚回娘家八年，可这八年的光阴全是她用自己离婚得来的赡养费换来的。哥哥嫂嫂把白流苏钱败光，反倒全赖在白流苏身上，因为离婚人的钱总是晦气的。有人想帮白流苏重组家庭，却遭到兄嫂笑话。当白流苏从婆家带回的钱花光，哥哥嫂子们便毫不留情地要把她赶出家门。当兄嫂听说妹妹在香港和范原柳恋爱，便认为："一个女人上了男人的当，就该死；女人给当给男人上，那更是淫妇；一个女人想给男人当上而失败了，反而上了人家的当，那是双料的淫恶，杀了她也还污了刀。"① 手足之间，没有感情，只有仇恨。

《金锁记》中曹七巧的兄嫂也是爱慕富贵的无情之人，曹七巧的一生正断送在兄嫂为她安排的买卖婚姻里，这桩买卖婚姻的直接后果是毁了曹七巧的一生，间接的后果是曹七巧用黄金枷锁劈死的那几个人。曹七巧的一双儿女长白和长安之间虽不至手足相残，但当曹七巧要长白和她一起设局在长安的男朋友童世舫面前诬陷长安自小抽大烟以毁掉姐姐的终身幸福的时候，长白也能和母亲配合无间。

《花凋》的姐妹们在家中也奉行达尔文主义。郑先生对家庭不负责任，郑夫人也不具有理家能力，家中的姐妹们的生存便只能自己靠自己。为了争夺同一屋檐下的生存空间，姐妹们形成了一个互相算计的小社会。"不停地嘀嘀咕咕，明争暗斗。在这弱肉强食的情形下，几位姑娘虽然是在锦绣丛中长大的，其实跟捡煤核的孩子一般泼辣有为。"②"这都是背地里。当着人，没有比她们更为温柔知礼的女儿，勾肩搭背友爱的姊妹。她们不是不会敷衍。从小的剧烈的生活竞争把她们造成了能干人。川嫦是姊妹中最老实的一个，言语迟慢，又有点脾气。她是最

---

① 张爱玲：《红玫瑰与白玫瑰》，经济日报出版社 2002 年版，第 139 页。
② 同上书，第 260 页。

小的一个女儿，天生要被大的欺负，下面又有弟弟，占去了爹娘的疼爱，因此她在家里不免受委屈。可是她的家对于她实在是再好没有的严格的训练。"① 对于川嫦的衣着姐妹们这样品评道："小妹适于学生派的打扮。小妹这一路的脸，头发还是不烫好看。小妹穿衣服越素净越好。难得有人配穿蓝布褂子，小妹倒是穿蓝布长衫顶俏皮。""现在时行的这种红黄色的丝袜，小妹穿了，一双腿更显胖，像德国香肠。还是穿短袜子登样，或是赤脚。"又道："小妹不能穿皮子，显老。"② 直到姐姐们都嫁了人，川嫦才逃出了姐妹之间的可怕倾轧。

张爱玲的小说婚姻恋爱叙事同样也是夹杂着情欲的金钱叙事。妇女的现实处境和变乱的时局使得张爱玲小说的许多女主人公所追求的爱情不过是她们赖以生存的救命稻草，而男性的爱情，大都不过是情欲游戏。《倾城之恋》里范柳原追求白流苏不过是逢场作戏，白流苏对范柳原追求的回应不过是为了生计。终结两人情感游戏使他们走进婚姻的是香港的战乱而不是爱情。尽管两人结合在一起，可世界依然是那么荒凉，没有爱情的容身之地。所谓"倾城之恋"其实不过是一场没有爱情的交易，白流苏历尽艰辛所获得的自主婚姻其实和她第一次包办婚姻并没有什么不同。

《金锁记》里曹七巧的婚姻更不过是催人疯狂的黄金枷锁。她放弃了正常人应有的情爱而选择与残疾的姜家二少爷结婚，不过是为了换取一点富贵生活。为了钱，她按捺着自己的情欲，迸得全身的筋骨与牙根都酸楚了。对于曹七巧来说，婚姻就是扭曲人心、灭绝人性的黄金枷锁，她套着这黄金枷锁一级一级，走进了没有光的所在，毁灭自己的同时又竭尽所能地毁掉了几个离她最近的几个亲人。买卖婚姻终究使陷入圈套的人沦为无价值的牺牲品。

《心经》中的许峰仪夫妇有爱的婚姻仅延续几年，随着时间的消

① 张爱玲：《红玫瑰与白玫瑰》，经济日报出版社 2002 年版，第 260 页。
② 同上。

逝，许峰仪对太太的爱情也就随风飘散了。许太太对丈夫和绫卿的婚外恋无可奈何，她这样对女儿说道："不让他们去，又怎样？你爸爸不爱我，又不能够爱你——留得住他的人，留不住他的心。他爱绫卿。他眼见得就要四十了。人活在世上，不过短短的几年。爱，也不过短短的几年。由他们去罢！"① 绫卿和许峰仪的婚外恋，又何尝是爱情，也许在情欲和利益的纠缠之间夹杂有真情，可和情欲、物欲比起来，那点真情又能占多大分量呢？

尽管张爱玲所写的爱情大都千疮百孔，为人间畸恋，似乎与什么都有关系，唯独与爱情无关，但她也塑造奋力为婚姻、为爱而活的女性形象，但她们的爱情也大都同样走进虚无，渗透着难言的悲伤。

《连环套》里霓喜雄心勃勃、性情强悍，一心想搏杀进正式的婚姻里，可终其一生，有过三任丈夫，五个孩子，却始终处于不妻不妾的尴尬处境，最终不得不走出男人的世界。

《红玫瑰与白玫瑰》里的王娇蕊为爱而生，为爱而狂，为了爱情丢掉矜持，放弃优渥的家庭，尽管一无所获，但依然无怨无悔，毕竟她从爱中学会了爱，尽管吃了苦，一无所得，但依然要爱。王娇蕊虽然没赢得爱，却懂得了爱。

《色戒》里的王佳芝，肩负刺杀大汉奸的使命，历尽苦辛，以色情为饵，终将汉奸套入彀中，就在大功告成之际，却从汉奸送的四克拉钻戒里看见了这个情场老手对自己的爱情，最终将自己的使命及民族大义置之脑后，向汉奸传递逃走的信息，为一刹那间迸发的爱情梦，断送了自己及战友的生命，虽然令人痛心，也算是为爱而死。

《半生缘》中曼桢和世均、翠芝和叔惠真心相恋，却由于命运的捉弄造成曼桢和叔惠结婚、世均和翠芝结婚的悲剧后果，但四人毕竟真正相恋过。

即便是被黄金枷锁逼疯又用黄金枷锁劈死几个人的曹七巧，对不值

---

① 张爱玲：《红玫瑰与白玫瑰》，经济日报出版社 2002 年版，第 234 页。

得爱的三少爷姜季泽也有发自内心的真爱。

张爱玲小说以情爱叙事为主，然而她的情爱叙事大都是对以金钱和原欲为基础的充满虚伪欺诈、腐败霉烂气息的变异情爱的实录和控诉，是对人性阴暗面的真切揭露，因而，从某种意义说，张爱玲在传统的爱情颂歌叙事之外又建构了一种全新的爱情批判叙事。当然，她所批判的并不是爱情本身，而是千古以来金钱和原欲对恋爱婚姻的扭曲。

三　张爱玲诗性象征小说叙事的建构

张爱玲小说是一种诗性的象征小说，这是诗文合一的中国传统小说诗性叙事传统对她熏染的结果，从某种意义上说张爱玲是中国传统小说诗性叙事的现代传人。中国传统小说叙事方式与传统诗文叙事方式有密不可分的关系，与中国说书艺术的口头表述方式也有密不可分的关系，包括《红楼梦》在内的许多中国传统小说都具有将诗文讲说融为一体的叙事特征，张爱玲小说是对这一小说传统的继承。通过诗性意象以形成抒情叙事效果，通过声色兼具的故事刻绘性格鲜明的人物形象，使小说兼具诗文之美和视听文学之美，使小说所营造的整体形象成为一个民族命运的象征，是张爱玲小说的主要特点。这种诗性象征的特性，不但为张爱玲的小说赢得了广大的读者，也为其被改编为影视、戏剧、音乐、美术作品提供了便利，张爱玲诗性象征小说影响的广泛性及其被各专业学术界的广泛关注，使得她的小说成为一个在她身前身后都影响深广的现代文化符号。

张爱玲全新的诗性象征小说的创造，是中国古典诗歌叙事和古典小说叙事在现代的融合。传统诗歌崇尚言志抒情，注重意象的结撰以形成象征性的抒情效果，传统说书体小说注重叙事的故事性，注重小说的听觉效果，主要通过口语来传达故事，刻绘形象，解释历史人生，张爱玲则将这两类文体的特点融为一体，用传统诗歌的抒情意象性和传统小说的故事性来共同建构全新的诗性象征小说。所谓诗性象征小说，是以比喻性形象思维为叙事基础的，比喻性思维是中华民族原初的思维方式，也是中华民族原初的解说方式，远古典籍及先秦诸子论述说理从来都不以逻辑推理为论述基础，而是以比喻说理为论述的主要方法，这使得中华文化历来有诗性传统。从形象中领悟道理，又通过形象比喻的方式来说明道理是先秦常用的思维方法。以意象为核心结撰诗歌其实也是比喻思维的结果，没有比喻便无法生发意象，"比"是中国诗歌最基本的思维方法和叙事方法之一，这种比喻性思维和表达方式，建构了诗歌与人及世界最基本的精神联系。张爱玲显然继承了中国传统文学以意象为核心结构叙事这一特点。意象是叙事的集合，和形象稍有区别，形象是文艺作品中一切可以被感触和想象的具象，山水田园、日月星辰、男女老少、飞禽走兽等一切能使人得到感官印象的语言具象皆为形象。而意象则是形象的升华，当形象与人相会，让人在一刹那间看见千古，即上升为意象。意象是作家所有感知觉的心灵呈现和形象凝聚，是作家创造出来的一个与经验世界既不同又重合的文字世界。当意象成为意蕴的具象、结构的焦点，小说文本和世界形成镜像关系，则小说为诗性象征小说。意象既可以是具体的细节性形象，也可以是由小说全部文字所建构的整体形象。小说存活于作品的语词单元、句子单元、形象单元、比喻单元以及它们所建构的意义单元之中。当小说的诗性主题和诗性意象形成整体性的对应结构，小说即成为诗性象征小说。中国传统诗歌以情志为主要内容，以赋比兴为主要表达方法，奠定了诗性主题与诗性意象形成整体性对应关系的诗性表达模式，这一叙事模式成为千百年来诗人作家的文学思维的基本方式，自然也会对张爱玲小说叙事方式产生重要影响，她小说诗性叙事方式即是明证。

张爱玲善于以色彩鲜明的意象来结构小说、呈现主题，使故事形成超越历史时空的内涵丰富、韵致悠长的诗性品质。因为意象的象征性所营造的空阔的叙事空间，总使得这类小说有解读不完的意义。因为象征性，张爱玲小说分故事层和象征层两个层面，故事在经验层面生成完整的生活画面，象征则在哲思的层面生成意义解读不尽的空间。意象在张爱玲小说中以虚实相生的形式呈现，实像为感官可感触之物，虚像为虚构之精神形象。《金锁记》《连环套》《霸王别姬》《沉香屑·第一炉香》《沉香屑·第二炉香》《琉璃瓦》《倾城之恋》《红玫瑰与白玫瑰》《小团圆》《花凋》《色·戒》《封锁》等小说之意象既为实像，也为虚像，《金锁记》之金锁以实寓虚，意指黄金打造的枷锁牢笼和毁坏曹七巧的一生，黄金枷锁成为小说的核心意象。《连环套》之"连环套"原意指一个套一个的圆环，喻指一个套一个的故事或一个套一个的计谋。张爱玲《连环套》讲的则是霓喜人生的连环套。霓喜从小被人贩子拐走养大后卖给印度商人雅赫雅，雅赫雅原有将霓喜扶正做大老婆的念头，后因霓喜作风强悍而作罢，最后两人因雅赫雅偷情分手。霓喜在她的第二个男人窦尧芳这里也没能得到妻子的名分，窦尧芳表面恩待霓喜，在自己死前分一间药店给霓喜的情人、自己的伙计崔玉铭，让他们在自己死后结婚，实际他早已助崔玉明铭暗地里结婚，并将财产转给侄子，置霓喜于一无所有之境。至于崔玉铭，不仅瞒着霓喜娶妻，在分得窦尧芳一间药店后便毫不犹豫地抛弃了霓喜。霓喜的第三个男人汤姆生工程师的身份让她颇为骄傲，但最终汤姆生还是抛弃她和富家女结婚。霓喜一生都想凭自己的努力争得一个正妻的名分，可她所遇见的男人却用一个接一个的连环套般地毁去她一生为之努力的婚姻，也毁去她的一生。小说里"连环套"的意象成为一个不断吞噬人生命的有魔力的象征。《倾城之恋》中的"倾城之恋"意象实指香港"倾城"危局中的有着"倾城"美貌的白流苏和潇洒多金的范柳原两个情场高手之间的斗法，虚指两人因"倾城"而结合的并不真诚的爱情，所谓从旧包办婚姻里杀出来的"倾城之恋"，不过是女性无法自立建立在金钱基础之上的一场和旧的包办买卖婚姻无区别的"自由"买卖婚姻而已，意象具有了极强的反讽意味。《红玫瑰与白玫瑰》中的红玫瑰和白玫瑰原实指两位性情迥异的年轻女性，虚指男权主义的女性意识。《小团圆》之"小团圆"意象和中国传统的"大团圆"意象相对，是各种记忆碎片拼合而成的虚像，有斯人已去而爱情永存的苍凉意味。这些意象往往是诸多意味的集合，意象和故事之间构成神形关系，意象点亮故事，故事表达意象，共同构成一个和现实世界相似的完整的比喻性想象世界，让读者在小说里与自己再次相逢。

具体而言，张爱玲整体叙事和小说意象主要通过人物命运的展示来建构互相映照的关系。张爱玲不少小说更多继承的是《红楼梦》的叙事传统，重人物命运的展示而不重故事的结撰，而人物命运的展示多采用类似电影蒙太奇手法的片段连缀的方式，通过若干个场面的组接来揭示人物关系和人物命运。《金锁记》《花凋》《倾城之恋》等小说叙事皆有场面连缀的叙事特征，有着诗歌一般较强的跳跃性。这种诗性的叙事方式更有利于叙事片段和核心意象呼应凝成整体性的诗性意象。

除使叙事片段与核心意象形成整体意象外，在小说中设置串联全篇、隐喻情绪、烘托氛围的诗性意象也是张爱玲小说叙事的重要特征。《金锁记》里的月亮就是贯穿全篇的重要意象，小说以月亮开头："三十年前的上海，一个有月亮的晚上……我们也许没赶上看见三十年前的月亮。年轻的人想着三十年前的月亮该是铜钱大的一个红黄的湿晕，像朵云轩信笺上落了一滴泪珠，陈旧而迷糊。老年人回忆中的三十年前的月亮是欢愉的，比眼前的月亮大，圆，白；然而隔着三十年的辛苦路往回看，再好的月色也不免带点凄凉。"① 又以月亮过渡："月光照到姜公馆新娶的三奶奶的陪嫁丫鬟凤箫的枕边。"② 当人们沉睡后"那扁扁的下弦月，低一点，低一点，大一点，像赤金的脸盆，沉了下去。"③ 当长安被母亲欺侮的时候，月亮出来映照心境："窗格子里，月亮从云里出来了。墨灰的天，几点疏星，模糊的缺月，像石印的图画，下面白云蒸腾，树顶上透出街灯淡淡的圆光。"④ 当曹七巧借点烟拷问儿子夫妻秘事的时候，月亮化为曹七巧内心的具象："隔着玻璃窗望出去，影影绰绰乌云里有个月亮，一搭黑，一搭白，像个戏剧化的狰狞的脸谱。一

---

① 张爱玲：《红玫瑰与白玫瑰》，经济日报出版社 2002 年版，第 55 页。
② 同上。
③ 同上书，第 58 页。
④ 同上书，第 85 页。

点，一点，月亮缓缓的从云里出来了，黑云底下透出一线炯炯的光，是面具底下的眼睛。"① 独守空房的寿芝所看见同一个月亮时的情形却是这样的："寿芝猛然坐起身来，哗啦揭开了帐子，这是个疯狂的世界。丈夫不像个丈夫，婆婆也不像个婆婆。不是他们疯了，就是她疯了。今天晚上的月亮比哪一天都好，高高的一轮满月，万里无云，像是漆黑的天上一个白太阳。遍地的蓝影子，帐顶上也是蓝影子，她的一双脚也在那死寂的蓝影子里。"② 最后，小说以月亮结尾："三十年前的月亮早已沉了下去，三十年前的人也死了，然而三十年前的故事还没完——完不了。"③ 月亮成为苍凉岁月的具象，成为人心绪和命运的镜像。同样，太阳也是抒写心绪、点染诗意的重要意象。《金锁记》里的太阳以"敝旧的太阳弥漫在空气里像金的灰尘，微微呛人的金灰，揉进眼睛里去，昏昏的"的形象登场，又以或敝旧或灼灼或小而白或煌煌的形象点染情节、气氛和人物心境，太阳在这里同样是涂抹上人物不同心绪的苍凉岁月的具象。

中国传统小说，源自神话传说、诸子散文、史传文学，萌芽于魏晋南北朝志人志怪小说，成型于唐传奇，其创作动因主要在于创造一个比现实更"完整"的世界以认知世界、娱乐自身。后因佛经故事、说书艺术的汇入，小说更增添了叙事灵动、注重娱乐的特征。无论是文言小说还是白话小说大都有着时间顺序化、情节故事化、视角全知化的特征，这一叙事特征至鲁迅创作出时序心理化、情节碎片化、视角多元化的《狂人日记》才开始被打破，此后至今外来的现实主义和现代主义的小说叙事方法成为主流叙事方式，而说书体的小说叙事传统则主要由通俗小说家传承，张爱玲小说叙事处于主流小说叙事和通俗小说叙事之间，既承继古典小说的叙事传统又糅合进西方小说叙事技巧呈现出既古老又新鲜的特质。张爱玲小说和传统小说一样主要用第三人称全知视角

---

① 张爱玲：《红玫瑰与白玫瑰》，经济日报出版社 2002 年版，第 88 页。
② 同上书，第 90 页。
③ 同上书，第 104 页。

讲故事，有着明显的说书色彩，如《第一炉香》的开头就完全是说书声口："请您寻出家传的霉绿斑斓的铜香炉，点上一炉沉香屑，听我说一支战前香港的故事，您这一炉沉香屑点完了，我的故事也该完了"，①但也间用西式叙事技巧，如《金锁记》主要用传统说书方式讲故事，但少数段落也用现代叙事，如《金锁记》的开头："三十年前的上海，一个有月亮的晚上……我们也许没赶上看见三十年前的月亮。年轻的人想着三十年前的月亮该是铜钱大的一个红黄的湿晕，像朵云轩信笺上落了一滴泪珠，陈旧而迷糊。老年人回忆中的三十年前的月亮是欢愉的，比眼前的月亮大，圆，白；然而隔着三十年的辛苦路往回看，再好的月色也不免带点凄凉。"②但更多的段落则是传统叙事："她那间房，一进门便有一堆金漆箱笼迎面拦住，只隔开几步见方的空地。她一掀帘子，只见她嫂子蹲下身去将提篮盒上面的一屉酥盒子卸了下来，检视下面一屉里的菜可曾泼出来。她哥哥曹大年背着手弯着腰看着。七巧止不住一阵心酸，倚着箱笼，把脸偎在那纱蓝棉套子上，纷纷落下泪来。她嫂子慌忙站直了身子，抢步上前，两只手捧住她一只手，连连叫着姑娘。曹大年也不免抬起袖子来擦眼睛。七巧把那只空着的手去解箱套子上的纽扣，解了又扣上，只是开不得口。"③也有不少段落则是在传统说书叙事里揉进现代的主观叙事："有时她也上街买菜，蓝夏布衫裤，镜面乌绫镶滚。隔着密密层层的一排吊着猪肉的铜钩，她看见肉铺里的朝禄。朝禄赶着她叫曹大姑娘。难得叫声巧姐儿，她就一巴掌打在钩子背上，无数的空钩子荡过去锥他的眼睛，朝禄从钩子上摘下尺来宽的一片生猪油，重重的向肉案一抛，一阵温风直扑到她脸上，腻滞的死去的肉体的气味……她皱紧了眉毛。床上睡着的她的丈夫，那没有生命的肉体……"④"风从窗子里进来，对面挂着的回文雕漆长镜被吹得摇摇晃

---

① 张爱玲：《张爱玲文集》，吉林摄影出版社 2003 年版，第 149 页。
② 张爱玲：《红玫瑰与白玫瑰》，经济日报出版社 2002 年版，第 55 页。
③ 同上书，第 69 页。
④ 同上书，第 72 页。

晃，磕托磕托敲着墙。七巧双手按住了镜子。镜子里反映着的翠竹帘子和一副金绿山水屏条依旧在风中来回荡漾着，望久了，便有一种晕船的感觉。再定睛看时，翠竹帘子已经褪了色，金绿山水换了一张她丈夫的遗像，镜子里的人也老了十年。"① 有时候则是传统说书式的行为描写中插进心理叙事："七巧扶着头站着，倏地掉转身来上楼去，提着裙子，性急慌忙，跌跌绊绊，不住地撞到那阴暗的绿粉墙上，佛青袄子上沾了大块的淡色的灰。她要在楼上的窗户里再看他一眼。无论如何，她从前爱过他。她的爱给了她无穷的痛苦。单只这一点，就使他值得留恋。多少回了，为了要按捺她自己，她进得全身的筋骨与牙根都酸楚了。今天完全是她的错。他不是个好人，她又不是不知道。她要他，就得装糊涂，就得容忍他的坏。她为什么要戳穿他？人生在世，还不就是那么一回事？归根究底，什么是真的，什么是假的？"② "长安不敢做声，却哭了一晚上。她不能在她的同学跟前丢这个脸。对于十四岁的人，那似乎有天大的重要。她母亲去闹这一场，她以后拿什么脸去见人？她宁死也不到学校里去了。她的朋友们，她所喜欢的音乐教员，不久就会忘记了有这么一个女孩子，来了半年，又无缘无故悄悄地走了。走得干净，她觉得她这牺牲是一个美丽的，苍凉的手势。"③ 以说书体叙事为主，兼杂现代性的主观叙事和心理叙事，建构起一种与读者对话性强又表述较为自由的叙事方式，古典手法和现代手法交融，营造出古老兼具的苍凉叙事风格。

小说从来都是在拼合现实碎片建构一种相对完整的认知世界的方式，作家或多或少都有扮演人类导师的潜意识，因此议论历来是小说重要的叙事元素，中外亦然。毛宗岗父子刻评《三国演义》置于卷首的杨慎"临江仙"及以后开篇首句："话说天下大势，分久必合，合久必

---

① 张爱玲：《红玫瑰与白玫瑰》，经济日报出版社 2002 年版，第 72 页。
② 同上书，第 80 页。
③ 同上书，第 85 页。

分。"① 即是总括全篇的精辟议论，《西游记》《红楼梦》也以议论开篇。《聊斋志异》每篇小说终篇，叙事者都要以异史氏身份出来大发议论。至于西方小说，议论更是叙事常态，《安娜·卡列尼娜》的开篇文字："幸福的家庭都是相似的，不幸的家庭各有各的不幸"② 和《双城记》的开篇文字："那是最美好的时代，那是最糟糕的时代；那是智慧的年头，那是愚昧的年头；那是信仰的时期，那是怀疑的时期；那是光明的季节，那是黑暗的季节；那是希望的春天，那是失望的冬天；我们全都在直奔天堂，我们全都在直奔相反的方向……"③ 西方不少小说也和中国古典名著一样以议论开篇。所不同的是，中国传统小说的议论根基为"道"，西方小说的议论根基为社会批判及哲思。张爱玲小说叙事形态固然有较多的传统成分，但其叙事立场则完全是现代的，因而其议论多为西式的哲思、人生体悟及人性批判，有着浓厚的反思意识。《金锁记》结篇时对曹七巧一生的总结："七巧似睡非睡横在烟铺上。三十年来她戴着黄金的枷锁。她用那沉重的枷角劈杀了几个人，没死的也送了半条命。她知道她儿子女儿恨毒了她，她婆家的人恨她，她娘家的人恨她……"④ 有着鲜明的现代社会批判和人性批判特性。《倾城之恋》的开头的议论："上海为了'节省天光'，将所有的时钟都拨快了一个小时，然而白公馆里说：'我们用的是老钟。'他们的十点钟是人家的十一点。他们唱歌唱走了板，跟不上生命的胡琴"，⑤ 则形象勾勒出社会转型期旧家族的本相，引领读者走进具体的家庭生活情境，其议论也完全是现代性的。通过议论揭示丰富复杂的世间万象背后所隐藏的秘密，引导读者思索生活表象背后的根源，并搭建更宽阔的叙事空间是张爱玲议论的又一特点。如《白玫瑰与红玫瑰》："也许每一个男子全都有过这样的两个女人，至少两个。娶了红玫瑰，久而久之，红的变了墙

① （明）罗贯中：《三国演义》，浙江古籍出版社1997年版，第1页。
② ［俄］列夫·托尔斯泰：《安娜·卡列尼娜》，人民文学出版社1957年版，第1页。
③ ［英］狄更斯：《双城记》，人民文学出版社2004年版，第1页。
④ 张爱玲：《红玫瑰与白玫瑰》，经济日报出版社2002年版，第103页。
⑤ 同上书，第105页。

上的一抹蚊子血，白的还是床前明月光；娶了白玫瑰，白的便是衣服上沾的一粒饭黏子，红的却是心口上一颗朱砂痣。"① 既道破了男性爱情婚姻心理，又开启了故事讲述的通道，还激发了读者对故事的想象。再如《倾城之恋》里的议论："香港的陷落成全了她。但是在这不可理喻的世界里，谁知道什么是因，什么是果？谁知道呢？也许就因为要成全她，一个大都市被倾覆了。成千上万的人死去，成千上万的人痛苦着，跟着是惊天动地的大改革……流苏并不觉得她在历史上的地位有什么微妙之点……"② 将城市的悲惨命运和白流苏貌似幸运的命运联系在一起，引人回想故事、思索人性及历史与人的命运。张爱玲小说是跳跃性较强的诗性叙事，场面和场面之间，叙事片段和叙事片段之间跳跃性较大，而议论也就常常成为凝聚各叙事片段的黏合剂。张爱玲小说的诗性还在于她叙事较强的抒情性，抒情的诗性语言在她小说里俯拾即是："生在这世上，没有一样感情不是千疮百孔的"（《留情》）；"生命自顾自走过去了"（《等》）；"她明白他的意思了：封锁期间的一切，等于没有发生。整个的上海打了个盹，做了个不近情理的梦"（《封锁》）；"传奇里的倾城倾国的人大抵如此。到处都是传奇，可不见得这么圆满的收场……说不尽的苍凉的故事——不问也罢！"（《倾城之恋》）；"三十年前的月亮早已沉下去，三十年前的人也死了，然而三十年前的故事还没完——完不了"（《金锁记》）。这些语言来自于人生又超越人生，是张爱玲大彻大悟之后对人生不忍舍弃的深爱与关怀，这些对人生命、欲望、情爱、家庭悲剧性多层面、多角度解说体现了张爱玲由经验上升至哲理的小说表述的真意。对生命真相的本质性触及及感慨无疑进一步加深了张爱玲小说的诗性。张爱玲小说无疑是"五四""人的文学"叙事的一个支脉。和那些二元对立的反抗的情爱家庭叙事不同，张爱玲的情爱家庭叙事无疑是一元性的，在张爱玲的小说里无论是反抗者还是被

---

① 张爱玲：《红玫瑰与白玫瑰》，经济日报出版社 2002 年版，第 3 页。
② 同上书，第 152 页。

反抗的命运其实都是一体性的关系，他们都在共同完成自己无可挽回的悲剧性命运。和鲁迅的"吃人叙事"不同，张爱玲只是表述她悲剧性的生命感悟，而鲁迅却更在意对生命本相背后答案的寻求。如果说张爱玲是在诉说生命的美丽与哀愁的话，而鲁迅却是企图拷问出一个能够解除人类痛苦的方法，找到一个能够给人类带来希望的出路。鲁迅更像是一位直面真相思想者，而张爱玲却更像是一位直面真相的歌咏者。现代的叙事立场和视角使主要采用传统白话小说叙事的张爱玲成为一位真正意义上承前启后的现代作家。和主要采用西式叙事的主流小说家不同，和主要采用传统说书叙事的通俗小说家不同，张爱玲小说的叙事方式是独特的，主流作家叙事的根基主要是来自西方的"现代理念"，通俗作家叙事的根基主要是传统故事和民间故事的叙事原型，张爱玲小说的叙事根基则是自我独特的生命体验。同样是以故事虚拟现实的镜像，主流作家的故事多是理念的影子，通俗作家的故事多是耽于表象的引人入胜的情节，张爱玲小说的故事却是生命的意象。张爱玲小说固然以讲故事为主，但她的故事主要是凝成生命、欲望、爱情、家庭的象征性意象，和现实存在建立起一种既古老又新鲜的比喻性关系，故事不是目的，故事所指向的解读不尽的生命及存在真义才是她最终的叙事目的。因而张爱玲的小说叙事既不止于理念，也不止于故事，而是指向蕴含不尽的情感层面。与抛弃传统的西化小说叙事不同，张爱玲创造性地改造了传统说书体小说的讲故事方式，使这一古老叙事方式的生命在现代得以延续。和全面继承说书体小说叙事方式的通俗小说家不同，张爱玲又将传统诗性意象叙事和来自西方的现代诗性象征叙事及说书体小说叙事方式熔为一炉，建构了现代诗性象征小说的叙事范式。张爱玲诗性象征小说的建构极为成功，因为雅俗共融而广受欢迎，又因为诗性的象征的宽阔性、意象的画面感和故事的戏剧性而被大量改编为影视作品和戏剧作品，其意义已远超文学界而成为中国现代文化的一个符号。

第二节　钱锺书反讽叙事的建构

一　钱锺书小说叙事的基本内容和叙事特征

钱锺书出生于有着深厚传统文化根基的教育世家，自幼便被植下深厚的传统文化基因，青年时期赴英伦牛津留学，又饱受西方文化的浸润，因而有着中西兼容的双重知识结构，既能融入中国传统的伦理文化和西方的人本文化之中，又能跳出这两种文化体系之外，形成较为独到的比较性现代思维，因而能以宏阔的眼光观照中西文学现象和文化现象，对人性有深刻的洞悉，有着较为深重的忧患意识。他创作的讽刺小说即是这种忧患意识的具体体现。他在《中国年鉴》（1944—1945）中的《中国文学》一文中批评中国讽刺作家只徘徊在表层，从未深入探察人性的根本颓败，并这样说道："中国文学中没有纯粹的幽默小说，但是有大量的社会讽刺，……但是中国讽刺作家既忽略表面现象，也从不深入探索人的性恶本质。他们接受了传统的社会准则和道德准则，相信人之初性本善，不伤大雅地嘲弄他们为之惋叹的不合廉洁和礼仪的行为。他们缺少锐利冷然的厌世，那种厌世认为，'最佳者只是处于最佳状态的厌世。'正像中国的剧作家没有'悲剧的正义'感一样，中国的讽刺作家也缺乏极度的'强烈愤怒'——它就像火能够净化它所触及的污物一样。"尽管这种有意忽略鲁迅讽刺小说所达到的思想和艺术高度的批评有欠公允，却表露出他的讽刺小说创作观念：讽刺小说要背叛以孔子为核心的传统伦理观勇敢地透视人的本性，以直入人心的讽刺剖露人存在的最真实状况，而他创作于 1944 年—1947 年间的长篇小说《围城》、编入短篇小说集《人·兽·鬼》的《灵感》《新语》《猫》《上帝的梦》《纪念》，基本上是他创作主张的具体实践，其讽刺叙事的主要内容有：

一是直接展现人类无法自我救赎的软弱性和罪性。钱锺书对人性软弱性和罪性的批判主要通过以下三方面进行，一是批判知识界的欺人与自欺,主要通过《猫》《围城》等小说对钱锺书所言"无毛两足动物"的描画展开。"无毛两足动物"即知识界人士。在钱锺书笔下,"无毛两足动物"多空虚、猥琐、无聊,且又极虚荣,喜欢逞口舌之辩,他们生活的主要内容无非是卖弄知识、附庸风雅,但又因内里虚空,没多少真本事,其生活中的主要状态便成了瞒和骗。《猫》是写实之作,主要描绘"无毛两足动物"的空虚性。小说内容主要射影当时著名学界夫妇,20世纪30年代,著名学界夫妇在北京的家里经常高朋满座、精英汇聚。一到周末,他们家便雅客咸至、其乐融融,因而其家客厅是北京名动一时的文化沙龙,又因为女主人才高貌美,风雅卓群,让来宾为之倾倒,因而人们半妒半羡地把他们家客厅称为"太太的客厅",是当时文人雅士心向往之的地方。然而现实中高卓清雅的所在被描述进《猫》里后却成了乌烟瘴气之所,"太太的沙龙"其实不过是一群功成名就之人填补情感欠缺与精神空虚的地方,小说中言:"这些有身家名望的中年人到李太太家来,是他们现在惟一经济、保险的浪漫关系,不会出乱子,不会闹笑话,不要花钱,而获得了精神上的休假,有个逃避家庭的俱乐部。"《围城》里几个知识界男人在苏文纨客厅里的争风吃醋,和《猫》中"太太的客厅"里的戏码相似,也不过是"太太的客厅"的投影而已。二是揭露人共同的内在鄙俗性和虚荣性,《纪念》有一个三角恋式的故事结构,却是对三角恋叙事模式的颠覆。三个人两段情互不相扰却又牵扯不清地纠缠在一起。小说的前段写曼倩与才叔波澜不惊的恋情,后段写与才叔结婚而陷入婚姻坟墓的曼倩和才叔表弟天健的不伦之恋。曼倩柔婉如水,热爱艺术,美貌白净,体态优雅,想象自己是雍容文静的大家闺秀;才叔老实巴交,既天真鲁莽,又朴野斯文,有着农民式实心眼儿的伶俐;天健高大壮实,五官精细,善于交际。曼倩和才叔的婚恋固然乏味,曼倩和天健的偷情同样无聊,曼倩、才叔、天健尽管外表性情各异,却又都有着共同的虚荣性和鄙俗性。《围城》里知识分子的全部心思不在道德文章,而是在名利、权力和女人身上,以争得一点蝇头小利或压倒对方得到一点虚荣或实际的好处为喜,以讨得女人的欢心为荣。知识界的男男女女在虚荣心和鄙俗性方面和市井男女毫无分别，方鸿渐买假文凭，苏文纨玩赏男人对她的追逐，陆子潇编造被三个女人追求的谎言，汪处厚、李梅亭、方鸿渐一个赛一个地吹嘘自己在沦陷区子虚乌有的房产，孙柔嘉和妯娌比赛当年的嫁妆，……这些文人雅士，在鄙俗虚荣方面，和市井小民比起来，实在是有过之而无不及。显然，钱锺书是要通过这一系列的人物形象来告诉我们：金钱、权力、学识、修养同样是无法遮掩住人类共通的鄙俗性的。三是颠覆传统的颂歌体爱情叙事表现男女关系的丑陋性。《猫》中的女主人公爱默全部的心思不过是维持自己美丽、智慧的外貌和在男人心目中的名誉，而却没想到，她自己在客厅里的男人心目中也不过是一只被戏耍的猫。当爱默得知丈夫出轨，竟恼羞成怒、丑态百出地引诱颐谷作为报复。北京精英阶层的男女关系就这样在钱锺书笔下浑浊丑陋。《围城》同样如此，方鸿渐和鲍小姐之间的关系污秽不堪，苏文纨和方鸿渐之间的感情更像是一桩互相算计的买卖，当她得知方鸿渐爱的不是自己时竟然跑到唐晓芙那里挑拨唐晓芙和方鸿渐之间的关系，以轻描淡写的手段抹杀了方鸿渐和唐晓芙之间的爱情。孙柔嘉的爱情更像是织一张网，来网住自己想要得到的猎物，在把自己和方鸿渐圈进婚姻的围城之后，又用自己的专横、多疑、善妒，既折磨方鸿渐，也折磨自己。《纪念》中的曼倩也没有丝毫的道德感，"她鼓励天健来爱慕自己，但是她料不到天健会主动地强迫了自己。她只希望跟天健有一种细腻、隐约、柔弱的情感关系，点缀满了曲折，充满了猜测，不落言诠，不着痕迹，只用触须轻迅地拂探彼此的灵魂。对于曼倩般的女人，这是最有趣的消遣，同时也是最安全的"，当天健空战牺牲，曼倩不是悲伤，而是"领略到一种被释放的舒适"，一种丑事被遮掩的解脱，天健的死亡最终给她的不过是"亏得这部分身体跟自己隔离得远了，像蜕下的皮、剪下的头发和指甲，不关痛痒"的解脱。钱锺书的"爱情"写实，是剥去千古流传的爱情神话的伪装，将爱情的真相描绘得真实可怕。

二是展现人普遍的精神困境。《围城》《猫》和《纪念》细致入微地表现了知识精英与普通市民精神上普遍存在的困境。《猫》中的爱默活在"她是全世界文明顶古的国家里第一位高雅华贵的太太"的幻想里，靠她长相最好看、为人最风流豪爽、客厅的陈设最讲究、请客的次数最多、请客的菜和茶点最精致丰富、交游最广、丈夫最驯良、最不碍事支撑着这一切。她的全部生活内容就是支撑这个毫无意义的假象，既欺骗别人，也欺骗自己。然而假象终究是假象，当她的丈夫终于忍受不了她的专制和一个普通的女孩一起私奔，爱默立刻报复性地引诱秘书，这时候，"她的时髦、能干都像褪掉似的，只剩下一个软弱可怜的女人本色"，她所努力支撑的世界，全然幻灭。到最后，爱默也不得不面对这样的现实："她忽然觉得老了，像要塌下来的老，已有的名誉、地位和场面，都像一副副的重担，疲乏得再挑不起。她只愿有个逃避的地方，在那里她可以忘掉骄傲，不必见现在这些朋友，不必打扮，不必铺张，不必为任何人长得美丽，看得年轻"。至于她的丈夫建侯，无论是历来对太太的顺从还是最终对太太的反抗，都是脑子一片糊涂，并不知道自己在干什么。至于以爱默客厅为家的学界精英，因为主客双方共同的精神空虚，也尽皆落入天下虽大，无以为家的境地。《猫》尽显中国最上层知识精英生命无意义的状态。《围城》中的方鸿渐在这个世界同样是无家可归，无论是游学海外，还是回归故里，无论是追求爱情，还是谋求教职，无论是交游交友，还是结婚成家，终究是四处流浪，灵魂无所托付，人生无所归依，所有的努力得到的只是幻灭，所有的辛苦得到的皆是虚空。《纪念》里的曼倩也是一个精神的流浪者，"她理想中的自己是个雍容文静的大家闺秀。她的长睫毛的眼睛、蛋形的脸、白里不带红的面色、瘦长的身材，都宜于浩成一种风韵淡远的印象。她在同学里是出了名的爱好艺术，更使喜欢她的男学生从她体态里看出不可名言的高雅"，可就是这样一位女生，偏偏在大学找不到自己想要的爱情，最后竟然莫名其妙地和其貌不扬、木讷老实的才叔产生阴差阳错的感情，最终走进婚姻。当婚姻美梦幻灭，她从高大英俊热情的天健那里同样也找不到爱情，因为曼倩本身是庸俗的，自身的庸俗不可能使她的感情上升至爱情，因而她和天健之间的偷情所获得的，只不过是一具连愉悦都不可能带给她的结实的肉体。和传统的乐生的悲喜剧叙事不同，钱锺书小说表现的是生命的霉烂和爱情的腐败以及人不可名状的生命挣扎。在钱锺书的小说里，我们看不到生命和爱情的美好和美丽。《围城》有着鲜明的爱情批判书的意味，小说前四章主要写方鸿渐和苏文纨、唐晓芙的爱情纠葛。这些人在爱情追求方面都很努力，苏文纨用她的家世、地位、教养、个性、外貌、年龄努力追求爱情，方鸿渐凭本能去追求爱情，唐晓芙用梦想去追求爱情，可三人的爱情，却终究如人镜花水月，无疾而终，因为他们自身的秉性、教养、境遇并不能给他们一个恋爱的机会。这些人不仅爱情没有着落，社交生活也极其无聊，花旗洋行买办 Jimmy 的张吉民，除陈散原谁都不放在眼里的诗人董斜川，自认罗素都要向其请教的青年哲学家褚慎明，写出"圆满肥白的孕妇肚子颤巍巍贴在天上"佳句的诗人曹元朗，大家凑在一处，也只能拼凑出一片灰色阴暗、穷极无聊社交图。钱锺书对人生存状况有严重的关切，能清醒面对现代人精神的全面颓败与困境，他深知自人类凭自己的力量很难摆脱生存重压下的挣扎与恐惧，因此他对造成人生苦难的人性不是一味地揭露和批判，而是以一种超然的视界来审视与评判现实，这种写实精神要比传统的写实精神深广得多。

三是表现人灵魂丢失的荒诞处境。钱锺书对人存在的荒诞性有深重的忧患意识。中国传统的忧患意识主要关注人的社会生存状况，所谓"穷年忧黎元，叹息肠内热"，当社会环境一旦好转，忧患意识即会为颂歌意识所替代。而钱锺书的忧患意识则主要关注人的存在状况，这种忧患是本体性的，因而并不会随社会环境的好转而消失，因为人的弱点和罪性与人类的存在相始终。因而，这是一种站在人生边上的审视。这种对人类存在荒诞的直视与叔本华、萨特相似，只不过钱锺书的取材范围中国化，主要以中国知识分子为对象观照人类全体罢了。在钱锺书的视阈里，人的最大忧患是灵魂的丧失，因为灵魂的丧失，无论人的社会生存状况如何，归根结底也只能是"无毛两足动物"。在《猫》《纪念》《围城》里，因为灵魂的丢失，人的生命陷入空寂无聊的境地，生活没有意义，爱情同样也没有意义，无论是在"太太的客厅"，还是在高山缠绕的山城，还是四处漂泊无所归依城里城外尽皆围城的广袤所在，没有灵魂的人只有在困境里流浪，而时间却不会停止它的脚步，人"好比动物园里铁笼子关住的野兽，拘束、孤独"，无法在自身和自身以外找到寄寓与意义。方鸿渐对唐晓芙的爱恋只能是一场梦幻，方鸿渐和苏文纨的情感纠葛只能是一笔无法算清的糊涂账，而赵辛楣对苏文纨的追逐便只能永无结果，而他们之间便只能一边形成四角恋关系，一边却又无一人真正能够走进恋爱。至于方鸿渐、赵辛楣朝向湘西的旅程，则更是一场错误之旅，因为目的地错误，这场旅行除了让他们不断发现人的丑陋和弱点之外而不能有其他意义。而地处荒僻的三闾大学，则更如一条藏污纳垢的夜航船，每天都轮番上演着各种各样丑陋的悲喜剧。各类聪明人无不在用自己的聪明编织自己和他人的罗网，对"爱情"百般挑剔的方鸿渐偏偏掉入了工于心计的孙柔嘉所设定的婚姻陷阱，率性而不失精明赵辛楣竟然和精于交际、言辞犀利的汪太太闹出偷情不成反蚀把米的笑话，至于各色学校的小官僚和教员们以各自的利益和情欲为目的明里暗里的算计争斗所得到的也不过是一天比一天无聊的时光。《纪念》里曼倩和天健的"爱情"萌生蔓延于空洞无聊的日子里，最终又消失于空洞无聊的日子里。不知是曼倩自身的原因，还是爱情本身的原因，曼倩始终没有得到爱情的机会。大学生活不能给曼倩爱情，让她掉进无聊的婚姻陷阱里，而高大、英俊、热情的天健同样也不能给她爱情。当她和天健得到彼此所渴求的"爱情"时，也即是曼倩爱情幻灭的时刻，曼倩和天健的恋爱故事告诉人们，人类也许只配得到情欲而不配得到爱情，而情欲只会给人带来虚空和幻灭，因此，人类的爱情冲动其实也许不过是在用一种空虚填补另一种虚空而已。《猫》中看似美丽的爱默与建侯的爱情其实也是一种荒诞的存在，不过是建侯爱默夫妇虚荣的产物而已。当爱默想要做"全世界文明顶古的国家里第一位高雅华贵的太太"的时候，自然是需要一位帮她实现这一愿望的仆佣，而建侯正是她选中的仆佣，因之她和建侯表面是夫妻，实际不过是主仆。当主人的虚荣和专制膨胀到仆人无法忍受的时候，双方灵魂里的空洞和丑陋，便赤裸裸地爆发出来。而客厅里的满座高朋，精神境遇也不比建侯爱默夫妇好到哪里。爱默风姿绰约，高雅出尘，犹如一只高贵的黑猫，表面看来，作为女主人的她如放牧一般地驱使着客厅里的客人，实际上，在客人们眼里，她何尝又不是一只供人消遣玩赏的猫。至于在科技文化界享有盛名的满座高朋，政论家马用中、作家袁友春、文人陆伯麟、科学家郑须溪，学者傅聚卿、画家陈侠君等一干名流雅士，固然不是真正有创造力开山立派的大家，但也是名动一时的名人大家，可事业的成功并不能填补他们苍白无聊的人生，他们因孤寂而聚，又因聚而仇，彼此之间看不起。名满天下、草根出身、举动斯文、言语妩媚却不被人放在眼里的作家曹世昌，如一头蛰伏的嫉妒的野兽，细心观察上流社会知识分子们在客厅里旁若无人的丑态，以获取攻击性文章的材料。而留着日本小胡子的亲日学者作家陆伯麟，用模糊晦涩的所谓"耐人寻味"的风趣毫无风趣地讲说自己最喜爱的日本文化，却被只看得起英美的聊友们满肚子看不起。美学家傅聚卿傲视群雄，惯于斜着眼睛看人。而语言学家赵玉山、政论家马用中、科学家郑须溪等一干人，无不活在谬误百出的状态里。这些位处知识阶层顶端的精英们为寻找安慰而聚集"太太的客厅"，而被群贤毕集的"太太的客厅"却又被他们自己变成了一座围城，他们本应推动时代前行，自己却一个个活得如坐困围城，他们的努力所得到的结果总与他们努力的目的相反，而这围城显然不仅属于他们自己，更属于全人类。钱锺书在《围城》序言里说："在这本书里，我想写现代中国某一部分社会，某一类人物。写这类人，我没有忘记他们是人类，只是人类，具有无毛两足动物的基本根性。……"即指明了他所抒写的对象既是个体性的，同时又是普遍性的。他"比较文学"的基点也是建立在人类共同性的基础之上，因此当人类彼此相望，所望见的不过是彼此的命运，他在《围城》里这样写道："黑夜里两条船相迎擦过，一个在这条船上瞥见对面船舱的灯光里正是自己梦寐不忘的脸，没有来得及叫唤，彼此早已距离远了。这一刹那的接近，反见得暌隔的渺茫"。人类血肉相连，是那样的彼此相像，又是那样的彼此难以接近，钱锺书就这样写出了人类荒谬的困境。这困境似乎永难解除，即如钱锺书《围城》开头第一章第二段的文字："这船依仗人的机巧，载满人的扰攘，寄满人的希望，热闹的行着，每分钟把沾污了人气的一小方水面，还给那无情、无尽、无限的大海"，也如《围城》里最后的文字："那只祖传的老钟从容自在地打起来，仿佛积蓄了半天的时间，等夜深人静，搬出来一一细数：'当、当、当、当、当、当'响了六下。……这个时间落伍的记时机无意中包含对人生的讽刺和感伤，深于一切语言，一切啼笑。"当困境无法消除，那么它最终的命运只能是寂灭。

钱锺书是大学者，也是卓有成就的文学家，诗、文、小说俱佳，作为学者的"业余的功课"计创作有散文集《写在人生边上》（1941）、短篇小说《猫》（1945）、短篇小说集《人、兽、鬼》（1946）、长篇小说《围城》（1947）、《槐聚诗存》（1995）。钱锺书的文学作品，弥散出学者所独有的睿智、渊深、透辟、幽默的审美风格。钱锺书的小说和许多现代作家的文学作品一样，是中西文学智慧的结晶，有着较为深刻的人生忧伤和深厚的文化底蕴。理论是灰色的，而艺术之树常青，钱锺书小说的独特审美风格固然由博识所赋予，但其文学作品却都闪耀着形象的光辉。即使以学识入小说，也毫无炫学的做作、生硬和滞涩，而是融博识入叙事声音、心理刻绘、人物语言，通篇散发智慧的光芒。又因为钱锺书小说叙写是他极为熟悉的现代知识分子群落，这些知识分子的本来面目，大都不似他们的许多作品那般光鲜亮丽，而是有着人类普遍的弱点和罪性，不少人甚至是战乱时期堕落世相的一部分，以之为写作对象，因很容易激发出钱锺书讽刺幽默的个性，因而讽刺幽默同样也是钱锺书小说的一大特性。钱锺书还即善于抓住人物身上独有的思想行为特征展示人物的个性，勾画人性的本质，《围城》里的方鸿渐、孙柔嘉、赵辛楣、苏文纨、曹元朗、李梅亭、高松年、韩学愈这些人物形象，生动鲜明，呼之欲出，分之以各自不同的性格构成现代知识分子的形象符号，合之则构成当代儒林群像。钱锺书笔力深厚，无论是浓墨重彩勾画出的主要人物，还是淡笔素描描画出的次要人物，都能给人留下过目难忘的印象。叙事方面钱锺书既擅客观描摹，也擅主观议论，描摹用形象说话，议论则入木三分，往往是形象的描摹与鞭辟入里的议论结合在一起共同强化叙事的力量。钱锺书还用洞幽烛微的心理叙事进一步拓宽和细化了鲁迅所开辟的心理叙事的渠道，心理叙事在暴露人性的弱点和丑恶方面有直截了当的优势。钱锺书善于以群体心理描写作为场面描写的主要手段。群体心理场面刻绘得心应手、游刃有余，人物越多，越能写得神形兼备，摇曳生姿，善于让各色人等在虚饰的行为中充分暴露自己的内心。钱锺书有较强的内心观察能力，能以人物内心深处的细微波澜来组织情节，展现人丰富多变的内心世界。他的短篇小说《纪念》主要以曼倩细腻、隐约、柔脆的情感来编织情节，情节的演进既环环相扣，又浑然天成，将曼倩和天健之间的不伦之恋的轻率无聊表现得淋漓尽致。钱锺书有较强的结构能力，《围城》的流浪汉小说结构模式犹如你方唱罢他登场的舞台剧，以方鸿渐的经历为线索，串联起一幕一幕的戏剧，每当方鸿渐来到一个地方，便引出几个角色，演绎一番无聊的闹剧，当方鸿渐另往一地，便旧人退场而新人陆续登场，各处不同的社会景观便随着方鸿渐的脚踪一一呈现在眼前。《围城》的结构大致分几个场景：第一个场景写方鸿渐回国与亲友及苏文纨、唐晓芙之间的荒唐经历。第二个场景描绘方鸿渐、赵辛楣、李梅亭、孙柔嘉等人赴三闾大学的艰难经历以及沿途的社会风俗图。第三个场景，写三闾大学内部复杂的人事关系和丑恶的"政治斗争"。第四个场景写方鸿渐婚姻和事业的双重末路。各部分构成递进的承接关系，既相互独立又互相补充映衬。短篇小说集《人·兽·鬼》里的小说结构也极为严密，每一个人，每一件器物，都有着有机的内在联系。小说语言是作家思想的外现，也是作家叙事风格的外现，钱锺书小说的语言和他不少学术著作的语言一样有着妙喻横生的特点。比喻是人对存在物之间相似关系的发现所建立的一种形象解释性的修辞方式，比喻能增强语言的形象性、生动性和新颖性，如《猫》写李太太的单眼皮："单眼皮呢，确实是极大的缺陷，内心的丰富没有充分流露的工具，宛如大陆国没有海港，物产不易出口。"《围城》用比喻议论婚姻："城外的人想冲进去，城里的人想逃出来"，用出痘比喻出洋，用老房子着火无法扑灭来形容老年人谈恋爱，莫不使小说叙事妙趣横生。钱锺书小说主要通过妙喻来达成讽刺幽默生动的效果，而语言的妙喻则来自钱锺书的智慧、博识以及对表述对象的透彻了解。此外，钱锺书还十分注重语言的音乐美，其语言既有音韵之妙，又有亦庄亦谐、妙趣横生的哲理诗性。

二　《围城》的反讽生活流叙事建构

《围城》是至今无法超越的大学知识分子题材小说的奠基之作，一是创造出一批至今仍然飘荡在知识界的幽灵方鸿渐、孙柔嘉、苏文纨、赵辛楣、李梅亭、高松年。二是进一步丰富了鲁迅所开创的人性批判叙事，既批判知识分子道德上的堕落和知识上的困窘，也描述他们无法挣脱的生存困境，叙事主要通过反讽手法展开。三是继承丰富了鲁迅所开创的寓言象征叙事，创造出一种中国式象征叙事范式，围城意象是一个象征，方家每天慢七小时的时钟意象是一个象征，《围城》的叙事结构也是一个象征，共同象征人类无法摆脱的困境，共同象征人类世界的荒诞性和非理性。这既是对 T. S. 艾略特、乔伊斯和普鲁斯特的呼应，也是对中国式象征的现代转译。

钱锺书在抗战救亡的时代背景下，坐困上海沦陷区写作《围城》，审视人本身的弱点和罪性，在当时显然是一种边缘化的文学行为，其叙事主题显然是和抗敌救亡、民族自强的主旋律脱节的。抗敌救亡的文艺需要歌颂人性的美好以鼓舞士气，钱锺书的《围城》却在那里站在人生的边上审视和描述人的罪性，这自然使钱锺书的《围城》被视为消极逃避的灰色文学。其实审视人的罪性也和战争密切相关，因为战争原因人的罪性而起，是人罪性最强烈的表达，因而战争背景下，固然需要鼓舞民心士气的抗战文学，也需要追索战争的人性根源的审罪文学，这两者并不矛盾。审罪文学是触及人灵魂的理性叙事，其现代建构起于鲁迅，光大于钱锺书等小说家。中国传统小说也有审罪叙事，宋元话本、明代四大奇书《三国演义》《水浒传》《西游记》《金瓶梅》以及《红楼梦》《儒林外史》等小说皆有浓厚的审罪色彩，特别是《金瓶梅》和《红楼梦》对人性的罪恶审查是主导小说叙事的核心。但传统审罪叙事不是为传统儒释道等传统观念所左右，就是陷入不知可知论。鲁迅之后钱锺书之前也有不少文学作品审视人的罪与恶，但在审查和表现人的罪性的时候更多停留在人的社会矛盾和阶级矛盾的层面，认为社会性决定人性，忽视人本身罪性的审视，因而叙事往往搁浅于道德社会层面而不能触及人灵魂的根本，所谓"阶级斗争"之类的观念覆盖了对人性更深刻的自我审查，而钱锺书对鲁迅审罪文学的拓展，继续将审罪上升到灵魂审判的哲理层面，避免了传统道德性审罪和社会阶级性审罪的肤浅性，表现了他敢于直面人类苦难及命运的勇气。当然钱锺书《围城》的审罪表述也未达到完美的地步，有时候理性介入过度，不仅影响情感的表达，也不自觉间削弱了理性的深度。自鸣钟和方鸿渐之间的譬喻，"围城"主题和方鸿渐的婚姻之间的譬喻，也未能达到完全切合的地步，《围城》叙事的诗与思也存在着一定程度上的冲突。

反讽是描述和评价合一的修辞方式，反讽是《围城》最重要的叙事修辞之一。在《围城》中，反讽主要通过语言意思与话语意思的相反、表层描述和里层含义的相对、夸张讽刺和节制讽刺的交替使用而实现。反讽修辞对《围城》叙事的渗透使得《围城》有着整体性的讽刺风格，无论是主题内涵、戏剧性结构，还是形象性格、心理描写、语言修辞皆有着浓厚的反讽色彩，除此之外，讽刺性议论的密集出现也是钱锺书实现反讽的重要手段，这种议论反讽主要通过叙事声音、人物对话、主人公内心独白三种方式表述出来。存在主义的现实观照，能够使钱锺书从哲理的层面对剧烈动荡的文明转型过程中的社会、文化、人性做犀利的观察与评判，能够使他考察了知识分子的生存境遇和普遍的命运。他发现现世的一切，无论是事业还是生活，人生的一切皆为人无法突围的"围城"，因之塑造了超出文学意义的"围城"象征意象；反讽的运用，也使得钱锺书能够精确描绘一个看似正常实则荒谬的文明世界，在这个世界里，欲求和欲求的落空构成围城，沟通与沟通造成的孤独构成围城，事实总走向愿望的反面，人存在的意义似乎就在于相互折磨。

《围城》的恋爱叙事充满反讽，因为方鸿渐恋爱经历，从未上升到爱情的高度，自然也就得不到叙事者的尊重，因而讽刺便成为方鸿渐恋爱叙事的主调。《围城》开篇写方鸿渐和鲍小姐、苏文纨在海轮白拉日隆子爵号上的情爱游戏。因为叙事者厌恶鲍小姐有欲无爱的滥情，因而对她的刻画，极尽讽刺之能事。因为她衣着暴露，便将之比喻为"熟食铺子"，又因为据说真理是赤裸裸的，而她并非全然裸露，便又将之比喻为"局部的真理"，这里对鲍小姐的比喻是一个本体，两个喻体，而两个喻体，则是一俗一雅，一贬一"褒"，贬者直斥其丑，"褒"者直陈其俗。而一俗一雅两个喻体意思相距甚远，这两者之间的距离所营造的宽阔想象空间，不仅扩大了我们对人本身的理解，也扩大了我们对存在的理解。反讽之妙，被钱锺书在这里运用得淋漓尽致。又因为厌恶方鲍二人的偷情，因此在对他们偷情故事的讲述也运用的是反讽叙事。方鸿渐偷腥得手，自以为得计，以为自己才是整个事件的操控者，有着征服者的优越感，可当海轮渐近香港，他发现鲍小姐对自己的态度冷淡下来，海轮靠岸之后，鲍小姐更是头也不回地滚入黑胖未婚夫的怀抱。方鸿渐这发现鲍小姐才是整个偷情事件的操纵者，自己不过是被欺骗和被玩弄者，难言的尴尬立即涌上心头。就这样，钱锺书在一件小小的偷情事件中不着痕迹地用反讽叙事既暴露了知识分子自以为是的性格以及以知识和智力的优越者自居的心理错觉，又暗喻了知识分子的尴尬的现实处境。

中国知识界的现代转型，是一个进步与保守，理性与非理性，西化与传统相互碰撞、相互对立、交错共存的一个过程，在相互碰撞的过程中，各色知识分子，无论其立场如何，都渐渐找到了自己的生存位置，形成新的知识阶层，可新的知识阶层形成之后，不少知识分子便失去了推动社会进步的力量。一些知识残缺，心智不全、品行不端的知识分子却偏要以精英智识人物自居，自以为聪明地做着各式各样的滑稽表演，钱锺书的《围城》就是对这一类人物的反讽式的画像。在《围城》有关三闾大学的叙事段落里，每一个人物形象都构成对自我的反讽，由这些人所搭建起来的三闾大学舞台，自然也形成对大学本身的反讽。在这里，无论是人物意象还是学校物象，都各自以荒谬和丑恶的面目构成对自身存在意义的颠覆，这一段描述，既是对堕落知识分子的批判，也是对国民教育的评判，三闾大学的校长高松年即是汇聚这两种批判的典型个体。小说里这样描绘高松年："三闾大学校长高松年是位老科学家。……理科出身的人当个把校长，不过是政治生涯的开始……高松年发奋办公，亲兼教务长，精明得真是睡觉还睁着眼睛，戴着眼镜，做梦都不含糊的。……今年春天，高松年奉命筹备学校，重庆几个老朋友为他饯行，席上说起国内大学多而教授少，新办尚未成名的学校，地方偏僻，怕请不到名教授。高松年笑道：'我的看法跟诸位不同。名教授当然很好，可是因为他的名望，学校沾着他的光，他并不倚仗学校里的地位。他有架子，有脾气，他不会全副精神为学校服务，更不会绝对服从当局指挥。万一他闹别扭，你不容易找替人，学生又要借题目麻烦。我以为学校不但造就学生，并且应该造就教授。找到一批没有名望的人来，他们要借学校的光，他们要靠学校才有地位，而学校并非非有他们不可，这种人才真能跟学校合为一体，真肯出力为公家做事。学校也是个机关，机关当然需要科学管理，在健全的机关里，决没有特殊人物，只有安分受支配的一个个分子。所以，找教授并非难事。'大家听了，倾倒不已。高松年事先并没有这番意见，临时信口胡扯一阵。经朋友们这样一恭维，他渐渐相信这真是至理名言，也对自己倾倒不已。他从此动不动就发表这段议论，还加上个帽子道：'我是研究生物学的，学校也是个有机体，教职员之于学校，应当像细胞之于有机体——'这段至理名言更变而为科学定律了。"① 由此可见，高松年办教育的目的不是教书育人，而是为自己经营一个玩弄权术、牟利混世之所。表面上，高松年煞有介事地对学校行使着科学的管理，内心里，却充满着和教学毫无关系的阴谋算计，这种表象和内里鲜明对比所形成的讽刺，既有力地揭示了高松年的丑恶嘴脸，又有力暴露出民国时期普遍存在的高等教育的变异。校长不以教育为念玩弄权术，自然也就只能聚合一群不学无术、招摇撞骗的乌合之众，韩学愈就是这一伙伪知识分子的活标本。韩学愈最大的特点是欺骗和无耻，他不仅公开行骗，而且还能骗得振振有词、理直气壮，明明娶的是俄罗斯老婆，却煞有介事地说她是美国人；明明买的是"克莱登大学"假博士，却敢拿它换教授的头衔，骗系主任的职位；明明在《星期六文学评论》和《史学杂志》发表的是广告栏和通讯栏里的小广告，却敢说它们是学术论文；即使在知情人方鸿渐面前也可以做到面不改色。内心阴暗下流，报复心强，却伪装成寡言有德的君子。韩学愈社会身份和他本人学识人品的背离，道貌岸然的外貌与肮脏龌龊内心的对比构成他的自我反讽，而他和方鸿渐之间的对比则构成他外在反讽。韩学愈厚颜无耻，却可以在三闾大学混得如鱼得水、游刃有余，靠假文凭骗得教授的职称、系主任的职位，俨然是学校的中坚力量；方鸿渐耻于行骗，不肯用买得的克莱登大学博士学位以假充真，不愿放弃道德底线招摇撞骗，便只能屈居副教授的职位，最终也无法在三闾大学存身，这样，在韩学愈和方鸿渐之间也构成反讽。这双重反讽不仅充分暴露了伪知识分子的丑恶嘴脸，也裸露出三闾大学价值与存在相背离的本相，告诉人们，三闾大学其实是按骗子的游戏规则来玩的。有关三闾大学反讽叙事，像一面镜子映照出人们习以为常的现实世界的丑恶和黑暗，映照出价值和意义被抽离之后世界普遍的荒谬和堕落。

《围城》的小说叙事，遵循一种自然而然的生活流结构方式。这种

---

① 钱锺书：《围城》，人民文学出版社 1991 年版，第 182 页。

生活流的叙事结构方式往往是以主人公的活动轨迹为线索来安排结构的，其间也穿插旁征博引、鞭辟入里的议论段落以使情节摇曳生姿，这样，略带夸张的描述凸显真相，鞭辟入里的议论引人深思，述议结合，互相映衬，照亮复杂灰暗的世相人生。生活流描述不是生活的实录，而是越过表象的再造想象，这种略带夸张的描述往往比生活的原始图景更真实，因而弥散着一种透视生活本相的智慧。因为抒写的是生活流，未有结构上的巧思设计，因而《围城》初版并未获得应有的好评，彭斐、林海等评论家认为钱锺书《围城》的结构犹如一盘散沙，单调、重复、虎头蛇尾，犹如英国流浪汉小说不大注重故事，因而也无所谓结构。[①]然而，恰恰是"非故事"的单调、重复、虎头蛇尾正是生活的本真状态，因而这种更符合生活本相的生活流结构叙事，比起传统叙事所习惯编造的那种首尾相顾、贯通一体，完整清晰的故事来，能更真实地映照出人生存的现实。

　　《围城》有较强的自述传色彩，小说人物方鸿渐的经历和现实中漂泊的个体人物的人生经历相同。现实中人物的人生经历呈流动状态，其人生过程中的一个个阶段犹如由一人串联起的一幕幕戏剧。戏剧场景连绵不断，在时间长河里蜿蜒前行，山重水复，柳暗花明，每场戏开始，总会有新的人物登场，每场戏落幕，总会有人退场，也许不再出现。这种生活流的叙事结构方式与其说是对欧洲流浪汉小说的模仿，还不如说是对现实人生的模仿。钱锺书曾经在加州大学这样对人解释过《围城》里的唐晓芙最后的下落不明："人生不正多的是'下落不明'的情形吗？像我们今天在这里聚首碰面，明天我们各自西东，而我的影像，在你们脑中逐渐模糊，不就是'淡出'的一个定例吗？"钱锺书的解释，从侧面回答了《围城》生活流的结构问题。我们多少可以从《围城》中看到钱锺书自己留学归来后人生经历的影子。《围城》的生活流"戏剧"大体可以分为三幕：方鸿渐乘海轮归国至他跑到上海谈恋爱应为

---

　　① 彭斐：《〈围城〉评介》，《文艺先锋（半月刊）》1947年第3期。

他人生"围城"的第一幕戏，方鸿渐和鲍小姐、苏文纨、唐晓芙、赵辛楣、褚慎明、曹元朗等人共同演绎这场恋爱、交际戏。方鸿渐的爱情肥皂剧破灭，随赵辛楣离开上海，远赴三闾大学教书为方鸿渐人生"围城"第二幕戏。赴校途中的颠沛流离，以及沿途所见到的种种令人惊异的社会乱象，以及赴校之后所置身的鸡争鹅斗、污秽不堪的职场则构成方鸿渐人生"围城"的第二幕戏。在这幕戏里，李梅亭、顾尔谦、高松年、韩学愈、汪处厚、陆子潇等丑类占据戏剧的舞台中心，将人性及道德尚存的方鸿渐、赵辛楣赶了出去。方鸿渐离开三闾大学和孙柔嘉结婚，阴差阳错争吵不休的婚姻构成方鸿渐人生"围城"的第三幕戏。回国后两年的经历，使方鸿渐领悟到，他人生的这三个阶段，犹如三处驿站，每过一个驿站，就让他丢掉一部分自我，三处驿站走过来，最终彻底让方鸿渐看清这个世界的无意义和自己人生的无意义。这使得方鸿渐想，即使是他和唐晓芙再相逢，恐怕也不复生昔日情愫，因为过去的自己已经死了。人生的过程也就是渐渐死去的过程，生命还在，意义却早被消磨至乌有了。

《围城》以生活流单线发展的方式来结构小说，这种结构方式看似平铺直叙，但其中也可穿插富有灵感的巧思。小说的每一处细节，都能形成相互映照解释的关系，处处都能照亮人生的困窘与尴尬。《围城》一至四章主要写方鸿渐的情感历程，开篇白拉日隆子爵号海轮上方鸿渐和鲍小姐的厮混和苏文纨对方鸿渐的互相比照，映现出恋爱的盲目、荒唐和愚痴。而后对方鸿渐在上海和苏文纨、唐晓芙、赵辛楣三人感情纠葛的描写，更是在自然流转的情节中让四人的性格命运互相映照，让人看见命运的不可捉摸和情感的阴差阳错，有着难以言说的互文性精巧。第五章对方鸿渐和赵辛楣结伴同行赴三闾大学任教的描写，既将视野伸向知识群体以外，展开战时纷乱、丑陋的社会世相一角，又让代表三闾大学三个不同层级的人物李梅亭、顾尔谦和孙柔嘉登场，为即将上演的三闾大学的荒诞戏做背景铺垫和预演。第六、七章以三闾大学为舞台，铺写学校管理层、教员、职员、家属、学生之间牵扯不清的阴谋诡计、造谣中伤、尔虞我诈、鸡争鹅斗的闹剧，诸般细节被钱锺书写得相互关联、丝丝入扣。腐败者在酱缸中腐烂，良心尚存者则被无情放逐，每一处细节都非孤立，而是相互勾连在一起，各自构成牵一发而动全身的戏剧性关目，这些细节既共同组成三闾大学基本的人文景观，又各自表述出每一角色既个个有别又共同一致的悲剧图景。第八章、第九章在方鸿渐和孙柔嘉前途未卜的背景中细叙他们的婚姻围城，无论是回上海的路上夫妻之间的争吵，还是回沪之后夫妻双方家族婆媳、翁婿、妯娌、亲朋、主仆对争吵的加入所形成的争吵大合唱，都将三闾大学的末世图景延续到了家族内部，构成人生无出路的封闭性凄凉。《围城》的每一结构段落尽管故事各不相同，但其循环性的叙事结构则是相同的，这使得《围城》不仅在内容上凝成"围城"的象征意象，在形式结构上同样也建构出"围城"的象征意象。小说结尾写方鸿渐欲投奔重庆做官的赵辛楣，则将这种循环叙事的结构延伸向无尽的未来。

第七章

延安革命文论建构与小说
创作实践

第一节　延安革命文艺理论的建构

一　抗战背景下的文学生态

　　1937 年七七事变爆发，全面抗战开始，民族存亡的危机使大多数作家消除异见，共同汇聚于"抗战救亡"的旗帜之下。抗战的共同主题冲淡了作家个人表达的欲望，强化了作家的抗日宣传的热情。无论是沦陷区还是国统区，大多数作家都用笔做武器投入了热血抗战。1938 年 3 月27 日中华全国文艺界抗敌协会在武汉成立。发起人及各方面代表 97 人，选举周恩来、孙科、陈立夫、郭沫若、茅盾、冯乃超、夏衍、胡风、田汉、丁玲、老舍、巴金、郑振铎、朱自清、郁达夫、朱光潜、张光藩、姚蓬子、陈西滢、王平陵等理事 45 人，老舍任总务部主任，主持日常工作，出版全国唯一宣传抗战的专门刊物《抗战文艺》，提出"文章下乡，文章入伍"的口号，组织作家战地访问团，深入抗战前线做宣传鼓动。"文协"是左翼作家、自由派作家、国民党官方作家共同结成的统一抗日阵线，他们的作品，为后方民众的抗战激情所鼓舞，为前线将士的浴血奋战所激励，多为声音高亢、语言通俗、节奏铿锵的朗诵诗、墙头诗、传单诗、枪杆诗、话本、鼓词、说唱词、街头剧、戏曲、曲艺、通讯报道、报告文学。文协的成立固然是中国现代文学史党派和国家权力机构对文学活动的首次全面介入与掌控，并首次成功实现了中国现代文学史最大规模的文学工具化，但这并不意味着忙于抗战的当局有统合文学创作为国家宣传工具的长久意图，也并不意味着中国现代文学全面意识形态化的开始，因为当时以私有制为基础的政体显然没有统合文学为国家意识形态之一部的意识和能力，文协的成立，只是战时文学力量的暂时集结而已，尽管对后来文学的全面意识形态化或许有潜在影响，但并不具有重大的历史转折意义，即使在抗战时期，文学宣传也并非文学主流，个体创作依然是大部分作家写作的主要方式。

1938 年 10 月武汉失守，抗战转入相持阶段，文协撤向大后方。抗战的艰苦卓绝，战时的困苦饥饿，大后方的腐败无望，冷却了作家们的激情，粉碎了作家们的幻想，激发了作家们批判的意识，他们不再像抗战初期那样专注歌颂和呐喊，而是在呐喊与歌颂的同时重新直面依然故我的浊世，批判社会痼疾，反省人性弱点，寻找民族新路。其小说创作的叙事类型，依然延续五四以来社会批判、道德批判和灵魂自省的主题，表现旧道德、旧文化、旧制度、旧生活方式、旧国民性格与残酷战争冲撞所呈现出的更真实、显豁的痛苦。张天翼的《华威先生》、茅盾的《腐蚀》揭露统治阶层的人性丑陋和特务政治的黑暗，老舍《四世同堂》、萧红《呼兰河传》、巴金《憩园》、茅盾《霜叶红于二月花》《锻炼》表现国民性在新历史条件下的变异，路翎《财主底儿女们》、沙汀《困兽记》、李广田《引力》表现了战争背景下的心灵伤痛。钱锺书《围城》写战乱中颠沛流离的知识分子人性的缺损和生存的荒谬。从某种意义说，日本人的入侵，只是将国家民族近现代以来的屈辱进一步加深和扩大而已，因此在战火硝烟弥散的时代大背景下，追寻民族、家国受辱的内在病因，促成社会的进步与改变，依然是小说写作的主要意义。小说的意识形态力量主要通过人性批判和社会批判，通过对政治制度的罪性和现代化进程中的结构性断裂的审视而得以实现。这种审视、批判在通俗小说创作中表现得更加直白，譬如张恨水的《八十一梦》，用陪都重庆发国难财、囤积居奇、搜刮民脂民膏、包围航飞机等乱象直接抨击当权者的贪婪与腐败。这类作品虽然都具有直接或间接颠覆旧世界合法性的主题，但其因其人性审视和社会剖析大都不是建立在阶级斗争观念的基础之上，因而，大都是代表个人意志而非党派集体意志的非意识形态文学。

二　《在延安文艺座谈会上的讲话》的革命文学理论建构

抗战背景下意识形态化文学在中国共产党领导的以陕甘宁边区为中心的抗日根据地迅速生长。1935 年 10 月红军长征到达陕北以后，将红色文学观念带到这里。当抗日民族统一战线形成以后，大批对国民党失望的文学青年和作家来到延安，苏区红色文学、白区左翼文学、根据地民间文学三支文学力量在延安汇聚。《文艺战线》《战地》《诗建设》《文艺突击》《草叶》《谷雨》《文艺月报》等文艺刊物如雨后春笋出现在延安的土地上。红色文学、新文学和本土民间文学既相互影响，又各自表述，形成清新活泼的文学局面。

中国共产党历来极其重视意识形态领域，极其重视思想改造和文艺宣传，相信军民意志的统一是战无不胜的力量。众声喧哗的文艺局面，显然是不被容忍和接受的。因而当革命文艺力量开始向延安汇聚之时，即开始革命意识形态文学的建构。这种建构起始于革命文艺论争。论争的焦点首先集中在文艺的民族化问题上。因为中国共产党领导的革命，走的是"农村包围城市"的中国特色的革命道路，作为上层建筑的革命文学，必须以民族性与之保持一致。同时，作为意识形态的宣传文学如果没有民族性，势必会失去与工农兵交流的文化心理根基。再加上抗战时期高涨的民族意识与延安建设现代民族国家的政治意识合流的推动，"民族化"问题迅速成为当时文艺论争的核心问题。民族化问题的讨论在延安和国统区同时展开。

1938 年毛泽东在中共中央六届六中全会上的报告《中国共产党在民族战争的地位》，将"民族形式"问题上升到是否强调马克思主义中国化、反教条主义的高度，将"民族形式"定义为将国际主义的内容和民族形式结合起来，"创造新鲜活泼的，为中国老百姓所喜闻乐见的中国作风和中国气派"。毛泽东的定义，即为党领导下的文学创作的指针。1939 年，延安与其他抗日根据地的文艺工作者掀起学习领会毛泽东"民族形式"理论的运动。周扬、艾思奇、萧三、何其芳等理论家和作家在边区报刊上发表学习体会文章，文章多限于学习体会式的研讨，未触及"民族化"问题的实质。国统区的文艺工作者于 1940 年也展开了"民族形式"问题的讨论，试图对"民族形式"寻根究底。林冰等人主张民族形式即传统形式，应全盘借鉴，因而遭到大多数人的反对。葛一虹则认为传统形式是"没落文化"的体现，毫无借鉴意义。1940 年下半年，重庆新华日报社举办座谈会，继续讨论"民族形式"问题。郭沫若认为"民族形式"来源于"现实生活"。胡风认为民族形式的建构的资源是生活、古今中外文学遗产和"新民主主义""新民主主义"即"将马列主义和中国的实际情况相结合"的理论。国统区的争论，也并未能从理论上解决"文艺民族形式"的建构问题。

真正解决革命意识形态文学的理论建构问题和创作队伍建设问题的是 1942 年 5 月 23 日毛泽东发表的《在延安文艺座谈会上的讲话》。《在延安文艺座谈会上的讲话》主要解决文艺和革命的关系问题。申明文艺"首先是为工农兵服务"，然后才是为城市小资产阶级、其他劳动群众和知识分子服务。文艺的目的即以革命化、大众化的文艺方式，建立统一的有关党、国家、民族、自我的意识形态想象空间。为了实现这一目标，《在延安文艺座谈会上的讲话》发表后的数年间，毛泽东、朱德、刘少奇、周恩来、博古、陈云、凯丰等中央领导人及各级党委机关，在延安和全国各地，持续贯彻落实《在延安文艺座谈会上的讲话》精神，强调《在延安文艺座谈会上的讲话》"规定了党对于现阶段中国文艺运动的基本方针"，号召文艺工作者和工农兵打成一片，改掉知识分子的种种"劣根性"，成为"有出息的文学家、艺术家"。

《在延安文艺座谈会上的讲话》发表，标志中国开始出现最为完整的意识形态化文学纲领性文件。《在延安文艺座谈会上的讲话》从主题、内容、形式、风格、作者、受众等方面对意识形态文学所必须遵守的话语规范做了严格的界定。如果说此前意识形态化文学理论与实践还停留在幼稚阶段的话，《在延安文艺座谈会上的讲话》和中共中央全体成员对《在延安文艺座谈会上的讲话》精神的落实，则将意识形态性文学理论与实践推向成熟。

三　革命意识形态性小说的叙事转型

政治对文艺创作的全面介入，从根本上改变了根据地、解放区文艺创作的局面。从某种意义讲，《在延安文艺座谈会上的讲话》所规范出的文学，不仅不同于此前的文学意识形态，也不同于此前的意识形态文学，而是一种超文学的意识形态，不仅改造作家自身，也改造整个世界。作家和现实的关系发生根本性的改变，从个人情志的书写者，变成革命的宣传员。个人性、民间性的写作方式几乎完全被集体性、革命性的写作方式取代和覆盖。大众化、民族化、革命化的小说成为小说的主流样式。

具体而言，延安小说文学话语的革命性转换，首先体现为文学与革命的结合。即彻底祛除《在延安文艺座谈会上的讲话》所彻底否定的"封建文艺""资产阶级文艺""奴隶文艺""特务文艺"，建构"革命文艺"。这既带来作家自身的改变，也带来小说叙事形态的改变。小说家不再在苦闷、痛苦、飘零中歧路彷徨，而是汇入革命洪流，目标、理想明确地吹响积极、昂扬、乐观的进军号角。小说的叙事资源不再源于个体的内心和经验，而来自集体性的革命理念；小说的核心内容，不再是对病态社会的批判和个人精神残缺的反思，而是对党的路线、方针、政策的弘扬与宣传。在抗日民主根据地通过对抗日战争、乡村土改、减租减息、破除迷信、扫除文盲、婚姻自主、卫生运动等具有示范作用的新生活描写和革命新人塑造，来建构一种高于生活，供大家模仿的理想社会图景。使大众在轻松愉快的阅读过程中，参与故事里的翻身联欢，在不自觉间接受党的路线、方针、政策，模仿小说里的斗争、工作、生活方式，最终从思想上与党保持一致。

其次，还体现为文学与大众的结合。作为才美的外现，传统主流文学历来远离大众，追求贵族化、象牙塔式的文人情味，表现与个人命运、文化选择紧密相连的个人情志，而延安小说则尽量去除写作的个人元素，将小说作为革命工具，感同身受人民大众的思想、感情、欲望，寻求政治理念与大众的现实生活、利益诉求、审美趣味的最大趋同，以实现与文化程度普遍不高的劳苦大众的最大心灵契合和情感共鸣。作家创作，不再模仿经典，而是揣摩普通群众的思想言行、心理习惯，通过学习说书、鼓词、歌谣、顺口溜、打油诗、章回小说等民间文艺形式，建构群众喜闻乐见的文学话语方式，用群众的语言宣传革命道理。这样，不仅小说被赋予了生活的原生性，小说所蕴含的革命道理也自然而然被赋予了生活的原生性而具有了天然合理性。当然，这种建构也并非一开始就进入理想状态，一方面，不少文化基因植根于国统区的作家，不愿放弃标志自己作家身份的新文学和左翼文学的话语方式，情感、思维、语言与劳苦大众距离较大；另一方面，不少作家又对民间文艺借鉴过度，过于迁就旧俗旧套，新的革命精神气质不能注入民间文艺形式之中，"文""质"相互干扰，艺术力量损耗严重。

解放区文学与大众结合的小说创作方面，比较成功的作家有赵树理、孙犁、康濯、孔厥、马烽、西戎、刘白羽、丁玲、周立波、欧阳山和柳青，其中影响最大的是赵树理，早在《在延安文艺座谈会上的讲话》发表之前，赵树理即开始"文摊"文学实践，使革命文学第一次拥有了农村读者。尽管他的文学创作同样起步于对五四新文学和西方文学的模仿。但农民对新文学的拒绝使他很快意识到只有"农民语言"才是建构"农村革命文艺"的唯一途径。长期的农村生活经验和民间文艺积累，使他在运用民间艺术手段描绘农村生活方面，较之其他新文学作家有得天独厚的优势；新文化运动的影响和长治师范学校的学习经历，又使得他比那些文化程度不高的民间艺人更能体察民俗文化和民间文艺的弊端和缺陷，因而，他既能用现代新知克服旧体中的陈腐与俗套，又能用民间文艺的通俗、朴实、清新去除新小说做作的文艺腔，写出既能有力传递革命主张、反映时代变迁，又符合农民趣味的浅俗易懂、充满乡土气息的"通俗读本"。

赵树理小说在根据地取得了巨大的成功，成为根据地名声仅次于毛泽东、朱德的人。① 赵树理小说的出现，开创了新文学的新纪元，使毛泽东《在延安文艺座谈会上的讲话》创导的革命化、大众化、民族化的文学理想变成了现实，也使五四以来以至近代以来创导的以广大劳动人民为读者的大众白话文学成为现实。赵树理的小说，固然是政治性的文学产物，但却又不是完全形态的意识形态化文学文本。毕竟，他的那些通俗读本，在传达社会革命和解放的政治声音的同时，依然还是保留了一定的农民视角和知识分子的独立批判精神，其小说文本的思想内容，大都是革命意识、知识分子意识和农民意识的混合物，其小说形式往往是传统小说、民间文艺、新文学相融合的结果，因此他的小说既非完全形态的现实主义，也非完全形态的革命文学，他的小说只是在一定程度上既宣传了革命，又在一定程度上反映了革命中的农村现状而已。

第二节　周立波、丁玲延安早期小说 创作的言说方式

延安文学创作是中国完全意识形态性的现代革命文学的叙事起点，然而这种叙事起点的建立并非一蹴而就。因为《在延安文艺座谈会上的讲话》发表前汇入延安革命大本营的现代文学作家们大都难以放弃原有的革命小布尔乔亚的叙事身份，因而早期延安文学创作常常出现两种创作倾向：一是将自我感受代替延安军民感受，用想象性虚构把延安军民塑造成和自己同一的现实中根本不存在的革命的小布尔乔亚式军

---

① ［美］贝尔登：《中国震撼世界》，邱应觉、杨海平译，北京出版社1980年版，第109页。

民；二是始终以革命者、领路人的身份批判性地观照和描绘生活现实，坚持鲁迅确立的启蒙性叙事原则描绘真实的社会生活，以小说为启蒙群众革命的工具。以下以周立波和丁玲为个案对这两种不同的言说方式做简单的分析，以考察现代作家转变为革命作家的艰难历程。

意识形态性小说研究，固然要从政治的视角追寻其写作的成因，更要从文学的视角剖析其表述特征，才能够获知真正的有意味的历史细节并接近其叙事本相。

延安小说作为作家在巨大的革命意识形态观念影响下的思想投影，固然是政治性文学思维的结果，但却不一定是完全形态的政治性文学表述，因为政治和文学的互动往往是一种复杂的动态过程。特别是延安整风运动过程中从新小说向革命小说转型的延安小说，更呈现出一种非同寻常的复杂样态，这种复杂样态，让我们清晰看见作家与文学、革命、现实之间互动交汇所表现出来的历史轨迹。

中国现代小说是五四新文化运动的积极成果，其鲜明标志为名为"白话"实为模仿域外小说语言的"白话文"。这种"白话"显然不是中国古代白话文学语言的现代继承和中国现代日常生活口语的书面移用，而是域外小说语言的中文化移植。其实整个中国现代小说创作的历史即是一部从内容到形式模仿域外小说的历史，这种模仿性的写作方式和在中国延续两千多年的文人模仿传统文言诗文的创作方式并无两样，都是在用前人结撰的内容形式之网打捞个人企图表现的生活现实，无论是注重文学本体性的模仿欧、美、日小说的"右翼"作家的小说创作还是注重革命宣传的模仿苏俄和其他被欺凌、被压迫的弱小国家小说的"左翼"作家的小说创作，皆莫不如此。

从国统区投奔延安开创延安小说创作局面的左翼小说家们的小说创作同样也是模仿西方文学和苏俄文学的创作。

这种模仿性创作主要建立在作家个人反传统的革命小布尔乔亚的叙事身份的基础之上。只有革命小布尔乔亚的叙事身份，才能让他们从庸常生活里看到常人看不到的世界，并建构起一套不同于传统的全新的现代性和革命性的话语系统。因而到延安的革命文人常常是难以也决不愿放弃原有的革命小布尔乔亚叙事身份的，因为身份的放弃往往意味着言说能力的丧失。因而这些来自国统区的革命作家在学会新的革命文学叙事话语之前，往往只能用原来的叙事身份说话。

这种旧叙事身份在新创作环境中的延续往往带来两种不同的叙事结果：一是将自我感受代替延安军民感受，用想象性虚构把延安军民塑造成和自己同一的现实中根本不存在的革命的小布尔乔亚式军民；二是始终以革命者、领路人的身份批判性地观照和描绘生活现实，坚持鲁迅确立的启蒙性叙事原则描绘真实的社会生活，以小说为启蒙群众革命的工具。下面我们以周立波和丁玲为个案对这两种不同的写作倾向做简单的个案分析。

周立波的小说《牛》意在表现中国共产党领导下延安农民的幸福生活，但因缺乏描写生产运动、运盐和纳公粮等大事的宏大叙事能力，只能借田园小景来曲笔表现新社会新生活。

小说开篇即表明主人公陕北农民张启南的阶级属性"从前是一个贫农"，但接下来的小布尔乔亚式的细节描绘却抹杀了张启南的贫农特征："他身体很好，是一个自己知道保养的人，明白一点说，实在有一点点懒。……就是在这农忙的时候，他也常常不做工。天气不好，风很大，或是老婆肚子痛，或是娃娃有一点点小毛病，他都自动放假一两天。""他不像别人一样一天忙到晚，却也没有别人那样做事很毛躁。""他也爱娃娃，爱各样的牛。""他常常拿了他的老婆的梳子，蹲在牛栏里，好久好久地，梳着母牛腿上的毛。""他更爱小牛，是这样爱着这小东西的憨态，以至于引起了他的三岁女儿的嫉妒，她常常追打着小牛，用十树枝，或是用土疙瘩。看到这事情，他责骂他的女儿，但也忍不住笑着。"

不仅农民如此，连牛们同样也充满着小布尔乔亚式的生活情趣，小牛"跑开，在远处站住，很严肃地竖起一双小耳朵，好像在练耳，准备将来听音乐。现在它又奔跑了，这位未来的音乐欣赏家，初来这世界，对于世界上的一切普通的东西，空气，阳光，青色的天空，各种各样的声音和花花绿绿的什么，都不熟悉，都使它觉得十分奇异和新鲜。"临产的母牛"到了共同犯了一种风流的罪过，为了延续后代需要付出一些痛苦的代价时，痛得昏昏沉沉的，一面希望靠在男人的臂弯里，借着那温暖，使她想起了他们的欢喜的过去，使她想着就是在痛苦的海里，她也不是孤零零地单独一个人漂流，这会增加她的忍耐和勇气，而且会使她哭泣。"而公牛"这位姑娘的情人，不但没有替它预备母鸡和红糖，而且看都不来看它一下子。现在不知跑到哪里吃草去了，但也许是工作去了，不要冤枉它。"

在母牛生产之际，村妇们则像绣房里的闺秀一般"红着脸""害臊""不敢走拢来""站在远处"偷看……

周立波小说显然有着较强的"代入感"，这种"代入感"来自他对中国共产党领导下的陕北农村生活的陌生和革命文学叙事手段的缺乏，因而他只能用自己建立在西方小说审美情趣基础上的小布尔乔亚式的想象来代替陕北高原的农民生活的写实，这样一来，陕北粗粝、艰苦的劳动场景和生活情态被点染成了细腻的西方风情画，黄土高坡上辛苦劳作的农民、村妇都被描绘成连当时都市都不多见的多情的小资产阶级知识分子。周立波小说和现实之间的脱节是新小说家进入新的革命场域和革命文学场域不成功而导致的失语的证明。

周立波的失语并不一定就能够证明知识分子视角在延安的失效，知识分子的叙事身份本身并不一定会成为乡土生活或革命生活描写的障碍，鲁迅及乡土小说作家和其他许多作家的作品都证明了这一点，延安最杰出的小说家丁玲延安创作的依然保持《梦珂》《莎菲女士的日记》《韦护》叙事风格的《在医院中》和《我在霞村的时候》同样也证明了这一点。

丁玲认为："我们现在要群众化，不是要我们跟着他们走，是要使群众在我们的影响和领导之下。"① 也就是说，在延安的丁玲企图坚持

---

① 丁玲：《中国解放区文学书系散文杂文编二》，重庆出版社1992年版，第1154页。

鲁迅确立的启蒙叙事的文学立场，将作家放置在高于群众的导师地位，没有向生活学习和群众学习的意识，因而她延安初创的几部作品的叙事依然坚持浓烈的和抒情的个人风格，其叙事基础依然是她对人及世界真实而独到的体察。如《在医院中》的开篇："十二月里的末尾，下过了第一场雪，小河大河都结了冰，风从收获了的山岗上吹来，刮着拦牲口的篷顶上的苇杆，呜呜的叫着，又迈步到沟底下去了。草丛里藏着的野雉，便刷刷的整着翅子，更钻进那些石缝或是土窟洞里去。白天的阳光，照射在那些冰冻了的牛马粪堆上，蒸发出一股难闻的气味。几个无力的苍蝇在那里打旋，可是黄昏很快的就罩下来了，苍茫的，凉幽幽的从远远的山岗上，从刚刚可以看见的天际边，无声的，四面八方的靠近来，鸟鹊都打着寒战，狗也夹紧了尾巴。人们便都回到他们的家：那惟一的藏身的窑洞里去了。"陕北高原冬日意象的质感、边塞之气的苍凉气氛、互相关联的生活细节的逼真呈现所表现出的澄明透彻的叙事功力，表明丁玲对知识分子叙事立场的坚持。她绝不会像周立波那样去硬性扮演工农兵中的一员。即使是在延安，她所尊重的还是自己的内心和言说方式，因而她的小说叙事不仅有着周立波们难以企及的生活质感，更有一种穿透时间的真实力量。

《我在霞村的时候》读来比历史本身更真实。小说故事的实录性让我们看见尚未开化的陕北农村的真实图景：和"我"同去霞村的同伴阿桂"不是一个好说话的人"，"一路上显得很寂寞"。村公所遇到的农救会的人是"有点不耐烦的样子"。而阿桂一旦到了刘二妈家，马上一改原来的模样和女人们带着"一种神秘的神气"谈话。阿桂变得亢奋、能干、多话，她的听众们也都"聚精会神"，"深怕遗漏去一个字"地听她讲话……寂静冷清的村子突然热闹起来的时候，院子里"不知有多少人在同时说话，也不知道闯进了多少人来。"院子里的人"都想说什么，都又不说"。"我"原以为他们在谈论一个"新娘子"，后来才知道大家兴奋莫名、兴味盎然地谈论的原来是一个失身于日本人的本村少女。这种关照立场和艺术视角所生成的生活场景，完全是鲁迅式的。无论是行为描写，还是灵魂拷问，都渗透了鲁迅式的犀利、冷峻，所形成的叙事效果，注定不会为政治家们所喜悦，也不会为文化程度不高的广大群众所接受，这种个人性的传播范围有限的小说创作断然不可能汇入革命宣传的洪流中去。

好在像丁玲这样以个人独异风格切入生活的作家在延安极为稀少，大多数作家都如周立波一样以小布尔乔亚式的虚构来对现实生活作"偷梁换柱式的歪曲"，这样的作品有刘白羽的《在旅部里》、罗烽的《追逐》、吴奚如的《在晚霞里》、陈荒煤的《无声的歌》等100多部。

无论是周立波式用想象代替真实造成的作品和生活的割裂，还是丁玲启蒙立场的坚持造成的作家和军民疏离，都受到了毛泽东的批评："抗日战争爆发以后，革命的文艺工作者来到延安和各个抗日根据地的多起来了，这是很好的事。但是到了根据地，并不是说就已经和根据地的人民群众完全结合了。"① "文艺工作者同自己的描写对象和作品接受者不熟，或者简直生疏得很。我们的文艺工作者不熟悉工人，不熟悉农民，不熟悉士兵，也不熟悉他们的干部。什么是不懂？语言不懂，就是说，对于人民群众的丰富的生动的语言，缺乏充分的知识。许多文艺工作者由于自己脱离群众、生活空虚，当然也就不熟悉人民的语言，因此他们的作品不但显得语言无味，而且里面常常夹着一些生造出来的和人民的语言相对立的不三不四的句。"②

毛泽东的批评促成了包括周立波、丁玲在内的延安作家们的反省，《在延安文艺座谈会上的讲话》后作家们加快了与人民融合的步伐。和人民融合对延安作家来说即意味着和各抗日根据地农民和士兵的融合。这种融合显然是一个艰难的过程，因为它不仅意味着作家不仅要完成思想的革命化改造，还要完成自身与中国共产党领导下的抗日军民的生活习惯、文化心理的融合及陌生地域文化语言的融合。因而对惯于异域文

---

① 《毛泽东选集》第3卷，人民出版社1998年版，第848页。
② 同上书，第850页。

学思维作家来说，这种融合显然是十分艰难的，刘白羽和工农兵结合的小说《孙彩花》只能用点缀一点晋陕方言来强化作品的地方色彩和生活气息，李季的《老阴阳怒打"虫郎爷"》只有套用旧文学和民间文学的叙事方式以迎合读者的旧有的阅读文化心理，大部分外来作家依然处于暂时性的文学失语状态。

这种情况直至赵树理小说价值被发现之后。赵树理的革命者加山西农民知识分子的身份使他能轻易地将革命立场、农民立场和知识分子立场熔为一炉进行写作，使他能轻易突破其他外来作家难以突破的言说身份障碍和地域文化障碍结撰出为群众喜闻乐见的革命文学，其作品能够成为中国共产党改造和联系群众以结成革命意识形态想象共同体的最佳媒介。他的作品既广受军民群众的欢迎，又能得到革命家和革命理论家彭德怀、杨献珍、周扬、郭沫若等人的热烈推介，是毛泽东《在延安文艺座谈会上的讲话》革命文学理论的最有效的文学实践，因而能确立文学的"赵树理方向"。和赵树理共同成长还有陕北作家柳青和后来成长起来的山西作家马烽、西戎等，这些作家的共同之处在都有着革命者加农民知识分子的身份，既懂革命道理，又没有地域文化和民间文化的隔阂，明了农民和由农民组成的士兵的文化心理，能将革命文学的通俗化、民间化锤炼得浑然天成，因而能影响了一大批当代文学作家，成为中国革命乡土叙事和新乡土叙事的起点。而周立波和丁玲小说叙事风格的通俗化、民间化的成功跟进则在 20 世纪 40 年代末他们创作《暴风骤雨》和《太阳照在桑干河上》之后。20 世纪 50 年代以后周立波更和孙犁、柳青、赵树理成为描绘农村生活的"四杆铁笔"。

第三节　革命化、大众化、民族化的赵树理小说叙事

一　大众化革命叙事的初步实验

赵树理小说创作起始于 1929 年发表在《自新月刊》的小说《悔》，

写的是"太阳早已失却了足迹，——但也断不定它是隐在云里，还是隐在尘里"的个人化抒情文字。而之后创作的中篇小说《铁牛的复职》(1931)、短篇小说《金字》(1933)、《盘龙峪》(1935)，则开始吸收民间文艺的通俗话语方式，做"文摊小说"实践，试图建立文学与农民之间的联系。赵树理受太阳社、创造社及"左联"文学的影响，但却认为太阳社、创造社创作的革命文学作品还是"太高了，群众攀不上去，最好拆下来铺成小摊子"。革命文学要想走进文盲占百分之九十几的农村，必须走通俗化的道路。1937年抗战爆发以后，赵树理加入中国共产党，文艺性的政治宣传成为他的主业，他在编辑《黄河日报》（太南版）《人民报》《中国人》等报副刊之余，创作的几十万字的诗歌、小戏、曲艺、小说、杂文都是革命的大众化文学。无论是1941年表现"皖南事变"的鼓词《茂林恨》，还是1942年揭露日伪利用会道门策划暴动的上党梆子戏《万象楼》，都是文艺性的革命宣传品。革命使赵树理融入民族解放的洪流之中，不再像新文学作家那样纠缠于找不到出路的痛苦，而是用革命者的立场观察生活，表现生活，其小说多是既宣传革命道理，又表现现实生活的为农民喜闻乐见的通俗性的革命乐观叙事。周扬对他早期的文学创作有这样的评价："他是一个新人，但是一个在创作、思想、生活各方面都有准备的作者，一位在成名之前已经相当成熟了的作家，一位具有新颖独创的大众风格的人民艺术家"。①

1943年9月1日赵树理发表短篇小说《小二黑结婚》，彭德怀为小说题词："像这种从群众调查研究中写出来的通俗故事还不多见。"半年内四万册的发行量证明，革命化、民族化、大众化叙事方式的有机融合，能充分实现革命和农民之间的情感共鸣和思想交流并共筑意识形态想象空间的理想的。10月，赵树理又写出被誉为"解放区文艺的代表之作"的中篇小说《李有才板话》，小说的出版，表明赵树理已经将农村变革的描绘扩大到基层政权建设方面。《李有才板话》采取革命者和

---

① 《周扬文集》第1卷，人民文学出版社1984年版，第486—487页。

基层农民的双重视角展开叙事，既如一篇形象生动的农村党务工作报告，又如一篇农民基层政权建设目击记，揭露了农村基层政权建立中存在的因领导工作不力造成的地主阶级窃取政权而造成的乡村延续旧时代贪污腐败，营私舞弊、滥行特权的问题，歌颂了中国共产党善于纠正偏差、清除弊端的作风和能力。双重视角使《李有才板话》表写了晋东南农村革命的现实，既体现了赵树理忠诚的党性，又表现了赵树理农民式的智慧和觉悟。1945 年，赵树理创作了长篇小说《李家庄的变迁》，以二十年的时间跨度，描绘了饱经欺凌的晋东南乡村贫苦农民在中国共产党领导下夺取基层政权，战胜恶霸地主的历史变迁。抗战结束至1949 年，赵树理继续用大量中短篇小说关注现实，描绘现实，为现实疑难寻找答案。《孟祥英翻身》描绘农村妇女的觉醒，《地板》启发农民认识地主的剥削，《催粮差》揭示农村享有特权的下层官吏和食利阶层卑劣的本性及奴役盘剥农民的丑恶嘴脸，《福贵》写"旧中国把人变成鬼，新社会把鬼变成人"，《刘二和与王继圣》写农民和地主的冲突对立，《小经理》刻绘农村新人的成长，《邪不压正》为参加"土改"的干部群众总结农村土改的经验教训，《传家宝》写农村妇女冲破旧俗的解放，《田寡妇看瓜》写土改给农民带来的精神面貌的巨大变化。赵树理这一时期的作品，全部都是表现困扰农村千百年剥削压迫的疑难，终因中国共产党革命力量的介入而得到彻底解决的革命乐观叙事。其小说主题、结构与中国共产党的农村政策的相关文件趋同，人物、场景等细节忠于生活的原貌，因而还是有一定现实主义的穿透力，让我们透过历史的重重迷雾，既看到不同阶层农民被专制权力扭曲的古老的灵魂，又看到农民走向光明的可能。

通过文学建立一种通俗形象可感可触的革命意识形态以改变农民的头脑，固然是赵树理写作的主要目的，但赵树理却没有因此完全舍弃农民立场和知识分子立场，这使他的小说叙事不那么纯粹，总掺杂有非革命的内容，因而文本的面目多少总有些模糊不清。作为中国共产党的革命干部，赵树理必须以乐观自信的态度配合相关政治文件宣传和歌颂中国共产党农村民主建政、扫除文盲、移风易俗给农村带来的巨大变化；作为尊重内心和事实的新知识分子和农民，赵树理又不愿用意识形态完全遮蔽农村丰富复杂的现实，总是尽可能使革命中的乡土以本来的面目呈现出来。他所描绘的人物，大都是对国家大事、世界大势缺乏认识和把握的小人物，其性格也大都没有完全消失在阶级属性之中。做阶级斗争叙事时，道德评判也常常会出来干扰阶级评判。几乎所有小说的叙事也缺乏与他所宣传的党的路线、方针、政策相称的宏大格局。小说叙事中的革命对乡土的改变，往往通过个体性的人的面貌和命运的改变表现出来，缺乏意识形态性文学文本宏大叙事的本质化表现力度。如杰克·贝尔登所言："我亲身看到，整个中国农村为激情所震撼，而赵树理的作品却没有反映出来。"① 这就是《小二黑结婚》发表艰难，其作品后来大都遭到批判的原因。

从总体来讲，赵树理小说是对新文学乡土小说和左翼农村题材小说的接续，它承接了乡土小说和左翼农村题材小说对中国农村的宗法社会结构判断和阶级分析判断，并强化了其中的政治宣传意识。主要以村为基本活动范围，家庭为基本活动单元，以个体农民为基本细胞来反映乡土的巨变。赵树理小说和左翼农村题材小说比，有着大多数左翼农村题材所不具有的大众化文学素质和浓郁的生活气息；和乡土小说比，又有着乡土小说所没有的革命、乐观、希望和光明。它开辟了乡土文学、左翼农村题材小说以外第三维度的革命的农村世界，让我们看到中国农村正在经历的前所未有的巨大改变。

二 革命化、大众化、民族化小说的奠基之作《小二黑结婚》

赵树理的成名作《小二黑结婚》是革命化、大众化、民族化意识形态叙事的典范之作。既是毛泽东《新民主主义论》"严重的问题是教

---

① ［美］贝尔登：《中国震撼世界》，邱应觉、杨海平译，北京出版社1980年版，第109页。

育农民"政策的文学传达，也是对晋冀鲁豫边区政府1941年颁布的《婚姻暂行条例》和1943年1月份公布的《妨害婚姻治罪法》的形象宣传。同时也在一定程度上继承了五四新文学国民性改造主题以及新旧文学皆较乐于表现的婚姻恋爱自主主题，是将政治性话语纳入民间性文学话语的经典范本。

《小二黑结婚》本源于解放区农村的一个恶性案件。几个基层干部因嫉生恨打死了和漂亮姑娘热恋的男青年岳冬至，打人的理由居然是岳冬至父母已为其收养童养媳，作为"有妇之夫"的岳冬至不可再自行恋爱。赵树理没有复制故事原型，而是转换主题，将因嫉生恨的情杀故事改编为年轻人在中国共产党的基层政权支持下和旧势力、恶势力抗争，并取得恋爱婚姻自主新生活胜利的喜剧故事。这显然是文学服务于政治叙事选择的结果。喜剧性的叙事基调来自政治宣传的叙事目的。这种喜剧叙事为我们描绘出一幅可供模仿的农民在中国共产党领导下移风易俗、自主命运、并获得爱情婚姻幸福的农村进步的理想图景，既宣传了党的农村政策，又歌颂了党的光辉形象，是意识形态性的文学通俗读本。

《小二黑结婚》的意识形态性主要体现在三个方面，一是树立了农村革命新人的形象，歌颂了党的法律和政权。小二黑、小芹和任人宰割的小说原型人物不同，和新小说那些在专制势力、宗法伦理、迷信旧俗压迫下愚昧无知、麻木不仁、逆来顺受、痛苦煎熬的农民不同，是具有革命意识、自主意识、勇敢精神和明辨是非能力的新一代农民。尽管他们在争取婚姻恋爱自主路途上遇到的阻力十分强大：一边是封建迷信和包办婚姻意识浓重的父母，一边是混入村委会的黑恶势力金旺兄弟，也得不到畏惧金旺兄弟的乡亲们有力的后援。但当他们遭到反复批斗，甚至被捆绑"拿双"的时候，却能勇敢捍卫自己的权益，小二黑质问把持村委会领导职务的金旺兄弟："无故捆人算不算犯法？"小芹面对妇联主席金旺媳妇的以势压人也能反问："当了妇救会主席就不让说理了？"他们之所以如此自信、勇敢、坚定，是因为有婚姻法做靠山，是因为有新生的人民民主政权为他们做主。在最后的危险关头，村长站了出来，为他们主持公道，以其人之道，还治其人之身，开群众大会斗争金旺兄弟，请大家举报金旺兄弟作恶事实，判了金旺兄弟十五年徒刑。小二黑、小芹结婚，从此过上了幸福美好的生活。这样，一个在旧时代和鲁迅、萧红等新文学作家小说中无法解决的问题，《小二黑结婚》通过革命的乐观叙事得到了彻底解决。赵树理通过小二黑和小芹的喜剧描画了一个令人心向往之在党的领导下的农村美丽图画，在宣传中国共产党的先进性、正义性的同时特别有利于吸引和鼓励农民特别是青年农民参加革命。

二是通过小二黑、小芹等新生力量对二诸葛、三仙姑旧势力胜利的喜剧画面，勾画出中国共产党领导的移风易俗革命对乡村宗法势力和迷信旧俗的驱离和对农村社会结构的改变。如果说二诸葛、三仙姑是父权文化和封建迷信的符号的话，小二黑、小芹则是革命的新式农民的符号；如果说小二黑、小芹预示着中国光明的未来的话，二诸葛、三仙姑则寄寓着中国蒙昧的过去。小说以小二黑、小芹为代表的新式农民和二诸葛、三仙姑为代表的旧式农民的矛盾冲突为故事的主线之一，并非要延续五四以来爱情婚姻和人性解放的叙事母题，而是要表达革命在农村对宗法旧俗和迷信势力的胜利。小二黑和小芹的爱情故事不是五四爱情故事在农村根据地的延续，爱情因注入了农村革命的内容，融入了农村革命的语境，而有了特别的意义。当爱情获得了政权、法律的支持，并被意识形态化成革命重整乡村秩序的行为意志，那么，爱情婚姻自由的争取就不再仅仅只是个人幸福的追求，而是革命事业的一部分。因而旧时代对青年造成巨大困惑和伤害的以二诸葛、三仙姑为代表的父权势力、迷信势力，自然不再能构成对年轻人的障碍和伤害，而变得滑稽可笑、不堪一击。小二黑、小芹能赢得对金旺兄弟恶霸势力的胜利，更能赢得对父母父权的胜利。《小二黑结婚》绘声绘色地讲述了统治农村数千年之久的父权文化、迷信文化在中国共产党进入农村之后，失去旧日语境所呈现出的荒诞可笑。二诸葛反对年轻人自由恋爱的理由是命相不对，三仙姑威吓女儿的武器是装神弄鬼，这些旧时代有力的武器之所以在新时代里完全失去了吓人的威力，是因为它不仅不能像过去那样和统治阶级结盟迫害青年，反而成了新的统治阶级革命、破除的对象。于是，"不宜栽种"的典故、"米烂了"的笑谈便作为迷信、愚昧、落后的印记，分别打在二诸葛和三仙姑的脸上，成为他们耻辱的标记。小二黑、小芹爱情的胜利其实是中国共产党在农村的全面胜利，它表明革命政权、革命观念、革命社会关系已经全面取代旧政权、旧观念、旧血缘宗亲关系在农村占统治地位，中国农村的社会格局，开始发生不可逆转的根本改变。

三是通过二诸葛、三仙姑的转变，对如何实现"教育农民"政策作了形象描述。二诸葛是旧势力中的弱者，有赵树理父亲的影子，性格里积淀着千百年传承的善良懦弱的基因，认为人属天命，开口命相不对，闭口黄道吉日，把旧文化当成苟全性命的武器和法宝。庸俗的"天人合一"思想的自我捆绑，体现了靠天吃饭农耕时代的底层农民对未可知力量的恐惧和敬畏。而千百年来，正是无数这样浑浑噩噩、逆来顺受的弱者，铺垫成农耕社会宗法专制制度的基石。二诸葛作为旧制度、旧文化的受害者，作为老中国的一个具象，是革命解救的对象，对他的教育改变寄寓了革命势力对老年中国的改造的理想，因此赵树理在刻绘二诸葛的愚执和失败的时候总是寄予了深切的同情。① 如果说二诸葛体现的是旧文化善的一面的话，三仙姑体现的则是旧文化恶的一面。三仙姑延续了古典小说和新小说被生活的不幸扭曲的丑恶女性的形象类型，和张爱玲同一时间创作的曹七巧性格类似。三仙姑打扮恶俗，人品败坏，年轻时滥情，年老时依然引诱年青异性。这种丑恶固然有婚姻不幸的原因，更多来自丑陋旧俗的影响和天然的本性。为了撇开女儿引诱小二黑，竟然让女儿给退职军官当续弦。三仙姑和二诸葛合为一体，分别演示了父权文化和迷信文化的愚蠢、丑恶，是落后旧式农民的典型范

---

① 赵树理：《赵树理论创作》，上海文艺出版社1985年版，第4页。

本。小说并未详述他们抛弃旧迷信旧俗的内心变化过程，只表现了他们在革命摧枯拉朽的打击与改造面前的毫无还手之力的尴尬和窘态。这说明在解放区，旧农民对权力的恐惧远远要大于对传统及迷信的坚守，只要政治权力强势介入，旧思想就立刻土崩瓦解、缴械投降，也说明启蒙大众、"教育农民"，让他们走出迷信和蒙昧，也许远不像一些新文学作家想象的那么艰难。

尽管《小二黑结婚》是革命叙事，但其中绝非纯然一色的意识形态内容，在显性的革命叙事里，我们不难发现隐藏于其中的"清官戏""公案戏""才子佳人戏"等民间性的元素。小二黑和小芹对父母及恶霸的胜利，完全取决于村长的廉明公断，区长的坚决支持，是传统"公案戏""清官戏"的革命表述。小二黑和小芹的恋爱遭到父母的阻挠，恶霸的破坏，历经磨难，有情人终成眷属，则是传统"才子佳人戏"的现代表演。因此《小二黑结婚》是革命性、民间性叙事的双重交汇。赵树理巧妙地找到革命与民间的接合点，在民众惯常的文化心理模式中注入革命性内容，使革命具有天然的合理性。因而，既能得到彭德怀、杨献珍、周扬等军政界、文艺界领导人的赞扬，也能得到农民读者普遍的接受。从"岳冬至"案件到《小二黑结婚》，虚构超越真实，悲剧变身喜剧，初步奠定现代文学意识形态性乐观叙事的"颂歌体"基调。其所建构的革命乐观的乡土世界观、乡村人物类型、乡村社会结构、人物关系、乡村人民内部矛盾及阶级斗争模式、融革命性与民间性、大众化于一体的叙事方式，对此后革命意识形态化文学叙事影响深远。

作为意识形态性文学，赵树理《小二黑结婚》的叙事目的不在文学而在政治，他以富有生活气息的画面所建立的有关新民主主义革命的想象，无疑对读者特别是农民读者重建革命、自我、社会、人生的认知和世界观具有巨大作用。对农民参加革命，更具有直接而有效的示范作用。

如果说鲁迅的《狂人日记》是新文学的奠基之作的话，那么赵树理的《小二黑结婚》则是为群众喜闻乐见的革命化、大众化、民族化文学的开山之作。

然而，赵树理《小二黑结婚》的革命叙事，同样也存在较大的认知缺陷。金旺兄弟窃取农村基层权力，本来是极其严重的政治问题，在小说中却被弱化成爱情阻碍问题。二诸葛、三仙姑的突然转变，与其说是来自内心的自觉，还不如说是来自对权力的恐惧。小说专章描绘的批斗会，也表现出赵树理现代法制观念的缺乏。窃取权力的金旺兄弟可以任意开批斗会，批斗无辜的小二黑、小芹；村长也有权力随时开批斗金旺兄弟的群众大会，并通过群众运动的方式判金旺兄弟十五年徒刑。权力操控一切，人身权益靠好人掌权而非法律制度获得保障，这使赵树理在启蒙农民的同时却又不自觉使自己堕入被启蒙的地位。

三　《李有才板话》的多重视角的革命纪实

如果说《小二黑结婚》是以革命叙事，解决农民的教育问题、婚姻法宣传问题、移风易俗问题、农村宗法社会结构的改造问题的话，赵树理的《李有才板话》则将新民主主义革命的文学想象的主题，从恋爱婚姻转移到农村基层民主政权建设方面来，这体现了赵树理问题小说一篇小说解决一个问题的叙事特征。与通过爱情婚姻表现农村革命相比，乡村民主建政的小说叙事，显然更直接有力。

中国自古以来一直有乡村自治的政治传统，基层权力历来被乡绅阶层垄断，即使清王朝垮台，革命势力也没有触动这种超稳定的乡绅统治农村的政治结构一丝一毫。鲁迅《阿 Q 正传》即是对这一"旧民主主义革命失败"的写真。大革命时期，为在中国实现苏俄革命的埋想，中国共产党在农村发起剥夺地主阶级统治权和财产权分配给贫农的农民运动，乡村自治的政治格局，才有所改变。中国共产党领导的农民运动，极大打击和破坏了以自然经济为基础的农村宗法社会，并造成了第一次国共合作的分裂。国共分裂之后，中国共产党在自己的根据地，全面实行"打土豪，分田地"，再次将农民运动推向高潮。到第二次国共合作的抗战初期，农民运动则以乡村民主建政的形式出现，1941 年，中国共产党开始在抗日根据地进行第一次土地改革，实行减租减息的政策。《李有才板话》即是对抗战时期中国共产党领导的基层民主建政和土地改革的农村革命的形象描述，也是较典型的意识形态化叙事。

《李有才板话》的意识形态性首先表现在他的问题意识方面，这使得《李有才板话》犹如形象、生动、真实的农村革命社会调查报告。《李有才板话》以农民眼光和革命者眼光的双重视角，描绘了阎家山抗日基层民主建政之初村级政权被地主阶级窃取的事实：阎恒元是阎家山最大的地主劣绅，和《阿 Q 正传》里的赵老太爷一样，对付革命的办法也是"参加革命"。民主选举前，阎恒元让亲信张得贵出来传递自己让老槐树底下的老字辈和小字辈选自己的代理人广聚做村长的消息。当小元申言不理老村长，偏要放个"冷炮"，老秦连忙劝阻："不妥不妥，指望咱老槐树底人谁得罪起老恒元？他说选广聚就选广聚，瞎惹那些气有什么好处？"老秦这样屈服于阎恒元威势之下的农民，占阎家山村民的大多数。这样，在选举之前，阎恒元通过幕后放话，即使阎家山不少村民屈服于自己的意志。选举过程中，阎恒元的儿子阎家祥和亲信张得贵又用选票作弊的办法，使阎家山村委会成员的获选者基本是阎恒元的"自己人"。用阎家祥的话说，即"村长广聚是自己人，民事委员教育委员是咱父子俩，工会主席老范是咱的领工，咱一家就出三个人。农会主席得贵还不是跟着咱转？财政委员启昌，平常打的是不利不害主义，只要不叫他吃亏，他也不说什么。他的孩子小林虽然是个青救干部，啥也不懂。只有马凤鸣不好对付，他最精明，又是个外来户，跟咱都不一心，遇事又敢说话，他老婆桂英又是个妇救干部，一家也出着两个人。"这样，"民主的选票"选出的依然是劣绅的权力，所谓乡村民主政权，依然是民主其表，专制其里，劣绅政治不仅没有因"民主"而得以祛除，反而因披上了民主的外衣而获得了合法性。地主阶级获取权力之后，阎家山一切照旧，村委会依然如革命前的村公所一样成为地主奴役农民、欺骗农民、获取好处的工具。村民有求于村公所，照旧得奉上十几斤面、五斤猪肉。政府清丈土地，阎恒元依旧可以利用手中的权力、玩弄花招，大肆舞弊。阎家山之所以在"新民主主义阶段"再现未庄"旧民主主义革命"被"异化"情形，主要是因为入驻阎家山的章工作员官僚主义、意志薄弱、工作能力欠缺，没有发动群众，唤起老槐树底下老字辈和小字辈的革命民主意识，民主制度没能有力推行，"民主革命"自然不能走进乡村。就像小宝说的："章工作员倒是个好人，可惜没经过事，一来就叫人家团弄住了。"当唯一敢说真话的村民李有才被驱逐出阎家山后，其他村民更是敢怒而不敢言。阎家山的"政治局面"比章工作员进村之前还要黑暗。就这样，《李有才板话》就通过绘声绘色的详述，提出了一个因党的基层干部官僚主义和经验缺乏导致村级政权被窃取的问题。然后又拿出了问题解决的办法：让有着深厚基层工作经验和坚强党性的县农会主席老杨同志走进阎家山，发动群众斗争地主，使贫苦农民真正得到说话权利和选举权利。在老杨同志的领导下，阎恒元被彻底打倒，阎家山的村级政权，终于第一次落到了人民手里。农民翻身，阎家山民主建政的困局，终于得到了解决。

《李有才板话》的意识形态性，还表现在它以二元对立的阶级斗争模式展开叙事，无论是革命力量进入阎家山之前村东头和村西头的阶级对立，还是章工作员进入阎家山后终因工作不力造成基层权力被地主窃取；无论是阎恒元窃取阎家山基层权力后的滥权腐败，还是老杨同志进入阎家山开展深入的农村调查，发动群众斗垮地主夺回政权，小说叙事都依错综复杂的阶级斗争行为渐次展开。阶级斗争的一方，是敢于斗争，善于斗争，对阎恒元的恶行洞若观火、擅说快板的进步农民李有才及受阎恒元剥削压迫的村东头贫苦农民。阶级斗争的另一方是阴险、邪恶、狡诈的剥削者和压迫者、老谋深算的恶霸地主阎恒元及阎恒元的儿子阎家祥和他们的狗腿子张得贵、阎喜富、刘广聚。阶级斗争的中间力量是逸出斗争之外愚昧、怯懦、奴性、靠顺服地主以求苟安的以老秦为代表的一大批落后农民。阶级斗争的领导力量是正直、朴实、富有洞察力、工作经验和斗争经验的党的基层干部老杨。《李有才板话》的阶级斗争分三个阶段展开，第一阶段是以李有才为首的村东头农民的自发斗争，结局是失败。第二阶段是章工作员领导的农村民主建政，因章工作员领导不力，农民没有发动起来，地主没有斗倒下去，农村基层民主建政和农民自发斗争双重失败，李有才被赶出阎家山。第三阶段是党的基层领导干部县农会主席老杨同志来到阎家山，发动进步农民，教育落后贫农，斗倒地主，夺取政权，党和贫农终于取得阶级斗争的全面胜利。《李有才板话》通过阎家山阶级斗争的三个阶段告诉我们，农民的自发斗争不可能取得胜利，党的干部领导不力，农民同样也不能取得胜利，只有党的力量真正进入乡村，发动群众，斗倒地主，农民才能真正翻身做主人。《李有才板话》堪称是解决农村阶级斗争问题的教科书。

然而《李有才板话》并非单纯的党派意识形态叙事，知识分子叙事元素常常会渗进叙事详述农民奴性精神痼疾，农民视角有时候也会介入讲述生活的真相，这体现出赵树理试图使小说既成为革命的宣传品又接近生活本相的努力。

赵树理笔下阎家山农民的思想意识，并非以阶级为界线判然两分。贪赃枉法的阎恒元之所以在阎家山有着不可挑战的权威性，固然是因为阎恒元有钱有势，背靠专制政府的支持，更因为传统文化和专制权力消灭了农民的平等意识和生命意识，养成了他们重实利、无是非的崇拜权力的秉性。对权力的恐惧使大多数农民选择顺服，并将顺服视为基本社会伦理，这使得阎家山许多农民或全然沦为奴才，或全然沦为帮凶，而少有叛逆者与反抗者。劣绅势力屡屡得手，一帆风顺地长久实现村西头对村东头的统治，就是权力与顺服相与默契的结果。

专制统治的基础既在强权，也在被统治者与统治者思想的趋同。正是因为有张德贵、老秦、小元等被统治者和阎恒元的思想一致，阎恒元才能轻易实现少数人对多数人的统治。张德贵本属村东头的贫农阶级，却有着和村西头的阎恒元同样的意识和思想，俯首帖耳、心甘情愿地围着阎恒元转。为阎恒元传递消息，偷听大槐树底下的议论报告阎恒元，所得到的报酬仅在得一点小便宜，吃一点残羹剩饭，获得一点亲近权势的心理满足而已。老字辈的老秦极贫极苦，却是只问利益不问是非的权力崇拜者。身为被剥削被压迫者，却鄙视和自己同样的劳动人民，有着维护剥削压迫的奴才根性。选举前，老秦不许小元挑战阎恒元的权威；丈地时，因为自己也占了便宜而为量地作弊的阎恒元说项；初见老杨十分恭敬，听说老杨也是长工出身便十分看不起，见到老杨说话的胆气比村长壮，便又立刻恢复恭敬；当老杨帮他夺回被阎恒元霸占的土地，更是跪倒在地连连磕头，把老杨当成救命的恩人。赵树理通过老秦告诉我们一个历史循环的秘密：当老百姓很难接触或接受统治者以外的思想价值观，当老百姓每时每刻都浸润在"权力崇拜"和"唯利是图"的专制社会环境里命运无法自主，权力拜物教便很容易成为老百姓世代传承的思维习惯而难以改变。这样，剥削与压迫的力量不仅来自剥削者和压迫者，也来自被剥削者和被压迫者自身。当老秦下跪叩谢老杨并视其为恩主，则是直接告诉我们，这种万世不易的奴性，在新的历史环境下，又开始新一轮的循环。奴性思维的农民走不出主奴思维的怪圈，富有造反精神的农民同样也走不出主奴思维的怪圈。小元是老槐树底下小字辈里最穷，受阎恒元压迫最深重，最富有造反精神的农民。可一旦当上武委会主任，成了阎家山的"上层人物"后，便很快连吃饭穿衣都模仿阎恒元，把劳动当成丢人的事，横行霸道，跟恒元没什么分别了。赵树理笔下的张得贵、老秦、小元等农民，显然是比李有才更有代表性的普通中国人形象，他们人数更多，身处底层，却没有底层立场，不是匍匐在统治者的权威之下苟且偷生，就是谄媚于统治者做走卒帮凶，他们只问利益，不问是非，忍受伤害的同时又互相伤害。别人争取权利，他们坐享其成。一旦有机会混进"上层"，不仅不能坚持底层立场，反而成为新的"统治者"，作威作福，欺压人民。统治者与被统治者权力拜物教思想的趋同，是专制代继轮回的秘密，而偏偏又是有这种思想的人，占底层的大多数。正因为这种似乎有超越时空力量的权力拜物教思想意识的存在，近现代屡次革命的轮番上演，终不过演出权力争夺与权力压迫的轮回悲喜剧。

  《李有才板话》的知识分子立场和民间立场还体现在对阎家山权力话语的真实描画方面。写尽无权农民的痛苦。阎家山的农民也不尽皆奴才、帮凶，压迫处必有对压迫的反抗。老槐树底下李有才的快板和底层农民纳凉、聊天、吃饭时对阎恒元的议论，即是对阎恒元劣行的反抗。李有才板话不可谓不有力，无论阎恒元要什么阴谋诡计，无论阎恒元有什么丑行恶习，都能无处遁形地被李有才板暴露在光天化日之下。然而李有才的声音，从来就不曾改变现实。李有才的贫农身份注定他的板话既不能唤醒大多数，也不能形成舆论监督，更不能使恶人弃恶从善，而只能是自娱自乐的表演。在权力至上的旧中国，改变社会的只有权力。李有才和村东头农民的持续抗争，不能触动阎恒元一丝一毫，而手中握有生杀大权的县农会主席老杨同志从走进阎家山那天起，就决定了阎恒元统治地位被终结的命运。在新的革命历史语境下，握有武装的革命力量改变中国社会的社会格局，终结统治中国数千年的乡绅自治的农村政治格局是容易的，但要改变农民头脑中积淀数千年的主奴思想却是异常艰难的。赵树理的权力话语考察，清晰地勾画了乡村地主阶级的统治被终结的历史，勾画了农民由无权的痛苦到掌权的欢乐的真实图景，但却不能为老秦的奴化思想如何改变提供答案。

  《李有才板话》的"红色叙事"显然不仅仅是革命理念的文学图解，也有对生活的纪实，这种纪实，固然是为了忠实于真相，为革命提供真实的农村社会调查报告，但这种坚持真相不将政治话语遮蔽生活真相本身，即是一种独立的知识分子立场和民间立场的体现，这样，使我们不仅能从赵树理小说读本里看到革命道理，还能从赵树理小说读本里看到被鲁迅描画过的农民魂和乡土魂。

参考文献

一 论文类

陈国恩:《俄苏文学对 20 世纪中国文学影响综论》,《外国文学研究》2004 年第 2 期。

陈国恩:《"拉普"文学观的传播与中国左翼文学批评》,《文学传播与接受论丛》,中华书局 2006 年版。

陈国恩:《"拉普"与中国左翼文学批评的历史反思》,《重庆三峡学院学报》2004 年第 5 期。

温儒敏:《鲁迅对文化转型的探求与焦虑》,《北大学报》2001 年第 4 期。

方长安:《鲁迅的"为人生"文学观与日本文学关系》,《远东文学国际学术研讨会论文集》,俄罗斯圣彼得堡大学出版社 2006 年版。

方长安:《论延安小说与五四小说叙述方式之差异》,《延安文艺研究》1991 年第 1 期。

戴嘉树:《左翼小说书写中都市形态的失真》,《东南学术》2011 年第 2 期。

贾振勇:《中国左翼文学思潮意识形态的内在矛盾》,《文学评论》2005 年第 6 期。

房伟论:《现代小说民族国家叙事的内部线索与呈现形态》,《中国现代文学研究丛刊》2011 年第 2 期。

石立干：《现代小说政治象征功能浅论》，《名作欣赏》2006 年第 24 期。

刘金良：《现代中国土改小说研究》，兰州大学，2008 年。

古世仓：《中国现代小说"乡土"意蕴的流变与中国革命》，《兰州大学
学报》（社会科学版）2003 年第 5 期。

余小明：《土改小说：意识形态与仪式》，《浙江师范大学学报》2006
年第 2 期。

吴小攀：《评夏志清〈中国现代小说史〉中的"意识形态"》，《华文文
学》2007 年第 3 期。

摩罗：《中国现代小说的基因缺陷与当下困境》，《探索与争鸣》2007
年第 4 期。

邵宁宁：《现代小说与社会分析——茅盾和我们》，《文艺争鸣》2007
年第 5 期。

尤作勇：《现代性与中国现代小说叙事》，《中华文化论坛》2008 年第
2 期。

董学文、凌玉建：《意识形态与早期中国现代文学理论——对"文学为
意德沃罗基的一种"命题背景的考察》，《湖南师范大学社会科学学
报》2008 年第 5 期。

沈仲亮：《在小说修辞与政治意识形态之间》，《中国现代文学研究丛
刊》2009 年第 1 期。

刘静：《意识形态与五四前后外国文学经典的输入》，《中州学刊》2010
年第 4 期。

贾振勇：《中国左翼文学意识形态观念的肯定性用法与政治坐标》，《现
代中国文学论坛》（第一卷），中国华侨出版社 2010 年版。

李亚娟：《"发现小说"：梁启超与晚清小说政治功用性的赋予》，《理论
月刊》2011 年第 5 期。

曾攀、秦烨：《精神法则的构建、失效与重订——以郁达夫为中心论现
代小说的美学嬗变及其意识形态因素》，《美育学刊》2012 年第 1 期。

石立干：《现代小说政治象征功能浅论》，《名作欣赏·文学研究》2006年第 12 期。

周黎燕：《中国近现代小说的乌托邦书写》，华中师范大学 2007 年博士学位论文。

徐先智：《想象现代中国的方式》，天津师范大学 2007 年硕士学位论文。

兰其寿：《意识形态视域下的左翼都市小说特质——以蒋光慈、丁玲、茅盾为例》，厦门大学 2007 年硕士学位论文。

苟强诗：《小说界革命与现代小说概念的生成》，西南大学 2009 年硕士学位论文。

吴晓东：《小说史理念的内在视景——评夏志清的〈中国现代小说史〉》，《中国图书评论》2006 年第 3 期。

施军：《论现代小说象征的功能形态》，《文学评论》2005 年第 2 期。

董乃斌：《现代小说观念与中国古典小说》，《文学遗产》1994 年第 2 期。

肖向明：《家族文化对中国现代小说的影响》，《学术研究》2005 年第 6 期。

黄健、赖彩慧：《鲁迅对"老中国"形象的解构》，《河北大学学报》（哲学社会科学版）2012 年第 6 期。

汪卫东：《鲁迅的又一个"原点"——1923 年的鲁迅》，《文学评论》2005 年第 1 期。

王富仁：《鲁迅小说的叙事艺术》，《中国现代文学研究丛刊》2000 年第 3 期。

杨义：《鲁迅与中国文化的现代启示》，《文学评论》2006 年第 5 期。

樊星：《俄苏文学与 20 世纪中国文学》，《华中师范大学学报》（人文社会科学版）2001 年第 1 期。

钟海林：《茅盾小说的经济视角和精神内核》，《陕西师范大学学报》（哲学社会科学版）2006 年第 S1 期。

逄增玉：《茅盾的矛盾——思想史视野中的茅盾小说》，《天津大学学报》（社会科学版）2009 年第 5 期。

吕新禄：《从政治文化视角透视茅盾小说的政治化倾向》，浙江师范大学，2010 年。

王嘉良、徐美燕：《茅盾小说：政治叙事的两重视角与效应》，《天津社会科学》2011 年第 6 期。

罗晓静：《"群"与"个人"：晚清政治小说与五四问题小说之比较研究》，《文学评论》2012 年第 6 期。

岳娜：《乡土小说国民性书写略论》，陕西师范大学，2011 年。

刘华：《论二十年代乡土小说叙事的先锋意味——以浙东乡土小说创作为例》，《宁波大学学报》（人文科学版）2006 年第 2 期。

周景雷：《延安文学并非左翼文学》，《江西社会科学》2003 年第 3 期。

朱彤：《左翼小说叙述模式的流变》，《南开学报》1994 年第 3 期。

吴小美、古世仓：《老舍个性气质论——纪念老舍诞辰百周年》，《文学评论》1999 年第 1 期。

关纪新：《老舍民族心理刍说》，《满族研究》2006 年第 3 期。

黄长华：《巴金小说叙事研究》，福建师范大学，2011 年。

曹书文：《论巴金小说创作中的"家族情结"》，《学术论坛》2001 年第 5 期。

黄长华：《近 20 年来巴金小说研究述评》，《闽江学院学报》2010 年第 3 期。

朱庆华：《论赵树理小说的现代意识启蒙》，《文学评论》2007 年第 6 期。

萨支山：《赵树理小说的农村想象》，《中国现代文学研究丛刊》2006 年第 4 期。

杨天舒：《赵树理小说研究现状及其分析》，《文艺理论与批评》2006 年第 6 期。

王建舜：《赵树理小说的美学风格》，《学术论坛》2008 年第 4 期。

季玢：《论赵树理小说的乡村文化建构》，《苏州大学学报》（哲学社会科学版）2011年第4期。

夏元明、胡解清：《赵树理小说创作的内在矛盾》，《云南师范大学学报》（哲学社会科学版）2002年第5期。

王长中：《老舍与赵树理小说叙事模式比较分析》，《南都学坛》2001年第1期。

张黎：《赵树理小说在当代文学话语规范建构中的命运》，《湘潭大学学报》（哲学社会科学版）2012年第2期。

二 专著类

［美］恩格尔：《意识形态与现代政治》，张明贵译，台北桂冠图书公司1986年版。

［美］爱德华·W.萨义德：《文化与帝国主义》，李琨译，上海三联书店2003年版。

［美］迈克尔·W.阿普尔：《意识形态与课程》，黄忠敬译，华东师大出版社2001年版。

［法］路易·迪蒙：《论个体主义：对现代意识形态的人类学观点》，谷方译，上海人民出版社2003年版。

［英］利里安·弗斯特：《浪漫主义》，李今译，昆仑出版社1989年版。

［美］丹尼尔·贝尔：《意识形态的终结》，张国清译，江苏人民出版社2001年版。

李泽厚：《中国现代思想史论》，东方出版社1987年版。

陈国恩：《中国现代文学流派概观》，成都出版社1990年版。

陈国恩：《浪漫主义与20世纪中国文学》，安徽教育出版社2000年版。

陈国恩：《20世纪中国文学与中外文化》，长江文艺出版社2004年版。

陈国恩：《中国现代文学的历史与文化透视》，武汉大学出版社2005年版。

张洁：《清末民初的思想主脉》，东方出版社 1999 年版。

张洁：《思之思：20 世纪中国文艺思潮论》，武汉大学出版社 1994
年版。

[美] 罗杰·福勒：《语言学与小说》，张洁等译，重庆出版社 1991
年版。

於可训、叶立文主编：《中国现当代小说名作导读》（上、下），长江文
艺出版社 2004 年版。

方长安：《现代性与 20 世纪中国文学》，新星出版社（韩国）2001
年版。

方长安：《选择？接受？转化——晚清至 20 世纪 30 年代初中国文学流
变与日本文学关系》，武汉大学出版社 2003 年版。

方长安：《对话与 20 世纪中国文学》，湖北人民出版社 2005 年版。

方长安等：《延安文艺概论》，陕西人民出版社 1992 年版。

金宏宇：《中国现代长篇小说名作版本校评》，人民文学出版社 2004
年版。

[美] 赫伯特·马尔库塞：《单向度的人——发达工业社会意识形态研
究》，刘继译，上海译文出版社 1989 年版。

[英] 安东尼·吉登斯：《现代性与自我认同》，赵旭东、方文译，上海
三联书店 1998 年版。

[英] 安东尼·D. 史密斯：《全球化时代的民族与民族主义》，龚维斌、
良警宇译，中央编译出版社 2002 年版。

[英] 艾勒克·博埃默：《殖民与后殖民文学》，盛宁、韩敏中译，辽宁
教育出版社 1998 年版。

费孝通：《乡土中国》，上海三联书店 1986 年版。

费孝通：《费孝通论文化与文化的自觉》，群言出版社 2007 年版。

孙玉石：《中国现代主义诗潮史论》，北京大学出版社 1999 年版。

杨联芬：《晚清至五四：中国文学现代性的发生》，北京大学出版社
2003 年版。

陈平原:《中国小说叙事模式的转变》,北京大学出版社 2003 年版。

朱晓进等:《非文学的世纪:20 世纪中国文学与政治文化关系史论》,
南京师大出版社 2004 年版。

[俄] 巴赫金:《陀思妥耶夫斯基诗学问题》,白春仁、顾亚铃译,上海
三联书店 1988 年版。

[美] 布鲁克斯、沃伦:《小说鉴赏》,世界图书出版公司北京公司
2007 年版。

[美] 本尼迪克特·安德森:《想象的共同体:民族主义的起源和散
布》,吴叡人译,上海世纪出版集团 2003 年版。

[美] 爱德华·萨义德:《东方学》,王宇根译,上海三联书店 1999
年版。

[英] 安德鲁·本尼特、尼古拉·罗伊尔:《关键词:文学、批评与理
论导论》,广西师范大学出版社 2007 年版。

[德] 西奥多·阿多诺:《美学理论》,王柯平译,四川人民出版社 1998
年版。

[英] 特里·伊格尔顿:《美学意识形态》,王杰等译,广西师大出版社
1997 年版。

[英] 特里·伊格尔顿:《后现代主义的幻象》,华明译,商务印书馆
2000 年版。

[英] 特里·伊格尔顿:《二十世纪西方文学理论》,伍晓明译,陕西师
范大学出版社 1986 年版。

[英] 特里·伊格尔顿:《马克思主义与文学批评》,文宝译,人民文学
出版社 1980 年版。

[英] 特里·伊格尔顿:《历史中的政治、哲学、爱欲》,马海良译,中
国社会科学出版社 1999 年版。

[匈] 卢卡奇、[德] 本泽勒:《关于社会存在的本体论》(上卷),白
锡堃等译,重庆出版社 1996 年版。

[匈] 卢卡奇、[德] 本泽勒:《关于社会存在的本体论》(下卷),白

锡堃等译，重庆出版社 1996 年版。

温儒敏：《中国现代文学批评史》，北京大学出版社 1993 年版。

温儒敏编：《中国现当代文学专题研究》，北京大学出版社 2002 年版。

贾植芳编：《中国现代文学的主潮上海》，复旦大学出版社 1990 年版。

许纪霖主编：《二十世纪中国思想史论上海》，东方出版中心 2000 年版。

丁帆、许志英主编：《中国新时期小说主潮》，人民文学出版社 2002 年版。

孟繁华、洪子诚主编：《当代文学关键词》，广西师范大学出版社 2002 年版。

李欧梵：《现代性的追求》，生活·读书·新知三联书店 2000 年版。

刘炎生：《中国现代文学论争史》，广东人民出版社 1999 年版。

吴中杰：《中国现代文艺思潮史》，复旦大学出版社 1996 年版。

杨义：《中国现代小说史》，人民文学出版社 1993 年版。

严家炎：《中国现代小说流派史》，人民文学出版社 1989 年版。

丁帆主编：《中国西部现代文学史》，人民文学出版社 2004 年版。

杨守森主编：《二十世纪中国作家心态史》，中央编译出版社 1998 年版。

陈思和：《中国新文学整体观》，上海文艺出版社 1987 年版。

王晓明主编：《二十世纪中国文学史论》（四卷），东方出版中心 1997 年版。

陈思和：《中国现当代文学十五讲》，北京大学出版社 2003 年版。

马克·柯里：《后现代叙事理论》，宁一中译，北京大学出版社 2003 年版。

[美] 蒲安迪：《中国叙事学》，北京大学出版社 1996 年版。

罗钢：《叙事学导论》，云南人民出版社 1994 年版。

[荷] 米克·巴尔：《叙述学》，谭君强译，中国社会科学出版社 1995 年版。

黄科安：《延安文学研究：建构新的意识形态与话语体系》，文化艺术出版社 2009 年版。

王德威：《茅盾，老舍，沈从文：写实主义与现代中国小说》，麦田出版社 2009 年版。

王德威：《想象中国的方法》，生活·读书·新知三联书店 1998 年版。

王德威：《被压抑的现代性：晚清小说新论》，北京大学出版社 2005 年版。

王德威：《现代中国小说十讲》，复旦大学出版社 2003 年版。

唐小兵主编：《再解读：大众文艺与意识形态（增订版）》，北京大学出版社 2007 年版。

夏志清：《中国现代小说史》，复旦大学出版社 2005 年版。

蔡翔：《革命/叙述：中国社会主义文学—文化想象》，北京大学出版社 2010 年版。

李兆友：《马克思主义经典著作选编与导读》，东北大学出版社 2007 年版。

刘求长：《文艺学问题专论》，新疆人民出版社 2007 年版。

［德］恩格斯·卡西尔：《人论》，甘阳译，上海译文出版社 1985 年版。

弗·杰姆逊：《后现代主义与文化理论》，唐小兵译，北京大学出版社 1997 年版。

［德］马克思、恩格斯：《德意志意识形态》，中央编译局编译，人民出版社 1960 年版。

南帆：《文本产生与意识形态》，暨南大学出版社 2002 年版。

罗钢、刘象愚主编：《文化研究读本》，中国社会科学出版社 2000 年版。

胡敏：《叙事学》，华中师范大学出版社 2004 年版。

［美］马斯洛：《马斯洛人本哲学》，成明编译，九州出版社 2003 年版。

朱刚：《二十世纪西方文论》，北京大学出版社 2006 年版。

［法］帕斯卡尔：《思想录》，中国国际广播出版社 2009 年版。

童庆炳：《文学概论》，武汉大学出版社 2000 年版。

童庆炳、陶东风：《文学经典的建构、解构和重构》，北京大学出版社 2007 年版。

［德］瓦尔特·本雅明：《发达主义时代的抒情诗人》，王才勇译，江苏人民出版社 2005 年版。

王先霈：《文学文本细读讲演录》，广西师范大学出版社 2006 年版。

王晓路：《文化批评关键词研究》，北京大学出版社 2007 年版。

［美］王一川：《中国形象诗学》，上海三联书店 1998 年版。

王岳川：《中国镜像：90 年代文化研究》，中央编译出版社 2001 年版。

徐岱：《小说叙事学》，中国社会科学出版社 1992 年版。

许又新：《精神病理学——精神症状的分析》，湖南科学技术出版社 1993 年版。

杨义：《中国叙事学》，人民出版社 2005 年版。

袁行霈：《中国文学史》（第 1—4 卷），高等教育出版社 2000 年版。

曾军：《文化批评教程》，上海大学出版社 2008 年版。

查建英：《八十年代访谈录》，生活·读书·新知三联书店 2006 年版。

周宪主编：《中国文学与文化的认同》，北京大学出版社 2008 年版。

朱立元：《当代西方文艺理论》，华东师范大学出版社 2005 年版。

阎国忠：《作为科学与意识形态的美学：中西马克思主义美学比较》，上海社会科学院出版社 2007 年版。

［加拿大］埃克伯特·法阿斯：《美学谱系学》，阎嘉译，商务印书馆 2011 年版。

黄应全：《西方马克思主义艺术观研究》，北京大学出版社 2009 年版。

王晓升：《西方马克思主义意识形态理论》，社会科学文献出版社 2009 年版。